Sidney Sheldon

Zeit der Vergeltung

Roman

Aus dem Amerikanischen
von Gerhard Beckmann

BLANVALET

Die Originalausgabe erschien unter dem Titel
»The Best Laid Plans«
bei William Morrow and Company, Inc., New York.

Umwelthinweis:
Alle bedruckten Materialien dieses Taschenbuches
sind chlorfrei und umweltschonend.

Blanvalet Taschenbücher erscheinen im Goldmann Verlag,
einem Unternehmen der Verlagsgruppe Random House GmbH.

Sonderausgabe Juni 2004

Umschlaggestaltung: Design Team München
Umschlagfoto: Photonica/Otte
Druck: GGP Media GmbH, Pößneck
Titelnummer: 36119
VB · Herstellung: wag
Made in Germany
ISBN 3-442-36119-2
www.blanvalet-verlag.de

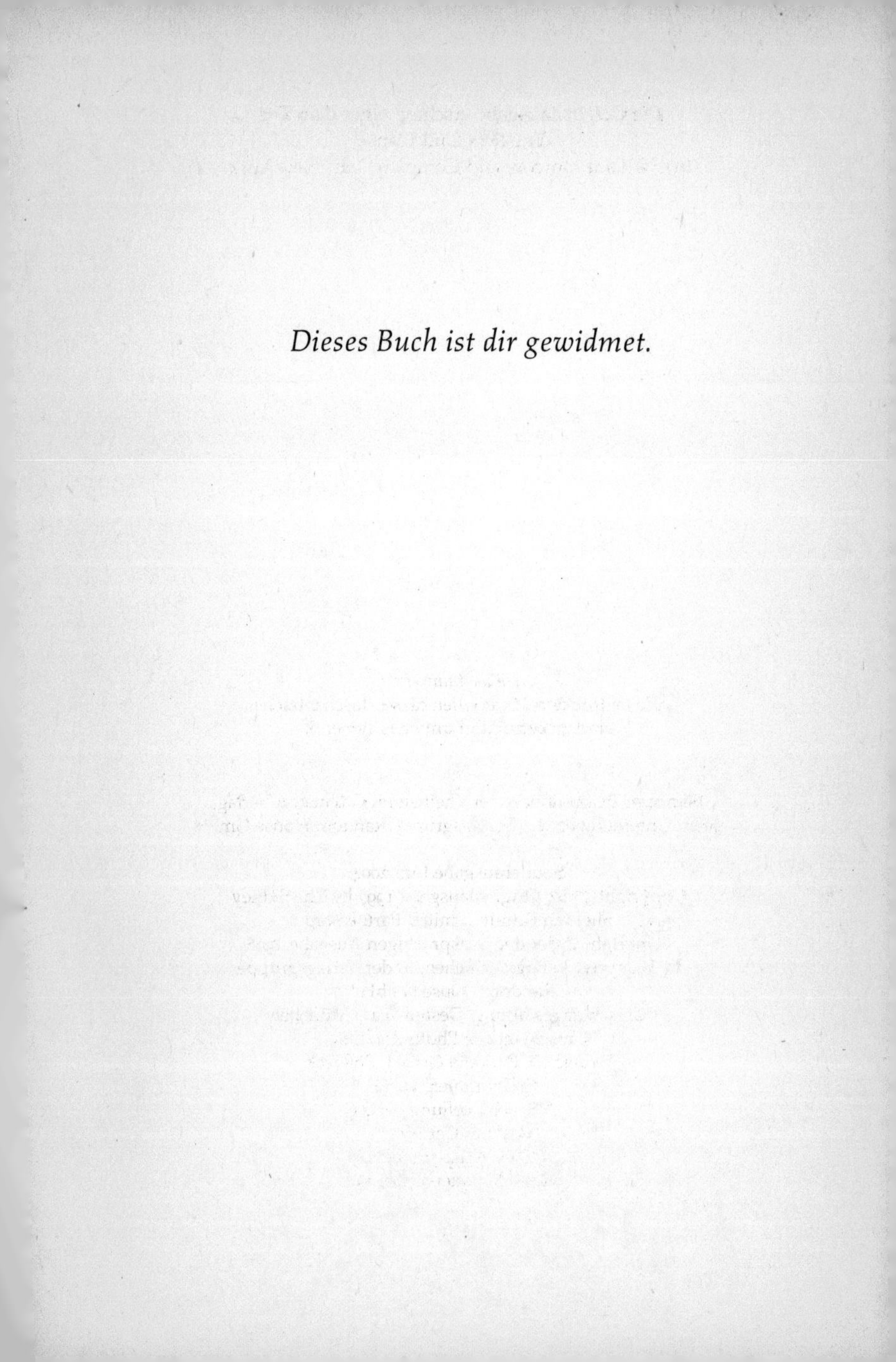

Dieses Buch ist dir gewidmet.

1

Der erste Eintrag in Leslie Stewarts Tagebuch lautete:
Liebes Tagebuch: Heute morgen bin ich dem Mann begegnet, den ich heiraten werde.
Es war eine schlichte, optimistische Feststellung, die nichts von den dramatischen Ereignissen ahnen ließ, die bald folgen sollten.

Es geschah an einem jener raren, glücklichen Tage, an denen nichts schiefgehen konnte. Leslie Stewart glaubte eigentlich nicht an Astrologie; so fiel ihr Blick an diesem Morgen beim Blättern im *Lexington Herald Leader* eher zufällig in Zoltaires Astrologischer Kolumne auf ihr Horoskop. Es lautete:

> LÖWE (23. JULI BIS 22. AUGUST). DER NEUMOND ERLEUCHTET IHR LIEBESLEBEN. SIE BEFINDEN SICH AUF DEM HÖHEPUNKT IHRES MONDZYKLUSSES UND SOLLTEN EINER AUFREGENDEN NEUEN WENDE IN IHREM LEBEN GROSSE BEACHTUNG SCHENKEN. IHR KOMPATIBLES STERNZEICHEN IST JUNGFRAU. DER HEUTIGE TAG WIRD FÜR SIE EIN BEDEUTSAMER TAG. SEIEN SIE BEREIT, IHN ZU GENIESSEN.

Bereit sein zu genießen? dachte Leslie spöttisch. Für sie würde der heutige Tag genauso verlaufen wie alle anderen Tage auch. Sterndeuterei war Unsinn – Zuckerwatte für geistig Minderbemittelte.

Leslie war PR-Agentin bei der Presse- und Werbeagentur Bailey & Tomkins in Lexington, Kentucky, und auf ihrem Terminkalender waren für den Nachmittag drei Sitzungen anberaumt: die erste mit Managern der Kentucky Fertilizer Company, die äußerst angetan waren von der neuen Werbekampagne, die Leslie soeben für sie entworfen hatte und bei der ihnen ganz besonders der Aufmacher gefiel: »Wenn Sie Rosen riechen möchten ...« Beim zweiten Termin würde sie es mit der Breeders Stud Farm, beim dritten mit der Lexington Coal Company zu tun haben. Ein bedeutsamer Tag?

Leslie Stewart – Ende Zwanzig, mit einer provozierend schlanken Figur – war eine aufregend exotische Erscheinung: dunkelgraue Augen, hohe Wangenknochen und honigblondes, seidiges Haar, das sie lang und auf eine sehr elegante Weise schlicht trug. »Wenn man ein schöner Mensch ist«, hatte ihr einmal eine Freundin erklärt, »und Verstand sowie eine Möse hat, dann gehört einem die ganze Welt.«

Leslie Stewart war ein schöner Mensch; sie besaß einen IQ von 170, und an weiblichen Reizen hatte die Natur bei ihr nicht gespart. Sie persönlich empfand ihr Aussehen allerdings eher als Handicap. Denn die Männer machten ihr zwar laufend unsittliche Angebote oder gar Heiratsanträge, aber nur selten einen ernsthaften Versuch, sie wirklich kennenzulernen.

Von zwei Sekretärinnen abgesehen, war Leslie in der Agentur Bailey & Tompkins die einzige Frau, während es fünfzehn männliche Angestellte gab, denen sie allen, wie ihr bereits nach einer Woche klargeworden war, an Intelligenz überlegen war – eine Entdeckung, die sie freilich für sich zu behalten beschloß.

Anfangs hatten beide Firmengesellschafter, der ruhige,

übergewichtige Jim Bailey, der in seinen Vierzigern war, und der zehn Jahre jüngere, magersüchtige und überdrehte Al Tomkins – ohne gegenseitiges Wissen – versucht, sie ins Bett zu kriegen.

Sie hatte beiden mitgeteilt: »Wenn Sie davon noch einmal anfangen, kündige ich.«

Und damit hatte sich dieses Problem erledigt. Leslie war für die beiden eine zu wertvolle Mitarbeiterin, um das Risiko einzugehen, sie zu verlieren.

Den Kollegen hatte Leslie während ihrer ersten Arbeitswoche in der Kaffeepause einen Witz erzählt.

»Drei Männer begegneten einer Fee, die jedem einen Wunsch zu erfüllen versprach. Daraufhin sagte der erste Mann: ›Ich möchte gern fünfundzwanzig Prozent klüger sein.‹ Die Fee zwinkerte mit den Augen, und der Mann sagte: ›He, ich fühle mich schon klüger.‹ Der zweite Mann sagte: ›Ich wünsche mir, fünfzig Prozent klüger zu sein.‹ Die Fee zwinkerte, und der Mann rief: ›Das ist wunderbar. Ich glaube, jetzt verstehe ich Dinge, die ich vorher nie verstehen konnte.‹ Der dritte Mann sagte: ›Ich würde gern hundert Prozent klüger sein.‹

Daraufhin hat die Fee gezwinkert, und der Mann verwandelte sich in eine Frau.«

Leslie schaute die drei Männer, die mit ihr zusammen am Tisch saßen, erwartungsvoll an. Alle drei machten ein langes Gesicht und schwiegen; sie fanden die Geschichte offenbar gar nicht lustig.

Das hatte gesessen.

Der bedeutsame Tag, den der Astrologe verheißen hatte, begann morgens um elf Uhr, als Jim Bailey in Leslies kleines, enges Büro trat.

»Wir haben einen neuen Kunden«, verkündete er. »Ich möchte Sie bitten, ihn zu übernehmen.«

Sie betreute bereits mehr Kunden als jeder andere Kollege in der Agentur, hütete sich aber, zu protestieren.

»Gut«, sagte sie. »Um was für eine Sache handelt es sich?«

»Es handelt sich überhaupt nicht um eine Sache, sondern um eine Person. Einen Mann. Sie haben bestimmt schon von Oliver Russell gehört, oder?«

Oliver Russell kannte jeder. Er war ein heimischer Anwalt, der für das Amt des Gouverneurs kandidierte; sein Gesicht prankte in ganz Kentucky auf Plakattafeln. Aufgrund seiner brillanten Anwaltstätigkeit galt er mit seinen fünfunddreißig Jahren als der begehrteste Junggeselle im Bundesstaat. Er war Gast bei allen Talkshows der wichtigen Fernsehsender in Lexington – WDKY, WTVO, WKYT – sowie der beliebten Lokalradiosender WKQQ und WLRO. Er war ein auffällig gutaussehender Mann, mit schwarzem, widerspenstigem Haar, dunklen Augen, sportlichem Körper und freundlichem Lächeln, und er stand in dem Ruf, mit den meisten Frauen Lexingtons geschlafen zu haben.

»Doch, ich habe von ihm gehört. Was werden wir für ihn tun?«

»Wir werden ihm helfen, Gouverneur von Kentucky zu werden. Er ist übrigens bereits unterwegs zu uns.«

Wenige Minuten später traf Oliver Russell ein und war sogar noch beeindruckender als auf den Fotos.

Er schenkte Leslie ein warmes Lächeln, als sie einander vorgestellt wurden. »Ich habe schon viel von Ihnen gehört, und ich bin sehr froh, daß Sie meine Wahlkampagne in die Hand nehmen werden.«

Er war so ganz anders, als Leslie erwartet hatte. Der Mann

strahlte eine geradezu entwaffnende Ehrlichkeit aus. Es verschlug Leslie im ersten Moment fast die Sprache.

»Ich... danke für das Kompliment. Nehmen Sie doch bitte Platz.«

Oliver Russell ließ sich nieder.

»Gestatten Sie, daß wir einfach mit dem Anfang beginnen«, sagte Leslie. »Warum kandidieren Sie überhaupt für das Amt des Gouverneurs?«

»Aus einem ganz schlichten Grund. Kentucky ist ein wundervolles Land. Wir wissen das, weil wir hier leben und seinen Zauber erfahren können – der größte Teil der amerikanischen Bevölkerung hält uns Menschen aus Kentucky jedoch für eine Horde von Hinterwäldlern. Und das möchte ich ändern. Kentucky hat mehr zu bieten als ein Dutzend anderer Bundesstaaten zusammengenommen. Hier hat die Geschichte unseres Landes angefangen. Wir haben eine der ältesten Kapitolbauten von Amerika. Kentucky hat Amerika zwei Präsidenten geschenkt. Es ist das Land von Daniel Boone, Kit Carson und von Richter Roy Bean. Wir haben die schönste Landschaft der Welt – überwältigende Schluchten, Flüsse, Rispengrasweiden –, einfach alles, und dafür will ich der übrigen Welt die Augen öffnen.«

Er sprach mit tiefer Überzeugung. Leslie spürte seine starke Anziehungskraft und mußte an ihr Horoskop denken. *Der Neumond erleuchtet Ihr Liebesleben. Der heutige Tag wird für Sie ein bedeutsamer Tag sein. Seien Sie bereit, ihn zu genießen.*

»Die Kampagne wird aber nur überzeugen können«, merkte Oliver an, »wenn Sie ebenso fest daran glauben wie ich.«

»Ich glaube fest dran«, erwiderte Leslie schnell. Allzuschnell? »Ich freue mich auf diese Arbeit.« Sie zögerte kurz, bevor sie es aussprach: »Darf ich Ihnen eine Frage stellen?«

»Gewiß doch.«

»Welches Sternzeichen sind Sie?«

»Jungfrau.«

Als Oliver Russell gegangen war, begab Leslie sich ins Büro von Jim Bailey. »Der Mann gefällt mir«, sagte sie. »Er ist aufrichtig. Ihm geht es wirklich um die Sache. Ich glaube, er wird ein guter Gouverneur.«

Jim musterte sie nachdenklich. »Ich muß Sie aber darauf hinweisen, daß es nicht leicht werden wird.«

Sie warf ihm einen fragenden Blick zu. »Ach ja? Und warum nicht?«

Bailey zuckte die Schultern. »Ich weiß nicht. Da ist irgend etwas im Gange, das ich mir nicht zu erklären vermag. Sie haben Russell doch auch auf all den Plakaten und pausenlos im Fernsehen gesehen?«

»Selbstverständlich.«

»Na ja, damit ist es nun vorbei.«

»Ich versteh nicht. Wieso?«

»Genaues weiß keiner. Es gibt aber 'ne Menge komischer Gerüchte. Ein Gerücht besagt, daß es da jemand gibt, der Russell so weit unterstützte, daß er ihm die Wahlkampagne komplett finanzierte – und ihn nun plötzlich aus irgendeinem unbekannten Grund fallenlassen hat.«

»Mitten in einem Wahlkampf, kurz vor dem Sieg? Das wäre doch unsinnig, Jim.«

»Ich weiß.«

»Und warum ist er dann zu uns gekommen?«

»Er will das Amt wirklich, das heißt, er hat persönlichen Ehrgeiz. Er ist aber auch fest davon überzeugt, daß er etwas bewegen könnte – daß gerade er der Gouverneur ist, den

Kentucky braucht. Von uns erwartet er das Konzept für einen Wahlkampf, der nicht viel kostet, denn für weitere Wahlspots in Rundfunk und Fernsehen, für eine große Werbekampagne fehlen ihm die Mittel. Da bleibt uns also eigentlich nur eines: ihm möglichst viele Interviews zu beschaffen, in der Presse Meldungen und Berichte über ihn unterzubringen und so weiter.« Er schüttelte den Kopf. »Der amtierende Gouverneur Addison gibt ein Vermögen für seinen Wahlkampf aus. Laut Umfragen der letzten zwei Wochen sind Russells Aussichten beträchtlich gesunken. Es ist ein Jammer, denn er ist ein guter Anwalt, er übernimmt viele Fälle kostenlos, aus sozialem Engagement. Ich bin überzeugt, daß er auch ein guter Gouverneur sein würde.«

Es war am Abend dieses Tages, als Leslie den ersten Eintrag in ihr neues Tagebuch schrieb:

Liebes Tagebuch: Heute morgen bin ich dem Mann begegnet, den ich heiraten werde.

Leslie Stewart hatte eine glückliche Kindheit erlebt. Sie war ein außergewöhnlich intelligentes Kind; ihr Vater, Englischlehrer am Lexington Community College, ihre Mutter, eine Hausfrau, waren immer für sie da. Leslies Vater war ein ansehnlicher Mann, ein vornehmer Mensch, ein Intellektueller, ein liebevoller, treusorgender Ehemann und Vater, der nur gemeinsam mit der Familie Ferien machte und sie auf alle Reisen mitnahm. Leslie war sein ein und alles. »Du bist Daddys Mädchen«, versicherte er ihr immer wieder. Er machte ihr Komplimente wegen ihrer Schönheit, wegen ihrer Schulnoten, wegen ihres Betragens und ihrer Freundinnen. In seinen Augen war Leslie unfehlbar. Zum neunten Geburtstag kaufte der Vater ihr ein hübsches braunes Samtkleid mit Spitzenmanschetten, und er bat sie, das Kleid anzuziehen, und gab dann vor Freunden, die zum Abendessen kamen, richtig mit ihr an. »Ist sie nicht wunderschön!?« rief er.

Leslie hatte ihn abgöttisch verehrt.

Ein Jahr später war eines Morgens Leslies schönes Leben im Bruchteil einer Sekunde aus und vorbei, als die Mutter sie tränenüberströmt auf einen Stuhl drückte. »Darling, dein Vater… Er hat uns verlassen.«

Leslie begriff zuerst überhaupt nichts. »Wann kommt er denn wieder zurück?« wollte sie wissen.

»Er kommt nie mehr zurück.«

Für Leslie war jedes dieser Worte wie ein Messerstich.

Meine Mutter hat ihn verjagt, dachte sie und empfand Mitleid mit der Mutter wegen des bevorstehenden Scheidungsprozesses und der Auseinandersetzungen um ihre Vormundschaft, weil sie absolut davon überzeugt war, daß der Vater nie auf sie verzichten würde. Niemals. *Er wird mich zu sich holen,* dachte Leslie.

Doch die Wochen gingen vorbei, und der Vater kam nicht. *Man erlaubt ihm nicht, daß er mich besuchen kommt,* sagte Leslie sich. *Das ist Mutters Strafe für ihn.*

Es war Leslies alte Tante, die das Kind aufklärte, daß es keine Auseinandersetzungen um die Vormundschaft geben würde. Leslies Vater hatte sich in eine verwitwete Universitätsdozentin verliebt und war zu ihr gezogen; er wohnte jetzt bei ihr in der Limestone Street.

Die Mutter zeigte Leslie das Haus während eines Einkaufsbummels. »Dort wohnen sie«, sagte sie verbittert.

Leslie nahm sich vor, ihren Vater zu besuchen. *Wenn er mich sieht,* dachte sie, *wird er wieder zu uns nach Hause kommen wollen.*

An einem Freitag lief Leslie nach Schulschluß zum Haus in der Limestone Street und klingelte. Ein Mädchen in Leslies Alter öffnete. Leslie starrte das Mädchen wortlos, fassungslos an – das Mädchen trug ein braunes Samtkleid mit Spitzenmanschetten.

Das Mädchen musterte sie neugierig. »Wer bist du?«

Leslie floh.

Leslie erlebte, wie ihre Mutter sich im Verlauf des folgenden Jahres völlig in sich selbst zurückzog und jegliches Interesse am Leben verlor. Leslie hatte es für eine leere Redewendung gehalten, wenn die Leute sagten, ein Mensch sei »an gebrochenem Herzen« gestorben, doch nun mußte sie ohnmächtig zuschauen, wie ihre Mutter schwächer und schwächer wurde und schließlich starb; und wenn sie gefragt wurde, woran ihre Mutter gestorben sei, antwortete sie: »Sie starb an gebrochenem Herzen.«

Und Leslie nahm sich fest vor, daß sie sich so etwas von keinem Mann antun lassen würde.

Nach dem Tod der Mutter wohnte Leslie bei ihrer Tante und besuchte die Bryan Station High School. Das Studium an der Universität von Kentucky schloß sie mit summa cum laude ab. Weil sie im letzten Studienjahr zur Schönheitskönigin gewählt worden war, erhielt sie mehrere Angebote, als Model zu arbeiten; doch sie lehnte ab.

Leslie hatte zwei kurze Affären, die erste mit einem Fußballidol von der Uni, die zweite mit einem Professor für Wirtschaftswissenschaften. Sie fand sie beide bald langweilig. Leslie war für die beiden einfach zu intelligent.

Kurz vor Studienende starb Leslies Tante. Nach dem Examen bewarb Leslie sich um eine Stelle bei der Werbe- und Public Relations-Agentur Baily & Tomkins. Die Büros lagen in der Vine Street, in einem U-förmigen Gebäude mit Kupferdach und einem Brunnen im Innenhof.

Jim Bailey, der ältere Gesellschafter, hatte sich Leslies

Lebenslauf gründlich angeschaut und dann mit dem Kopf genickt. »Sehr beeindruckend. Sie haben Glück. Wir suchen gerade eine Sekretärin.«

»Eine Sekretärin? Ich hatte gehofft ...«

»Ja?«

»Nichts.«

Als Sekretärin fiel Leslie die Aufgabe zu, den geschäftlichen Besprechungen als Protokollantin beizuwohnen, und im Laufe solcher Sitzungen begann sie, sich ein Urteil über die Vorschläge und Entwürfe für Werbekampagnen zu bilden und über Möglichkeiten zu ihrer Optimierung nachzudenken. An einem Morgen ergriff ein Agent der Agentur das Wort: »Ich habe die Idee für das ideale Logo für Rancho Beef Chili. Wir zeigen auf dem Dosenetikett einen Cowboy mit Lasso beim Einfangen eines Rindes. Dieses Bild suggeriert die Frische des Fleisches und ...«

Aber das ist eine gräßliche Idee, dachte Leslie. Als sie die Augen aller im Raum Anwesenden auf sich gerichtet sah, begriff sie mit Entsetzen, daß sie laut gedacht hatte.

»Würden Sie uns das bitte einmal erläutern, junge Dame?«

»Ich ...« Leslie wäre am liebsten im Boden versunken. Alle schauten sie wartend an. Sie holte tief Luft. »Man will doch beim Fleischessen nicht daran erinnert werden, daß man ein totes Tier verzehrt.«

Angespanntes Schweigen. Jim Bailey räusperte sich. »Vielleicht sollten wir uns die Sache noch einmal durch den Kopf gehen lassen.«

Bei einer Beratung über das Werbekonzept für eine neue Kosmetikseife machte in der folgenden Woche ein anderer Agent den Vorschlag: »Hierfür werden wir Siegerinnen von Schönheitswettbewerben einspannen.«

»Ich bitte um Verzeihung«, warf Leslie mit unsicherer Stimme ein, »aber so eine Werbung hat es, glaube ich, bereits gegeben. Warum setzen wir hier eigentlich nicht besonders hübsche Flugbegleiterinnen aus aller Welt ein, um zu demonstrieren, daß unsere Kosmetikseife universal ist?«

Von da an fragten die Kollegen bei Arbeitssitzungen Leslie um ihre Meinung zu Projektideen.

Ein Jahr später war sie zur Werbetextassistentin avanciert; zwei Jahre danach wurde sie PR-Agentin mit Zuständigkeit für Werbung sowie für Öffentlichkeitsarbeit.

Oliver Russells Wahlkampf zu managen, das bedeutete für Leslie die erste wirklich große Aufgabe bei der Agentur. Als zwei Wochen nach Oliver Russells Antrittsbesuch Bailey darauf hinwies, daß es eventuell ratsam wäre, Russell als Klienten aufzugeben, weil er nicht in der Lage sei, das übliche Agentenhonorar zu zahlen, überredete Leslie ihn nicht zuletzt deshalb, an Russell festzuhalten.

»Betrachten Sie's als Wohltätigkeitsposten – als Arbeit für einen guten Zweck«, sagte sie.

Bailey musterte sie einen Augenblick lang nachdenklich. »Einverstanden.«

Leslie saß neben Oliver Russell auf einer Bank im Triangle Park. Es war ein kühler Herbsttag; vom See her wehte eine leichte Brise herüber. »Ich hasse die Politik«, erklärte Oliver Russell.

Leslie schaute ihn verblüfft an. »Aber warum sind Sie dann –«

»Weil ich das System ändern möchte, Leslie. In seiner bestehenden Form wird es beherrscht von Lobbyisten und Großunternehmen, die die falschen Leute an die Macht bringen und diese Leute dann völlig in der Hand haben. Da gäbe es so viel zu tun!« Seine Stimme klang leidenschaftlich. »Die politisch Verantwortlichen haben unser Land zu einem Altherrenverein heruntergewirtschaftet. Sie verfolgen in erster Linie eigene Interessen, statt sich um das Wohl des Volkes zu kümmern. Das ist einfach nicht in Ordnung. Ich werde alles tun, um diesen Mißstand zu korrigieren.«

Als Leslie Olivers weiteren Ausführungen zuhörte, dachte sie: *Er könnte tatsächlich eine Wende herbeiführen.* Er hatte etwas ausgesprochen Zwingendes und Mitreißendes an sich. Es war allerdings so, daß sie einfach alles an ihm aufregend fand. Solche Anteilnahme hatte sie bisher noch für keinen Mann empfunden, und es war eine berauschende Erfahrung. Sie hatte allerdings keine Ahnung, welche Gefühle er für sie hegte. *Verdammt,* dachte sie, *er ist immer nur der perfekte Gentleman.* Es kam Leslie so vor, als ob an der Bank alle paar Minuten Leute stehenblieben, um Oliver die Hand zu schütteln und alles Gute zu wünschen; und die vorbeikommenden Frauen hätten Leslie offenbar am liebsten mit Blicken vergiftet. *Wahrscheinlich ist er mit denen allen ausgegangen,* dachte Leslie. *Wahrscheinlich ist er mit allen im Bett gewesen. Na schön, das geht mich nichts an.*

Es war ihr zu Ohren gekommen, daß er bis vor kurzem mit der Tochter eines Senators befreundet gewesen war; sie überlegte, was da wohl schiefgegangen sein mochte. *Das geht mich jedoch ebensowenig etwas an.*

Es war einfach nicht zu übersehen, daß Olivers Wahlkampf schlecht lief. Ohne Geld zur Bezahlung von Wahlkampfhelfern, ohne politische Werbespots im Fernsehen, Radio und Zeitungen war es ihm schlicht unmöglich, Gouverneur Cary Addison Paroli zu bieten, dessen Gesicht im ganzen Lande allgegenwärtig schien. Es gelang Leslie zwar, zu erreichen, daß Oliver auf Firmenausflügen, in Fabriken und auf Dutzenden von Gesellschaftsereignissen in Erscheinung trat; ihr war jedoch bewußt, daß dergleichen Auftritte eher nebensächlich waren. Sie fand es frustrierend.

»Haben Sie schon die jüngsten Umfrage-Ergebnisse gesehen?« fragte Bailey. »Ihr Junge fällt ins Leere.«

Nicht, soweit es in meiner Macht steht, dachte Leslie.

Leslie und Oliver waren zum Abendessen ins Cheznous gegangen. »Es klappt nicht, stimmt's?« fragte Oliver leise.

»Wir haben ja noch viel Zeit«, meinte Leslie beruhigend. »Wenn die Wähler Sie erst einmal entdecken...«

Oliver schüttelte den Kopf. »Ich habe die Umfrage-Ergebnisse natürlich auch gesehen. Sie sollten wissen, wie dankbar ich Ihnen für all Ihre Bemühungen in meiner Sache bin, Leslie. An Ihnen liegt's bestimmt nicht. Sie haben großartig gearbeitet.«

Sie schaute ihn über den Tisch an und dachte: *Er ist der bewundernswerteste Mann, dem ich je begegnet bin, und ich kann nichts für ihn tun.* Sie hätte ihn am liebsten in die Arme genommen und getröstet. *Ihn getröstet – getröstet? Wem will ich da wohl Sand in die Augen streuen?*

Sie machten sich gerade daran, aufzustehen und zu gehen, als ein Herr und eine Dame mit zwei kleinen Mädchen auf ihren Tisch zusteuerten.

»Oliver! Wie geht's?« Eine schwarze Augenklappe verlieh dem gepflegten Mann um die Vierzig das Aussehen eines liebenswerten Piraten.

Oliver erhob sich und streckte ihm die Hand entgegen. »Hallo, Peter. Darf ich Sie mit Leslie Stewart bekanntmachen? Leslie – Peter Tager.«

»Hallo, Leslie.« Tager machte eine Kopfbewegung in Richtung seiner Familie. »Meine Frau Betsy, und hier ist unsere Elizabeth, und dieses Mädchen ist unsere Tochter Rebecca.«

In seiner Stimme schwang großer Stolz mit.

Peter Tager wandte sich Oliver zu. »Ich bedaure zutiefst, was geschehen ist. Wirklich. Ich habe es widerstrebend getan. Ich hatte keine Wahl.«

»Ich verstehe, Peter.«

»Wenn ich eine Möglichkeit gesehen hätte, um es zu ...«

»Es ist schon in Ordnung. Kein Problem.«

»Sie wissen doch, daß ich persönlich Ihnen bestes Gelingen wünsche.«

Auf dem Heimweg fragte Leslie: »Wovon hat er überhaupt gesprochen?«

Oliver wollte etwas sagen, hielt sich dann aber zurück. »Ach, das ist inzwischen völlig bedeutungslos.«

Leslie wohnte in einer adretten Einzimmerwohnung im Stadtteil Brandywine. Der Wohnblock war bereits in Sichtweite, als Oliver mit einem gewissen Zögern meinte: »Ich weiß, daß Ihre Agentur mich fast kostenlos betreut, Leslie. Ganz offen gesagt – ich glaube, Sie verschwenden Ihre Zeit. Es wäre wohl besser, wenn ich das Rennen einfach aufgeben würde.«

»Nein.« Sie war selbst überrascht von der Heftigkeit ihres Tons. »Sie dürfen jetzt nicht aufgeben. Wir werden schon noch einen Weg finden, damit Sie doch noch siegen.«

Oliver wandte den Kopf, um sie lange zu betrachten. »Es bedeutet Ihnen wirklich etwas, nicht wahr?«

Lese ich in diese Frage zu viel hinein? »Ja«, erwiderte sie leise, »es bedeutet mir wirklich etwas.«

Vor dem Wohnblock holte Leslie einmal tief Luft. »Möchten Sie mit hochkommen?«

Er schaute sie eine Zeitlang an, bevor er antwortete. »Ja.«

Später wußte sie nicht mehr, wer den ersten Schritt getan hatte, da konnte sie sich nur noch erinnern, wie sie sich gegenseitig entkleidet und einander in den Armen gelegen hatten; das Liebesspiel war von einer ungestümen, wilden Ungeduld gewesen, bevor sie jegliches Zeitgefühl verloren halten und langsam und unbeschwert in einer rhythmischen Ekstase verschmolzen. Etwas so Wunderbares hatte Leslie noch nie erlebt.

Sie blieben die ganze Nacht über zusammen; es war eine unvergeßliche Nacht. Oliver war unersättlich, im Nehmen wie im Geben; er konnte einfach kein Ende finden. Er war wie ein Tier, und Leslie dachte, *o mein Gott, wie ich selbst auch.*

Beim morgendlichen Frühstück – es gab Orangensaft, Rühreier, Toast und Speck – sagte Leslie: »Am Freitag wird am Green River Lake ein Picknick stattfinden, Oliver, an dem viele Leute teilnehmen werden. Ich werde es so einrichten, daß du dort eine Rede hältst, und wir werden einen Radiowerbespot kaufen, damit deine Anwesenheit allen bekannt wird. Dann werden wir …«

»Leslie«, fiel er ihr protestierend ins Wort, »das kann ich nicht bezahlen.«

»Mach dir darüber mal keine Gedanken«, erwiderte sie leichthin. »Die Kosten wird die Agentur übernehmen.«

Ihr war völlig klar, daß dafür nicht die geringste Chance bestand. Sie würde die erforderliche Summe aus eigener Tasche hinlegen und Jim Bailey weismachen müssen, daß es sich um die Wahlkampfspende einer Anhängerin Russells handle – was im übrigen ja der Wahrheit entsprach. *Ich bin bereit, alles zu tun, um ihn voranzubringen,* dachte sie.

Olivers Rede auf dem Picknick beim Green River Lake, zu

dem sich zweihundert Personen einfanden, war absolut brillant.

»Die Hälfte der Bevölkerung unseres Landes geht nie zur Wahl«, rief er. »Was die Wahlbeteiligung betrifft, so halten wir den Negativrekord unter den Industrienationen der Welt – sie liegt unter fünfzig Prozent. Wenn Sie politische Veränderungen wünschen, dann liegt es an Ihnen, daß sich wirklich etwas ändert; dafür tragen einzig und allein Sie die Verantwortung. Es ist jedoch keineswegs nur eine Verantwortung, es ist auch Ihr großes Vorrecht. Bald werden hier in Kentucky Wahlen stattfinden. Gehen Sie zur Wahl – ganz gleich, ob Sie Ihre Stimme für mich oder für meinen Gegner abgeben werden. Aber kommen Sie zur Wahl.«

Die Leute jubelten ihm zu.

Leslie vereinbarte so viele Veranstaltungstermine für Oliver wie möglich. Er übernahm den Vorsitz bei der Eröffnung einer Kinderklinik, er weihte eine neue Brücke ein, sprach zu Frauenvereinen, Arbeitervereinen, Wohltätigkeitsorganisationen, in Altersheimen – und rutschte in den Umfragen trotzdem weiter nach unten. Wann immer Oliver keine Wahlkampfverpflichtungen wahrzunehmen hatte, versuchte er, mit Leslie zusammenzusein. Sie fuhren in einer Kutsche gemeinsam durch den Triangle Park, sie verbrachten einen Sonnabendnachmittag auf dem Antiquitätenmarkt, sie aßen im Restaurant La Lucie zu Abend. Am 2. Februar, dem Groundhog Day und Jahrestag der Schlacht von Bull Run, schickte Oliver Leslie Blumen und hinterließ liebevolle Mitteilungen auf ihrem Anrufbeantworter: »Darling – wo bist Du? Du fehlst mir, du fehlst mir, du fehlst mir.«

»Ich bin bis über beide Ohren in deinen Anrufbeantworter verliebt. Weißt du eigentlich, wie sexy er klingt?«

»Ich fürchte, es ist verboten, so glücklich zu sein. Ich liebe dich.«

Es war Leslie völlig gleichgültig, wohin sie Oliver begleitete; ihr war einfach nur wichtig, bei ihm zu sein.

Auf einen Sonntag freuten sie sich besonders, an dem sie eine Kajakfahrt auf dem Russell Fork River machen wollten. Der Ausflug verlief zunächst ganz harmlos, bis der Fluß in einer riesigen Schleife um eine Bergsohle führte. Dort begannen Stromschnellen mit einer Folge von ohrenbetäubenden, atemberaubenden, senkrechten Wasserfällen, und in furchterregend geringen Abständen von einer Kajaklänge ging es anderthalb Meter... zwei Meter... drei Meter tief hinab. Dreieinhalb Stunden dauerte die Flußfahrt, und als die beiden aus dem Kajak ausstiegen, waren sie patschnaß und heilfroh, überhaupt noch am Leben zu sein; und sie konnten die Hände nicht voneinander lassen. Sie liebten sich in einer Holzhütte, im Fond seines Wagens, mitten im Wald.

An einem frühherbstlichen Tag bereitete Oliver zu Hause in seinem Haus in Versailles, einer Kleinstadt in der Nähe von Lexington, das Abendessen zu. Es gab gegrillte Steaks, die in Sojasauce mit Knoblauch und Kräutern mariniert worden waren und die mit gebackenen Kartoffeln, Salat und einem vollkommenen Rotwein serviert wurden.

»Du bist ein ausgezeichneter Koch«, lobte Leslie, die sich an ihn kuschelte. »Eigentlich bist du rundum wundervoll, mein Schatz.«

»Danke, Liebes.« Ihm fiel etwas ein. »Ich habe eine kleine Überraschung für dich. Etwas für uns beide zum Ausprobieren.« Er verschwand kurz im Schlafzimmer und kam mit einem Fläschchen einer klaren Flüssigkeit zurück.

»Hier, bitte«, sagte er.

»Was ist das?«

»Hast du schon mal von Ecstasy gehört?«

»Ob ich schon mal von Ekstase gehört habe? Ich bin doch mittendrin.«

»Ich meine die *Droge* Ecstasy. Das hier ist flüssiges Ecstasy. Angeblich ein großartiges Aphrodisiakum.«

Leslie runzelte die Stirn. »Liebling – das hast du wirklich nicht nötig. Das brauchen wir beide nicht. Außerdem könnte es gefährlich sein.« Sie zögerte, bevor sie ihre Frage aussprach. »Nimmst du das Zeug oft?«

Oliver lachte. »Ehrlich gesagt, nein. Zieh nicht so ein Gesicht. Ich hab's von einem Freund geschenkt bekommen, der meinte, daß ich's mal ausprobieren sollte. Es wäre das erste Mal, wenn ich's heute einnehme.«

»Laß es gar nicht zu einem ersten Mal kommen«, bat Leslie. »Wirst du es bitte wegschütten?«

»Du hast ja völlig recht. Selbstverständlich.« Er ging ins Badezimmer. Gleich darauf hörte Leslie die Wasserspülung.

»Schon beseitigt.« Er kehrte mit strahlendem Gesicht zurück. »Wozu brauche ich Ecstasy? Da habe ich etwas viel Besseres.«

Er nahm Leslie in die Arme.

Leslie hatte Liebesromane gelesen und Liebeslieder gehört, auf die unglaubliche Realität der Liebe war sie jedoch durch nichts vorbereitet. Sie hatte die romantischen Texte immer für sentimentalen Schwachsinn, für Wunschträume gehalten, doch nun wurde sie eines Besseren belehrt. Sie vermochte es nicht in Worte zu fassen, doch die ganze Welt erschien ihr auf einmal heller und schöner, alles war von einem Zauber berührt, und der Zauber hieß Oliver Russell.

Auf einer Samstagwanderung im Breaks Interstate Park

genossen die beiden die spektakuläre Landschaft in vollen Zügen.

»In dieser Gegend bin ich noch nie gewesen«, hatte ihm Leslie vorher gestanden.

»Sie wird dir bestimmt gefallen.«

An einer scharfen Wegbiegung blieb Leslie plötzlich wie angewurzelt stehen. Auf der Mitte des Weges sah sie ein handgemaltes Holzschild: LESLIE, WILLST DU MEINE FRAU WERDEN?

Es verschlang Leslie den Atem. Ihr Herz begann zu rasen. Sie drehte sich nach Oliver um.

Er nahm sie in die Arme. »Wirst du meine Frau?«

Wie habe ich nur solch großes Glück finden können? dachte Leslie überwältigt. Sie drückte ihn an sich und flüsterte: »Ja, Darling. Natürlich möchte ich deine Frau werden.«

»Daß du einen Gouverneur zum Ehemann haben wirst, kann ich dir leider nicht versprechen. Aber ich bin immerhin ein recht guter Anwalt.«

Sie schmiegte sich an ihn und erwiderte: »Das genügt mir vollauf.«

Als Leslie sich ein paar Abende später zum Ausgehen mit Oliver umzog, klingelte das Telefon.

»Darling, es tut mir schrecklich leid, aber ich habe eine schlechte Nachricht. Ich muß heute abend an einer Sitzung teilnehmen und unser gemeinsames Abendessen absagen. Verzeihst du mir?«

Leslie lächelte und sagte sanft: »Dir ist verziehen.«

Als Leslie sich am nächsten Tag ein Exemplar des *State Journal* kaufte, sprang ihr die Schlagzeile entgegen: FRAUENLEICHE IM KENTUCKY RIVER GEFUNDEN. Der Bericht lautete. »Von der Polizei wurde heute am frühen Morgen 16 Kilometer östlich von Lexington im Kentucky River die Leiche einer nackten, ungefähr 20jährigen Frau gefunden. Zur Feststellung der Todesursache wird gegenwärtig eine Obduktion durchgeführt...«

Leslie schauderte beim Lesen des Berichts. *So jung zu sterben. Hatte sie einen Geliebten? Einen Ehemann? Wie dankbar ich doch sein muß, weil ich am Leben und so glücklich bin und so sehr geliebt werde.*

Ganz Lexington schien von der bevorstehenden Hochzeit zu reden. Kein Wunder: Lexington war eine kleine Stadt und Oliver Russell eine bekannte und beliebte Persönlichkeit. Die beiden waren ein aufsehenerregendes Paar: der dunkle, attraktive Oliver und die junge Leslie mit dem schönen Gesicht, der Traumfigur und dem honigblonden Haar. Wie ein Lauffeuer hatte die Nachricht sich ausgebreitet.

»Hoffentlich weiß er sein Glück zu schätzen«, sagte Jim Bailey.

»Mein Glück ist nicht minder groß«, korrigierte ihn Leslie mit einem fröhlichen Lächeln.

»Werden Sie sich irgendwo heimlich trauen lassen?«

»Nein. Oliver wünscht eine echte Hochzeit. Wir heiraten in der Calvary Chapel.«

»Und wann findet das Ereignis statt?«

»In sechs Wochen.«

Einige Tage später berichtete das *State Journal* auf der Titelseite: »Die Frau, deren Leiche im Kentucky River gefunden und die inzwischen als die Anwaltssekretärin Lisa Burnette identifiziert wurde, ist laut Obduktionsbericht an einer Überdosis der gefährlichen, gesetzlich verbotenen Droge gestorben, die im Volksmund als flüssiges Ecstasy bekannt ist...«

Flüssiges Ecstasy. Leslie erinnerte sich an den Abend mit

Oliver und dachte: *Welch ein Glück, daß er die Flasche weggeworfen hat.*

Die nächsten Wochen waren mit hektischen Hochzeitsvorbereitungen erfüllt. Es gab unendlich viel zu erledigen: da mußten die Einladungen an zweihundert Personen verschickt werden. Leslie hatte ihre Brautjungfer zu wählen und das Brautjungfernkleid auszusuchen. Sie entschied sich für eines in Ballerinenkleidlänge mit farblich abgestimmten Schuhen und Handschuhen, die bis an die Ellbogen reichten. Für sich selbst ging sie in der Fayette Mall an der Nicholasville Road einkaufen und wählte eine bis auf den Boden reichende Robe mit Rock und Schleppe, dazu passende Schuhe und ebenfalls lange Handschuhe.

Oliver orderte einen schwarzen Cut mit gestreifter Hose, grauer Weste, Hemd mit Eckenkragen und eine breite, gestreifte Ascot-Krawatte. Sein Trauzeuge war ein Anwaltskollege aus seiner Kanzlei.

»Es ist alles geregelt«, teilte Oliver Leslie mit. »Auch für den Empfang im Anschluß an die kirchliche Trauung. Und es haben fast alle Eingeladenen zugesagt.«

Leslie lief ein leiser Schauer über den Rücken. »Ich kann es gar nicht abwarten, Darling.«

Am Donnerstag vor der Hochzeit kam Oliver abends zu Leslie in die Wohnung.

»Bitte entschuldige, Leslie, aber da ist leider ein unvorhergesehener Auftrag hereingekommen. Ein Klient hat Probleme. Ich werde nach Paris fliegen müssen, um die Sache für ihn zu erledigen.«

»Nach Paris? Und wie lange wirst du fort bleiben?«

»Die Angelegenheit dürfte eigentlich nicht länger als zwei bis drei, maximal vier Tage beanspruchen. Zu unserer Hochzeit bin ich wieder zurück.«

»Dann sag dem Piloten, daß er gut fliegen soll.«

»Versprochen.«

Als Oliver gegangen war, nahm Leslie die Zeitung vom Tisch und schlug ihr Horoskop von Zoltaire auf. Es lautete:

LÖWE (23. JULI – 22. AUGUST) FÜR PLANÄNDERUNGEN IST HEUTE KEIN GUTER TAG. DAS EINGEHEN VON RISIKEN KÖNNTE ERNSTHAFTE PROBLEME VERURSACHEN.

Leslie wurde nervös. Sie studierte das Horoskop ein zweites Mal und war fast versucht, Oliver anzurufen und ihn aufzufordern, nicht abzureisen. Aber das wäre doch lächerlich, dachte sie. Wegen eines dummen Horoskops!

Am Montag hatte Leslie noch immer nichts von Oliver gehört. Sie rief in seiner Kanzlei an, aber dort wußte man auch nichts. Am Dienstag traf von ihm ebenfalls keine Nachricht ein. Leslie geriet langsam in Panik. Am Mittwoch wurde sie um vier Uhr früh durch das hartnäckige Läuten des Telefons geweckt. Sie setzte sich auf dem Bett auf und dachte: *Das ist bestimmt Oliver! Gott sei Dank.* Eigentlich müßte sie ihm böse sein, weil er nicht früher angerufen hatte; aber das war nun nicht mehr wichtig.

Sie nahm den Hörer ab. »Oliver ...«

Eine fremde Männerstimme sagte:

»Al Towers von der Nachrichtenagentur Associated Press. Wir haben da eine Story, die gleich an die Medien herausgehen soll, Miss Stewart, und hätten gern gewußt, was Sie dazu sagen.«

Leslie erschrak. Es mußte etwas Furchtbares geschehen sein. Oliver war tot.

»Miss Stewart?«

»Ja.« Sie stieß es mit einem erstickten Flüstern hervor.

»Könnten wir von Ihnen eine Stellungnahme zu dem Ereignis haben?«

»Eine Stellungnahme?«

»Ihren persönlichen Kommentar zu der Tatsache, daß Oliver Russell in Paris die Tochter von Senator Todd Davis geheiratet hat.«

Im ersten Moment schien sich das Zimmer vor ihren Augen zu drehen.

»Sie sind doch mit Mr. Russell verlobt gewesen, nicht wahr? Könnten wir da nicht von Ihnen einen Kommentar...«

Sie saß da, als ob sie erfroren wäre.

»Miss Stewart.«

Sie fand ihre Stimme wieder. »Ja. Ich – ich – kann den beiden nur alles Gute wünschen.« Wie betäubt legte sie auf. Das konnte doch wohl nur ein Alptraum gewesen sein. Nur ein paar Minuten, dann würde sie aufwachen und feststellen, daß sie geträumt hatte.

Es war aber kein Traum. Sie war wieder einmal verlassen, sitzengelassen worden. *»Dein Vater kommt nie mehr zurück.«* Sie schritt ins Badezimmer und betrachtete sich im Spiegel. Das Gesicht war bleich. *»Wir haben da eine Story, die gleich an die Medien herausgehen soll.«* Oliver hatte eine andere geheiratet. *Aber warum? Was habe ich denn falsch gemacht? Habe ich ihn je im Stich gelassen, enttäuscht, verraten?* Im tiefsten Innern war ihr jedoch völlig klar, daß es Oliver war, der sie im Stich gelassen und verraten hatte. Er war fort. Wie sah ihre Zukunft aus?

Die Kollegen gaben sich alle Mühe, Leslie nicht anzustarren, als sie an diesem Morgen in der Agentur eintraf. Jim

Bailey sagte nach einem kurzen, forschend-prüfenden Blick auf ihr blasses Gesicht: »Sie hätten heute nicht zur Arbeit kommen sollen, Leslie. Warum gehen Sie nicht einfach heim und …«

Sie holte tief Luft. »Nein, danke. Ich komm schon durch.«

Rundfunk- und Fernsehnachrichten sowie die Abendzeitungen brachten ausführliche Berichte über die Pariser Hochzeit; denn Senator Todd Davis war ohne Zweifel der einflußreichste Bürger des Staates Kentucky; und daß seine Tochter geheiratet und ihr Bräutigam ihretwegen seine Verlobte Leslie Stewart sitzengelassen hatte, war eine Sensation.

In Leslies Büro hörten die Telefone nicht mehr auf zu klingeln.

»Hier spricht der *Courier-Journal*. Miss Stewart, könnten Sie bitte eine Stellungnahme zu der Hochzeit abgeben?«

»Ja. Mir liegt einzig und allein das Glück Oliver Russells am Herzen.«

»Aber es war doch beschlossene Sache, daß Sie und er …«

»Es wäre falsch gewesen, wenn wir geheiratet hätten. Senator Davis' Tochter war vor mir in sein Leben getreten. Ich wünsche den beiden alles Gute.«

»Hier spricht das *State Journal*…«

So ging das ununterbrochen weiter.

Leslie gewann den Eindruck, daß halb Lexington sie bemitleidete und die andere Hälfte der Bevölkerung ihr Mißgeschick mit Schadenfreude registrierte. Wo immer sie auftauchte, bemerkte sie Getuschel und ein hastiges Abbrechen der Gespräche. Sie war wild entschlossen, sich nicht anmerken zu lassen, was sie empfand.

»Wie können Sie es ihm einfach durchgehen lassen, Ihnen so etwas anzu …?«

»Wenn man einen Menschen wahrhaft liebt«, widersprach Leslie mit fester Stimme, »hegt man nur den Wunsch, daß er glücklich wird. Ich habe nie einen feineren Menschen als Oliver Russell kennengelernt. Ich wünsche den beiden Glück in ihrem gemeinsamen Leben.«

Allen Gästen, die zu ihrer eigenen Hochzeit mit Oliver Russell eingeladen worden waren, schrieb sie ein Entschuldigungskärtchen, die bereits eingegangenen Geschenke schickte sie zurück.

Den Anruf Olivers hatte Leslie teils erhofft, teils befürchtet. Als der Anruf dann schließlich kam, erwischte er sie trotzdem gänzlich unvorbereitet. Der vertraute Klang seiner Stimme warf sie um.

»Leslie … Ich weiß gar nicht, was ich sagen soll.«

»Es stimmt, nicht wahr?«

»Ja.«

»Dann gibt es nichts zu sagen.«

»Ich habe nur den Wunsch gespürt, dir zu erklären, wie es dazu gekommen ist. Jan und ich waren so gut wie verlobt, als ich dich kennenlernte. Und als ich ihr dann zufällig wiederbegegnet bin, da – da wurde mir – klar, daß ich sie noch immer liebte.«

»Ich verstehe, Oliver. Adieu.«

Fünf Minuten später meldete sich Leslies Sekretärin auf der internen Sprechanlage. »Ein Anruf für Sie auf Leitung eins, Miss Stewart.«

»Ich habe nicht den Wunsch, mit …«

»Es ist Senator Davis.«

Der Vater der Braut. *Was will denn der von mir?* fragte sich Leslie. Sie nahm den Hörer ab.

»Miss Stewart?« sagte eine tiefe Südstaatenstimme.

»Am Apparat.«

»Hier spricht Todd Davis. Ich finde, daß wir beide uns einmal unterhalten sollten.«

Sie zögerte. »Senator, ich wüßte nicht, was wir zu be-«

»Ich hole Sie in einer Stunde ab.« Und schon war die Leitung tot.

Pünktlich auf die Minute hielt eine Limousine vor dem Bürogebäude. Der Chauffeur hielt Leslie die Tür auf. Im Fond saß Senator Davis – ein vornehm wirkender Herr mit weißem, wallendem Haar, dünnem, gepflegtem Schnurrbart und Patriarchengesicht. Er trug sogar jetzt im Herbst einen weißen Anzug und einen breitkrempigen weißen Livorno-Hut. Er wirkte wie eine Erscheinung aus einem früheren Jahrhundert. Ein altmodischer Südstaatengentleman.

»Sie sind wirklich eine schöne junge Frau«, sagte Senator Davis, als Leslie neben ihm Platz nahm.

»Danke für das Kompliment«, erwiderte sie steif.

Der Wagen setzte sich in Bewegung.

»Ich meinte damit keineswegs nur Ihr Äußeres, Miss Stewart. Ich habe gehört, wie Sie mit der ekligen Geschichte umgegangen sind, die für Sie doch bedauernswert ist. Ich selbst habe es zuerst gar nicht glauben wollen, als ich die Neuigkeit erfuhr.« In seiner Stimme klang Zorn durch. »Was ist nur aus der guten alten menschlichen Anständigkeit geworden? Um die Wahrheit zu sagen: mich persönlich widert die schäbige Art und Weise an, wie Oliver Sie behandelt hat. Und auf Jan bin ich deshalb wütend, weil sie ihn geheiratet hat. Ich habe Ihnen gegenüber irgendwie ein schlechtes Gewissen, weil sie ja immerhin meine Tochter ist. Die beiden haben einander wirklich verdient.« Ihm versagte vor Erregung die Stimme.

Eine Weile fuhren sie schweigend dahin. Als Leslie dann

schließlich das Wort ergriff, sagte sie: »Ich kenne Oliver. Ich bin überzeugt, daß er mir nicht weh tun wollte. Was geschehen ist ... nun, es ist eben einfach geschehen. Ich wünsche ihm nur das Beste. Er hat es verdient, und ich würde nichts unternehmen, um ihm Steine in den Weg zu legen.«

»Das ist äußerst liebenswürdig von Ihnen.« Er musterte sie einen Augenblick lang mit forschendem Blick. »Sie sind wirklich eine bemerkenswerte junge Dame.«

Der Wagen hielt an. Leslie schaute zum Fenster hinaus. Sie hatten Paris Pike im Kentucky Horse Center erreicht. In Lexington und Umgebung gab es über hundert Gestüte, und Senator Davis war Eigentümer des größten: weiße Bretterzäune, weiße Koppeln mit roten Sattelplätzen und sanftes Kentucky-Wiesenrippengras, soweit das Auge reichte.

Leslie und Senator Davis stiegen aus dem Wagen, traten an den Zaun, der die Rennbahn einfaßte, und blieben eine Weile in stummer Bewunderung für die herrlichen, dort trainierenden Tiere stehen.

»Ich bin ein einfacher Mann«, sagte Senator Davis ruhig, als er sich Leslie zuwandte. »Es mag seltsam klingen, doch es ist die Wahrheit. Ich wurde hier geboren und wäre glücklich, den Rest meines Lebens hier zu verbringen. Es ist ein einmalig schöner Ort. Schauen Sie sich um, Miss Stewart, es ist der Himmel auf Erden. Können Sie mir einen Vorwurf daraus machen, daß ich all das nicht aufgeben möchte? Mark Twain hat einmal bemerkt: Wenn die Welt unterginge, dann wünsche er sich, in Kentucky zu sein, weil Kentucky immer gut zwanzig Jahre hinterherhinkt. Ich muß mein Leben leider zur Hälfte in Washington verbringen, und ich hasse Washington.«

»Warum bleiben Sie dann dort?«

»Aus Pflichtgefühl. Unser Volk hat mich in den Senat gewählt, und ich werde mich bemühen, dort mein Bestes zu geben, bis ich abgewählt werde.« Er wechselte abrupt das Thema. »Ich möchte Ihnen für Ihre Einstellung und für Ihr Verhalten meine Bewunderung aussprechen. Wenn Sie in der bewußten Angelegenheit böse reagiert hätten, wäre vermutlich ein ziemlicher Skandal daraus geworden. Aber so – nun ja, zum Zeichen meiner Dankbarkeit möchte ich mich Ihnen gegenüber gern erkenntlich zeigen.«

Leslie hielt seinem Blick stand.

»Ich dachte, Sie würden vielleicht gerne eine Zeitlang von hier verschwinden, eine kleine Auslandsreise machen, einfach ein bißchen unterwegs sein. Selbstverständlich würde ich die ...«

»Davon nehmen Sie bitte Abstand.«

»Ich wollte nur ...«

»Ich weiß. Ich kenne Ihre Tochter nicht, Senator Davis. Ihre Tochter muß aber eine außergewöhnliche Frau sein, wenn Oliver sie liebt. Ich kann nur hoffen, daß die beiden miteinander glücklich werden.«

Er wurde plötzlich sehr verlegen. »Ich denke, Sie sollten erfahren, daß die beiden nach ihrer Rückkehr aus Paris hier noch einmal Hochzeit feiern werden. In Paris hat die standesamtliche Trauung stattgefunden. Jan wünscht sich aber eine kirchliche Trauung in Lexington.«

Es war ein Dolchstoß mitten ins Herz. »Verstehe. In Ordnung. Meinetwegen müssen Sie sich keine Sorgen machen.«

Die Trauung fand zwei Wochen später in der Calvary Chapel statt, in der gleichen Kirche, wo ursprünglich Leslie und Oliver hatten heiraten wollen. Die Kirche war bis auf den letzten Platz besetzt.

Vor dem Geistlichen am Altar standen Oliver Russell, Jan Todd – eine attraktive Brünette von überwältigender Größe und aristokratischem Gebaren – und Davis Todd.

Die Trauzeremonie näherte sich ihrem Ende. »Gott hat es so gewollt, daß Mann und Frau in den heiligen Stand der Ehe treten und gemeinsam durchs Leben gehen ...«

Die Kirchentür öffnete sich. Leslie Stewart trat ein, horchte kurz und ging dann zur hintersten Kirchenbank hinüber, wo sie hochaufgerichtet stehen blieb.

»... und so jemand einen Grund weiß, warum dieses Paar nicht in den heiligen Stand der Ehe treten sollte«, sprach der Pfarrer, »so möge er jetzt vortreten oder für immer ...« Und als er den Kopf hob, fiel sein Blick auf Leslie. »... für immer schweigen.«

Fast automatisch drehten sich einige Leute nach Leslie um. Ein Flüstern ging durch die Gemeinde. Die Leute ahnten, daß eine dramatische Szene bevorstand, und in der Kirche herrschte plötzlich eine gespannte Stille.

Nichts geschah.

Der Pfarrer wartete einen Augenblick, bevor er nach einem nervösen Räuspern fortfuhr: »Und kraft des mir verliehenen Amtes erkläre ich Sie hiermit zu Mann und Frau.« In seiner Stimme schwang tiefe Erleichterung mit. »Sie dürfen die Braut küssen.«

Als der Priester erneut aufblickte, war Leslie verschwunden.

Der letzte Eintrag in Leslie Stewarts Tagebuch lautete:
Liebes Tagebuch: Es war eine schöne Trauung. Olivers Braut ist sehr hübsch. Sie trug ein herrliches Hochzeitskleid aus Spitzen und Satin, dazu ein Top mit Nackenträger und einen Bolero. Oliver sah schöner aus denn je. Er

machte einen sehr glücklichen Eindruck. Und das freut mich.

Denn ich werde dafür sorgen, daß er wünscht, er wäre nie geboren worden, bevor ich mit ihm fertig bin.

2

Es war Senator Todd Davis gewesen, der die Versöhnung zwischen seiner Tochter und Oliver Russell in die Wege geleitet hatte.

Todd Davis war Witwer. Ein Multimilliardär, dem Tabakplantagen, Kohlebergwerke, Ölfelder in Oklahoma und Alaska sowie ein Gestüt mit Rennpferden der Weltspitzenklasse gehörten. Und er war als Mehrheitsführer im Senat, dem er bereits in der fünften Legislaturperiode angehörte, einer der mächtigsten Männer in Washington. Seine Lebensphilosophie lautete: Nie einen Menschen vergessen, der dir einen Gefallen getan hat, und nie eine Kränkung verzeihen. Er rühmte sich, auf der Rennbahn wie in der Politik ein Auge für kommende Sieger und Gewinner zu haben, und hatte bereits sehr früh auf Oliver Russell gesetzt. Die Aussicht, daß Oliver sein Schwiegersohn werden könnte, war ein unerwarteter, zusätzlicher Pluspunkt, den seine Tochter Jan dann mit ihrem törichten Verhalten natürlich wieder zunichte gemacht hatte. Es war die Nachricht von Oliver Russells Heirat mit Leslie Stewart, die ihm zu denken gegeben hatte. Sehr zu denken.

Oliver Russell war Senator Davis erstmals als junger Anwalt aufgefallen, als er für ihn einen juristischen Auftrag bearbeitete. Senator Davis war von dem intelligenten, gutaussehenden, redegewandten Mann mit dem gewinnenden jungenhaften Charme beeindruckt gewesen und hatte sich damals regelmäßig mit ihm zum Mittagessen verabredet. Oliver hatte gar keine Ahnung davon, welch einer gründlichen Prüfung er dabei unterzogen wurde.

Einen Monat nach der ersten Bekanntschaft mit Oliver rief Senator Davis Peter Tager zu sich. »Ich glaube, wir haben unseren nächsten Gouverneur gefunden.«

Tager war ein ernsthafter Mensch, der in einem christlichen Elternhaus aufgewachsen war. Sein Vater war Geschichtslehrer gewesen; seine Mutter ganz in der Familie aufgegangen; beide waren eifrige Kirchgänger. Peter Tager war elf Jahre alt gewesen, als die Bremsen des väterlichen Wagens versagten und einen tödlichen Verkehrsunfall verursachten, bei dem beide Eltern und sein jüngerer Bruder ums Leben kamen. Peter war der einzige Überlebende, aber er verlor ein Auge.

Peter glaubte, Gott habe ihn verschont, damit er den Menschen Sein Wort verkündige.

Senator Davis kannte niemanden sonst, der sich so gut auf die Dynamik des politischen Lebens verstand wie Peter Tager. Tager wußte, wo Wählerstimmen zu holen und wie Wähler zu gewinnen waren. Er besaß ein untrügliches Gespür für die Dinge, die die Öffentlichkeit hören wollte, und für alles, dessen sie überdrüssig war. Für Senator Davis war es allerdings noch wichtiger, daß Peter Tager ein integrer Mensch war, dem er voll und ganz vertrauen konnte, und er war allgemein beliebt. Die schwarze Augenklappe verlieh ihm ein verwegenes Aussehen. Für Tager selbst war die eigene Familie das wichtigste in der Welt. Der Senator kannte keinen zweiten Mann, der von solch tiefem Stolz auf seine Frau und seine Kinder erfüllt war.

Zur Zeit ihrer ersten Begegnung hatte Peter Tager sich mit dem Gedanken getragen, Geistlicher zu werden.

»Es gibt so viele Menschen, die der Hilfe bedürfen, Senator. Ich möchte ihnen dienen, so gut ich kann.«

Den Gedanken hatte ihm Senator Davis ausgeredet. »Überlegen Sie doch einmal, wieviel mehr Menschen Sie helfen können, wenn Sie für mich im Senat der Vereinigten Staaten tätig sind.« Es hatte sich als eine glückliche Wahl erwiesen, denn Tager verstand es, Dinge in Gang zu bringen.

»Der Mann, den ich als unseren Kandidaten für das Amt des Gouverneurs in Betracht ziehe, heißt Oliver Russell.«

»Der Anwalt?«

»Genau. Er ist ein politisches Naturtalent. Ich habe das Gefühl, daß er – wenn wir hinter ihm stehen – das Rennen macht.«

»Klingt interessant, Senator.«

Die zwei Männer begannen, ernsthaft darüber zu diskutieren.

Senator Davis erwähnte Oliver Russell im Gespräch mit Jan. »Der Junge hat eine große Zukunft vor sich, Honey.«

»Und eine heiße Vergangenheit hinter sich, Vater. Er ist der größte Wolf in der ganzen Stadt.«

»Na, Liebling, du solltest nichts auf Klatsch geben. Ich habe Oliver übrigens für Freitag bei uns zum Abendessen eingeladen.«

Der Abend war ein voller Erfolg. Oliver war bezaubernd, und Jan war unwillkürlich von ihm fasziniert. Der Senator beobachtete die beiden und richtete Fragen an Oliver, die ihm Gelegenheit boten, sich von seiner besten Seite zu zeigen.

Beim Abschied lud Jan Oliver für den folgenden Samstag zu einer größeren Dinnerparty ein.

»Die Einladung nehme ich gern an.«

Und nach diesem zweiten Abend gingen sie miteinander aus.

»Die zwei werden bestimmt bald heiraten«, prophezeite der Senator gegenüber Peter Tager. »Aber es wird Zeit, daß wir Olivers Wahlkampagne ins Rollen bringen.«

Oliver wurde zu einer Sitzung ins Büro von Senator Davis bestellt.

»Ich möchte Ihnen eine Frage stellen«, sagte der Senator. »Was würden Sie davon halten, Gouverneur von Kentucky zu werden?«

Oliver schaute ihn erstaunt an. »Ich... darüber habe ich noch nie nachgedacht.«

»Sei's drum. Aber Peter Tager und ich, wir haben uns darüber Gedanken gemacht. Im nächsten Jahr steht die Wahl an. Da bleibt uns genug Zeit, um Sie aufzubauen, um die Leute aufzuklären, wer Sie sind. Mit uns im Hintergrund können Sie die Wahl gar nicht verlieren.«

Und Oliver wußte, daß er recht hatte. Senator Davis war ein mächtiger Mann, der über einen gutgeschmierten politischen Apparat verfügte, über eine Maschinerie, die Mythen erzeugen, aber auch alle vernichten konnte, die sich ihr in den Weg stellten.

»Es würde allerdings ein totales Engagement Ihrerseits erfordern«, warnte der Senator.

»Ich werde es einbringen.«

»Ich habe sogar noch bessere Neuigkeiten für Sie, mein Junge. Aus meiner Sicht handelt es sich hier lediglich um den ersten Schritt. Sie dienen eine Amtszeit als Gouverneur – oder auch zwei – und danach, ich verspreche es Ihnen, bringen wir Sie ins Weiße Haus.«

Oliver schluckte. »Ist... ist das Ihr Ernst?«

»In solchen Dingen pflege ich keine Scherze zu machen.

Ich muß Ihnen ja wohl nicht erklären, daß wir im Zeitalter des Fernsehens leben – und Sie besitzen etwas, das mit Geld überhaupt nicht zu erwerben ist: Charisma. Sie üben auf andere Menschen eine Anziehungskraft aus, und Sie mögen die Menschen, und das spürt man. Sie haben die gleiche Eigenschaft, die auch Jack Kennedy besaß.«

»Ich ... ich weiß nicht, was ich dazu sagen soll, Todd.«

»Sie müssen gar nichts sagen. Ich muß morgen zurück nach Washington. Nach meiner Heimkehr machen wir uns an die Arbeit.«

Ein paar Wochen später begann der Wahlkampf um das Amt des Gouverneurs. Der ganze Bundesstaat war mit Plakattafeln mit dem Bild von Oliver Russell überschwemmt. Er trat im Fernsehen auf, bei Versammlungen und politischen Tagungen. Wie private Umfragen Peter Tagers ergaben, nahm Olivers Popularität von Woche zu Woche zu.

»Er hat weitere fünf Punkte dazugewonnen«, verkündete Peter dem Senator. »Jetzt liegt er bloß noch zehn Punkte hinter dem amtierenden Gouverneur, und uns bleibt noch viel Zeit. Es dürfte nur eine Frage von wenigen Wochen sein, bis die beiden in diesem Rennen Kopf an Kopf liegen.«

Senator Davis nickte. »Gar keine Frage, Oliver wird gewinnen.«

»Hat unser Junge dir eigentlich schon einen Heiratsantrag gemacht?« fragte Todd Davis seine Tochter beim Frühstück.

Jan lächelte versonnen. »Nicht mit offenen, klaren Worten – aber er läßt jede Menge Versuchsballons steigen.«

»Dann sorg dafür, daß es nicht allzulang bei Versuchsballons bleibt. Ich wünsche, daß ihr heiratet, bevor er Gouverneur wird. Ein Gouverneur mit einer Frau an seiner Seite tut sich leichter.«

Jan legte ihrem Vater die Arme um den Hals. »Ich bin ja so froh, daß du ihn in mein Leben gebracht hast. Ich bin richtig verrückt nach ihm.«

Der Senator strahlte. »Solange er dich glücklich macht, bin ich auch glücklich.«

Die Sache lief perfekt.

Bei seiner Heimkehr am nächsten Abend traf der Senator seine Tochter tränenüberströmt beim Kofferpacken auf ihrem Zimmer an.

Er musterte sie besorgt. »Was ist los, Baby?«

»Ich verschwinde von hier. Ich will Oliver nicht mehr wiedersehen! Mein Lebtag nicht!«

»Moment mal. Worum geht's eigentlich?«

Sie drehte sich zu ihm um. »Es geht um Oliver.« Sie klang verbittert. »Er hat die vergangene Nacht mit meiner besten Freundin in einem Motel verbracht. Sie hat es kaum abwarten können, mich anzurufen und mir mitzuteilen, was für ein wundervoller Liebhaber er ist.«

Der Senator war schockiert. »Wäre es denn nicht möglich, daß sie bloß...«

»Nein. Ich habe Oliver angerufen. Er – er hat es nicht bestreiten können. Ich habe beschlossen, Lexington zu verlassen. Ich fliege nach Paris.«

»Bist du sicher, das Richtige zu ...«

»Absolut sicher.«

Und am nächsten Morgen war Jan auf und davon.

Der Senator ließ Oliver zu sich kommen. »Ich bin von Ihnen enttäuscht, Sohn.«

Oliver holte tief Luft. »Die Sache von gestern tut mir leid, Todd. Es war – es passierte einfach so. Ich hatte ein paar Gläschen getrunken, und dann hat sich diese Frau an mich herangemacht und – nun ja, es war eben schwer, nein zu sagen.«

»Das kann ich verstehen«, sagte der Senator teilnahmsvoll. »Sie sind schließlich ein Mann, nicht wahr?«

Olivers Lächeln verriet Erleichterung. »Genau. Es wird nie wieder passieren. Ich kann Ihnen versichern ...«

»Trotzdem. Es ist wirklich schade, denn Sie hätten einen guten Gouverneur abgegeben.«

Die Farbe wich aus Olivers Gesicht. »Was ... was sagen Sie da, Todd?«

»Bitte, Oliver, es würde doch irgendwie ein schiefes Licht auf mich werfen, wenn ich Sie nach diesem Vorfall weiterhin unterstütze, nicht wahr? Ich meine, überlegen Sie mal, was Jan empfinden muß ...«

»Was hat denn das Gouverneursamt mit Jan zu tun?«

»Ich habe allen erzählt, es bestünden gute Aussichten, daß der nächste Gouverneur mein Schwiegersohn sein würde. Da Sie nun aber nicht mein Schwiegersohn werden, na ja, werde ich meine Pläne eben ändern müssen, nicht wahr?«

»Seien Sie vernünftig, Todd. Sie können doch nicht ...«

Das Lächeln schwand vom Gesicht des Senators. »Maßen Sie sich bitte niemals an, mir erklären zu wollen, was ich tun kann und was nicht, Oliver. Ich kann etwas aus Ihnen machen, ich kann Sie aber auch genausogut vernichten!« Das Lächeln kehrte zurück. »Verstehen Sie mich bitte nicht falsch. Ich hege keinerlei persönliche Ressentiments gegen Sie. Ich wünsche Ihnen nur das Beste.«

Es verschlug Oliver für einen Moment die Sprache. »Verstehe.« Er stand auf. »Ich ... es tut mir leid.«

»Mir auch, Oliver. Es tut mir wirklich leid.«

Kaum war Oliver fort, ließ der Senator Peter Tager zu sich kommen. »Wir brechen den Wahlkampf ab.«

»Jetzt den Wahlkampf abbrechen? Warum? Wir haben es so gut wie geschafft. Den jüngsten Umfragen zufolge ...«

»Tun Sie einfach, was ich Ihnen sage. Sagen Sie Olivers sämtliche Auftritte ab. Soweit es uns angeht, ist er nicht mehr im Rennen.«

Zwei Wochen später zeigten die Umfragen einen Rückgang von Oliver Russells Popularitätswerten. Nach und nach verschwanden seine Plakattafeln; die Wahlkampfspots in Fernsehen und Rundfunk waren storniert worden.

»Gouverneur Addisons Umfragewerte steigen. Falls wir einen neuen Kandidaten suchen, sollten wir uns beeilen«, meinte Peter Tager.

Der Senator war in Gedanken versunken. »Wir haben viel Zeit. Wir sollten diese Sache zu Ende spielen.«

Es war wenige Tage später, daß Oliver Russell die Werbe- und Public-Relations-Agentur Bailey & Tompkins aufsuchte und bat, seinen Wahlkampf zu managen. Jim Bailey machte ihn mit Leslie bekannt, und Oliver war sofort von ihr angetan. Sie war nicht nur schön; sie war auch intelligent und teilnahmsvoll; und sie glaubte an ihn. Bei Jan hatte er manchmal eine gewisse Unnahbarkeit gespürt. Bei Leslie erging es ihm völlig anders. Sie war warmherzig und einfühlsam; da war es nur natürlich, sich in sie zu verlieben. Gelegentlich ging es Oliver durch den Sinn, was er mit Jan verloren hatte. *»Es ist nur der erste Schritt. Sie dienen eine Amtszeit als Gouverneur – oder auch zwei –, und danach, ich verspreche es Ihnen, bringen wir Sie ins Weiße Haus.«*

Zum Teufel damit. Ich kann auch ohne das alles glücklich sein, redete Oliver sich ein. An und ab konnte er aber nicht umhin, an die schöne Zukunft zu denken, die ihm offengestanden hatte.

Olivers Hochzeit mit Leslie Stewart stand kurz bevor, als Senator Davis Tager zu sich rufen ließ.

»Wir haben ein Problem, Peter. Wir können es nicht dulden, daß Oliver seine politische Karriere wegen der Ehe mit einem Fräulein Namenlos wegwirft.«

Peter Tager runzelte die Stirn. »Ich wüßte nicht, wie Sie das jetzt noch verhindern könnten, Senator. Der Hochzeitstermin steht.«

Senator Davis dachte kurz nach und rief seine Tochter in Paris an. »Jan, ich habe eine schreckliche Neuigkeit für dich. Oliver heiratet.«

Langes Schweigen. »Ich ... ich habe davon gehört.«

»Das Traurige an dieser Geschichte ist nur, daß er diese Frau überhaupt nicht liebt. Ich weiß es von ihm selbst, daß er sie aus Enttäuschung heiratet, weil du ihn verlassen hast. Er liebt dich nach wie vor.«

»Das hat Oliver gesagt?«

»Hundertprozentig. Es ist schlimm, was er sich da selber antut. Und in gewisser Weise bist du's, die ihn dazu zwingt, Baby. Er ist einfach zerbrochen, nachdem du ihn verlassen hast.«

»Vater, ich ... ich hatte ja keine Ahnung.«

»Einen so unglücklichen Mann hab ich mein Lebtag nicht gesehen.«

»Ich weiß gar nicht, was ich sagen soll.«

»Liebst du ihn denn noch immer?«

»Ich werde ihn immer lieben. Ich habe einen furchtbaren Fehler begangen.«

»Also, dann ist es ja vielleicht noch nicht zu spät.«

»Aber er heiratet doch.«

»Honey – warum warten wir's nicht ab? Mal sehen, was sich tut. Vielleicht kommt er ja wieder zur Vernunft.«

Als Senator Davis auflegte, fragte Peter Tager: »Was haben Sie vor, Senator?«

»Ich?« sagte Senator Davis in aller Unschuld. »Überhaupt nichts. Ich bringe bloß ein paar Sachen wieder ins Lot, damit alles seine Richtigkeit hat. Ich werde mal ein Wörtchen mit Oliver reden.«

Am Nachmittag saß Oliver Russell in Senator Davis' Büro.

»Ich bin froh, Sie zu sehen, Oliver. Danke, daß Sie vorbeigekommen sind. Sie sehen blendend aus.«

»Danke, Todd, Sie aber auch.«

»Na ja, man wird älter. Aber man tut, was man kann.«

»Sie wollten mich sprechen, Todd?«

»Ja, Oliver. Nehmen Sie Platz.«

Oliver ließ sich auf einem Stuhl nieder.

»Ich brauche Ihre Hilfe bei einem juristischen Problem, das mir in Paris zu schaffen macht. Eines von meinen dortigen Unternehmen steckt in Schwierigkeiten, und nun steht auch noch eine Aktionärsversammlung bevor. Würden Sie daran bitte für mich teilnehmen?«

»Sehr gern. Wann findet die Versammlung statt? Ich werde im Terminkalender nachsehen und ...«

»Bedaure, Sie würden gleich heute nachmittag abfliegen müssen.«

Oliver schaute ihn entgeistert an. »Heute nachmittag?«

»Es ist mir sehr unangenehm, so kurzfristig über Sie verfügen zu müssen, aber ich habe es selbst gerade erst erfahren. Mein Flugzeug erwartet Sie am Flughafen. Könnten Sie es möglich machen? Die Sache ist mir sehr wichtig.«

Oliver überlegte. »Ich werde es irgendwie versuchen.«

»Ich weiß es zu schätzen, Oliver. Ich habe ja gewußt, daß ich mich auf Sie verlassen kann.« Er beugte sich vor. »Ich bin sehr betroffen von Ihrem Mißgeschick. Sie haben die neuesten Umfragen gesehen?« Er seufzte. »Sie sind leider ganz tief nach unten gefallen.«

»Ich weiß.«

»Es würde mich ja weniger bedrücken, nur...« Er brach mitten im Satz ab.

»Nur...?«

»Nur daß Sie eben ein guter Gouverneur geworden wären. Ihre Zukunftsperspektive hätte glänzender gar nicht sein können. Sie würden über Geld verfügt haben... und über Macht. Gestatten Sie mir eine Bemerkung über Geld und Macht, Oliver. Dem Geld ist es völlig gleichgültig, wem es gehört. Ein Penner kann es in der Lotterie gewinnen, es kann durch eine Erbschaft einem Volltrottel zufallen, oder ein Gewaltverbrecher kann es bei einem Banküberfall an sich bringen. Aber die Macht – mit der Macht ist das eine andere Geschichte. Macht haben heißt die Welt besitzen. Wenn Sie Gouverneur dieses Staates würden, hätten Sie potentiell Einfluß auf das Leben all seiner Bürger. Sie könnten Gesetze verabschieden, die den Menschen nützen, und Sie hätten die Macht, Ihr Veto gegen Gesetze einzulegen, die ihnen schaden könnten. Ich hatte Ihnen versprochen, daß Sie eines Tages Präsident der VereinigtenStaaten sein könnten. Ich meinte es ernst, ehrlich, Sie hätten US-Präsident sein können. Denken Sie einmal über solche Macht nach, Oliver, was es bedeutet, der wichtigste Mann der Welt zu sein, das mächtigste Land der Welt zu führen. Es lohnt, solch ein Ziel vor Augen zu haben, nicht wahr? Denken Sie einfach mal darüber nach.« Er wiederholte es ganz langsam: »Der mächtigste Mann der Welt!«

Oliver fragte sich, worauf Davis mit diesem Gespräch wohl hinauswollte.

Und wie zur Beantwortung von Olivers unausgesprochener Frage fuhr der Senator fort: »Und all das haben Sie aufgegeben, bloß wegen einer Muschi. Ich hatte Sie wirklich für intelligenter gehalten, mein Sohn.«

Oliver wartete.

»Ich habe heute morgen mit Jan gesprochen«, fügte der Senator an. »Sie hält sich zur Zeit in Paris auf. Im Hotel Ritz. Als ich Ihre Heirat erwähnte – also, sie ist schluchzend zusammengebrochen.«

»Ich … es tut mir leid, Todd. Es tut mir wirklich leid.«

Der Senator seufzte. »Schade, daß ihr zwei nicht wieder zusammenkommen könnt.«

»Todd – ich werde nächste Woche heiraten.«

»Ich weiß. Und ich würde nicht einmal im Traum daran denken, mich da einzumischen. In dem Punkt bin ich vermutlich ein sentimentaler alter Narr, aber die Ehe ist für mich nun einmal das heiligste Gut auf Erden. Meinen Segen haben Sie, Oliver.«

»Ich bin Ihnen sehr verbunden.«

»Ich weiß.« Der Senator schaute auf seine Armbanduhr. »Sie werden heimgehen und packen wollen. Alle nötigen Hintergrundinformationen und Tagungsdetails werden Ihnen in Paris per Fax zugehen.«

Oliver erhob sich. »In Ordnung. Und seien Sie unbesorgt, ich werde mich dort um alles kümmern.«

»Davon bin ich überzeugt. Übrigens, ich habe für Sie ein Zimmer im Ritz reserviert.«

Auf dem Flug nach Paris im luxuriösen Challenger von Senator Davis dachte Oliver über die Unterhaltung nach. *»Sie wären ein guter Gouverneur geworden. Ihre Zukunftsperspektive hätte glänzender gar nicht aussehen können… Gestatten Sie mir eine Bemerkung über Geld und Macht, Oliver… Macht haben heißt, die Welt besitzen. Als Gou-*

verneur dieses Staats könnten Sie Einfluß auf das Leben all seiner Bürger nehmen. Sie könnten Gesetze durchbringen, die den Menschen nützen, und könnten Ihr Veto gegen Gesetze einlegen, die ihnen schaden könnten.«

Aber das brauche ich doch gar nicht, versicherte sich Oliver. *Nein. Ich heirate eine wunderbare Frau. Wir werden einander glücklich machen. Sehr glücklich.*

Oliver landete auf dem TransAir-ExecuJet-Gelände des Flughafens Le Bourget in Paris. Er wurde erwartet.

»Wohin, Mr. Russell?« fragte der Chauffeur der Limousine.

»Übrigens, ich habe ein Zimmer für Sie im Ritz reserviert.« Im Ritz wohnte aber doch Jan.

Es wäre gewiß klüger, überlegte Oliver, *wenn ich in einem anderen Hotel absteigen würde – im Plaza-Athénée oder im Meurice.*

Der Fahrer schaute ihn erwartungsvoll an.

»Zum Ritz«, sagte Oliver. Er könnte sich ja bei Jan zumindest entschuldigen.

Er rief sie vom Foyer aus an. »Hier Oliver. Ich bin in Paris.«

»Ich weiß«, sagte Jan. »Vater hat mich angerufen.«

»Ich bin unten. Ich würde dir gern guten Tag sagen, falls du...«

»Komm herauf.«

Oliver war sich noch immer im unklaren darüber, was er Jan sagen sollte, als er ihre Suite betrat.

Sie stand wartend an der Tür, lächelnd, warf ihm die Arme um den Hals und hielt ihn fest. »Vater hat mir erzählt, daß du kommen würdest. Ich bin ja so froh!«

Oliver war völlig überrumpelt. Er würde ihr von Leslie erzählen müssen. *Es tut mir leid, was passiert ist... ich habe dir ganz bestimmt nicht weh tun wollen... Ich habe mich in eine andere Frau verliebt... ich werde dich aber stets...*

»Ich... ich habe dir etwas mitzuteilen«, begann er verlegen und linkisch. »Die Sache ist die...« Doch als er Jan anschaute, fielen ihm die Worte ihres Vaters ein. *»Ich hatte Ihnen versprochen, daß Sie eines Tages Präsident der Vereinigten Staaten sein könnten. Ich meinte das ernst, ehrlich, Sie hätten US-Präsident werden können. Und denken Sie doch einmal über solche Macht nach, Oliver – was es bedeutet, der wichtigste Mann der Welt zu sein, das mächtigste Land der Welt zu führen. Es lohnt doch, ein solches Ziel vor Augen zu haben, nicht wahr?«*

»Ja, Darling?«

Und dann strömten die Worte wie von selbst aus ihm heraus, als ob sie ein Eigenleben besäßen. »Ich habe einen schrecklichen Fehler gemacht, Jan. Ich war ein richtiger Dummkopf. Ich liebe dich. Ich möchte dich heiraten.«

»Oliver!«

»Wirst du mich heiraten?«

Da gab es kein Zögern. »Ja. O ja, mein Liebster!«

Er hob sie empor, trug sie ins Schlafzimmer, und als sie dann wenig später nackt im Bett lagen, sagte Jan: »Wenn du wüßtest, wie sehr ich dich vermißt habe, Darling.«

»Ich muß meinen Verstand verloren haben...«

Jan preßte sich an seinen nackten Körper und stöhnte. »Oh! Tut das gut!«

»Weil wir zusammengehören.« Oliver setzte sich im Bett auf. »Wir sollten deinem Vater die Neuigkeit erzählen.«

Sie blickte ihn erstaunt an. »Jetzt?«

»Ja.«

Und ich werde es Leslie mitteilen müssen.

Eine Viertelstunde später hatte Jan ihren Vater am Apparat. »Oliver und ich werden heiraten.«

»Das ist eine großartige Nachricht, Jan. Welch eine Überraschung. Und wie ich mich freue! Übrigens, der Bürgermeister von Paris ist ein alter Freund von mir. Er erwartet deinen Anruf, er wird euch trauen. Und ich werde dafür sorgen, daß alles entsprechend vorbereitet ist.«

»Aber...«

»Gib mir Oliver...«

»Einen Moment, Vater.« Jan hielt Oliver das Telefon hin. »Er möchte mit dir reden.«

Oliver nahm den Hörer. »Todd?«

»Also, mein Junge, damit haben Sie mich sehr glücklich gemacht. Sie haben richtig gehandelt.«

»Danke. Ich empfinde es auch so.«

»Ich werde es einrichten, daß ihr in Paris heiratet. Und nach eurer Heimkehr gibt's hier in Lexington die kirchliche Trauung. In der Calvary Chapel.«

Olivers Gesicht umwölkte sich. »In der Calvary Chapel? Ich... das scheint mir keine gute Idee, Todd. Dort hatten doch Leslie und ich... Warum nicht in der...«

Die Stimme des Senators wurde eisig. »Sie brachten meine Tochter in Verlegenheit, Oliver. Das werden Sie doch gewiß wiedergutmachen wollen. Habe ich nicht recht?«

Langes Schweigen. »Ja, Todd. Selbstverständlich.«

»Danke, Oliver. Ich freue mich aufs Wiedersehen in ein paar Tagen. Dann gibt es eine Menge zu bereden... Gouverneur...«

Die Trauung in den Amtsräumen des Pariser Bürgermeisters war eine kurze Zeremonie, nach deren Beendigung Jan

Oliver anschaute und meinte: »Vater möchte eine kirchliche Trauung für uns in der Calvary Chapel.«

Oliver zögerte, weil er an Leslie denken mußte und an die Demütigung, die es ihr zufügen würde. Doch er konnte nicht mehr zurück. »Ganz wie er wünscht.«

Oliver mußte unentwegt an Leslie denken. Sie hatte wirklich nicht verdient, was er ihr angetan hatte. *Ich rufe sie an und werde es ihr erklären.* Doch wenn er den Hörer abnahm, schoß es ihm jedesmal durch den Kopf: Wie könnte ich es aber erklären? Was soll ich ihr bloß sagen? Und er wußte keine Antwort. Als er schließlich den Mut aufbrachte, um sie anzurufen, hatte sie die Nachricht bereits durch die Presse erfahren, und er kam sich noch mieser vor.

Am Tag der Heimkehr des frischvermählten Paares nach Lexington kam Olivers Wahlkampf wieder voll auf Touren. Peter Tager hatte alles in Bewegung gesetzt; Oliver war erneut allgegenwärtig – im Fernsehen, im Rundfunk, in den Zeitungen. Er sprach zu einer riesigen Menschenmenge im Kentucky Kingdom Thrill Park und hielt eine Wahlversammlung in der Autofabrik Toyota in Georgetown. Er sprach im siebentausend Quadratmeter großen Einkaufszentrum von Lancaster. Und das war nur der Anfang.

Peter Tager machte es möglich, daß Oliver in einem speziellen Wahlkampfbus den gesamten Bundesstaat Kentucky bereiste. Der Bus fuhr von Georgetown bis hinunter nach Stanford, mit Stops in Frankfort… Versailles…Winchester… Louisville. Oliver sprach auf dem Kentucky-Messegelände und im Ausstellungscenter, wo ihm zu Ehren in einem großen Kessel über einem offenen Feuer *burgoo,* das traditionelle Kentucky-Eintopfgericht aus Huhn, Kalbs-

Rind-, Lamm- und Schweinefleisch mit vielen frischen Gemüsen, gekocht wurde.

Olivers Umfragewerte stiegen unentwegt. Es hatte lediglich eine einzige Unterbrechung in seinem Wahlkampf gegeben: seine Hochzeit, wo der Anblick der in der hintersten Kirchenbank stehenden Leslie bei ihm ein ungutes Gefühl ausgelöst hatte. Er beriet sich mit Peter Tager.

»Sie glauben doch nicht, daß Leslie etwas unternehmen würde, was mir schaden könnte?«

»Sicher nicht. Und selbst wenn sie Ihnen schaden wollte – was könnte sie denn tun? Die Frau können Sie vergessen.«

Tager hatte recht. Die Dinge entwickelten sich bestens, und es gab keinerlei Anlaß zur Besorgnis. Nun würde ihn nichts, aber auch gar nichts mehr aufhalten können.

In der Wahlnacht saß Leslie in ihrer Wohnung mutterseelenallein vor dem Fernseher und verfolgte die Ergebnisse. Olivers Vorsprung wuchs mit jedem weiteren, ausgezählten Wahlkreis. Genau fünf Minuten vor Mitternacht war es schließlich soweit: Der noch amtierende Gouverneur Addison trat vor die Kameras, um seine Wahlniederlage einzugestehen. Leslie schaltete den Fernseher aus. Sie erhob sich und atmete einmal tief durch.

Weep no more, my Lady.
Oh, weep no more today!
We will sing one song for the old Kentucky home.
For the old Kentucky home far away.

Jetzt war der Zeitpunkt gekommen.

3

Senator Todd Davis war an diesem Morgen sehr beschäftigt. Er war zur Teilnahme an einer Auktion von Vollblutpferden aus der amerikanischen Hauptstadt in Louisville eingeflogen.

»Man muß die Blutlinien pflegen«, meinte er zu Peter Tager, als die beiden die herrlichen Tiere musterten, die eines nach dem anderen auf die Koppel geführt wurden. »Auf die Blutlinien kommt's an, Peter.«

Soeben wurde eine wunderschöne Stute in die Mitte der Koppel geführt. »Sail Away«, erklärte Senator Davis. »Eine Stute, die ich unbedingt haben muß.«

Sofort setzte ein lebhaftes Bieten ein, doch zehn Minuten später war Sail Away in den Besitz von Senator Davis übergegangen.

Das Mobiltelefon läutete. Peter Tager nahm ab. »Ja?« Er horchte kurz, bevor er sich dem Senator zuwandte. »Leslie Stewart. Wollen Sie mit ihr reden?«

Senator Davis zog die Stirn in Falten, zögerte einen Augenblick, dann nahm er Tager das Telefon aus der Hand.

»Miss Stewart?«

»Entschuldigen Sie die Störung, Senator Davis, aber könnte ich Sie vielleicht treffen? Ich muß Sie um einen Gefallen bitten.«

»Das könnte schwierig werden. Ich fliege bereits heute abend nach Washington zurück und...«

»Ich könnte ja herüberkommen und mich dort mit Ihnen treffen. Es ist wirklich wichtig.«

Senator Davis zögerte einen Augenblick. »Nun, wenn es Ihnen so wichtig ist, junge Dame, dann werde ich selbstverständlich Zeit für Sie finden. Ich werde in wenigen Minuten zu meiner Farm aufbrechen. Möchten Sie mich dort treffen?«

»Ausgezeichnet.«

»Dann erwarte ich Sie in einer Stunde.«

»Danke.«

Davis drückte die SCHLUSS-Taste und drehte sich zu Tager um. »Ich habe sie falsch eingeschätzt. Ich hatte sie für klüger gehalten. Geldforderungen hätte sie *vor* der Hochzeit von Jan und Oliver stellen müssen.« Er wirkte nachdenklich, aber nur ganz kurz; dann machte sich auf seinem Gesicht ein zufriedenes Grinsen breit. »Den Teufel werde ich tun.«

»Worum geht's, Senator?«

»Mir ist soeben klar geworden, was es mit dieser dringenden Sache auf sich hat: Miss Stewart hat plötzlich entdeckt, daß sie von Oliver schwanger ist und deshalb eine kleine finanzielle Unterstützung braucht. Der älteste Trick der Welt.«

Eine Stunde später fuhr Leslie in Dutch Hill, der Farm des Senators, vor, wo am Eingang des Hauptgebäudes ein Wachmann stand. »Miss Stewart?«

»Ja.«

»Senator Davis erwartet Sie bereits. Bitte folgen Sie mir.«

Er begleitete Leslie ins Innere des Hauses, wo ein breiter Flur zu einer großen, von Büchern überquellenden, holzgetäfelten Bibliothek führte. Dort saß Senator Davis an seinem Schreibtisch und blätterte in einem Buch. Als Leslie eintrat, hob er den Kopf und stand auf.

»Schön, Sie zu sehen, meine Liebe. Nehmen Sie doch bitte Platz.«

Leslie setzte sich.

Der Senator hielt das Buch in der Hand hoch. »Faszinierend. Eine Aufstellung mit allen Siegern vom ersten bis zum letzten Derby. Kennen Sie den Namen des Siegers im ersten Kentucky Derby?«

»Nein.«

»Aristides, im Jahre 1875. Aber Sie sind ja nicht hier, um mit mir über Pferde zu plaudern.« Er legte das Buch beiseite. »Sie wollten mich um einen Gefallen bitten.«

Er überlegte, wie sie die Sache wohl formulieren würde. *Ich habe gerade herausgefunden, daß ich von Oliver ein Baby erwarte, ich weiß nicht, was ich machen soll... Ich will ja keinen Skandal auslösen, aber... Ich bin bereit, das Baby aufzuziehen, nur fehlt mir dazu das nötige Geld...*

»Kennen Sie Henry Chambers persönlich?« fragte Leslie.

Der völlig überraschte Senator blinzelte. »Ob ich... Henry? Ja, natürlich kenne ich ihn. Warum?«

»Ich wäre Ihnen sehr verbunden, wenn Sie mir ein Empfehlungsschreiben an ihn mitgeben könnten.«

Senator Davis musterte sie mit einem erstaunten Blick, während er sich gedanklich auf die neue Situation einstellte. »Ist das der Gefallen, um den Sie mich bitten? Daß ich Sie mit Henry Chambers bekanntmache?«

»Ja.«

»Er wohnt aber leider nicht mehr hier, Miss Stewart. Er lebt in Phoenix, Arizona.«

»Ich weiß. Deshalb komme ich ja zu Ihnen. Ich reise nämlich morgen früh nach Phoenix und hatte gedacht, daß es schöner wäre, wenn ich dort wenigstens einen Menschen kennen würde.«

Senator Davis musterte sie kritisch, weil sein Instinkt ihm sagte, daß da irgend etwas im Busch war, das er nicht begriff...

Die folgende Frage formulierte er mit größtem Bedacht. »Wissen Sie irgend etwas über Henry Chambers?«

»Nein. Nur daß er aus Kentucky stammt.«

Er suchte nach der richtigen Entscheidung. *Sie ist eine schöne Frau,* dachte er, *Henry wird es mir bestimmt danken.* »Ich rufe ihn an.«

Fünf Minuten später hatte er Henry Chambers in der Leitung.

»Henry, hier Todd. Du wirst es mit Bedauern hören, aber ich habe heute morgen Sail Away erworben. Ich weiß doch, daß du ein Auge auf die Stute geworfen hattest.« Er schwieg, hörte einen Moment zu und lachte. »Und ob ich dir das zutraue! Und du hast schon wieder eine Scheidung hinter dir, wie ich höre. Eigentlich schade. Ich hatte Jessica gern.«

Und so zog sich das Gespräch noch ein paar Minuten lang hin, bis Senator Davis erklärte: »Hör zu, Henry, ich werde dir einen guten Dienst erweisen. Eine Freundin von mir kommt morgen in Phoenix an, und weil sie dort keine Menschenseele kennt, wäre ich dir dankbar, wenn du dich ihrer ein bißchen annehmen würdest... Wie sie aussieht?« Er schaute Leslie an und lächelte. »Sie sieht nicht mal schlecht aus. Aber komm mir bloß nicht auf falsche Gedanken.«

Er lauschte. Dann wandte er sich erneut an Leslie. »Wann landet Ihr Flugzeug?«

»Um zehn vor drei, eine Maschine der Delta Airlines. Flug Nummer 159.«

Der Senator wiederholte die Information ins Telefon.

»Sie heißt Leslie Stewart. Du wirst mir dafür noch einmal dankbar sein. Und jetzt paß auf dich auf, Henry. Ich lasse wieder von mir hören.« Er legte den Hörer auf die Gabel.

»Danke«, sagte Leslie.

»Kann ich sonst noch etwas für Sie tun?«

»Nein. Das war alles, was ich brauchte.«

Aber wieso? Was, zum Teufel, will Leslie Stewart von Henry Chambers?

In der Öffentlichkeit hatte das Fiasko mit Oliver Russell sich für Leslie hundertmal schlimmer ausgewirkt als alles, was sie sich hätte vorstellen können. Es war ein endloser Alptraum. Wo immer sie auftauchte, gab es Getuschel.

»Das ist sie. Er hat ihr sozusagen vor dem Altar den Laufpaß gegeben...«

»Die Einladung zu *der* Hochzeit hebe ich mir als Souvenir auf...«

»Ich hätte zu gern gewußt, was sie mit ihrem Hochzeitskleid macht...«

Der öffentliche Klatsch steigerte Leslies Qualen; die Demütigung wurde schier unerträglich. Sie würde nie wieder einem Mann vertrauen können. Trost fand sie einzig in dem Gedanken, daß sie Oliver diese unverzeihliche Schandtat heimzahlen würde. Sie hatte noch keine Ahnung, wie ihr das gelingen könnte, zumal Oliver mit Senator Davis im Rücken über Reichtum und Macht verfügte. *Dann muß ich eben einen Weg finden, um selbst noch größeren Reichtum und größere Macht zu gewinnen als er,* überlegte Leslie. Aber wie? Wie denn?

Die Amtseinführung fand unmittelbar neben der exquisiten Blumenuhr mit dreizehn Meter Durchmesser im Garten des Capitols in Frankfort statt.

An Olivers Seite stand Jan, die der Vereidigung ihres stattlichen Ehemanns als Gouverneur von Kentucky atemlos zuschaute.

Wenn Oliver schön brav bleibt, werdet ihr anschließend im Weißen Haus residieren, hatte ihr der Vater versichert. Und Jan hatte sich fest vorgenommen, mit allen Kräften dafür zu sorgen, daß nichts, absolut gar nichts schiefging.

Nach der Feier saß Oliver mit seinem Schwiegervater in der prunkvollen Bibliothek des Executive Mansion beisammen – das herrliche Gebäude war Marie Antoinettes Schloß Le Petit Trianon in der Nähe von Versailles nachgebildet.

Senator Todd Davis nickte befriedigt mit dem Kopf, nachdem er sich in dem luxuriösen Raum umgeschaut hatte. »Hier wird's dir gutgehen, Sohn. Richtig gut.«

»Ich verdanke das alles nur dir«, erklärte Oliver sichtlich bewegt. »Und ich werde es dir nie vergessen.«

Senator Davis tat es mit einer Handbewegung ab. »Laß es gut sein, Oliver. Du bist hier, weil du es verdient hast. Na ja, vielleicht habe ich ein klein bißchen nachgeholfen. Das ist aber nur der Anfang – ich bin schließlich schon lange in der Politik, da habe ich ja wohl ein paar Sachen gelernt.«

Er blickte zu Oliver hinüber, abwartend, und Oliver erwiderte pflichtschuldig: »Ich würde nur zu gern von dir lernen, Todd.«

»Schau her, da gibt es ein generelles Mißverständnis. Es ist nämlich keineswegs so, daß Beziehungen das Entscheidende sind. Es kommt nicht so sehr darauf an, wen man kennt«, dozierte Senator Davis, »sondern auf das, was man über die wichtigen Leute weiß, die man kennt. Irgendwo hat jeder eine kleine Leiche im Keller. Du mußt sie nur ausgraben, dann wirst du dich wundern, wie alle gelaufen kommen, um dir zu helfen, wenn du etwas brauchst. Ich weiß zufällig, daß ein Kongreßabgeordneter in Washington mal ein Jahr in einer psychiatrischen Anstalt zugebracht hat. Ein Abgeordneter aus dem Norden wurde wegen eines Diebstahls als Jugendlicher in eine Besserungsanstalt eingewiesen. Nun, du wirst dir vorstellen können, was es für die politische Laufbahn der Herren bedeuten würde, wenn so was bekannt würde. Das ist Wasser auf unsere Mühlen.«

Der Senator öffnete eine kostbare Lederaktentasche und nahm ein Bündel Papiere heraus, das er Oliver überreichte. »Unterlagen über die Personen, mit denen du in Kentucky zu tun haben wirst. Es handelt sich um mächtige Herrschaften. Und doch hat jeder seine Achillesferse.« Er grinste. »So hat der Bürgermeister beispielsweise eine enorme Achillesferse. Er ist nämlich ein Transvestit.«

Oliver bekam große Augen, als er die Papiere überflog.

»Du hältst sie gut unter Verschluß, hörst du? Das ist reines Gold.«

»Keine Sorge, Todd. Ich werde darauf aufpassen.«

»Noch eins, Oliver, setz diese Leute nicht zu stark unter Druck, wenn du etwas von ihnen brauchst. Du darfst sie nie brechen – immer nur ein bißchen biegsam machen.« Er musterte Oliver. »Wie kommt ihr beiden, Jan und du, miteinander aus?«

»Prima«, erwiderte Oliver prompt, und das entsprach in gewisser Hinsicht sogar der Wahrheit. Aus Olivers Sicht handelte es sich um eine pragmatische Ehe, und er paßte daher auf, nichts zu tun, was sie gefährden könnte. Er vergaß es nie, wie teuer ihn seine Affäre beinahe zu stehen gekommen wäre.

»Gut. Jans Glück bedeutet mir nämlich sehr viel.« Es war eine deutliche Warnung.

»Mir auch«, bekräftigte Oliver.

»Wie gefällt dir übrigens Peter Tager?«

»Ich mag ihn sehr«, entgegnete Oliver mit Begeisterung. »Er ist mir eine phantastische Hilfe gewesen.«

»Freut mich, zu hören. Einen besseren Mann wirst du nie finden. Ich werde ihn dir ausborgen, Oliver. Er kann dir viele Wege ebnen.«

Oliver grinste. »Ausgezeichnet. Ich weiß es zu schätzen.«

Senator Davis stand auf. »Also gut. Ich muß wieder zurück nach Washington. Du meldest dich, wenn du etwas brauchst.«

»Mit Sicherheit, danke, Todd.«

Am Sonntag nach seiner Unterredung mit Senator Davis versuchte Oliver, Peter Tager zu erreichen.

»Er ist in der Kirche, Gouverneur.«

»Ganz recht. Hatte ich völlig vergessen. Ich werde morgen mit ihm sprechen.«

Peter Tager ging mit seiner Familie Sonntag für Sonntag zum Gottesdienst und besuchte außerdem dreimal wöchentlich eine zweistündige Gebetsversammlung. Irgendwie beneidete ihn Oliver. *Er ist wahrscheinlich der einzig wirklich glückliche Mensch, den ich kenne,* dachte er.

Am Montagmorgen betrat Tager Olivers Büro. »Sie wollten mich sprechen, Oliver.«

»Ich muß Sie um eine Gefälligkeit bitten. Etwas Persönliches.«

Peter nickte. »Soweit es in meinen Kräften steht.«

»Ich benötige ein Apartment.«

Tager ließ die Augen mit einem Ausdruck gespielten Unglaubens durch den riesigen Raum wandern. »Ist dieses Haus für Sie etwa zu klein, Gouverneur?«

»Nein.« Oliver sah Peter fest ins Auge. »Es ist nur so, daß

ich abends manchmal private Termine habe, für die Diskretion erforderlich ist. Sie verstehen mich?«

Eine peinliche Pause. »Ja.«

»Ich brauche etwas außerhalb des Stadtzentrums. Können Sie das für mich regeln?«

»Ich denke schon.«

»Die Angelegenheit bleibt selbstverständlich unter uns.«

Peter Tager machte einen unglücklichen Eindruck, als er mit dem Kopf nickte.

Eine Stunde später sprach Tager am Telefon mit Senator Davis in Washington.

»Oliver hat mich gebeten, ein Apartment für ihn zu mieten, Senator. Etwas sehr Diskretes.«

»Tatsächlich? Also, er macht sich, Peter. Er hat begriffen, und er lernt dazu. Tun Sie's. Aber passen Sie verdammt gut auf, daß Jan nichts davon erfährt.« Der Senator dachte kurz nach. »Beschaffen Sie ihm ein Apartment in Indian Hills. Ein Apartment mit separatem Eingang.«

»Aber es ist doch nicht recht, daß er …«

»Peter … tun Sie's einfach.«

4

Leslie hatte die Lösung ihres Problems aufgrund von zwei getrennten Beiträgen im *Lexington Herald Leader* gefunden. Da war zum einen der lange, schmeichelhafte Leitartikel, der Gouverneur Oliver Russell euphorisch lobte und mit den Worten schloß: »Wer hier in Kentucky Oliver Russell persönlich kennt, wird nicht überrascht sein, wenn er eines Tages Präsident der Vereinigten Staaten geworden ist.«

Zum anderen stand auf der folgenden Seite die Meldung: »Henry Chambers, der früher in Lexington ansässig und mit seinem Pferd Lightening vor fünf Jahren das Kentucky Derby gewann, und seine dritte Frau, Jessica, haben sich scheiden lassen. Chambers, der heute in Phoenix lebt, ist Besitzer und Verleger des *Phoenix Star.*«

Die Macht der Presse. Da lag die wahre Macht. Katharine Graham und ihre *Washington Post* hatten einen US-Präsidenten vernichtet.

An diesem Punkt begann die Idee Gestalt anzunehmen.

Während der folgenden zwei Tage hatte Leslie sich über Henry Chambers kundig gemacht. Sie fand interessante Informationen im Internet. Chambers war ein zweiundfünfzigjähriger Philanthrop und Erbe eines Tabakvermögens, der sein Leben insbesondere dem Ziel gewidmet hatte, seinen Reichtum zu verschenken. Leslie war aber nicht des Geldes wegen an ihm interessiert.

Sie interessierte vielmehr die Tatsache, daß ihm eine Zeitung gehörte und daß er frisch geschieden war.

Eine halbe Stunde nach ihrer Unterredung mit Senator Davis marschierte Leslie ins Büro von Jim Bailey. »Ich gehe, Jim.«

Er schaute sie verständnisvoll an. »Selbstverständlich. Sie brauchen dringend Ferien. Anschließend können wir …«

»Ich komme nicht zurück.«

»Wie bitte? Ich … laufen Sie bitte nicht einfach fort, Leslie. Mit Davonlaufen löst man keine …«

»Ich laufe nicht davon.«

»Sie sind fest entschlossen?«

»Ja.«

»Sie werden uns fehlen. Wann wollen Sie uns verlassen?«

»Ich bin schon weg.«

Leslie Stewart hatte viel darüber nachgedacht, wie sie Henry Chambers' Bekanntschaft machen könnte, und alle Möglichkeiten, die ihr dazu eingefallen waren, eine nach der anderen verworfen; denn das Ziel, das ihr vor Augen stand, erforderte äußerste Umsicht. Dann war ihr plötzlich Senator Davis in den Sinn gekommen. Davis hatte den gleichen gesellschaftlichen Hintergrund wie Chambers; die beiden verkehrten in den gleichen Kreisen; sie kannten sich bestimmt. Das war der Augenblick gewesen, in dem Leslie beschlossen hatte, den Senator anzurufen.

Als Leslie im Sky Harbor Airport in Phoenix gelandet war, folgte sie im Terminal einem plötzlichen Impuls und kaufte am Zeitungskiosk ein Exemplar des *Phoenix Star,* den sie gleich überflog. Kein Glück. Sie kaufte die *Arizona Republic,* dann die *Phoenix Gazette,* und dort fand sie schließlich Zoltaires ›Astrologische Kolumne‹. *Nicht, daß ich an Astrologie glaube. Für solchen Unsinn bin ich viel zu klug. Aber…*

LÖWE (23. JULI – 22. AUGUST) JUPITER ERREICHT IHRE SONNE. LIEBESPLÄNE, DIE JETZT GESCHMIEDET WERDEN, GEHEN IN ERFÜLLUNG. AUSGEZEICHNETE ZUKUNFTSCHANCEN. GEHEN SIE MIT BEDACHT VOR.

Am Straßenrand wartete ein Chauffeur mit Limousine. »Miss Stewart?«

»Ja, die bin ich.«

»Mr. Chambers läßt Ihnen einen Gruß bestellen. Er hat mich gebeten, Sie zu ihrem Hotel zu fahren.«

»Das ist sehr gütig von ihm.« Leslie war enttäuscht. Sie hatte gehofft, daß er sie persönlich vom Flughafen abholen würde.

»Mr. Chambers hätte gerne gewußt, ob sie heute abend frei sind, um ihm beim Abendessen Gesellschaft zu leisten.«

Schon besser. Sehr viel besser.

»Sagen Sie ihm bitte, daß ich die Einladung gern annehme.«

Abends um acht Uhr saß Leslie mit Henry Chambers, einem gutaussehenden Herrn mit aristokratischen Gesichtszügen, ergrauendem braunem Haar und einer liebenswerten Begeisterungsfähigkeit, an einem Tisch.

Er betrachtete Leslie mit sichtlicher Bewunderung. »Todd hatte recht, als er sagte, daß er mir einen Gefallen täte.«

»Danke für das Kompliment«, erwiderte Leslie lächelnd.

»Was hat Sie eigentlich nach Phoenix geführt, Leslie?«

Das würden Sie mit Sicherheit nicht erfahren wollen. »Ich habe so viel von Phoenix gehört, daß ich mir dachte, ich würde hier vielleicht gern leben.«

»Arizona ist ein großartiges Land. Es wird Ihnen sicherlich gefallen. Arizona hat alles – den Grand Canyon, die Wüste, Gebirge. Hier findet man einfach alles, was man sich wünschen kann.«

Ich habe es bereits gefunden, dachte Leslie.

Leslie war sich darüber im klaren, daß ihre finanziellen Mittel nicht länger als drei Monate ausreichen würden. Wie sich dann herausstellte, benötigte sie jedoch nur zwei Monate, um ihren Plan zu verwirklichen.

Die Buchhandlungen quollen über von Ratgebern zu dem Thema, wie Frauen sich einen Mann angeln können. Die unterschiedlichen populärpsychologischen Richtungen reichten von »Machen Sie es ihm schwer« bis zu »Ködern Sie ihn im Bett«. Leslie befolgte keine dieser Empfehlungen. Sie hatte ihre ganz persönliche Methode: Sie nahm Henry Chambers auf den Arm. Nicht körperlich, sondern geistig. Einer Frau wie ihr war Henry in seinem Leben noch nie begegnet. Er gehörte zur alten Schule und war der Ansicht: Wenn eine Blondine schön ist, muß sie dumm sein. Es war ihm nie in den Sinn gekommen, daß er sich immer nur zu Frauen hingezogen fühlte, die zwar schön, aber nicht sonderlich intelligent waren. Leslie war für ihn eine Offenbarung. Sie war intelligent, sie konnte sich ausdrücken, und sie wußte über ein erstaunliches Spektrum von Wissensgebieten Bescheid.

Sie unterhielten sich über Philosophie, über Religion, über Geschichte. Henry vertraute einem Freund an: »Ich glaube, sie liest sich eine Menge an, nur um mit mir mithalten zu können.«

Henry Chambers war wahnsinnig gern mit Leslie zusammen. Er war stolz, sie seinen Freunden zeigen zu können, und führte sie am Arm, als ob sie eine Trophäe wäre. Er besuchte mit ihr gemeinsam das Carefree Wine and Fine Art Festival sowie das Actors Theater. Die beiden schauten sich in der America West Arena ein Match der Phoenix Suns an. Sie besuchten die Lyon Gallery in Scottsdale, die Symphony Hall und das Städtchen Chandler, um die Doodah Parade mitzuerleben. Eines Abends schauten sie einem Hockeyspiel der Phoenix Roadrunners zu.

»Ich habe Sie wirklich gern, Leslie«, sagte Henry nach dem Match. »Ich glaube, wir passen zusammen. Ich möchte gern mit Ihnen schlafen.«

Sie nahm seine Hand und erwiderte mit leiser Stimme: »Ich mag Sie auch gern, Henry. Aber die Antwort heißt: Nein.«

Am folgenden Mittag waren sie zum Essen verabredet. Henry rief Leslie an. »Warum holen Sie mich nicht beim *Star* ab? Ich würde Ihnen gern unseren Zeitungsbetrieb zeigen.«

»Mit Vergnügen«, antwortete Leslie. Darauf hatte sie gewartet. Es gab in Phoenix noch zwei weitere Zeitungen, die *Arizona Republic* und die *Phoenix Gazette,* doch Henrys *Star* war die einzige Zeitung, die Verluste machte.

Die Büros und Produktionsräume des *Phoenix Star* waren kleiner, als Leslie es sich vorgestellt hatte. Henry machte einen Rundgang mit ihr. Leslie schaute sich um und dachte: *Damit wird man einen Gouverneur oder einen Präsidenten nie zu Fall bringen.* Aber es war ein Sprungbrett, es bot eine Grundlage für ihre Pläne.

Leslie war an allem interessiert. Sie stellte unentwegt Fragen, die Henry immer wieder an seinen geschäftsführenden Redakteur Lyle Bannister weitergab. Leslie wunderte sich, wie wenig Henry vom Zeitungsgeschäft verstand und wie unwichtig es ihm offensichtlich war – was sie in ihrer Entschlossenheit, es selbst so gründlich wie möglich zu lernen, nur noch bestärkte.

Der entscheidende Moment kam schließlich nach einem vorzüglichen Dinner in der Borgata, einem Restaurant im altitalienischen Stil. Sie hatten sich an einer Hummersuppe, an Kalbsmedaillons mit Sauce béarnaise, weißem Spargel mit Vinaigrette und einem Soufflé au Grand Marnier gütlich getan, und Henry Chambers war ein liebenswürdiger, äußerst angenehmer Gesellschafter gewesen. Es war ein wundervoller Abend.

»Ich liebe diese Stadt«, sagte Henry. »Es fällt schwer sich vorzustellen, daß Phoenix vor fünfzig Jahren nur fünfundsechzigtausend Einwohner zählte. Heute sind's über eine Million.«

Es gab da einen Punkt, der schon lang Leslies Neugier erregte. »Was hat Sie eigentlich dazu bewogen, Kentucky zu verlassen und hierherzuziehen, Henry?«

Er zuckte die Schultern. »Es war eigentlich keine freie Entscheidung. Es war wegen der verdammten Lungen. Die Ärzte wußten nicht, wie lange ich noch zu leben hatte, und meinten, Arizona hätte für mich das gesündeste Klima. Daraufhin habe ich beschlossen, den Rest meines Lebens – was immer das bedeuten mag – hier zu verbringen und das Leben in vollen Zügen zu genießen.« Er lächelte sie an. »Und da wären wir nun.« Er nahm ihre Hand. »Die Ärzte konnten damals nicht wissen, wie gut Arizona mir tun würde. Leslie, Sie glauben doch nicht etwa, daß ich zu alt für Sie bin?« fragte er nervös.

»Zu jung.« Leslie lächelte. »Viel zu jung.«

Er schaute sie lange schweigend an. »Ich meine es ernst. Wirst du mich heiraten?«

Als Leslie einen Moment die Augen schloß, sah sie wieder das handgemalte Schild auf dem Fußweg im Breaks Interstate Park vor sich: LESLIE, WIRST DU MICH HEIRATEN... *»Ich kann dir leider nicht versprechen, daß du einen Gouverneur zum Mann haben wirst, immerhin bin ich aber ein recht guter Anwalt.«*

Leslie schlug die Augen auf und sah Henry an.

»Ja, ich möchte deine Frau sein.« *Mehr als alles in der Welt.*

Zwei Wochen später fand die Trauung statt.

Als die Hochzeitsanzeige im Lexington Herald Leader erschien, vermochte Senator Todd Davis den Blick lange nicht davon zu lösen. *»Entschuldigen Sie die Störung, Senator, aber könnte ich Sie vielleicht treffen? Ich muß Sie um einen Gefallen bitten... Kennen Sie Henry Chambers persönlich?... Ich wäre Ihnen sehr verbunden, wenn sie mir ein Empfehlungsschreiben für ihn geben könnten.*

Falls sie es nur darauf abgesehen hatte, würde es keine Probleme geben.

Falls sie es nur darauf abgesehen haben sollte...

Die Flitterwochen verbrachten Henry und Leslie in Paris, wo Leslie überall und immer wieder die Frage durch den Kopf schoß, ob Oliver und Jan wohl die gleichen Stätten besichtigt hatten, ob sie ebenfalls durch diese Straßen spaziert, in den gleichen Restaurants gespeist, in den gleichen Geschäften eingekauft hatten. Sie stellte sich die beiden zusammen vor: wie sie einander liebten, wie Oliver Jan die gleichen Lügen ins Ohr flüsterte, die er vorher ihr zugeflüstert hatte – Lügen, die sie ihm heimzahlen würde.

Henry war von aufrichtiger Liebe zu ihr erfüllt; er scheute keine Mühe, sie glücklich zu machen. Unter anderen Umständen hätte Leslie sich sehr wohl in ihn verlieben können, doch in ihrem tiefsten Innern war etwas gestorben. *Ich werde nie wieder einem Mann vertrauen können.*

Wenige Tage nach der Rückkehr überraschte Leslie Henry mit der Bitte: »Henry, ich würde gerne bei der Zeitung mitarbeiten.«

Er lachte. »Und warum?«

»Weil ich es mir interessant vorstelle. Und aufgrund meiner früheren Tätigkeit als leitende Angestellte bei einer Werbeagentur könnte ich in diesem Bereich möglicherweise sogar von Nutzen sein.«

Er protestierte, gab aber zu guter Letzt nach.

Henry fiel auf, daß Leslie tagtäglich den *Lexington Herald Leader* las.

»Um hinsichtlich der Leute in deiner Heimat auf dem laufenden zu bleiben?« neckte er sie.

»Gewissermaßen«, erwiderte Leslie lächelnd. Sie verfolgte mit größtem Interesse alles, was über Oliver geschrieben wurde. Sie wünschte sich, daß er glücklich und erfolgreich war. *Je höher sie in den Himmel wachsen...*

Henry lachte, als Leslie ihn darauf hinwies, daß der *Star* defizitär arbeitete. »Das ist nur ein Tropfen auf einen heißen Stein, Schatz. Mir fließen Gewinne aus Ecken zu, von denen du nicht einmal gehört hast. Es ist völlig unwichtig, ob der *Star* Verluste macht.«

Für Leslie war es aber wichtig. Es war ihr sogar ungemein wichtig. Und je mehr sie sich mit dem Management der Zeitung befaßte, um so klarer schien ihr der Hauptgrund für die Verluste bei den Gewerkschaften zu liegen. Die Druckerpressen des *Phoenix Star* waren veraltet; die Gewerkschaften verweigerten für die Anschaffung moderner Maschinen ihre Zustimmung, weil damit, so behaupteten sie, Jobs von

Gewerkschaftsmitgliedern verlorengehen würden. Sie verhandelten zu der Zeit gerade mit der Geschäftsführung des *Star* über einen neuen Tarifvertrag.

Als Leslie mit Henry über die Situation diskutieren wollte, meinte er: »Warum willst du dich mit solchem Zeug plagen? Komm, laß uns einfach Spaß haben.«

»Mir macht solches Zeug Spaß«, versicherte sie ihm.

Leslie hatte eine Unterredung mit Craig McAllister, dem Anwalt des *Star*.

»Wie kommen die Tarifverhandlungen voran?«

»Ich hätte wirklich gern bessere Nachrichten für Sie, Mrs. Chambers, aber es sieht leider gar nicht gut aus.«

»Verhandelt wird aber noch, oder?«

»Angeblich. Aber dieser Joe Riley, der Boß der Druckergewerkschaft, ist ein sturer Huren –, ein wahrer Dickschädel. Er will nicht einen Fingerbreit nachgeben. In zehn Tagen läuft unser Tarifvertrag mit den Druckern aus, und Riley hat uns mit Streik gedroht, falls die Gewerkschaft bis dahin keinen neuen Vertrag hat.«

»Und Sie nehmen seine Drohung ernst?«

»Ja. Ich gebe den Gewerkschaften gegenüber ungern nach. Nur sieht die Realität eben so aus, daß wir ohne sie keine Zeitung haben. Sie haben es in der Hand, ob der Verlag schließen muß. Wir wären nicht das erste Presseunternehmen, das zusammenbricht, weil die Unternehmensführung sich gegen die Gewerkschaften durchzusetzen versucht.«

»Und was verlangen sie diesmal?«

»Das Übliche: kürzere Arbeitszeiten, Lohnerhöhungen, Schutz vor künftiger Automatisierung ...«

»Sie wollen uns erpressen, Craig. Das mag ich nicht.«

»Hier geht es nicht um eine Frage des Gefühls, Mrs. Chambers, hier steht eine pragmatische Frage zur Debatte.«

»Dann raten Sie uns also, nachzugeben?«

»Ich glaube, wir haben gar keine andere Wahl.«

»Warum unterhalte ich mich nicht mal mit Joe Riley?«

Die Besprechung war auf vierzehn Uhr angesetzt. Leslie kam vespätet vom Mittagessen zurück, so daß Riley bereits wartete; er unterhielt sich gerade mit Leslies Sekretärin Amy, als sie ins Empfangsbüro trat. Riley war mehr als fünfzehn Jahre lang Drucker gewesen und vor drei Jahren zum Boß seiner Gewerkschaft gewählt worden; und er hatte sich als härtester Verhandlungsführer der Branche einen Namen gemacht. Leslie blieb einen Augenblick am Eingang stehen und beobachtete ihn beim Flirten mit Amy.

Riley erzählte ihr gerade eine Geschichte. »...und dann drehte sich der Mann zu ihr und sagte: ›Sie haben gut reden. Aber wie werde ich wieder rauskommen?‹«

Amy lachte. »Wo hörst du nur solche Sachen, Joe?«

»Ich komme eben herum, Schätzchen. Gehen wir heute abend zusammen essen?«

»Liebend gern.«

Riley bemerkte Leslie, als er den Kopf hob. »Tag, Mrs. Chambers.«

»Guten Tag, Mr. Riley. Kommen Sie zu mir herein, ja?«

Sie hatten im Sitzungsraum Platz genommen. »Möchten Sie einen Kaffee?« fragte Leslie.

»Nein, danke.«

»Etwas Stärkeres vielleicht?«

Er grinste. »Sie wissen doch, daß es gegen die Regeln verstößt, wenn ich während der Arbeitszeit trinke, Mrs. Chambers.«

Leslie holte tief Luft. »Ich habe dieses Gespräch mit Ihnen gewünscht, weil ich gehört habe, daß Sie ein äußerst fairer Mensch sind.«

»Ich gebe mir Mühe, fair zu sein«, erwiderte Riley.

»Sie müssen wissen, daß die Gewerkschaft meine Sympathien hat. Ich finde, daß Ihre Männer das Recht haben, etwas zu fordern. Ihre jetzigen Forderungen sind allerdings unvernünftig. Sie haben sich Sachen angewöhnt, die uns jährlich Millionen kosten.«

»Könnten Sie das konkreter ausdrücken?«

»Nur zu gern. Ihre Männer arbeiten weniger reguläre Arbeitszeit, finden dann aber Auswege, um in den Schichten zu arbeiten, die mit Überstundentarif bezahlt werden. Manche arbeiten in drei solcher Schichten nacheinander, so daß sie das ganze Wochenende über an den Pressen stehen. Dafür haben sie sogar einen besonderen Ausdruck, wenn ich mich nicht irre – ›an die Peitschen gehen‹. Das können wir uns nicht länger leisten. Wenn es uns möglich wäre, die neue elektronische Drucktechnologie einzuführen...«

»Ausgeschlossen! Die von Ihnen gewünschte neue Ausrüstung würde meine Männer arbeitslos machen, und ich habe nicht die Absicht, dabei mitzumachen, daß meine Männer wegen Maschinen vor die Tür gesetzt werden. Ihre verdammten Maschinen müssen nichts zu essen haben; meine Männer schon.« Riley stand auf. »Nächste Woche läuft der gültige Vertrag aus. Wir bekommen entweder, was wir verlangen, oder wir streiken.«

Als Leslie ihrem Mann von der Unterredung berichtete, meinte er: »Warum willst du dich mit dem allen abgeben? Wir müssen nun mal mit den Gewerkschaften leben. Erlaube, daß ich dir einen guten Rat gebe, mein Schatz. Für dich sind diese Dinge neu, du bist darin unerfahren, und außerdem bist du eine Frau. Überlaß diese Angelegenheit den Männern. Laß uns beide bitte nicht…« Er brach mitten im Satz ab, denn er bekam keine Luft mehr.

»Dir geht's nicht gut?«

Er nickte. »Ich war heute bei meinem dummen Arzt. Er findet, daß ich eine Sauerstoff-Flasche bräuchte.«

»Ich werde mich darum kümmern«, versprach Leslie. »Und ich werde dir eine Krankenschwester suchen, für die Zeiten, wenn ich nicht daheim bin, damit…«

»Nein! Ich brauche keine Krankenschwester. Ich bin – ich bin bloß ein bißchen müde.«

»Komm, Henry. Wir sollten dich zu Bett bringen.«

Als Leslie den Vorstand drei Tage später zu einer Krisensitzung zusammenrief, sagte Henry: »Geh du hin, Baby, ich bleibe zu Hause, um mich zu schonen.« Die Sauerstoffflasche hatte geholfen; er fühlte sich jedoch schwach und deprimiert.

Leslie rief Henrys Arzt an. »Er verliert zu viel Gewicht und hat Schmerzen. Es muß doch etwas geben, das Sie für ihn tun können.«

»Wir tun unser Möglichstes, Mrs. Chambers. Achten Sie bitte darauf, daß er viel Ruhe bekommt und regelmäßig seine Medikamente einnimmt.«

Leslie beobachtete Henry, der hustend im Bett lag.

»Tut mir leid wegen der Sitzung«, sagte Henry. »Übernimm du den Vorsitz. Machen kann man da sowieso nichts.«

Sie lächelte.

5

Die Vorstandsmitglieder saßen im Sitzungszimmer des Zeitungsverlags am runden Tisch, schlürften ihren Kaffee, nahmen sich Bagels und Frischkäse und harrten der Ankunft Leslies.

»Meine Damen, meine Herren, verzeihen Sie, daß ich Sie habe warten lassen«, sagte sie beim Eintreten. »Henry hat mich gebeten, ihn mit einem Gruß zu entschuldigen.«

Die Haltung des Vorstands gegenüber Leslie hatte sich seit der ersten Sitzung, an der sie teilnahm, merklich verändert. Damals war sie von oben herab und wie ein Eindringling behandelt worden. Doch seit Leslie sich allmählich in das Zeitungsgeschäft eingearbeitet und wertvolle Vorschläge gemacht hatte, wurde sie von allen geachtet. Unmittelbar vor Sitzungsbeginn wandte Leslie sich an Amy, die gerade Kaffee nachschenkte. »Amy, ich möchte Sie bitten, daß Sie während der Sitzung dableiben.«

Amy schaute sie verdutzt an. »Ich bin leider nicht besonders gut in Steno, Mrs. Chambers. Cynthia ist viel tüchtiger fürs –«

»Sie sollen ja auch nicht Protokoll führen. Sie notieren nur die Resolutionen, die wir am Ende beschließen.«

»Jawohl, Mrs. Chambers.« Amy nahm sich Notizblock und Kugelschreiber und setzte sich auf einen Stuhl an der Wand.

Leslie wandte sich dem Vorstand zu. »Wir haben ein Problem. Unser Tarifvertrag mit der Druckergewerkschaft ist fast ausgelaufen. Wir verhandeln nun schon seit drei Monaten, ohne eine Vereinbarung erzielen zu können. Wir müssen deshalb jetzt eine Entscheidung treffen, und zwar sehr schnell. Sie haben die Berichte gelesen, die ich Ihnen zusandte. Ich würde gern Ihre Meinung hören.«

Sie fixierte Gene Osborne, der Partner einer örtlichen Anwaltskanzlei war.

»Wenn Sie mich fragen, Leslie, so kann ich nur sagen, daß die Kerle sowieso schon verdammt zuviel bekommen. Gibt man ihren jetzigen Forderungen nach, werden sie morgen noch mehr verlangen.«

Leslie nickte und ließ ihren Blick zum Kaufhausbesitzer Aaron Drexel wandern. »Aaron?«

»Dem kann ich nur beipflichten. Sie sind ohnehin viel zu sehr gehätschelt worden. Falls wir ihnen was geben, sollten wir dafür auch was bekommen. Nach meiner Meinung könnten wir einen Streik verkraften und sie nicht.«

Die Kommentare der übrigen Vorstandsmitglieder waren ähnlich.

»Ich muß Ihnen allen widersprechen«, erklärte Leslie, womit sie heftiges Erstaunen auslöste. »Ich finde, wir sollten ihren Forderungen stattgeben.«

»Das wäre reiner Wahnsinn.«

»Am Ende werden sie noch Eigentümer der Zeitung sein.«

»Dann werden sie überhaupt nicht mehr zu bremsen sein.«

»Wir dürfen ihnen auf keinen Fall nachgeben.«

Leslie ließ alle ausreden, um anschließend zu erklären: »John Riley ist ein anständiger Kerl. Er ist von der Richtigkeit seiner Forderungen überzeugt.«

Die völlig überraschte Amy verfolgte die Diskussion von ihrem Platz aus mit größtem Interesse.

Ein weibliches Vorstandsmitglied brachte die Kritik offen auf den Punkt. »Ich finde es absolut unverständlich, daß Sie für Riley Partei ergreifen, Leslie.«

»Ich ergreife hier für niemanden Partei. Ich halte es aber für erforderlich, in diesem Punkt moderat und vernünftig vorzugehen. Im übrigen liegt die Entscheidung ja nicht bei mir. Lassen Sie uns zur Abstimmung schreiten.« Sie drehte sich zu Amy um. »Ich möchte Sie bitten, das Folgende zu protokollieren.«

»Jawohl, Ma'am.«

Leslie wandte ihre Aufmerksamkeit wieder der Gruppe zu. »Wer die Forderungen der Gewerkschaft ablehnt, möge die Hand heben.« Es wurden elf Hände hochgehoben. »Halten Sie im Protokoll fest, daß ich persönlich für eine Annahme und die übrigen Vorstandsmitglieder gegen die Annahme der gewerkschaftlichen Forderungen votiert haben.«

Amy notierte es mit nachdenklicher Miene in ihren Notizblock.

»Also, das war's dann wohl.« Sie erhob sich. »Falls keine weiteren Themen zur Diskussion anstehen...«

Die anderen erhoben sich.

»Ich danke Ihnen für Ihr Erscheinen.« Leslie wartete, bis alle den Raum verlassen hatten, bevor sie Amy ansprach: »Würden Sie das bitte ordentlich ins reine tippen, Amy?«

»Unverzüglich, Mrs. Chambers.«

Leslie begab sich zu ihrem Büro.

Es dauerte gar nicht lang, bis der Anruf kam.

»Mr. Riley für Sie, auf Leitung eins«, sagte Amy.

Leslie nahm den Hörer ab. »Hallo.«

»Hier Joe Riley. Ich wollte Ihnen einfach nur für Ihre Bemühungen danken.«

»Ich weiß gar nicht, wovon ...«

»Auf der Vorstandssitzung. Ich habe gehört, was sich da getan hat.«

»Das wundert mich aber sehr, Mr. Riley«, hielt Leslie ihm entgegen. »Die Sitzung war geheim.«

Joe Riley lachte in sich hinein. »Sagen wir mal, daß ich Freunde in gewissen Stellungen habe. Ich finde es jedenfalls großartig, was Sie zu erreichen versucht haben. Wirklich schade, daß es nicht geklappt hat.«

Nach einem kurzen Schweigen sagte Leslie, und sie sprach plötzlich ganz langsam. »Mr. Riley ... und wenn ich wüßte, wie es doch noch klappen könnte?«

»Was wollen Sie damit sagen?«

»Ich habe da eine Idee, die ich allerdings nur ungern am Telefon diskutieren würde ... Wäre es möglich, daß wir uns zusammensetzen, irgendwo ... unauffällig?«

Pause. »Klar. Und woran hatten Sie gedacht?«

»An ein Lokal, wo uns beide niemand erkennen würde.«

»Wir wär's mit einem Treff im Golden Cup?«

»Einverstanden. In einer Stunde bin ich da.«

»Bis gleich.«

Das Golden Cup war ein verrufenes Café im schäbigeren Teil von Phoenix, in Bahngleisnähe und in einem Viertel, das Touristen auf Anraten der Polizei mieden. Joe Riley war bereits da, als Leslie eintraf, er saß in einer Ecknische und erhob sich, als sie auf ihn zukam.

»Danke, daß Sie gekommen sind«, sagte Leslie. Sie nahmen Platz.

»Ich bin gekommen,weil Sie meinten, es gebe vielleicht

doch noch eine Möglichkeit, daß ich meinen Tarifvertrag bekomme.«

»Es gibt eine Möglichkeit. Ich finde, daß der Vorstand sich kurzsichtig und dumm verhält, und ich habe versucht, es den Leuten klarzumachen. Sie wollten aber nicht hören.«

Er nickte. »Ich weiß. Sie haben dem Vorstand empfohlen, uns den gewünschten Tarifvertrag zu geben.«

»Das stimmt. Die anderen Vorstandsmitglieder begreifen einfach nicht, wie wichtig ihr Drucker für unsere Zeitung seid.«

Er musterte sie mit einem Ausdruck von Ratlosigkeit. »Sie sind aber überstimmt worden, Mrs. Chambers. Was bleibt uns danach als Möglichkeit...?«

»Der Vorstand hat nur aus einem Grund gegen meine Empfehlung gestimmt: weil er Ihre Gewerkschaft nicht ernst nimmt. Falls Sie einen langen Streik und möglicherweise das Ende der Zeitung verhüten wollen, müssen Sie denen zeigen, daß Sie es ernst meinen.«

»Wie meinen Sie das?«

Leslie wurde sichtlich nervös. »Was ich Ihnen jetzt sage, ist äußerst vertraulich. Es gibt aber keinen anderen Weg, um Ihre Forderungen durchzusetzen. Das Problem ist ganz einfach folgendes: Man glaubt, daß Sie nur bluffen. Man glaubt einfach nicht, daß es Ihnen ernst ist. Sie müssen beweisen, daß Sie es ernst meinen. Der bestehende Tarifvertrag geht am Freitag dieser Woche um Mitternacht zu Ende.«

»Ja...«

»Man rechnet damit, daß Ihre Leute dem Arbeitsplatz danach einfach ganz still und leise fernbleiben.« Sie beugte sich vor. »Tun Sie's nicht!« Er hörte ihr aufmerksam, fasziniert zu. »Zeigen Sie's denen! Demonstrieren Sie, daß diese Herrschaften den *Star* ohne Ihre Mitarbeit gar nicht herausbringen können. Lauft nicht einfach wie Lämmer davon. Richten Sie Schaden an.«

Er machte große Augen.

»Ich meine ja nichts richtig Schlimmes«, korrigierte sich Leslie schnell. »Nur gerade genug, um denen zu beweisen, daß Ihre Drohungen ernstgemeint sind. Kappen Sie ein paar Leitungen, setzen Sie ein oder zwei Druckmaschinen außer Betrieb. Der Vorstand muß verstehen, daß ihm die Pressen allein, ohne Ihre Mitarbeit, überhaupt nichts nutzen. Solcher Schaden läßt sich in ein bis zwei Tagen reparieren, aber Sie hätten den Herrschaften erst mal einen gehörigen Schrecken eingejagt und sie zur Vernunft gebracht, damit sie endlich kapieren, worum es geht und mit wem sie es zu tun haben.«

Joe Riley verschlug es die Sprache. Sein Blick ruhte auf Leslie. »Sie sind eine bemerkenswerte Dame.«

»Nicht wirklich. Es ist nur so, daß ich nach gründlichem Nachdenken vor einer ganz simplen Alternative stehe. Entweder es kommt so, daß Sie mit Ihren Leuten einen geringfügigen Schaden verursachen, der sich leicht reparieren läßt, den Vorstand aber dazu zwingt, ernsthaft mit Ihnen zu verhandeln. Oder Ihr bleibt still und leise der Arbeit fern und nehmt einen Dauerstreik in Kauf, von dem die Zeitung sich eventuell nie wieder erholen wird. Mir persönlich geht es einzig und allein darum, die Zeitung zu schützen.«

Auf Rileys Gesicht breitete sich langsam ein Lächeln aus. »Darf ich Ihnen eine Tasse Kaffee spendieren, Mrs. Chambers? Wir streiken! Wir schlagen zu!«

Der Angriff der Drucker unter Joe Rileys Führung begann in der Nacht von Freitag auf Samstag – genau eine Minute nach Mitternacht. Sie rissen Maschinenteile herunter; sie kippten Tische mit Instrumenten und Geräten um; sie legten Feuer an zwei Druckerpressen. Ein Nachtwächter, der ihnen Einhalt gebieten wollte, wurde zusammengeschlagen. Die Drucker, die eigentlich nur vorhatten, ein paar Maschinen außer Betrieb zu setzen, wurden vom Fieber der Erregung erfaßt und zunehmend destruktiver.

»Zeigen wir's den Schweinen, daß wir uns nicht rumstoßen lassen!« rief einer.

»Ohne uns gibt's keine Zeitung!«

»Der *Star* sind wir!«

Jubel und Hurrageschrei – die Männer wurden zunehmend aggressiver, und die Produktionshalle verwandelte sich in ein Trümmerfeld.

Inmitten dieser Raserei blitzten plötzlich von den vier Ecken der Halle her Scheinwerfer auf. Die Männer hielten inne und blickten sich verdutzt um. An den Eingängen waren Fernsehkameras postiert, die das Chaos der Verwüstung und Zerstörung aufnahmen, und neben den Kameras notierten Reporter von der *Arizona Republic*, der *Phoenix Gazette* und mehreren Nachrichtenagenturen die Orgie der Gewalt. Außerdem waren auf einmal mindestens ein Dutzend Polizisten und Feuerwehrleute anwesend.

Joe Riley registrierte es mit Entsetzen. *Wie, zum Teufel, hatten Journalisten, Polizisten und Feuerwehrleute so rasch hergefunden?* Als die Polizei anrückte und die Feuerleute die Schläuche aufdrehten, ging Riley plötzlich ein Licht auf, und ihm war, als ob er einen Tritt in den Magen erhalten hätte. Leslie Chambers hatte ihm eine Falle gestellt! Wenn diese Bilder einer durch die Gewerkschaft verursachten Zerstörung ausgestrahlt wurden, hätten er und seine Leute bei der Bevölkerung sämtliche Sympathien verloren. Sie hätten die öffentliche Meinung gegen sich aufgebracht. *Und genau das hatte das Miststück von Anfang an geplant.*

Im Fernsehen wurden die Bilder binnen einer Stunde ausgestrahlt. Die Rundfunksender brachten ausführliche Berichte von der mutwilligen Zerstörung. Die Geschichte wurde weltweit in Zeitungen abgedruckt, und alle Veröffentlichungen hatten den gleichen Tenor. Bösartige Angestellte hatten die Hand gebissen, die sie ernährte. Für den *Phoenix Star* war das Ganze ein totaler PR-Triumph.

Leslie hatte alles ausgezeichnet vorbereitet. Sie hatte vorab ein paar Manager des *Star* heimlich nach Kansas geschickt, wo sie sich mit der Bedienung der riesigen neuen Druckereimaschinen vertraut machten und lernten, nicht gewerkschaftlich organisierte Angestellte in die elektronische Zeitungsproduktion einzuweisen. Im übrigen kamen nach dem Sabotageakt auch zwei andere streikende Gewerkschaften – die Arbeiter im Zustelldienst und die Fotograveure – in ihren Tarifverhandlungen mit dem *Star* prompt zu einer Einigung.

Mit der Niederlage der Gewerkschaften war der Weg zur Modernisierung der Drucktechnologien beim *Star* frei. Die Produktivität stieg über Nacht um zwanzig Prozent, und die Zeitung machte zunehmend Gewinn.

Amy wurde am Morgen nach dem Streik fristlos entlassen.

Es war zwei Jahre nach dem Hochzeitstag, an einem Freitag, daß Henry spätnachmittags über eine leichte Magenverstimmung klagte. Als er am Samstag morgen unter Schmerzen im Brustkorb litt, rief Leslie eine Ambulanz, die ihn sofort ins Krankenhaus brachte. Am Sonntag morgen schloß Henry Chambers die Augen für immer.

Er hatte Leslie sein gesamtes Vermögen vermacht.

Am Montag nach der Beerdigung bekam Leslie Besuch von Craig McAllister. »Ich würde gern ein paar juristische Fragen mit Ihnen besprechen. Falls es Ihnen aber dafür noch zu früh ist...«

»Nein«, sagte Leslie. »Ich komme klar.«

Henrys Tod hatte Leslie tiefer als erwartet getroffen. Er war ein lieber, freundlicher Ehemann gewesen; doch sie hatte ihn als Mittel zum Zweck ihrer Rache an Oliver benutzt, und irgendwie wurde Henrys Tod in Leslies Bewußtsein nun noch ein weiterer Grund zur Vernichtung Olivers.

»Welche Absichten hegen Sie jetzt für den *Star?*« fragte Mc Allister. »Ich kann mir nicht vorstellen, daß Sie Ihre Zeit auf die Geschäftsführung der Zeitung verwenden wollen.«

»Genau das ist meine Absicht. Wir werden expandieren.«

Leslie ließ sich ein Exemplar der Branchenzeitschrift *Managing Editor* bringen, die die Makler von Zeitungsverlagen für das gesamte Gebiet der Vereinigten Staaten auflistet. Leslie entschied sich für die Agentur Dirks, Van Essen and Associates in Santa Fe, New Mexico.

»Hier Mrs. Henry Chambers. Ich bin am Erwerb einer weiteren Zeitung interessiert und hätte gern gewußt, was zur Zeit gerade auf dem Markt ist...«

Es war die *Sun* in Hammond, Oregon.

»Fliegen Sie für mich hin und schauen Sie sich den Verlag einmal an«, bat Leslie McAllister.

Zwei Tage später meldete McAllister sich telefonisch bei Leslie. »Die *Sun* können Sie vergessen, Mrs. Chambers.«

»Und worin besteht das Problem?«

»Das Problem besteht darin, daß Hammond eine Stadt mit zwei Lokalzeitungen ist. Die verkaufte Tagesauflage der *Sun* beträgt fünfzehntausend. Die Auflage der anderen Zeitung, des *Hammond Chronicle*, liegt fast doppelt so hoch, nämlich bei achtundzwanzigtausend. Im übrigen verlangt der Eigentümer für die *Sun* fünf Millionen Dollar. Solch ein Handel ist unsinnig.«

Leslie dachte kurz nach. »Bleiben Sie dort. Warten Sie auf mich. Ich komme.«

Während der nächsten zwei Tage nahm Leslie die Zeitung und ihre Geschäftsbilanz unter die Lupe.

»In Konkurrenz mit dem *Chronicle* hat die *Sun* nicht die geringsten Chancen«, versicherte ihr McAllister. »Der *Chronicle* wächst und wächst, die Auflage der *Sun* dagegen ist in den letzten fünf Jahren kontinuierlich gesunken.«

»Ich weiß«, sagte Leslie. »Aber ich werde sie kaufen.«

Er schaute sie fassungslos an. »Sie wollen was ...?«

»Ich werde diese Zeitung kaufen.«

Der Handel wurde in drei Tagen durchgezogen. Der alte Besitzer war froh, die Zeitung loszuwerden. »Ich habe die Dame zu dem Deal überredet«, frohlockte er. »Sie hat mir die vollen fünf Millionen gezahlt.«

Walt Meriwether stattete Leslie in seiner Eigenschaft als Verleger des *Hammond Chronicle* einen Höflichkeitsbesuch ab.

»Dann sind Sie also meine neue Konkurrentin«, meinte er herablassend.

Leslie nickte. »Korrekt.«

»Wenn die Sache hier für Sie nicht aufgeht, werden Sie vielleicht daran interessiert sein, die *Sun* an mich zu verkaufen.«

Leslie lächelte. »Und falls die Sache doch aufgeht, wären Sie vielleicht daran interessiert, mir Ihren *Chronicle* zu verkaufen.«

Meriwether lachte. »Bestimmt. Viel Glück, Mrs. Chambers.«

Als Meriwether wieder in seinem Büro des *Chronicle* saß, erklärte er selbstbewußt: »In einem halben Jahr gehört die *Sun* uns.«

Leslie flog nach Phoenix zurück. Sie führte eine Unterredung mit dem geschäftsführenden Redakteur des *Star.* »Sie begleiten mich nach Hammond in Oregon«, sagte sie zu Lyle Bannister. »Ich möchte Sie bitten, dort die Geschäfte zu führen, bis die Zeitung auf die Beine kommt.«

»Ich habe mit Mr. McAllister gesprochen«, antwortete Bannister. »Die Zeitung hat ja nicht mal Beine, und er meinte, es sei nur eine Frage der Zeit, bis die Katastrophe komplett ist.«

Sie sah ihm in die Augen. »Tun Sie mir den Gefallen.«

In Oregon rief Leslie bei der *Sun* eine Betriebsversammlung ein.

»Wir werden jetzt eine etwas andere Geschäftspolitik betreiben«, gab sie bekannt. »Hammond ist eine Stadt mit zwei Zeitungen, und ich gehe davon aus, daß die zweite Zeitung bald uns gehören wird.«

»Verzeihen Sie, Mrs.Chambers«, widersprach Derek Zornes, der geschäftsführende Redakteur der *Sun,* »aber ich weiß nicht, ob man Ihnen die Situation klargemacht hat. Unsere Zeitung hat eine wesentlich niedrigere Auflage als der *Chronicle* und sackt von Monat zu Monat weiter ab. Wir haben keine Chance, die Auflage des *Chronicle* einzuholen.«

»Wir werden ihre Auflage nicht nur einholen«, versicherte ihm Leslie, »sondern den *Chronicle* vom Markt verdrängen.«

Die im Konferenzraum versammelten Männer sahen

einander an, und alle hatten den gleichen Gedanken: Weiber und Amateure sollten sich aus dem Zeitungsgewerbe heraushalten.

»Und wie wollen Sie das erreichen?« erkundigte sich Zornes höflich.

»Haben Sie schon mal einen Stierkampf gesehen?« fragte Leslie zurück.

Er zuckte erstaunt mit den Augen. »Einen Stierkampf? Nein...«

»Dann passen Sie auf: Wenn der Stier in die Arena stürmt, verfolgt der Matador nicht die Absicht, ihn gleich zu töten. Er läßt den Stier bluten, bis er so schwach ist, daß er sich töten läßt.«

Zornes hatte Mühe, ein Lachen zu unterdrücken. »Und wir werden den *Chronicle* bluten lassen?«

»Genau.«

»Und wie werden Sie das anstellen?«

»Es beginnt damit, daß wir den Preis der *Sun* ab kommendem Montag von fünfunddreißig Cents auf zwanzig Cents und unsere Anzeigenpreise um dreißig Prozent heruntersetzen. Und in der folgenden Woche beginnen wir mit einem Preisausschreiben, bei dem unsere Leser Gratisreisen in alle Welt gewinnen können. Mit der Ankündigung des Preisausschreibens fangen wir sofort an.«

Als die Angestellten hinterher zusammenkamen, um über die Betriebsversammlung zu diskutieren, waren alle der Meinung, daß ihre Zeitung von einer total verrückten Frau übernommen worden war.

Als das Ausbluten begann, war es jedoch die *Sun*, die zur Ader gelassen wurde.

»Haben Sie eigentlich eine Vorstellung von der Höhe unserer Verluste bei der *Sun*?« fragte McAllister.

»Ich könnte Ihnen die Verluste der *Sun* genauestens beziffern«, erwiderte Leslie.

»Und wie lange beabsichtigen Sie, das durchzuhalten?«

»Bis wir gewonnen haben«, antwortete Leslie. »Seien Sie unbesorgt. Wir werden gegen die Konkurrenz gewinnen.«

Insgeheim war Leslie allerdings äußerst besorgt. Die Verluste stiegen von Woche zu Woche, und die Auflagenentwicklung war weiterhin rückläufig. Im übrigen war die Senkung der Anzeigentarife bei den Interessenten lediglich auf geringes Interesse gestoßen.

»Ihre Methode zieht nicht«, erklärte McAllister. »Wir müssen unsere Verluste unbedingt reduzieren. Natürlich können Sie weiterhin Geld hineinpumpen – aber was soll's?«

In der folgenden Woche fand das Sinken der Auflage ein Ende.

Es dauerte acht Wochen, bis die Wende kam und die Auflage der *Sun* zu steigen anfing.

Der reduzierte Preis der Zeitung und die Senkung der Anzeigentarife waren gewiß verlockend gewesen; der eigentliche Grund für die Auflagensteigerungen der *Sun* waren jedoch die Preisausschreiben. Sie liefen über zwölf Wochen; eine Teilnahme war mit jeder neuen Woche möglich. Als Preise waren Kreuzfahrten in der Südsee sowie Reisen nach London, Paris und Rio ausgeschrieben. Die Zahlen der Auflagenhöhe der *Sun* explodierten förmlich, seit die Preise ausgehändigt und durch Fotos der Gewinner auf der Titelseite groß und werbewirksam herausgestellt wurden.

»Da haben Sie sich auf ein verdammt riskantes Lotteriespiel eingelassen, aber es hat funktioniert«, räumte Craig McAllister widerwillig ein.

»Das war keineswegs ein Lotteriespiel«, korrigierte ihn Leslie. »Die Leute können nicht widerstehen, wenn sie etwas umsonst kriegen können.«

Als Walt Meriwether die Aufstellung der neuesten Absatzzahlen in die Hand bekam, geriet er außer sich vor Wut. Es war seit vielen Jahren das erste Mal, daß die *Sun* mehr Exemplare verkaufte als der *Chronicle*.

»Na schön«, meinte Meriwether grimmig zu seinen Managern. »So ein blödes Spiel können wir schließlich auch. Dann reduzieren wir eben unsere Anzeigentarife. Und denken Sie sich irgendein Preisausschreiben aus.«

Da war es aber schon zu spät. Elf Monate nach Leslies Übernahme der *Sun* ersuchte Walt Meriwether sie um eine Unterredung.

Er war kurz angebunden. »Ich verkaufe«, sagte er. »Sind Sie an einem Kauf des *Chronicle* interessiert?«

»Ja.«

Am Tag der Unterzeichnung des Kaufvertrags für den *Chronicle* rief Leslie erneut eine Betriebsversammlung ein.

»Von Montag an«, gab sie bekannt, »erhöhen wir den Preis der *Sun*. »Wir setzen die Anzeigentarife aufs Doppelte fest und hören mit den Preisausschreiben auf.«

Einen Monat später teilte Leslie Craig McAllister mit: »Der *Evening Standard* in Detroit steht zum Verkauf. Zu diesem Zeitungsverlag gehört übrigens auch ein Fernsehsender. Ich denke, da sollten wir zuschlagen.

McAllister protestierte. »Aber Mrs. Chambers, wir verstehen nicht das mindeste vom Fernsehen und ...«

»Dann werden wir es eben lernen müssen, nicht wahr?«

Das Medienimperium, das Leslie für ihre Pläne benötigte, nahm langsam Gestalt an.

6

Olivers Tage waren randvoll mit Terminen gefüllt, und er genoß jedes Detail, jede Sekunde seiner Tätigkeit, ob es sich nun um Ernennungen zu politischen Ämtern, um das Einbringen von Gesetzesvorlagen, um die Bereitstellung von Mitteln für bestimmte Zwecke, um die Teilnahme an Sitzungen und Konferenzen, um Ansprachen oder Presseinterviews handelte. Das *State Journal* in Frankfort, der *Herald Leader* in Lexington und das *Louisville Courier Journal* äußerten sich in geradezu überschwenglichen Berichten und Kommentaren zu seiner Amtsführung. Er bekam den Ruf eines Gouverneurs, der die Dinge anpackte. Und er fand Zugang zum gesellschaftlichen Leben der Superreichen – in diesem Punkt war er sich allerdings völlig darüber im klaren, daß seine Akzeptanz in diesen Kreisen zum großen Teil darauf zurückzuführen war, daß er mit der Tochter von Senator Todd Davis verheiratet war.

Es gefiel Oliver gut in Frankfort, einer schönen historischen Stadt in einem malerischen Flußtal gelegen, inmitten der Hügellandschaften der legendären Bluegrass-Region Kentuckys. Es gefiel ihm so gut, daß er sich fragte, wie wohl ein Leben in Washington D. C. aussehen könnte.

Die gedrängt vollen Tage dehnten sich zu Wochen, und die Wochen zu Monaten, bis auf einmal das letzte Jahr seiner Amtszeit begonnen hatte.

Oliver hatte Peter Tager zu seinem Pressesekretär ernannt, und eine bessere Wahl hätte er gar nicht treffen können, denn Tager war der Presse gegenüber stets offen und direkt und wegen der anständigen altmodischen Werte, für die er stand und von denen er so gern sprach, verlieh er der Partei Substanz und Würde. Peter Tager und seine schwarze Augenklappe wurden der Öffentlichkeit ein beinah ebenso vertrautes Bild wie Oliver.

Todd Davis ließ es sich nicht nehmen, mindestens einmal monatlich zu einer Unterredung mit Oliver nach Frankfort zu fliegen.

»Wenn man einen Vollblüter besitzt«, erklärte er Peter Tager eines Tages, »muß man ihn gut im Auge behalten, damit er nicht sein Gespür fürs Timing verliert.«

Es war an einem kalten Oktoberabend, als Oliver und Senator Davis nach einem Abendessen mit Jan im Restaurant Gabriel zur Executive Mansion zurückgekehrt waren und nun beisammensaßen. Jan hatte sich zurückgezogen, damit die beiden Männer in Ruhe miteinander reden konnten.

»Ich bin froh, daß Jan so glücklich ist, Oliver.«

»Mir liegt auch sehr viel daran, sie glücklich zu machen, Todd.«

Senator Davis schaute Oliver in die Augen und fragte sich im stillen, wie oft Oliver wohl sein Geheimapartment benutzte. »Sie hat dich sehr lieb, mein Sohn.«

»Ich liebe sie auch.« Es klang aufrichtig.

Senator Davis lächelte. »Freut mich, das zu hören. Sie ist bereits mit den Plänen zur Inneneinrichtung des Weißen Hauses beschäftigt.«

Olivers Herz setzte für einen Schlag aus. »Wie bitte?«

»Ach so. Habe ich dir noch nicht davon berichtet? Der Anfang ist gemacht. Dein Name wird in Washington langsam ein Begriff. Mit Neujahr setzt unser Wahlkampf ein.«

Oliver scheute sich fast, die nächste Frage zu stellen. »Und du glaubst wirklich, daß ich eine Chance habe, Todd?«

»Das Wort ›Chance‹ kommt aus dem Glücksspiel, Sohn, und ich bin nun mal kein Spieler. Ich lasse mich nie auf etwas ein, wenn ich nicht überzeugt bin, daß es eine sichere Partie ist.«

Oliver atmete tief durch. *Du kannst der wichtigste Mann der Welt werden.* »Ich darf dir meinen innigsten Dank für alles aussprechen, was du für mich getan hast, Todd.«

Todd tätschelte Olivers Arm. »Man ist doch wohl dazu verpflichtet, den eigenen Schwiegersohn zu unterstützen, meinst du nicht?«

Die Betonung, die der Senator auf den »Schwiegersohn« legte, entging Oliver keineswegs.

»Übrigens«, sagte der Senator in einem beiläufigen Ton, »es hat mich doch sehr enttäuscht, daß deine Legislative das Gesetz zur Tabakbesteuerung verabschiedet hat.«

»Die zusätzlichen Steuereinnahmen dienen zum Ausgleich des Budgetdefizits ...«

»Du wirst dagegen natürlich dein Veto einlegen.«

Oliver starrte ihn fassungslos an. »Dagegen mein Veto einlegen?«

Der Senator würdigte ihn eines gequälten Lächelns. »Ich muß dich bitten, Oliver, mir zu glauben, daß ich in diesem Fall keine persönlichen Interessen verfolge. Ich habe jedoch viele Freunde, die ihr schwerverdientes Geld in Tabakplantagen investiert haben, und es wäre mir äußerst unangenehm, mitansehen zu müssen, wenn sie durch die neuen Steuerlasten zu Schaden kämen. Dir nicht?«

Schweigen.

»Dir etwa nicht?«

»Doch«, sagte Oliver schließlich. »Es wäre ungerecht.«

»Ich bin dir verbunden. Sehr verbunden, Oliver.«

»Es war nur«, sagte Oliver in einem fast entschuldigendenTon, »daß ich hörte, du hättest deine Tabakplantagen verkauft, Todd.«

Diesmal war es Todd, der sein Erstaunen kaum zu verhehlen vermochte. »Und aus welchem Grund sollte ich wohl so etwas tun?«

»Nun ja, die Tabakindustrie erleidet momentan doch ziemlich starke, juristische Schlappen. Der Absatz ist drastisch zurückgegangen und…«

»Das gilt bloß für den amerikanischen Markt, mein Sohn, aber es gibt einen riesigen Weltmarkt. Warte nur, wenn unsere Werbekampagnen in China, Afrika und Indien anrollen.« Er warf einen Blick auf die Uhr und stand auf. »Ich muß wieder nach Washington. Zu einer Sitzung des Senatsausschusses.«

»Angenehmen Flug.«

Senator Davis lächelte zufrieden. »Nach dieser Unterredung gewiß, mein Sohn.«

Oliver war ziemlich verstimmt. »Zum Teufel, was soll ich denn jetzt machen, Peter? Die Tabaksteuer ist die mit Abstand populärste gesetzliche Maßnahme, die unser Parlament im laufenden Jahr durchgebracht hat. Mit welcher Ausrede könnte ich ausgerechnet hier ein Veto einlegen?«

Peter Tager zog ein paar Blatt Papier aus seiner Tasche. »Hier finden Sie die erforderlichen Antworten auf Ihre Frage, Oliver. Ich habe sie mit dem Senator durchdiskutiert. Sie werden garantiert keine Probleme bekommen. Ich habe die Pressekonferenz übrigens für sechzehn Uhr angesetzt.«

Oliver schaute die Unterlagen gründlich durch und nickte schließlich beruhigt. »Wirklich ausgezeichnet.«

»Dafür bin ich schließlich da. Kann ich sonst noch etwas für Sie tun?«

»Nein. Vielen Dank. Also, dann bis um vier.«

Peter Tager ging zur Tür.

»Peter?«

Tager drehte sich um. »Ja?«

»Ich möchte Ihnen gern eine Frage stellen. Glauben Sie, daß ich wirklich eine Chance habe, Präsident der Vereinigten Staaten zu werden?«

»Was meint der Senator?«

»Er behauptet, daß ich eine Chance habe.«

Tager kehrte noch einmal zum Schreibtisch zurück. »Ich kenne Senator Davis seit langer Zeit, Oliver, und in all diesen Jahren hat er sich nicht einmal geirrt. Nicht ein einziges Mal. Der Mann hat ein untrügliches Gespür. Wenn Todd Davis sagt, daß Sie der nächste Präsident der USA werden, können Sie Ihr Hab und Gut darauf verpfänden, daß Sie der nächste Präsident werden.«

Es klopfte an der Tür. »Herein.«

Die Tür ging auf, und herein trat eine schöne, junge Sekretärin, Anfang Zwanzig, aufgeschlossen, eifrig. Sie hielt ein paar Faxe in der Hand.

»Oh, Entschuldigung, Gouverneur. Ich hatte nicht gewußt, daß Sie in einer…«

»Schon gut, Miriam.«

Tager strahlte. »Hallo, Miriam.«

»Hallo, Mr. Tager.«

»Ich weiß gar nicht, was ich ohne Miriam machen sollte. Sie ist mein ein und alles.«

Miriam lief puterrot an. »Wenn es sonst nichts für mich zu tun…« Sie legte die Faxe auf Olivers Schreibtisch, machte auf dem Absatz kehrt und stürmte aus dem Zimmer.

»Was für eine schöne Frau«, meinte Tager und warf Oliver einen prüfenden Blick zu.

»Ja.«

»Oliver – Sie passen doch auf?«

»Natürlich passe ich auf. Aus dem Grunde hatte ich Sie gebeten, mir das kleine Apartment zu beschaffen.«

»Ich meine – verdammt auf der Hut. Der Einsatz ist gestiegen. Und wenn Sie das nächstemal geil werden, halten Sie sich einen Moment lang zurück und bedenken Sie, ob eine Miriam, Alice oder Karen das Oval Office wirklich wert ist.«

»Ich weiß, was Sie meinen, Peter. Und vielen Dank für den Hinweis. Sie müssen sich in dieser Hinsicht aber keine Sorgen um mich machen.«

»Gut.« Tager sah auf seine Uhr. »Ich muß mich beeilen. Ich führe Betsy und die Kinder zum Mittagessen aus.« Er lächelte. »Habe ich Ihnen eigentlich schon erzählt, was Rebecca heute morgen gemacht hat? Meine fünfjährige Tochter wollte heute morgen um acht eine Kindersendung auf Video anschauen. Woraufhin Betsy erwiderte: ›Liebling, ich werde die Kassette nach dem Mittagessen für dich einlegen‹, und Rebecca schaut sie an und sagt: ›Mummy, dann möchte ich sofort zu Mittag essen.‹ Ziemlich clever, was?«

Der Stolz, der in Tagers Stimme mitschwang, entlockte Oliver ein Lächeln.

Abends um zehn kam Oliver ins Schlafzimmer, wo Jan in ein Buch vertieft war, und sagte: »Liebling, ich muß noch einmal aus dem Haus, zu einer dringenden Besprechung.«

Jan hob den Kopf. »Um diese Zeit? Mitten in der Nacht?«

Er seufzte. »Leider ja. Am Morgen findet eine Sitzung des Haushaltsausschusses statt. Man hält es für notwendig, mich dafür zu instruieren.«

»Du arbeitest zuviel. Versuch bitte, nicht allzuspät heimzukommen, ja, Oliver?« Sie zögerte, bevor sie es aussprach. »Du bist in letzter Zeit abends ziemlich oft ausgegangen.«

Er fragte sich, ob die Bemerkung als Warnung gemeint war. Er trat näher, beugte sich über sie und gab ihr einen Kuß. »Sei unbesorgt, Liebling. Ich werde so früh wie möglich wieder zurück sein.«

»Heute abend brauche ich Ihre Dienste nicht in Anspruch zu nehmen«, teilte Oliver seinem Chauffeur mit. »Ich nehme den kleinen Wagen.«

»Du kommst spät, Liebling.« Miriam war völlig nackt.

Er grinste und ging zu ihr hinüber. »Entschuldige. Ich bin nur froh, daß du nicht ohne mich angefangen hast.«

Sie lächelte. »Halt mich ganz fest.«

Er nahm sie in die Arme und drückte sie an sich, und sie preßte ihren warmen Leib an seinen.

»Zieh dich aus. Mach schnell.«

»Was würdest du davon halten«, fragte er einige Zeit später, »nach Washington, D. C., zu ziehen?«

Miriam setzte sich abrupt im Bett auf. »Du willst mich wohl ärgern?«

»Ganz und gar nicht. Es könnte sein, daß ich bald nach Washington gerufen werde. Und ich möchte gern, daß du dort bei mir bist.«

»Und wenn deine Frau das mit uns herauskriegt ...«

»Wird sie aber nicht.«

»Wieso ausgerechnet Washington?«

»Das darf ich dir noch nicht sagen. Ich kann dir jedoch versichern, daß es eine aufregende Sache wird.«

»Ich folge dir, wohin du willst, solange du mich liebhast.«

»Aber du weißt doch, daß ich dich liebe.« Wie schon so oft

in der Vergangenheit, gingen ihm diese Worte leicht von der Zunge.

»Liebe mich noch einmal.«

»Warte, einen Moment noch. Ich habe etwas für dich.« Er stand auf, ging zu seiner Jacke, die er über einen Stuhl geworfen hatte, nahm ein Fläschchen aus der Tasche und goß den Inhalt in ein Glas. Es war eine klare Flüssigkeit.

»Probier's mal.«

»Was ist das?« fragte Miriam.

»Es wird dir guttun. Ich versprech's dir.« Er hob das Glas und leerte es zur Hälfte.

Miriam trank einen kleinen Schluck, bevor sie den Rest in einem Zug austrank. »Schmeckt gar nicht schlecht.«

»Danach wirst du dich richtig sexy fühlen.«

»Ich fühl mich schon jetzt richtig sexy. Komm wieder zu mir ins Bett.«

Sie befanden sich mitten im Liebesspiel, als Miriam auf einmal Atembeschwerden bekam. »Mir ist nicht gut«, sagte sie und begann zu keuchen. »Ich… ich kriege keine Luft mehr.« Sie schloß die Augen.

»Miriam!« Keine Reaktion. Sie sackte auf dem Bett nach hinten. »Miriam!«

Sie war ohnmächtig geworden.

Verdammt! Warum tust du mir so was an?

Er stand auf und begann, ratlos im Zimmer auf und ab zu gehen. Er hatte die Flüssigkeit bereits einem Dutzend Frauen zu trinken gegeben, und bisher hatte sie lediglich in einem einzigen Fall geschadet. Vorsicht! ermahnte er sich – wenn er jetzt einen Fehler beginge, wäre für ihn alles aus, all seine Hoffnungen und Träume, die Pläne, auf die er hingearbeitet hatte. Das durfte er auf keinen Fall zulassen. Er stand neben dem Bett und blickte auf sie hinab. Er fühlte ihren Puls. Sie atmete noch – Gott sei Dank. Er würde es jedoch unbedingt verhindern müssen, daß sie in dieser Wohnung entdeckt wurde, weil die Spuren sich sonst bis zu ihm zurückverfolgen lassen würden. Er mußte sie einfach fortschaffen, irgendwohin, an einen Ort, wo sie bald gefunden würde, damit sie rasch ärztliche Hilfe bekäme. Sie würde seinen Namen nie verraten; dessen war er sich sicher.

Er brauchte fast eine halbe Stunde, um sie anzuziehen und in der Wohnung sämtliche Spuren zu tilgen. Er schob die Tür einen Spalt weit auf, um sich zu vergewissern, daß im Flur niemand war, bevor er sie hochhob, über seine Schulter legte, nach unten trug und in seinen Wagen setzte. Es war kurz vor Mitternacht, die Straßen waren menschenleer und verlassen, und es begann zu regnen. Er fuhr zum Juniper Hill Park, und nachdem er absolut sicher war, daß sich keine Menschenseele in Sichtweite befand, hob er Miriam aus dem Wagen und legte sie behutsam auf eine Parkbank. Er fand es entsetzlich, sie da so liegenzulassen; doch er hatte keine andere Wahl. Absolut nicht. Seine ganze Zukunft stand auf dem Spiel.

Er bemerkte ein paar Meter weiter eine Telefonzelle, rannte hin und wählte den Notruf 911.

Jan war noch nicht zu Bett gegangen, als Oliver heimkehrte. »Es ist nach Mitternacht«, sagte sie vorwurfsvoll. »Was hat dich nur ...?«

»Verzeih, Darling. Wir haben uns in eine lange, langweilige Diskussion über den Haushalt verwickelt, und ... na ja, wir konnten uns einfach nicht einigen. Jeder vertrat eine andere Auffassung.«

»Du siehst blaß aus«, sagte Jan. »Du mußt erschöpft sein.«

»Ich bin tatsächlich ein wenig müde«, gab er zu.

»Komm ins Bett.« Sie schaute ihn mit einem vielsagenden Lächeln an.

Er gab ihr einen Kuß auf die Stirn. »Ich brauche dringend ein wenig Schlaf, Jan. Die Besprechung hat mich total geschafft.«

Das *State Journal* brachte die Story am nächsten Morgen auf der Titelseite:

> SEKRETÄRIN DES GOUVERNEURS BEWUSSTLOS IN PARK GEFUNDEN
> Miriam Friedland wurde heute um 02.00 Uhr im Regen bewußtlos auf einer Parkbank entdeckt. Die herbeigerufene Ambulanz brachte sie ins Memorial Krankenhaus, wo die Ärzte ihren Zustand als kritisch bezeichnen.

Oliver las gerade den Bericht, als Peter mit einem Zeitungsexemplar in der Hand zu ihm ins Büro stürzte.

»Haben Sie schon gesehen?«

»Ja. Das ... es ist furchtbar. Die Presse hat bereits pausenlos angerufen.«

»Können Sie sich den Vorfall erklären?« fragte Tager.

Oliver schüttelte den Kopf. »Ich habe keine Ahnung. Ich habe soeben mit dem Krankenhaus gesprochen. Sie liegt im Koma. Die Ärzte suchen nach der Ursache ihres Zustands und werden mich verständigen, sobald sie mehr wissen.«

Tager musterte Oliver. »Hoffentlich ist es nichts Schlimmes.«

Leslie Chambers bekam die Zeitungsberichte nicht zu Gesicht, weil sie sich um diese Zeit wegen des Kaufs eines Fernsehsenders in Brasilien aufhielt.

Der erwartete Anruf vom Krankenhaus kam am folgenden Tag.

»Gouverneur, wir haben die Labortests abgeschlossen. Ihre Sekretärin hat eine Substanz namens Methylendioxymethamphetamine eingenommen – eine Substanz, die gemeinhin unter dem Namen Ecstasy bekannt ist –, und zwar in flüssiger Form, die in erhöhtem Maße lebensgefährlich ist.«

»Wie ist ihr Zustand?«

»Leider unverändert kritisch. Sie liegt weiterhin im Koma. Es ist möglich, daß sie aus dem Koma erwacht, aber ...« Er zögerte. »Es könnte ebensogut anders enden.«

»Halten Sie mich bitte auf dem laufenden.«

»Selbstverständlich. Sie müssen sehr betroffen sein, Gouverneur.«

»In der Tat.«

Oliver Russell war in einer Sitzung, als eine Sekretärin hereinrief.

»Verzeihung, Gouverneur, ein Anruf für Sie.«

»Ich habe Ihnen doch gesagt, daß ich nicht gestört werden will, Heather.«

»Senator Davis ist in der Leitung.«

»Ach so.«

Oliver wandte sich den Sitzungsteilnehmern zu. »Wir diskutieren die Angelegenheit später zu Ende. Wenn Sie mich jetzt bitte entschuldigen würden ...«

Er sah den Herren nach, als sie den Raum verließen, und nahm den Hörer erst ab, als der letzte die Tür hinter sich zugemacht hatte. »Todd?«

»Hör zu, Oliver, was ist das für eine Geschichte mit deiner Sekretärin, die gedopt auf einer Parkbank gefunden wurde?«

»Die Geschichte ist wahr«, sagte Oliver. »Es ist eine furchtbare Geschichte, Todd. Ich …«

»Wie furchtbar?« wollte Senator Davis wissen.

»Worauf willst du hinaus?«

»Du weißt ganz genau, worauf ich hinaus will.«

»Todd, du glaubst doch nicht, daß ich … Ich schwöre dir, ich weiß absolut gar nichts von dem Vorfall.«

»Das will ich hoffen.« Die Stimme des Senators klang verbissen. »Du weißt, wie rasch in Washington ein Gerücht die Runde macht, Oliver. Washington ist das kleinste Dorf Amerikas. Wir wollen dich mit keinerlei negativen Dingen in Verbindung gebracht sehen. Wir bereiten nämlich gerade unseren ersten Schachzug vor, und ich wäre sehr – ich wiederhole – sehr aufgebracht, wenn du irgendeine Dummheit begehen solltest.«

»Ich versichere dir: Ich bin sauber.«

»Dann sieh zu, daß es auch so bleibt.«

»Selbstverständlich. Ich …« Die Leitung war tot.

Oliver blieb nachdenklich sitzen. *Ich werde mich vorsichtiger verhalten müssen. Ich darf nicht riskieren, daß mich jetzt etwas aus der Bahn wirft.* Er schaute auf seine Uhr und griff nach der Fernbedienung, um die aktuellen Fernsehnachrichten einzuschalten. Auf dem Bildschirm erschien das Bild einer belagerten Straße; Heckenschützen feuerten ziellos aus umstehenden Gebäuden; im Hintergrund war Artillerie zu hören.

Eine hübsche junge Reporterin im Kampfanzug hielt ein Mikrofon in der Hand und kommentierte: »Der neue Waffenstillstand soll heute um Mitternacht in Kraft treten. Doch selbst wenn er eingehalten werden sollte, lassen sich weder die friedlichen Dörfer dieses kriegsverwüsteten Landes wiederherstellen noch die Unschuldigen, die von der erbarmungslosen Herrschaft des Schreckens getötet wurden, wieder zum Leben erwecken.«

Die Einstellung änderte sich zu einer Nahaufnahme von Dana Evans, einer leidenschaftlich engagierten, schönen, jungen Frau in kugelsicherer Weste und Kampfstiefeln. »Die Menschen hier sind hungrig und müde. Sie haben nur einen Wunsch – Frieden. Wird es zum Frieden kommen? Das wird sich zeigen. Dana Evans, mit einem Bericht aus Sarajevo für WTE, Washington Tribune Enterprises.« Das Bild löste sich in einen Werbespot auf.

Dana Evans, eine Auslandskorrespondentin vom Washington Tribune Enterprises Broadcasting System, berichtete täglich in den TV-Nachrichtenprogrammen; Oliver verpaßte möglichst keine Sendung von ihr. Sie zählte zu den allerbesten Fernsehreportern.

Großartig sieht sie aus, dachte Oliver nicht zum ersten Mal. *Aber warum, zum Teufel, würde eine so junge, so schöne Frau sich freiwillig mitten in einen mörderischen Krieg hineinbegeben wollen?*

7

Dana Evans war eine Armeegöre – die Tochter eines Oberst, der als Ausbilder in neuen Waffensystemen von einem Militärstützpunkt zum nächsten zog. Mit elf Jahren hatte Dana bereits in fünf amerikanischen Städten und in vier ausländischen Staaten gelebt. Sie hatte ihre Eltern zum militärischen Versuchsgelände Aberdeen in Maryland, nach Fort Benning in Georgia, Fort Hood in Texas, Fort Leavenworth in Kansas und Fort Monmouth in New Jersey begleitet. Sie hatte Schulen für Offizierskinder auf Camp Zama in Japan, am Chiemsee in Deutschland, auf Camp Darby in Italien und in Fort Buchanan in Puerto Rico besucht.

Dana war ein Einzelkind; ihre Freundinnen und Freunde fand sie unter den Armeeangehörigen nebst Familienanhang, die zu den verschiedenen Stützpunkten versetzt worden waren. Sie war ein frühreifes, fröhliches und kontaktfreudiges Kind; die Mutter machte sich allerdings Sorgen, weil Dana keine normale Kindheit gehabt hatte.

»Ich weiß, wie schrecklich hart es für dich sein muß, alle sechs Monate wieder umzuziehen, Liebling«, erklärte ihre Mutter.

Dana schaute ihre Mutter verständnislos an. »Wieso?«

Dana reagierte mit Begeisterung auf jede neue Versetzung ihres Vaters. »Wir ziehen wieder um!« jubelte sie.

Ihrer Mutter dagegen war das ewige Umziehen aus tiefster Seele verhaßt.

Als Dana dreizehn Jahre alt geworden war, teilte ihr die Mutter mit: »Ich halte es nicht länger aus, wie eine Zigeunerin leben zu müssen. Ich lasse mich scheiden.«

Dana war entsetzt, allerdings weniger wegen der Scheidung, sondern aufgrund der Tatsache, daß sie dann nicht mehr mit ihrem Vater durch die Welt ziehen konnte.

»Wo werden wir denn wohnen?« wollte Dana von ihrer Mutter wissen.

»In Kalifornien, in der Stadt Claremont. Dort bin ich aufgewachsen. Es ist ein wunderschönes Städtchen. Es wird dir dort sicher gefallen.«

Im ersten Punkt hatte Danas Mutter recht: Claremont war tatsächlich ein wunderschönes Städtchen. Mit der Vermutung, daß dieses Städtchen Dana gefallen würde, lag sie allerdings total daneben. Claremont lag am Fuß der San-Gabriel-Berge in Los Angeles County, hatte etwa dreißigtausend Einwohner, herrliche Alleen und die Lebensatmosphäre einer idyllischen College-Gemeinschaft, die Dana unerträglich fand. Der Wechsel vom Dasein als Weltreisende zum seßhaften Kleinstadtkind löste bei ihr einen Kulturschock aus.

»Werden wir hier immer bleiben?« fragte Dana bedrückt.

»Warum, Schatz?«

»Weil die Stadt für mich zu klein ist. Ich brauche eine größere Stadt.«

Am ersten Schultag in Claremont kam sie völlig deprimiert nach Hause zurück.

»Was ist los? Gefällt dir die Schule etwa nicht?«

Dana seufzte. »Die Schule ist schon in Ordnung. Aber da sind viel zu viele Kids.«

Die Mutter lachte. »Damit werden die Kids bestimmt fertig. Und du auch.«

Während ihrer Schulzeit an der Claremont High School wurde Dana Reporterin für die Schülerzeitschrift *Wolfpacket.* Sie stellte fest, daß ihr die Zeitungsarbeit großen Spaß machte; was ihr allerdings nach wie vor schrecklich fehlte, das war das Reisen.

»Wenn ich einmal groß bin«, erklärte Dana, »werde ich wieder durch die Welt ziehen.«

Mit achtzehn Jahren schrieb Dana sich für das Hauptfach Journalismus am Claremont McKenna College ein und wurde dort sogleich für die Studentenzeitung *Forum* als Reporterin tätig; ein Jahr später wurde sie zur Chefredakteurin gewählt.

Unentwegt kamen Studienkollegen zu ihr, um sie um einen Gefallen zu bitten. »Unsere Studentinnenvereinigung gibt in der kommenden Woche einen Ball. Würdest du es bitte in der Zeitung erwähnen…?«

»Am Dienstag tritt der Debattierclub zusammen…«

»Könntest du eine Kritik über die Aufführung bringen, die der Theaterclub inszeniert?«

»Wir müssen Mittel für die neue Bibliothek auftreiben…«

Es hörte nie auf, doch Dana machte die Arbeit großen Spaß. Sie befand sich in einer Position, in der sie Menschen zu helfen vermochte, und es machte ihr Freude, anderen zu helfen. Im letzten Studienjahr entschloß Dana sich deshalb für eine Laufbahn als Zeitungsjournalistin.

»Mit diesem Beruf werde ich bedeutende Personen in aller Welt interviewen können«, teilte Dana ihrer Mutter mit. »Ich werde dazu beitragen können, daß etwas geschieht, daß die Dinge in Bewegung kommen.«

Wenn Dana sich während der Pubertät im Spiegel betrachtete, wurde sie jedesmal deprimiert. Sie war zu klein, zu mager, zu flachbrüstig. Und die anderen Mädchen in Kalifornien waren so überwältigend schön. Es kam ihr vor wie Schicksal: *Ich bin ein häßliches Entlein in einem Land von Schwänen,* dachte sie. Daraufhin mied sie es krampfhaft, in den Spiegel zu schauen. Wenn sie hineingeschaut hätte, wäre ihr aufgefallen, daß sich im Alter von vierzehn Jahren ihr Körper zu entfalten begann, und bis zu ihrem sechzehnten Geburtstag war sie ein schönes Mädchen geworden. Als sie siebzehn wurde, fingen die Jungen an, sich ernsthaft um sie zu bemühen. Ihr lebhaftes, herzförmiges Gesicht, die forschenden großen Augen und ihr heiseres Lachen hatten etwas an sich, das gleichermaßen bezaubernd und herausfordernd war.

Seit dem zwölften Lebensjahr hatte Dana eine genaue Vorstellung davon, wie sie einmal ihre Jungfräulichkeit verlieren wollte: in einer wundervollen Mondscheinnacht auf einer fernen tropischen Insel, wo die Wellen sanft plätschernd am Strand ausliefen und im Hintergrund leise Musik spielen würde. Dann würde sich ein schöner, gebildeter Fremder nähern und ihr tief in die Augen und ins Herz schauen, und er würde sie wortlos in die Arme nehmen und behutsam zu einer nahen Palme tragen. Dort würden sie sich gegenseitig entkleiden und einander lieben, während die Musik im Hintergrund anschwellen würde.

Es kam dann aber so, daß Dana ihre Unschuld nach einem Schulball im Fond eines alten Chevrolet an einen achtzehnjährigen dürren Jungen namens Richard Dobbins verlor, der mit ihr beim *Forum* zusammenarbeitete. Er schenkte Dana seinen Ring. Einen Monat später zog er mit seinen Eltern nach Milwaukee, und Dana hörte nie mehr von ihm.

Ein Monat vor ihrem Collegeabschluß mit einem Bakkalaureat im Fach Journalismus suchte Dana die Lokalzeitung – den *Claremont Examiner* – auf, um sich für eine Stellung als Reporterin zu bewerben.

Ein Herr von der Personalabteilung überflog ihren Lebenslauf. »Sie waren also Chefredakteurin des *Forum*, stimmt's?«

Dana lächelte bescheiden. »Richtig.«

»Okay. Sie haben Glück. Wir sind im Augenblick gerade unterbesetzt. Sie bekommen bei uns eine Chance.«

Dana war begeistert und hatte im stillen bereits eine Liste mit den Ländern und Kontinenten vor Augen, über die sie als Reporterin einmal berichten wollte: Rußland… China… Afrika.

»Ich weiß, daß ich nicht gleich als Auslandskorrespondentin anfangen kann«, sagte Dana, »aber sobald…«

»Korrekt. Sie werden als Botin anfangen und werden dafür sorgen, daß die Redakteure morgens ihren Kaffee bekommen. Übrigens – die Redakteure mögen ihren Kaffee gern stark. Außerdem werden Sie die druckfertigen Texte zur Druckerei tragen.«

Dana war schockiert. »Aber ich kann doch nicht…«

Er beugte sich irritiert vor. »Was können Sie nicht?«

»Ich kann Ihnen gar nicht sagen, wie froh ich bin, diese Stelle zu bekommen.«

Die Reporter machten ihr wegen ihres Kaffees Komplimente. Sie galt schon bald als die beste Botin, die man in der Zeitung je gekannt hatte. Sie kam allmorgendlich sehr früh zur Arbeit und wurde mit allen gut Freund. Sie war stets hilfsbereit, weil ihr klar war: mit solchem Verhalten kommt man voran.

Das Problem war nur, daß Dana nach sechs Monaten kein bißchen vorangekommen und nach wie vor Botin war. Sie suchte den geschäftsführenden Redakteur Bill Crowell auf.

»Ich glaube, daß ich jetzt wirklich soweit bin«, erklärte Dana ernst. »Wenn Sie mir einen Korrespondentenposten geben, werde ich Ihnen ...«

Crowell blickte nicht einmal auf. »Es gibt zur Zeit aber bei uns keine freie Stelle«, sagte er. »Übrigens: Mein Kaffee ist kalt.«

Das ist ungerecht, dachte Dana. *Am Ende habe ich doch keine Chance.* Dana hatte einmal eine Redewendung gehört, von deren Richtigkeit sie fest überzeugt war. »Wenn dich auf deinem Weg etwas aufhalten kann, wird es dich bestimmt aufhalten.« *Mich wird auf meinem Wege aber nichts aufhalten,* dachte Dana. *Gar nichts... Doch wie komme ich zunächst einmal überhaupt in Bewegung?*

Eines Morgens trug Dana Tassen mit heißem Kaffee durch den leeren Fernschreiberraum, als eine Polizeimeldung über den Ticker lief. Sie wurde neugierig, trat an den Fernschreiber und las den Ausdruck:

ASSOCIATED PRESS – CLAREMONT, KALIFORNIEN. HEUTE MORGEN FAND EIN KIDNAPPING-VERSUCH STATT. EIN SECHSJÄHRIGER JUNGE WURDE VON EINEM UNBEKANNTEN ENTFÜHRT UND...

Dana las die Meldung mit großen Augen bis zum Schluß. Sie atmete einmal tief durch, riß das Blatt aus dem Fernschreiber und steckte es in die Tasche. Es hatte sonst niemand den Eingang der Meldung bemerkt. Dann stürzte sie ins Büro von Bill Crowell. »Mr. Crowell – heute morgen hat ein Mann in Claremont einen kleinen Jungen zu kidnappen versucht. Er hat ihn mit einem Ritt auf einem Pony gelockt, weil der Junge aber unbedingt zuerst ein Bonbon haben wollte, ist der Entführer mit ihm in ein Süßwarengeschäft gegangen, wo der Besitzer den Jungen erkannte und die Polizei verständigt hat. Der Entführer ist geflüchtet.«

Bill Crowell wurde aufgeregt. »Über Telex ist darüber bei uns nichts eingegangen. Wie haben Sie von dieser Sache erfahren?«

»Ich... Ich kam zufällig in das Geschäft, als sich dort die Leute drüber unterhielten...«

»Ich werde sofort einen Reporter losschicken.«

»Warum lassen Sie mich nicht darüber berichten?« fragte Dana rasch. »Der Besitzer des Süßwarengeschäfts kennt mich persönlich. Er wird bestimmt mit mir reden.«

Crowell musterte Dana einen Augenblick und sagte, wenn auch widerstrebend: »Einverstanden.«

Dana interviewte den Besitzer des Süßwarengeschäfts. Ihr Bericht erschien am folgenden Tag auf der ersten Seite des *Claremont Examiner* und kam gut an.

»Keine schlechte Arbeit«, sagte Bill Crowell. »Gar nicht schlecht.«

»Danke.«

Als Dana sich eine knappe Woche danach erstmals wieder allein im Fernschreiberraum befand, kam gerade ein Telex der Nachrichtenagentur Associated Press herein:

POMONA, KALIFORNIEN:

JUDO-LEHRERIN ÜBERWÄLTIGT VERGEWALTIGER.

Ideal, entschied Dana. Sie riß den Ausdruck aus der Maschine, knüllte das Stück Papier zusammen, ließ es in ihrer Tasche verschwinden und eilte ins Büro von Bill Crowell. »Gerade hat mich eine alte Wohngenossin angerufen«, erzählte ihm Dana erregt. »Sie schaute aus dem Fenster, als unten eine Frau einen Mann angriff, der sie zu vergewaltigen versucht hatte. Ich würde die Sache gern übernehmen.«

Crowell schaute sie einen Augenblick an. »Schießen Sie los.«

Dana fuhr nach Pomona, bekam ein Interview mit der

Judo-Lehrerin, und ihr Bericht erschien auch diesmal auf der ersten Seite.

Bill Crowell ließ Dana zu sich bestellen. »Würden Sie gern regelmäßig für uns schreiben?«

Dana war im siebten Himmel. »Großartig!« *Jetzt geht's los,* dachte sie. *Jetzt hat meine Karriere endlich angefangen.*

Am nächsten Tag wurde der *Claremont Examiner* an die *Washington Tribune* in Washington, D. C., verkauft.

Als die Nachricht vom Verkauf publik wurde, reagierten die meisten Angestellten des *Claremont Examiner* bestürzt, weil eine Reduzierung des Personals unausweichlich schien – und somit etliche ihre Arbeitsstelle verlieren würden. Dana betrachtete die veränderte Situation aus einem anderen Blickwinkel. *Damit,* so überlegte sie, *bin ich eine Angestellte der Washington Tribune;* und sie stellte sich die logische Frage: *Warum sollte ich da nicht am Hauptsitz arbeiten können?*

Sie marschierte in Bill Crowells Büro. »Ich hätte gerne zehn Tage Urlaub.«

Er schaute sie voller Neugier an. »Ich bitte Sie, Dana, die meisten Leute hier trauen sich nicht einmal mehr, auf die Toilette zu gehen vor lauter Angst, daß ihr Schreibtisch verschwunden sein wird, wenn sie zurückkommen. Machen Sie sich denn gar keine Sorgen?«

»Warum sollte ich? Ich bin der beste Reporter, den Sie haben«, erklärte sie selbstbewußt, »da werde ich doch bestimmt eine Stellung bei der Washington Tribune bekommen.«

»Meinen Sie das im Ernst?« Dann sah er ihren Gesichtsausdruck. »Sie meinen es wirklich ernst.« Er seufzte. »Also gut. Versuchen Sie, einen Termin bei Matt Baker zu bekommen. Er ist der Geschäftsführer der Washington Tribune

Enterprises und hat dort die Gesamtverantwortung – für Zeitungen, Fernsehen und Rundfunk.«

»Matt Baker. In Ordnung.«

8

Washington, D. C., war eine viel größere Stadt, als Dana es sich vorgestellt hatte. Es war das Machtzentrum der Welt; sie konnte die Spannung förmlich spüren. Hier gehöre ich her, dachte sie überglücklich.

Als erstes checkte Dana im Stouffer Renaissance Hotel ein, suchte sich die Adresse der *Washington Tribune* heraus und machte sich auf den Weg. Die *Tribune* lag an der sechsten Straße. Die Büros zogen sich über den ganzen Komplex, der aus vier separaten Gebäuden bestand, deren Fassaden sich ins Unendliche zu erstrecken schienen. Als Dana den Haupteingang fand, steuerte sie im Foyer zielsicher auf den livrierten Pförtner am Empfang zu.

»Was kann ich für Sie tun, Miss?«

»Ich arbeite hier. Das heißt, ich bin eine Angestellte der *Tribune* und bin zu einer Unterredung mit Matt Baker gekommen.«

»Haben Sie einen Termin bei Mr. Baker?«

Dana zögerte einen Augenblick. »Noch nicht, aber …«

»Dann kommen Sie wieder, wenn Sie einen Termin haben.« Er wandte sich einer Gruppe von Herren zu, die eben am Empfang eintrafen.

»Wir sind mit dem Vertriebsdirektor verabredet«, erklärte einer der Herren.

»Einen Moment bitte.« Der Livrierte wählte eine Nummer.

Dana schlenderte lässig zur gegenüberliegenden Seite des Foyers, wo Menschen aus einem Lift ausstiegen, in den nun Dana eintrat – und sie schickte ein Stoßgebet zum Himmel, daß der Lift losfahren möchte, bevor der Pförtner sie bemerkte. Gott sei Dank trat jedoch in dem Moment eine Frau herein, drückte einen Knopf, und der Lift setzte sich in Bewegung – er fuhr aufwärts.

»Entschuldigung«, sagte Dana. »In welchem Stock liegt das Büro von Mr. Baker?«

»Im dritten.« Sie warf Dana einen Blick zu. »Sie tragen Ihr Ausweisschild nicht.«

»Ich habe es verloren«, log Dana.

Im dritten Stock stieg Dana aus und blieb stehen. Die schiere Größe dessen, was sie vor sich sah, verschlug ihr die Sprache. Es war eine weite Flucht von *Bürokabinen*, es mußten Hunderte von Kabinen sein, in denen Tausende von Menschen arbeiteten, und an diesen Kabinen hingen Schilder in unterschiedlichen Farben: REDAKTION… LAYOUT… HAUPTSTADT… SPORT… KALENDER…

Dana hielt einen vorbeieilenden Mann an. »Entschuldigung, aber wo finde ich hier Mr. Bakers Büro?«

»Matt Baker?« Er zeigte mit dem Finger in die Richtung: »Am Ende des Flurs hinten rechts, die letzte Tür.«

»Danke.«

Beim Herumdrehen stieß Dana mit einem unrasierten, irgendwie zerknittert wirkenden Mann zusammen, der Papiere in der Hand hielt – die Blätter fielen zu Boden.

»O Verzeihung, ich war …«

»Warum passen Sie nicht auf, wo Sie hingehen, verdammt!« schnauzte sie der Mann an und bückte sich, um die Papiere vom Boden aufzuheben.

»Es war ein Versehen. Hier, erlauben Sie, daß ich Ihnen

helfe. Ich ...« Als Dana in die Hocke ging und die Unterlagen aufzusammeln begann, stieß sie ein paar Blätter unter den Schreibtisch.

Der Mann hielt inne und musterte sie mit einem durchbohrenden Blick. »Tun Sie mir bitte einen Gefallen, und helfen Sie mir nie wieder.«

»Wie Sie wünschen«, erwiderte Dana eisig. »Ich kann nur hoffen, daß nicht alle Menschen in Washington so grob sind wie Sie.«

Sie setzte eine hochmütige Miene auf, erhob sich und schritt in Richtung des Büros von Mr. Baker davon. Die Aufschrift am Glasfenster lautete schlicht: MATT BAKER. Das Büro war leer. Dana trat ein, nahm Platz und beobachtete das hektische Treiben hinter dem Fenster.

Kein Vergleich mit dem *Claremont Examiner*, dachte sie. Hier arbeiten Tausende von Angestellten. Dann sah sie den verknitterten Kerl geradewegs auf das Büro zusteuern, in dem sie saß.

Nein! dachte Dana. *Bloß nicht hierher. Er muß doch woanders hingehen...*

Und schon stand der Mann in der Tür. Er kniff die Augen zusammen. »Was, zum Teufel, machen Sie hier?«

Dana schluckte. »Sie müssen Mr. Baker sein«, sagte sie munter. »Ich bin Dana Evans.«

»Ich habe gefragt, was Sie hier zu suchen haben?«

»Ich bin eine Reporterin beim *Claremont Examiner.*«

»Na und?«

»Sie haben unsere Zeitung gerade gekauft.«

»Habe ich das?«

»Ich ... Ich meine natürlich, daß Ihre Zeitung ihn gekauft hat. Daß die Zeitung die Zeitung gekauft hat.« Dana spürte, daß da etwas falschlief. »Jedenfalls bin ich hier wegen einer

Anstellung. Das heißt, es ist natürlich so, daß ich dort schon eine Stellung habe. Es wäre also eher so etwas wie eine Versetzung, nicht wahr?«

Er starrte sie wortlos an.

»Ich könnte auch sofort anfangen«, plapperte sie weiter. »Das wäre überhaupt kein Problem.«

Matt Baker ging zu seinem Schreibtisch. »Wer, zum Teufel, hat Sie hereingelassen?«

»Ich habe Ihnen doch schon gesagt: Ich bin Reporterin beim *Claremont Examiner* und...«

»Kehren Sie nach Claremont zurück«, fauchte er. »Und versuchen Sie wenigstens, unterwegs niemanden über den Haufen zu rennen.«

Dana stand auf und sagte steif: »Ich sage Ihnen meinen herzlichsten Dank, Mr. Baker. Ich weiß Ihre Höflichkeit zu würdigen.« Sie stürmte aus dem Büro.

Matt Baker schaute ihr kopfschüttelnd nach. Die Welt war voll mit verrückten Typen.

Dana ging zurück zu dem riesigen Redaktionsraum, wo Dutzende Reporter Berichte in ihre Computer eingaben. *Und ich werde trotzdem hier arbeiten,* dachte Dana grimmig. *Nach Claremont zurückfahren... wie konnte er es nur wagen!*

Als sie den Kopf hob, sah sie in der Ferne Matt Baker. Er kam auf sie zu. Der verdammte Kerl war ja wirklich überall! Dana trat blitzschnell hinter eine *Bürokabine,* um nicht von ihm gesehen zu werden.

Baker ging an ihr vorbei zum Schreibtisch eines Reporters. »Haben Sie's geschafft, das Interview zu bekommen, Sam?«

»Kein Glück. Ich bin zum Georgetown Medical Center gefahren, wo man mir jedoch erklärt hat, daß dort keine Patientin dieses Namens registriert sei. Tripp Taylors Frau liegt also überhaupt nicht in diesem Krankenhaus.«

»Ich bin sicher, daß sie in dem Krankenhaus liegt«, schimpfte Baker. »Verdammt noch mal. Da wird doch irgendwas vertuscht. Ich will wissen, warum sie im Krankenhaus liegt.«

»Falls sie dort liegt, kommt jedenfalls keiner an sie heran, Matt.«

»Haben Sie's schon mit dem Trick der Blumenzustellung probiert?«

»Sicher. Hat aber nicht funktioniert.«

Danas Blicke folgten Matt Baker und dem Reporter, die in die entgegengesetzte Richtung verschwanden. *Was ist das bloß für ein Reporter,* fragte sie sich, *der nicht mal weiß, wie man sich ein Interview verschafft?*

Eine halbe Stunde später betrat Dana das Georgetown Medical Center und begab sich ins dortige Blumengeschäft.

»Kann ich etwas für Sie tun?« fragte der Verkäufer.

»Ja. Ich hätte gern –«, sie überlegte kurz »– einen Strauß für fünfzig Dollar.« Das Wort »fünfzig« wäre ihr beinahe in der Kehle steckengeblieben.

»Gibt's hier im Krankenhaus einen Laden, wo man so etwas wie eine kleine Mütze finden könnte?« erkundigte sich Dana, als der Verkäufer ihr die Blumen überreichte.

»Die Geschenkboutique befindet sich dort um die Ecke.«

»Vielen Dank.«

In der Geschenkboutique gab es Plunder in Hülle und Fülle – mit einer großen Auswahl an Grußkarten, billigem Spielzeug, Luftballons und Fähnchen, dazu ganze Regale mit Junkfood und knalligen Kleidungsstücken. Dana entdeckte schließlich ein Regal mit ein paar Souvenirkäppis, kaufte eines, das an eine Chauffeurmütze erinnerte, und setzte es sich auf den Kopf. Anschließend kaufte sie noch eine Karte mit Genesungswünschen und kritzelte ein paar Worte darauf.

Nächstes Ziel war die Auskunft in der Eingangshalle des Krankenhauses. »Ich habe Blumen abzugeben für Mrs. Tripp Taylor.«

Die Empfangssekretärin schüttelte den Kopf. »Bei uns gibt es keine Patientin mit dem Namen Mrs. Tripp Taylor.«

Dana seufzte. »Wirklich nicht? Das ist aber schlimm. Die Blumen sind nämlich vom Vizepräsidenten der Vereinigten Staaten.« Sie öffnete den Umschlag und zeigte der Rezeptionistin den Gruß auf der Karte: »Werden Sie rasch wieder gesund.« Er trug die Unterschrift »Arthur Cannon.«

»Da werde ich die Blumen wohl wieder zurückbringen müssen«, meinte Dana und schickte sich an, das Krankenhaus zu verlassen.

Die Empfangssekretärin schaute ihr mit einem Ausdruck der Verunsicherung nach. »Einen Augenblick bitte.«

Dana blieb stehen. »Ja?«

»Ich könnte dafür sorgen, daß ihr die Blumen aufs Zimmer gebracht werden.«

»Bedaure«, erklärte Dana. »Aber Vizepräsident Cannon hat ausdrücklich darum gebeten, daß ich ihr die Blumen persönlich überbringe.« Sie musterte die Empfangsdame. »Dürfte ich bitte Ihren Namen wissen? Man wird Mr. Cannon erklären müssen, warum ich die Blumen nicht abgeben konnte.«

Panik. »Also gut. In Ordnung. Ich will keine Probleme heraufbeschwören. Bringen Sie die Blumen auf Zimmer 615. Sie müssen das Zimmer aber sofort wieder verlassen, wenn Sie die Blumen abgegeben haben.«

»Okay«, sagte Dana.

Fünf Minuten später sprach sie mit der Frau des berühmten Rockstars Tripp Taylor.

Stacy Taylor war Mitte Zwanzig. Ob sie schön war oder nicht, ließ sich schwer erkennen, weil ihr Gesicht übel zugerichtet und dick geschwollen war. Sie versuchte gerade, ein Glas Wasser von dem Tischchen neben dem Bett zu nehmen, als Dana eintrat.

»Blumen für –« Beim Anblick des Gesichts der Frau blieb Dana vor Schreck stehen.

»Von wem sind die Blumen?« Die Worte waren ein kaum hörbares Gemurmel.

Dana hatte die Karte aus dem Strauß herausgenommen. »Von ... von einem Bewunderer.«

Die Frau musterte Dana mißtrauisch. »Könnten Sie mir bitte das Glas Wasser herüberreichen?«

»Selbstverständlich.« Dana legte die Blumen ab und gab der Frau im Bett das Wasserglas. »Kann ich sonst noch etwas für Sie tun?«

»Klar«, stieß sie durch die dickgeschwollenen Lippen hervor. »Holen Sie mich aus diesem verdammten Loch heraus. Mein Mann läßt keine Besucher zu mir. Und die Ärzte und Krankenschwstern kann ich schon nicht mehr sehen.«

Dana nahm auf einem Stuhl neben dem Bett Platz. »Was ist Ihnen eigentlich zugestoßen?«

Die Frau schnaubte. »Sagen Sie bloß, das wissen Sie nicht! Ich hatte doch einen Autounfall.«

»Einen Autounfall?«

»Ja.«

»Das ist ja entsetzlich«, meinte Dana mit hörbarer Skepsis in der Stimme. Sie war empört und zornig, da diese Frau – das war sonnenklar – zusammengeschlagen worden war.

Als Dana das Zimmer eine Dreiviertelstunde später verließ, hatte sie die wahre Geschichte erfahren.

In der Empfangshalle der *Washington Tribune* hatte inzwischen ein anderer Pförtner Dienst. »Kann ich etwas für Sie …?«

»Es ist nicht meine Schuld«, stieß Dana atemlos hervor. »Wirklich, es liegt nur an diesem irren Verkehr. Geben Sie Mr. Baker bitte Bescheid, daß ich schon zu ihm unterwegs bin. Er wird schimpfen, weil ich mich verspätet habe.« Sie rannte zum Fahrstuhl und betätigte die Ruftaste. Der Pförtner schien zunächst unsicher, wählte dann aber doch eine Nummer. »Hallo, teilen Sie Mr. Baker bitte mit, daß hier soeben eine junge Dame eingetroffen ist …«

Der Fahrstuhl kam. Dana trat ein und drückte die Drei. Im dritten Stockwerk schien die Hektik noch gestiegen zu sein – sofern das überhaupt möglich war. Die Reporter standen unter Druck, die Abgabetermine drängten. Dana schaute sich verzweifelt um, bis sie entdeckte, wonach sie suchte: einen leeren Schreibtisch in einer Kabine mit der Aufschrift GARTENRESSORT. Dana stürmte hinein, ließ sich nieder und fing an, in den Computer zu tippen. Sie war so in ihren Bericht vertieft, daß sie jegliches Zeitgefühl verlor; sie wußte nicht, wie spät es war, als sie den Bericht endlich abschloß und ausdruckte. Sie ordnete gerade die Seiten, als sie hinter sich einen Schatten wahrnahm.

»Was, zum Teufel, haben Sie hier zu suchen?« wollte Matt Baker wissen.

»Ich suche eine Stellung, Mr. Baker. Deshalb habe ich jetzt diesen Artikel geschrieben, und ich dachte …«

»Falsch gedacht!« Baker explodierte vor Wut. »Sie können doch nicht einfach hereinmarschieren und sich an einem fremden Schreibtisch breitmachen. Und jetzt sehen

Sie zu, daß Sie verschwinden, verdammt noch mal, oder ich rufe die Polizei und lasse Sie festnehmen.«

»Aber –«

»Hinaus!«

Dana erhob sich vom Schreibtisch, nahm ihre ganze Würde zusammen, drückte Matt Baker ihr Manuskript in die Hand und rauschte um die Ecke.

Matt Baker schüttelte ungläubig den Kopf: *Mein Gott! Was ist bloß aus der Welt geworden?* Er las den Anfang von Danas Bericht. »Stacy Taylor erklärte heute mit einem übel zugerichteten und dick geschwollenen Gesicht im Krankenhausbett, daß sie ins Hospital eingeliefert wurde, weil ihr Ehemann, der berühmte Rockstar Tripp Taylor, sie verprügelt hat. ›Er schlägt mich jedesmal zusammen, wenn ich schwanger werde. Er will keine Kinder.‹« Matt las fasziniert weiter. Als er den Kopf hob, war Dana verschwunden.

Matt umklammerte die Seiten und stürmte zu den Fahrstühlen – in der Hoffnung, Dana zu finden, bevor sie das Gebäude auf Nimmerwiedersehen verlassen hatte. Als er um die Ecke lief, rannte er fast in sie hinein. Sie lehnte wartend an der Wand.

»Wie sind Sie an diese Geschichte gekommen?« wollte er wissen.

»Ich habe Ihnen doch schon gesagt«, erwiderte sie, »daß ich Reporterin bin.«

Er holte tief Luft. »Folgen Sie mir in mein Büro.«

Da saßen sie nun wieder zusammen in Matt Bakers Zimmer. »Saubere Arbeit«, räumte er widerwillig ein.

»Vielen Dank! Ich kann Ihnen gar nicht sagen, wie glücklich mich Ihre Anerkennung macht«, erwiderte Dana aufgeregt. »Ich werde die beste Reporterin sein, die Sie je gehabt haben. Sie werden ja sehen. Eigentlich – das ist mein sehnlichster Wunsch – möchte ich Auslandskorrespondentin werden, ich bin aber gern bereit, mich von ganz unten hochzuarbeiten, selbst wenn es ein Jahr dauert.« Sie bemerkte den Ausdruck auf seinem Gesicht. »Oder auch zwei.«

»Es gibt bei der *Tribune* aber keine Vakanzen. Außerdem haben wir eine Warteliste.«

Sie schaute ihn erstaunt an. »Ich hatte angenommen…«

»Moment mal.«

Dana beobachtete, wie er einen Stift hervorholte und die Buchstaben des Wörtchens »annehmen« ausschrieb: A-N-N-E-H-M-E-N. Er zeigte mit dem Finger darauf. »Ein Reporter, der etwas ›annimmt‹, ist eine Blamage für *mich* und für *Sie*. Verstanden?«

»Ich verstehe.«

»Gut.« Er dachte kurz nach und traf eine Entscheidung. »Schauen Sie im Fernsehen manchmal den Kanal WTE? Den Fernsehsender der Tribune Enterprises?«

»Nein. Ich könnte nicht behaupten, daß ich…«

»Gut. Dann werden Sie es von jetzt an tun. Sie haben wirklich Glück. Dort ist nämlich gerade eine Stelle freigeworden. Ein Textredakteur hat gekündigt. Sie können seinen Job haben.«

»Und was müßte ich da tun?« fragte Dana zaghaft.

»Texte fürs Fernsehen schreiben.«

Sie machte ein langes Gesicht. »Fernsehtexte schreiben? Davon verstehe ich doch gar…«

»Die Sache ist ganz einfach. Der Produzent der Nachrichtensendung liefert Ihnen das Rohmaterial der Nachrichtenagenturen, das Sie dann in anständige Sätze umschreiben und für die Moderatoren auf den TelePrompTer projizieren.«

Dana blieb stumm.

»Was ist?«

»Nichts. Es ist nur, daß – ich doch Reporterin bin.«

»In unserem Hause sind fünfhundert Reporter beschäftigt, die ausnahmslos von der Pike angefangen haben. Begeben Sie sich hinüber zu Gebäude Vier. Fragen Sie nach Mr. Hawkins. Für den Anfang ist Fernsehen wirklich nicht schlecht.« Matt Baker griff nach dem Telefon. »Ich werde Sie bei Hawkins ankündigen.«

Dana seufzte. »In Ordnung. Ich danke Ihnen, Mr. Baker. Falls Sie je eine...«

»Hinaus mit Ihnen.«

Die WTE-Fernsehstudios nahmen den gesamten sechsten Stock von Building Four ein. Tom Hawkins begleitete Dana in sein Büro; er war der Produzent der Abendnachrichten.

»Haben Sie bereits im Fernsehen gearbeitet?«

»Nein, Sir. Ich habe bei Zeitungen gearbeitet.«

»Dinosaurier. Vergangenheit. Uns gehört die Gegenwart. Und die Zukunft – wer weiß? Kommen Sie, ich zeige Ihnen die Büros.«

Da saßen Dutzende Menschen an Schreibtischen und Monitoren. Auf den Bildschirmen der Computer erschienen Meldungen von einem halben Dutzend Nachrichtenagenturen.

»In diesem Raum gehen Informationen und aktuelle Meldungen aus aller Welt ein«, erklärte Hawkins. »Ich treffe die Entscheidung, was davon übernommen wird. Unser Auftragsressort schickt dann die Teams zum Abdecken der Geschichten aus, für die ich mich entschieden habe. Unsere Reporter an der Front schicken ihre Berichte über Mikrowellen oder Transmitter herein. Außer den Agenturdiensten sind wir an hundertsechzig Polizeikanäle angeschlossen, wir haben Berichterstatter, die mit Mobiltelefonen, Radarantennen, Monitoren arbeiten. Jeder Bericht wird auf die Sekunde genau vorgeplant. Um das genaue Timing hinzukriegen, arbeiten die Textredakteure mit den Videobandredakteuren zusammen. Die durchschnittliche Sendedauer der Nachrichten liegt zwischen anderthalb und eindreiviertel Minuten.«

»Und wie viele Textredakteure sind bei Ihnen beschäftigt?« fragte Dana.

»Sechs. Dann gibt es noch einen Videokoordinator, Tonbandredakteure, Produzenten, Regisseure, Reporter und die Anchormen...« Er brach ab. Ein Mann und eine Frau näherten sich. »Wenn man vom Teufel spricht – erlauben Sie, daß ich Sie mit Julia Brinkman und Michael Tate bekanntmache.«

Julia Brinkmann war eine hinreißende Frau mit kastanienbraunem Haar, getönten Kontaktlinsen, die ihren Augen ein sinnliches Grün verliehen, und einem geübten entwaffnenden Lächeln; Michael Tate war ein sportlicher Typ mit einem strahlenden, warmen Lächeln und einer kontaktfreudigen Art.

»Unsere neue Textredakteurin«, stellte Hawkins vor. »Donna Evanston.«

»Dana Evans.«

»Völlig egal. Machen wir uns an die Arbeit.«

Er begleitete Dana wieder zurück zu seinem Büro und deutete mit einer Kopfbewegung zur Wandtafel mit den Auftragszuteilungen. »Das dort sind die Stories, aus denen ich meine Auswahl treffe – die ›Schrotkörner‹, wie wir sie nennen. Unser Team ist zweimal täglich dran. Wir verantworten das Mittagsnachrichten-Magazin von zwölf bis ein Uhr und die Spätnachrichten von zehn bis elf Uhr. Ich teile Ihnen mit, welche Geschichten ich bringen will, dann geben

Sie ihnen die richtige Form – da muß sich dann alles so packend anhören, daß die Zuschauer einfach nicht mehr auf einen anderen Kanal umschalten können. Und der Videoredakteur wird Ihnen Clips liefern, und Sie werden die Clips in die Skripts einarbeiten und auf den Scripts kennzeichnen, an welchen Stellen die Clips gezeigt werden müssen.«

»In Ordnung.«

»Manchmal gibt es auch eine aktuelle Geschichte – dann schieben wir eine Direktschaltung in unser geplantes Programm ein.«

»Interessant«, sagte Dana.

Sie konnte nicht ahnen, daß ihr solch eine Live-Zuschaltung einmal das Leben retten würde.

Ihre erste Spätnachrichtensendung wurde die reinste Katastrophe, weil Dana die Spitzenmeldungen statt an den Anfang des Programms in die Mitte plaziert hatte – Julie Brinkman stellte plötzlich fest, daß sie die Stories las, die Michael Tate hätte lesen sollen, und umgekehrt.

Nach Schluß der Sendung sprach der Regisseur Dana an: »Mr. Hawkins möchte Sie in seinem Büro sprechen, jetzt gleich.«

Hawkins saß mit grimmiger Miene hinter seinem Schreibtisch.

»Ich weiß«, sagte Dana zerknirscht. »Es war ein neuer Tiefpunkt in der Geschichte des Fernsehens, und es ist einzig und allein meine Schuld.«

Hawkins rührte sich nicht und sah sie nur stumm an.

Dana unternahm einen zweiten Versuch. »Die gute Nachricht ist, Tom, daß es von jetzt an nur besser werden kann. Okay?«

Er fixierte sie weiterhin, ohne auch nur eine Silbe von sich zu geben.

»Und es wird nie wieder vorkommen, weil« – der Ausdruck auf seinem Gesicht war ihr nicht entgangen – »ich fristlos gefeuert bin.«

»Mitnichten«, erwiderte Hawkins knapp. »Damit kämen Sie mir zu leicht davon. Nein, Sie werden diese Arbeit jetzt solange durchziehen, bis Sie alles im Griff haben. Und das heißt: Sie sind morgen für das Mittagsnachrichtenmagazin wieder dran. Habe ich mich deutlich ausgedrückt?«

»Überdeutlich.«

»Gut. Dann erwarte ich Sie hier morgen früh um acht.»

»In Ordnung, Tom.«

»Und da wir nun mal zusammenarbeiten werden, merken Sie sich eines – Sie dürfen mich mit ›Mr. Hawkins‹ anreden.

Das Mittagsmagazin lief reibungslos ab. Tom Hawkins hatte recht gehabt, fand Dana. Es kam darauf an, sich an den Rhythmus zu gewöhnen. Man bekommt den Auftrag... schreibt die Geschichte... koordiniert sie mit dem Videoredakteur... und füttert den TelePromTer, von dem die Moderatoren ablesen.

Von diesem Moment an entwickelte sich die Arbeit für Dana zur Routine.

Als Dana acht Monate lang bei WTE gearbeitet hatte, kam für sie endlich der Durchbruch. Es war 21 Uhr 45; sie hatte es gerade geschafft, die Texte für die Abendnachrichten auf den TelePrompTer zu übertragen und wollte sich auf den Nachhauseweg machen. Als sie das Fernsehstudio betrat, um sich zu verabschieden, herrschte dort das reinste Chaos. Es redeten alle durcheinander.

Der Regisseur Bob Cline schrie: »Wo bleibt sie denn, zum Teufel?«

»Ich weiß es nicht.«

»Hat sie denn keiner gesehen?«

»Nein.«

»Haben Sie schon bei ihr daheim angerufen?«

»Da meldet sich nur der Anrufbeantworter.«

»Hervorragend. Wir sind« – er schaute auf seine Uhr – »in zwölf Minuten auf Sendung.«

»Vielleicht hat Julia ja einen Unfall gehabt«, meinte Michael Tate. »Vielleicht ist sie tot.«

»Das ist keine Entschuldigung. Sie hätte wenigstens anrufen müssen.«

Dana ergriff das Wort. »Entschuldigen Sie ...«

Der Regisseur drehte sich ungeduldig nach ihr um. »Ja?«

»Wenn Julia nicht auftauchen sollte, könnte ich doch für sie einspringen.«

»Vergessen Sie's.« Er wandte sich wieder seinem Assistenten zu. »Rufen Sie unten an der Rezeption an und fragen Sie nach, ob Julia inzwischen eingetroffen ist.«

Der Assistent nahm das Telefon und wählte. »Ist Julia Brinkman inzwischen eingetroffen ...? Verstehe. Wenn Sie kommt, sagen Sie ihr, daß sie sich beeilen soll.«

»Und er soll einen Fahrstuhl für sie freihalten. Wir gehen ...« – er schaute wieder auf seine Uhr – »verflixt, wir gehen schon in sieben Minuten auf Sendung.«

Dana beobachtete die wachsende Panik.

»Ich könnte beide Teile übernehmen«, sagte Michael Tate.

»Nein«, fuhr ihn der Regisseur an. »Wir brauchen euch beide.« Er warf erneut einen Blick auf die Uhr. »Noch drei Minuten! Herrgott noch mal! Wie kann sie uns nur so etwas antun? Wir senden in ...«

»Ich bin mit sämtlichen Texten vertraut«, sagte Dana laut in die Runde. »Ich habe sie nämlich geschrieben.«

Er musterte sie kurz. »Sie sind nicht geschminkt. Und Sie sind nicht angemessen gekleidet.«

Aus der Kabine des Toningenieurs meldete sich eine Stimme: »Zwei Minuten. Nehmen Sie bitte Ihre Plätze ein.«

Michael Tate zuckte die Schultern und nahm auf dem Podium vor den Fernsehkameras Platz.

»Bitte die Plätze einnehmen!«

Dana bedachte den Regisseur mit einem entwaffnenden Lächeln. »Gute Nacht, Mr. Cline.« Und schritt zum Ausgang.

»Augenblick mal!« Er rieb sich die Stirn. »Sind Sie sicher, daß Sie es schaffen?«

»Probieren Sie's doch«, sagte Dana.

»Ich habe keine andere Wahl, oder?« stöhnte er. »Einverstanden. Gehen Sie aufs Podium! Nehmen Sie Platz. Mein Gott! Wenn ich doch nur auf meine Mutter gehört hätte! Dann wäre ich heute nämlich Arzt!«

Dana eilte aufs Podium und setzte sich neben Michael Tate.

»Dreißig Sekunden ... zwanzig ... zehn ... fünf ...«

Der Regisseur gab ein Zeichen mit der Hand. Das rote Licht auf der Kamera blinkte.

»Guten Abend«, sagte Dana. Sie sprach völlig ruhig. »Willkommen zu den Zehn-Uhr-Nachrichten bei WTE. Wir haben für Sie eine aktuelle Geschichte aus Holland. Am heutigen Nachmittag hat sich in einer Schule in Amsterdam eine Explosion ereignet ...«

Die Sendung lief reibungslos.

Am nächsten Morgen kam Rob Cline in Danas Büro. »Ich habe schlechte Nachrichten. Julia ist gestern abend mit dem Auto verunglückt. Ihr Gesicht ist ...« er suchte nach dem passenden Wort, »... entstellt.«

»Das tut mir leid«, sagte Dana entsetzt. »Wie schlimm ist es?«

»Ziemlich schlimm.«

»Aber mit kosmetischer Chirurgie läßt sich heutzutage doch...«

Er schüttelte den Kopf. »In diesem Fall leider nicht. Sie wird ihre Arbeit bei uns nicht wieder aufnehmen können.«

»Ich würde sie gerne besuchen. In welchem Krankenhaus liegt sie?«

»Sie wird in ihre Heimatstadt gebracht, nach Oregon. Zu den Eltern.«

»Es tut mir wirklich leid.«

»Der eine verliert, der andere gewinnt.« Er schaute Dana einen Augenblick forschend an. »Sie waren okay gestern nacht. Wir behalten Sie bei uns, bis wir einen festen Ersatz gefunden haben.«

Dana suchte Matt Baker auf. »Haben Sie gestern abend die Spätnachrichten gesehen?« fragte sie.

»Und ob«, grunzte er. »Aber um Himmels willen, versuchen Sie's mal mit ein bißchen Make-up. Und ziehen Sie sich was Anständiges an.«

Dana fühlte sich plötzlich wieder ganz klein. »In Ordnung.«

Als sie sich zur Tür umdrehte, sagte Matt Baker mürrisch: »Sie waren gar nicht mal schlecht.« Aus seinem Mund bedeuteten solche Worte ein großes Lob.

Nach ihrem fünften Auftritt in den Spätnachrichten teilte der Regisseur Dana mit: »Übrigens – die hohen Tiere haben erklärt, daß wir Sie behalten sollen.«

Dana fragte sich, ob mit den hohen Tieren Matt Baker gemeint war.

Es dauerte kein halbes Jahr, und Dana – jung, hübsch und von ausnehmender Intelligenz – war ein Fixstern der Szene in Washington. Mit Jahresende bekam sie eine Gehaltserhöhung, Sonderaufgaben, und ihre VIP-Interview-Show *Hier und jetzt* erreichte Spitzeneinschaltquoten: Die Interviews waren persönlich gehalten und verständnisvoll; Berühmtheiten, die sich sonst zierten, bei Talkshows zu erscheinen, drängten sich darum, in Danas Show aufzutreten. Zeitungen und Zeitschriften begannen, Dana zu interviewen. Sie war im Begriff, selbst eine Berühmtheit zu werden.

Nachts schaute Dana die internationalen Fernsehnachrichten an und beneidete die Auslandskorrespondenten. Diese Kolleginnen und Kollegen leisteten eine bedeutsame Arbeit, und indem sie die Welt über wichtige Ereignisse rund um den Globus informierten, machten sie selbst Geschichte. Dana fühlte sich zutiefst frustriert.

Danas Zweijahresvertrag mit WTE war fast ausgelaufen, als eines Tages Philip Cole – der Ressortchef der Korrespondenten – bei ihr vorbeischaute.

»Sie leisten großartige Arbeit, Dana. Wir sind stolz auf Sie.«

»Danke, Philip.«

»Es ist an der Zeit, daß wir uns über Ihren neuen Vertrag unterhalten. Vorweg ...«

»Ich kündige.«

»Wie bitte?«

»Ich werde die Show nach Vertragsende nicht weitermachen.«

Er betrachtete sie mit einem Ausdruck fassungslosen Unglaubens. »Aber warum sollten Sie kündigen wollen? Gefällt es Ihnen denn nicht bei uns?«

»Es gefällt mir hier gut«, antwortete Dana, »und ich würde gern bei WTE bleiben. Aber ich möchte als Auslandskorrespondentin arbeiten.«

»Das ist doch ein schreckliches Leben«, brach es aus ihm hervor. »Warum sollten Sie ein so elendes Dasein führen wollen?«

»Weil ich's nicht mehr aushalte, mir dauernd anhören zu müssen, welche Gerichte berühmte Frauen besonders gern zum Abendessen kochen und wie sie ihren fünften Ehemann kennengelernt haben. In der Welt finden Kriege statt, in diesen Kriegen leiden und sterben Menschen, und die Welt schert sich einen Dreck darum. Und das möchte ich ändern. Ich möchte dafür sorgen, daß die Menschen Anteil nehmen.« Sie holte tief Luft. »Es tut mir leid, aber so kann ich nicht weitermachen.« Sie erhob sich von ihrem Stuhl und ging zur Tür.«

»Moment mal! Sind Sie absolut sicher? Ist das wirklich Ihr Wunsch?«

»Das ist schon immer mein Wunsch gewesen«, erwiderte Dana mit leiser Stimme.

Er dachte kurz nach. »Wohin würden Sie denn gern gehen?«

Es dauerte einen Moment, bis ihr die Tragweite der Worte bewußt wurde. Als sie ihre Stimme wiedergefunden hatte, sagte sie: »Nach Sarajevo.«

9

Gourverneur zu sein war für Oliver sogar noch aufregender als erwartet. Macht war verführerisch, und Oliver liebte die Macht. Seine Entscheidungen hatten Einfluß auf das Leben unzähliger Menschen. Er wurde ein Meister im Steuern der Legislative des Staates; sein Ruf vergrößerte sich unaufhörlich. Ich kann tatsächlich etwas bewegen, dachte Oliver glücklich. Er erinnerte sich an die Worte von Senator Davis: *Das ist bloß ein Sprungbrett, Oliver. Geh mit Bedacht.*

Und er war vorsichtig. Er hatte zahlreiche Affären, verhielt sich jedoch immer äußerst diskret.

Oliver erkundigte sich im Krankenhaus von Zeit zu Zeit nach Miriams Zustand.

»Sie liegt immer noch im Koma, Gouverneur.«

»Halten Sie mich auf dem laufenden.«

Zu Olivers Obliegenheiten als Gouverneur gehörte es auch, Staatsbankette zu geben, zu denen Förderer, Persönlichkeiten aus der Welt des Sports und der Unterhaltungsindustrie, Menschen mit politischem Einfluß und auswärtige Würdenträger als Ehrengäste eingeladen wurden. Jan war eine charmante Gastgeberin und Oliver war entzückt von der Begeisterung, die sie bei Menschen weckte.

Eines Tages kam Jan zu Oliver ins Büro. »Ich habe gerade mit Vater gesprochen. Er gibt am kommenden Wochenende ein Fest und hätte uns gern dabei, weil ein paar Leute dasein werden, mit denen er dich bekanntmachen möchte.«

An diesem Samstag drückte Oliver etlichen der wichtigsten politischen Drahtzieher Washingtons die Hand. Die Party war eine große Sache, die Oliver gut gefiel.

»Es gefällt Ihnen hier, Oliver?«

»Ja. Es ist ein herrliches Fest, wie man es sich besser gar nicht wünschen könnte.«

»A propos wünschen, da fällt mir etwas ein«, meinte Peter Tager. »Da war meine sechsjährige Tochter Elisabeth neulich in übler Stimmung und wollte sich absolut nicht ankleiden, so daß Betsy richtig verzweifelt war, und Elizabeth schaute sie an und sagte: ›Mama, was denkst du jetzt?‹ Und Betsy antwortete. ›Schätzchen, ich wünsche mir nur, daß du eine bessere Laune hättest und dich wie ein braves Mädchen ankleidest und dein Frühstück ißt!‹ Und daraufhin sagte Elizabeth: ›Mama, dein Wunsch wird dir nicht gewährt.‹ Ist das nicht köstlich? Die Kinder sind einfach fantastisch. Bis später, Gouverneur.«

Ein Ehepaar stand in der Tür, und Senator Davis gesellte sich zu ihm, um es willkommen zu heißen.

Sylvia, die Frau des italienischen Botschafters Atilio Picone – ein stattlicher Herr um die sechzig, mit dunklen sizilianischen Gesichtszügen –, war eine der schönsten Frauen, die Oliver je gesehen hatte. Sie war vor ihrer Heirat Schauspielerin gewesen und in Italien noch immer berühmt. Oliver begriff auch sofort, warum: Sie hatte große, sinnliche braune Augen, das Antlitz einer Madonna und den üppigen Leib eines Akts von Rubens. Sie war fünfundzwanzig Jahre jünger als ihr Mann.

Senator Davis brachte die beiden zu Oliver hinüber und stellte sie einander vor.

»Sehr erfreut, Sie kennenzulernen«, sagte Oliver. Er vermochte seinen Blick nicht von der Frau zu lösen.

Sie lächelte. »Ich habe schon viel von Ihnen gehört.«

»Hoffentlich nichts Unangenehmes.«

»Ich ...«

Ihr Mann schnitt ihr das Wort ab. »Senator Davis spricht sehr positiv von Ihnen.«

»Ich fühle mich geschmeichelt«, erwiderte Oliver, ohne die Augen von Sylvia abzuwenden.

Senator Davis entführte das Ehepaar, kehrte anschließend jedoch gleich zu Oliver zurück. »In diesem Fall gilt: Betreten streng verboten, Gouverneur«, machte er ihm klar. »Verbotene Frucht. Wenn du dich daran vergreifst, kannst du deine Zukunftsaussichten in den Wind schreiben.«

»Nun reg dich nicht auf, Todd. Ich habe doch nicht ...«

»Ich meine es todernst. Du könntest es dir auf einen Schlag mit zwei Ländern verderben.«

Beim Abschied sagte Atilio: »Es hat uns gefreut, Sie kennenzulernen.«

»Ganz meinerseits.«

Sylvia nahm Olivers Hand und sagte leise: »Wir freuen uns auf ein Wiedersehen.«

Ihre Blicke trafen sich. »Ja.«

Und Oliver ermahnte sich: *Sei auf der Hut.*

Als Oliver zwei Wochen danach in Frankfort allein in seinem Büro arbeitete, meldete seine Sekretärin: »Gouverneur, Senator Davis ist da und möchte Sie sprechen.«

»Senator Davis ist *hier*?«

»Jawohl, Gouverneur.«

»Schicken Sie ihn herein.« Da Oliver wußte, daß sein Schwiegervater in Washington zur Zeit für einen wichtigen Gesetzentwurf im Senat kämpfte, fragte er sich besorgt, was Todd wohl nach Frankfort geführt hatte. Die Tür öffnete sich. Der Senator trat ein – in Begleitung von Peter Tager.

Senator Todd Davis legte Oliver mit einem strahlenden Lächeln den Arm um die Schultern. »Ich freue mich, dich zu sehen, Gouverneur.«

»Ich bin über deinen Besuch hocherfreut, Todd.« Er wandte sich an Peter Tager. »Morgen, Peter.«

»Morgen, Oliver.«

»Ich störe hoffentlich nicht«, sagte Senator Davis.

»Aber nein. Nicht im geringsten. Ist... ist etwas nicht in Ordnung?«

Senator Davis schaute Tager an und grinste. »Ach, Oliver, so würde ich es eigentlich nicht ausdrücken. Ganz im Gegenteil, ich würde sogar behaupten, daß alles perfekt läuft.«

Oliver betrachtete die beiden mit einem Ausdruck von Irritation. »Ich verstehe kein Wort.«

»Ich habe gute Nachrichten für dich, Sohn. Dürften wir uns vielleicht setzen?«

»O Verzeihung. Was darf ich anbieten? Kaffee? Whiskey –?«

»Nein danke. Wir befinden uns bereits in ziemlich angeregter Verfassung.«

Woraufhin sich Oliver erneut fragte, was eigentlich vorging.

»Ich komme gerade mit dem Flugzeug aus Washington. Und dort gibt es eine ziemlich einflußreiche politische Gruppierung, die überzeugt ist, daß du unser nächster Präsident sein wirst.«

Oliver spürte eine Welle von Erregung durch seinen Körper ziehen. »Ich... tatsächlich?«

»In der Tat. Und aus diesem Grund bin ich auch hier, weil nämlich der Zeitpunkt gekommen ist, mit deiner Kampagne anzufangen, denn in zwei Jahren finden die nächsten Präsidentschaftswahlen statt.«

»Ein idealer Zeitpunkt«, erklärte Peter Tager begeistert. »Auf die Weise wird Sie zum Schluß der Kampagne alle Welt kennen.«

»Peter wird die Leitung der Kampagne übernehmen«, erläuterte Senator Davis. »Er wird dir die Arbeit abnehmen und sich um alles kümmern. Einen besseren findest du nicht.«

Oliver schaute Tager an und erklärte mit Nachdruck: »Da bin ich voll deiner Meinung.«

»Ich tu's gern. Wir werden 'ne Menge Spaß miteinander haben, Oliver.«

Oliver wandte sich an Senator Davis: »Wird das alles nicht ungeheure Summen kosten?«

»Da mach dir mal keine Gedanken. Wir verfügen über genug Mittel, damit du von Anfang bis Ende Erster Klasse fliegst. Ich habe viele meiner Freunde überzeugen können, daß du der Mann bist, in den sie investieren müssen.« Er beugte sich auf seinem Stuhl vor. »Nun unterschätz dich mal nicht, Oliver. Vor zwei Monaten bist du bei der Umfrage nach dem effizientesten Gouverneur in unserem Land auf dem dritten Platz gelandet. Du hast aber eine Qualität, die den Herren auf den ersten zwei Plätzen fehlt. Ich sage es dir nicht zum ersten Mal, Oliver – du besitzt Charisma, und das ist eine Gabe, die sich mit Geld nicht kaufen läßt. Die Leute mögen dich. Sie werden für dich stimmen.«

Olivers Erregung wuchs. »Und wann geht's los?«

»Wir haben bereits angefangen«, sagte Senator Davis. »Wir sind schon dabei, ein starkes Wahlkampfteam aufzustellen. Und wir werden im ganzen Land Delegierte mobilisieren.«

»Wie realistisch sind meine Chancen?«

»Bei den Vorwahlen wirst du alle Gegenkandidaten wegpusten«, antwortete Tager. »Was die Präsidentschaftswahlen selbst angeht, so würdest du dich schwertun, wenn du gegen Präsident Norton auftreten müßtest, weil Norton nämlich auf einem Erfolgshoch schwimmt. Nur – und das ist die gute Nachricht – kann er bekanntlich nicht wieder kandidieren, weil dies bereits seine zweite Amtszeit ist. Und Vizepräsident Cannon ist nur ein blasser Schatten, der mit ein bißchen Sonnenschein verschwindet.«

Nach der Besprechung, die vier Stunden dauerte, wandte Senator Davis sich an Tager: »Verzeihung, Peter, aber könnten Sie uns für einen Augenblick allein lassen?«

»Gewiß doch, Senator«, erwiderte Tager und verließ den Raum.

»Ich hatte heute morgen ein Gespräch mit Jan.«

Oliver wurde unruhig. »Ach ja?«

Senator Davis musterte Oliver mit einem zufriedenen Lächeln. »Sie fühlt sich sehr glücklich.«

Oliver atmete erleichtert auf. »Das freut mich.«

»Mich auch, mein Sohn, ehrlich, mich auch. Gib nur acht, daß du den Herd im eigenen Heim am Brennen hältst.«

»Da mußt du dir keine Sorgen machen, Todd. Ich ...«

Das Lächeln verschwand von den Zügen des Senators. »Ich mache mir deswegen aber Sorgen, Oliver. Ich kann dir keinen Vorwurf daraus machen, daß du geil bist – aber paß auf, daß du wegen deiner Geilheit nicht vom Prinzen in die Kröte verwandelt wirst.«

Auf dem Weg durch die Halle des Capitols in Frankfort instruierte Senator Davis Peter Tager. »Bitte stellen Sie einen Mitarbeiterstab zusammen, und scheuen Sie keine Kosten. Für den Anfang brauchen wir Wahlkampfbüros in New York, Washington, Chicago und San Francisco. Die Vorwahlen beginnen in zwölf Monaten, der Parteitag mit der Wahl des Präsidentschaftskandidaten ist in achtzehn

Monaten. Danach müßte eigentlich alles glattgehen.« Sie hatten den Wagen erreicht. »Begleiten Sie mich zum Flughafen.«

»Er wird ein hervorragender Präsident werden.«

Senator Davis nickte. *Und ich werde ihn in der Tasche haben,* dachte er. *Er wird meine Marionette sein. Ich werde die Fäden ziehen, und der Präsident der Vereinigten Staaten ist mein Sprachrohr.*

Der Senator holte ein goldenes Etui aus der Tasche. »Zigarre?«

Die Vorwahlen liefen landauf, landab gut an. Senator Davis' Einschätzung von Peter Tager erwies sich als korrekt. Er war einer der besten Politikmanager der Welt; die Wahlkampfmaschinerie, die er aufbaute, war erstklassig; und weil Tager die Werte der Familie repräsentierte und ein frommer praktizierender Christ war, gewann er die religiöse Rechte, und da er verstand, wie Politik funktionierte, war er auch imstande, die Liberalen zu überzeugen, ihre Grabenkämpfe zu vergessen und zusammenzuarbeiten. Peter war ein glänzender Wahlkampfleiter; seine schwarze Augenklappe wurde auf allen Fernsehkanälen ein vertrautes Bild.

Tager war sich bewußt, daß Oliver mit einem Minimum von zweihundert Delegiertenstimmen in den Parteikonvent einziehen müßte, wenn er siegreicher Kandidat der Partei für die Präsidentschaftswahlen werden wollte.

Tager organisierte eine Terminplanung, die für jeden amerikanischen Bundesstaat mehrere Wahlkampfreisen vorsah.

Als Oliver das Wahlkampfprogramm zu Gesicht bekam, sagte er nur: »Das, das läßt sich unmöglich schaffen, Peter!«

»In der Form, wie wir es geplant haben, schon«, versicherte ihm Tager. »Die Termine sind nämlich optimal koordiniert. Der Senator stellt Ihnen seine Challenger zur Verfügung. Sie werden während Ihrer Wahlkampfreisen von kompetenten Leuten instruiert, und außerdem bin ich ja stets an Ihrer Seite.«

Senator Davis machte Oliver mit Sime Lombardo bekannt, eine finstere Erscheinung mit ebenso finsterer Seele, der kaum ein Wort sagte.

»Wie gehört der ins Bild?« wollte Oliver vom Senator wissen, als sie allein waren.

»Sime«, erklärte Senator Davis, »ist unser Mann für schwierige Fälle. Manchmal brauchen Leute Nachhilfeunterricht, um von einer Sache überzeugt zu werden. Und Sime besitzt große Überzeugungskraft.«

Oliver wechselte das Thema.

Als die Präsidentschaftskampagne so richtig anlief, gab Peter Tager Oliver detaillierte Anweisungen, was er zu sagen hatte, wann er es zu sagen hatte und wie er es zu sagen hatte. Er sorgte dafür, daß Oliver in allen Schlüsselwahlbezirken auftrat. Und wo immer Oliver in Erscheinung trat, sagte er immer genau das, was die Leute hören wollten.

In Pennsylvania: »Der Lebensnerv unseres Landes ist die Industrie. Das ist eine Wahrheit, die wir nie vergessen werden. Wir werden es möglich machen, daß die Fabriken wieder öffnen, wir werden Amerika wieder auf den rechten Weg bringen.«

Applaus.

In Kalifornien: »Die Flugzeugindustrie zählt zu den entscheidenden Ressourcen Amerikas. Es besteht kein Grund für die Stillegung auch nur eines einzigen Fertigungsbetriebs. Wir werden sie alle wieder in Betrieb nehmen.«

Applaus.

In Detroit: »Wir haben die Automobile erfunden, und die Japaner haben uns die Technologie entwendet. Also, wir werden uns unseren rechtmäßigen Platz als Nummer Eins zurückerobern. Detroit wird wieder zum Weltmittelpunkt der Automobilindustrie!«

Applaus.

In den Universitäten versprach er den Studenten die Einrichtung von Studiendarlehen, für die die Bundesregierung garantieren sollte.

Auf Armeestützpunkten im ganzen Land redete er militärischer Wachsamkeit und Schlagkraft das Wort.

Anfangs standen Olivers Chancen schlecht, da er relativ unbekannt war, doch im Verlauf der Kampagne stiegen seine Umfragewerte stetig an.

In der ersten Juliwoche kamen über viertausend Delegierte und Stellvertreter mit Hunderten von Parteifunktionären und Kandidaten auf dem Wahlkongreß in Cleveland zusammen und stellten mit ihren Paraden, Festwagen und Parties die Stadt auf den Kopf. Das Spektakel wurde von TV-Kamerateams aus aller Welt gefilmt, und Peter Tager und Sime Lombardo organisierten alles so, daß stets Gouverneur Russell vor die Kameras kam.

Es gab in Olivers Partei ein Dutzend möglicher Präsidentschaftskandidaten; Senator Todd Davis hatte jedoch hinter den Kulissen darauf hingearbeitet, daß einer nach dem andern seine Unterstützung verlor und von seinen Förderern fallengelassen wurde. Dem Senator gelang dies durch skrupelloses Einfordern von alten Dankesschulden, die gelegentlich zwanzig Jahre zurückreichten.

»Toby? Hier Todd. Wie geht es Emma und Suzy?... Gut. Ich muß mit dir über deinen Jungen reden, über Andrew.

Ich mache mir Sorgen um ihn, Toby. Du weißt ja, daß er meiner Meinung nach zu liberal ist. Der amerikanische Süden wird ihn nie akzeptieren. Ich würde folgendes vorschlagen...«

»Alfred, hier Todd. Wie kommt Roy voran?... Kein Grund, mir zu danken. Ich habe ihm gern aus der Patsche geholfen. Aber ich möchte mit dir über deinen Kandidaten reden, über Jerry. Meiner Meinung nach steht er zu weit rechts. Mit ihm würden wir den Norden verlieren. Also, da würde ich dir gern folgenden Vorschlag unterbreiten...«

»Kenneth – Todd. Ich wollte dir nur sagen, wie sehr ich mich darüber freue, daß diese Immobilientransaktion für dich so gut gelaufen ist. Da haben wir alle einen ziemlich guten Schnitt gemacht, nicht wahr? Ach, nur ganz nebenbei, ich glaube, wir beide sollten uns mal über Slater unterhalten. Ein schwacher Kandidat, ein Verlierertyp. Und wir können es uns nicht leisten, einen Verlierer zu unterstützen, meinst du nicht auch...?«

Und so ging das weiter, bis der einzige, für die Partei mögliche Kandidat Gouverneur Oliver Russell war.

Der Nominierungsprozeß lief reibungslos. Oliver Russell vereinigte gleich im ersten Wahlgang siebenhundert Stimmen auf sich: über zweihundert aus den sechs nordöstlichen Bundesstaaten, hundertsechsundfünfzig von den sechs New-England-Staaten, vierzig aus den vier Südstaaten, weitere hundertachtzig aus zwei Agrarstaaten und den Rest von drei Bundesstaaten an der Pazifikküste.

Peter Tager arbeitete wie ein Verrückter, damit die PR-Trommel gerührt wurde, und bei der endgültigen Auszählung hieß der klare Gewinner Oliver Russell, dessen Nominierung in der – mit Kalkül orchestrierten – Erregung der

Parteitagsatmosphäre unter stehendem Beifall bekanntgegeben wurde.

Als nächstes stand die Entscheidung über den Vizepräsidenten an. Melvin Wicks war als politisch korrekter Kalifornier, wohlhabender Unternehmer und sympathischer Kongreßabgeordneter eine ideale Wahl.

»Sie werden einander ergänzen«, versicherte Tager Oliver. »Und jetzt beginnt für uns die eigentliche Arbeit. Wir jagen der magischen Zahl zweiundsiebzig nach.« Der Stimmenzahl, die ein Kandidat benötigt, um Präsident der Vereinigten Staaten zu werden.

»Die Leute wollen einen jungen Menschen als Leader …«, erklärte Tager Gouverneur Russell. »Einen Mann, der gut aussieht, Humor und Visionen hat … Sie möchten von Ihnen gern hören, wie großartig Sie sind – und es Ihnen glauben … Geben Sie ihnen zu erkennen, daß Sie ein kluger Politiker sind; Sie sollten aber nicht versuchen, allzuklug zu sein … Greifen Sie Ihren Gegner nie direkt persönlich an … Blicken Sie nie von oben auf Reporter herab. Wenn Sie Reporter wie Freunde behandeln, werden Sie Ihre Freunde sein … Achten Sie darauf, nie kleinlich zu wirken. Vergessen Sie es nie – Sie sind ein Staatsmann.«

Der Wahlkampf war unerbittlich, lief ohne Unterbrechung. Senator Davis' Jet flog Oliver für drei Tage nach Texas, einen Tag nach Kalifornien, einen halben Tag nach Michigan, für sechs Stunden nach Massachusetts. Es wurde nicht eine einzige Minute verschwendet. Es gab Tage, an denen Oliver zehn Städte besuchte und zehn Wahlkampfreden hielt. Er schlief Nacht für Nacht in einem anderen Hotel, dem Drake in Chicago, dem St. Regis in Detroit, dem Carlyle in New York City, dem Place d'Armes in New Orleans – bis schließlich alle Hotelzimmer für ihn zu einem verschmolzen. Und wo Oliver auch auftauchte – überall fuhren Polizeieskorten voraus, sammelten sich große Menschenmengen und gab es jubelnde Wähler.

Auf den meisten Reisen wurde Oliver von Jan begleitet, und er mußte sich eingestehen, daß sie eine große Stütze war. Sie war schön, sie war intelligent, sie nahm die Reporter für sich ein. Von Zeit zu Zeit las Oliver über die jüngsten Aktivitäten von Leslie: eine Zeitung in Madrid, eine Fernsehstation in Mexiko, ein Rundfunksender in Kansas, und er freute sich über ihren Erfolg; denn dann fühlte er sich nicht mehr so schuldig wegen seines üblen Benehmens ihr gegenüber.

Überall, wo Oliver eintraf, wurde er von Reportern fotografiert, interviewt und zitiert. Über seinen Wahlkampf berichteten mehr als hundert Korrespondenten, von denen einige aus Ländern am anderen Ende der Welt kamen. Kurz vor dem Erreichen des Höhepunkts der Kampagne wiesen Umfragen Oliver als Spitzenreiter aus; dann – gänzlich unerwartet – begann sein Rivale, Vizepräsident Cannon, aufzuholen.

Peter Tager machte sich Sorgen. »Cannons Beliebtheitskurve steigt. Wir müssen etwas tun, um ihn zu bremsen.«

Es waren zwei Fernsehdebatten zwischen den Kontrahenten vereinbart worden.

»Cannon wird über Wirtschaftsthemen sprechen«, teilte Tager Oliver mit, »und da wird er ausgezeichnet sein. Wir müssen ihm die Schau stehlen. Ich habe dazu folgenden Plan ausgearbeitet...«

Am Abend der ersten Debatte sprach Vizepräsident Cannon vor den laufenden Fernsehkameras über die Wirtschaft.

»Amerika ist ökonomisch noch nie so gesund gewesen wie heute. Die Wirtschaft floriert.« Und er nutzte seine Sprechzeit von zehn Minuten dazu, diese Situation auszumalen und mit Fakten und Zahlen zu belegen.

Als dann Oliver Russell an der Reihe war und ans Mikrofon trat, machte er die Feststellung: »Das war alles sehr beeindruckend. Wir sind sicherlich alle miteinander sehr froh darüber, daß die Großunternehmen florieren und daß die Profite der Konzerne noch nie so hoch gewesen sind.« Er wandte sich seinem Rivalen zu. »Nur haben Sie vergessen zu erwähnen, warum die großen Unternehmen dermaßen blühen und gedeihen. Ein Grund dafür liegt nämlich in dem Phänomen, das euphemistisch mit ›Unternehmensverschlankung‹ umschrieben wird. Um es kurz und bündig auszudrücken: ›Unternehmensverschlankung‹ bedeutet nichts anderes, als daß Menschen entlassen und durch Maschinen ersetzt werden. Es hat in unserem Land noch nie so viele Arbeitslose gegeben. Es wird Zeit, daß wir uns mit dem menschlichen Aspekt der Situation beschäftigen. Ich vermag Ihre Auffassung keineswegs zu teilen, daß der finanzielle Erfolg der Großunternehmen wichtiger ist als das Leben der Menschen ...« Und so ging das weiter.

Während Vizepräsident Cannon das Business in den Vordergrund stellte, vertrat Oliver Russell eine humanitäre Auffassung von Politik und sprach von menschlichen Empfindungen und Chancen. Zum Schluß war es Russell gelungen, daß Cannon wie ein kaltblütiger Politiker klang, dem das Wohl der amerikanischen Bevölkerung gleichgültig war.

Am Morgen nach der Fernsehdebatte kamen die Umfragestatistiken in Bewegung: Oliver Russell rückte bis auf drei Punkte zum Vizepräsidenten auf. Und es stand noch eine weitere, landesweit ausgestrahlte Diskussion bevor.

Arthur Cannon hatte seine Lektion gelernt. Als er bei der letzten Debatte vor dem Mikrofon stand, erklärte er: »Wir leben in einem Land, in dem alle Bürger gleiche Chancen erhalten müssen. Amerika ist mit der Freiheit gesegnet worden, doch Freiheit allein ist nicht genug. Unser Volk muß auch die Freiheit haben, arbeiten und einen anständigen Lebensunterhalt verdienen zu können …«

Diesmal gedachte er, Oliver Russell die Schau zu stehlen, indem er sich auf die vielen Pläne konzentrierte, die er zur Verbesserung der Lebensqualität der Menschen umsetzen wollte. Genau damit hatte Peter Tager jedoch gerechnet, und als Cannon zu Ende gesprochen hatte, trat Oliver Russell ans Mikrofon.

»Das war ungemein rührend. Ich bin sicher, wir alle sind sehr bewegt von dem, was Sie über das Elend der Arbeitslosen und – um Ihren Ausdruck zu zitieren – der ›vergessenen Menschen‹ gesagt haben. Mich stört und beunruhigt nur eines: Sie haben überhaupt nicht erwähnt, wie Sie alle diese wunderbaren Dinge für diese Menschen eigentlich realisieren wollen.« Und während Vizepräsident Cannon hier die Emotionen angesprochen hatte, sprach Oliver Russell über reale Probleme und Wirtschaftspläne, so daß der Vizepräsident am Ende ausgebootet war.

Oliver und Jan saßen mit Senator Davis beim Abendessen in der Georgetown-Villa des Senators, als der Senator sich mit einem zufriedenen Lächeln seiner Tochter zuwandte.

»Ich habe soeben die Ergebnisse der jüngsten Umfragen erfahren und glaube, daß du dir wirklich überlegen kannst, wie du das Weiße Haus tapezieren möchtest.«

Ihre Miene hellte sich auf. »Du glaubst wirklich, daß wir gewinnen, Vater?«

»Ich irre mich ja in vielen Dingen, Honey, doch niemals, wenn es um Politik geht. Politik ist mein Lebensblut. Der nächste Präsident der Vereinigten Staaten sitzt direkt neben dir.«

10

»Bitte die Sicherheitsgurte anschnallen.«

Auf geht's! dachte Dana ganz aufgeregt. Sie blickte zu Benn Albertson und Wally Newman hinüber. Ihr Produzent Benn Albertson, ein bärtiger, nervöser Mann um die Vierzig, hatte nicht nur Nachrichtenprogramme mit höchsten Einschaltquoten verantwortet, sondern er genoß auch allgemein große Hochachtung. Der Kameramann Wally Newman – er war Anfang Fünfzig – war voller Elan und fieberte seinem neuen Aufgabengebiet mit gespannter Ungeduld entgegen.

Dana war in Gedanken mit dem aufregenden Abenteuer beschäftigt, das vor ihr lag. Sie mußten in Paris für den Flug nach Zagreb umsteigen und von dort nach Sarajevo weiterfliegen.

Während ihrer letzten Woche in Washington war Dana von Shelley McGuire, der Leiterin der Auslandsredaktion, auf ihre neue Arbeit vorbereitet worden. »In Sarajevo werden Sie zur Übertragung Ihrer Berichte auf den Nachrichtensatelliten einen Sendewagen benötigen«, erklärte ihr McGuire. »Da wir dort über keinen eigenen verfügen, werden wir uns also bei der jugoslawischen Behörde, der der Nachrichtensatellit gehört, einen Sendewagen mieten müssen. Wenn alles gutläuft, schaffen wir uns später einen eigenen an. Was Ihre Arbeit betrifft, Dana, so werden Sie zweigleisig arbeiten. Einige Berichte werden Sie live bringen, die meisten jedoch auf Band spielen. Benn Albertson wird Ihnen mitteilen, was er gerade braucht. Dann werden Sie das filmische Material aufnehmen und den Soundtrack anschließend in einem einheimischen Fernsehstudio herstellen. Ich habe Ihnen den besten Produzenten und Kameramann der Branche mitgegeben. Probleme dürften für Sie eigentlich keine entstehen.«

Den letzten Satz sollte Dana sich später noch oft in Erinnerung rufen.

Matt Baker hatte am Tag vor der Abreise angerufen. »Kommen Sie zu mir ins Büro.« Er klang schroff.

»Bin schon unterwegs. « Dana legte mit einer dunklen Vorahnung auf. *Er hat seine Meinung wegen meiner Versetzung geändert. Er will mich nicht ziehen lassen. Wie kann er mir nur so etwas antun? Na schön,* sagte sie sich entschlossen, *dann werde ich meinen Willen eben gegen ihn durchsetzen müssen.*

»Ich weiß schon, was Sie mir sagen wollen«, hob Dana an, als sie zehn Minuten später in Matt Bakers Büro marschierte, »aber das können Sie sich schenken. Ich gehe trotzdem! Von dieser Arbeit habe ich schon immer geträumt. Außerdem glaube ich, daß ich dort unten Gutes bewirken kann. Sie müssen mir eine Chance geben. Ich muß es versuchen.« Sie holte tief Luft. »In Ordnung«, sagte sie trotzig. »Was wollten Sie mir mitteilen?«

Matt Baker schaute sie an und sagte freundlich: »*Bon voyage.*«

Dana war völlig überrascht. »Was?«

»*Bon voyage* bedeutet: Gute Reise.«

»Ich weiß, was *bon voyage* heißt. Ich – haben Sie mich denn nicht zu sich bestellt, um ...?«

»Ich habe Sie rufen lassen, weil ich mich mit einigen unserer Auslandskorrespondenten unterhalten habe und Ihnen ein paar gute Empfehlungen nennen möchte.«

Dieser schroffe Brummbär von einem Mann hatte sich die Zeit genommen und die Mühe gemacht, mit einer ganzen Reihe von Auslandskorrespondenten zu konferieren, um ihr mit Rat und Tat zur Seite stehen zu können! »Ich ... ich weiß gar nicht, wie ich Ihnen ...«

»Dann lassen Sie's«, brummte er. »Sie begeben sich mitten in ein Gebiet, wo ein offener Krieg tobt. In solchen Situationen besteht keine Möglichkeit, daß man sich hundertprozentig schützt; den Kugeln ist es nämlich völlig egal, welchen Menschen sie töten. Es gibt da jedoch ein Phänomen, das Sie unbedingt beachten müssen. Wenn Sie sich inmitten von Kriegshandlungen befinden, schießt der Adrenalinspiegel in die Höhe, und die erhöhte Adrenalinzufuhr kann einen Menschen unvorsichtig machen, so daß er Dummheiten begeht, zu denen er sich normalerweise nie hinreißen lassen würde. Sie müssen also lernen, sich unter Kontrolle zu haben. Gehen Sie immer auf Nummer Sicher. Laufen Sie nicht allein auf den Straßen herum. Es gibt keine Nachricht und keinen Bericht, der es wert wäre, daß Sie Ihr Leben aufs Spiel setzen. Und noch etwas ...«

Der Vortrag hatte fast eine Stunde gedauert, bis Matt Baker schloß: »Also, das war's. Passen Sie auf sich auf. Falls Sie es dazu kommen lassen sollten, daß Ihnen etwas zustößt, würde ich verdammt böse werden.«

Dana beugte sich zu ihm hinüber und gab ihm einen Kuß auf die Wange.

»Tun Sie das nie wieder!« fuhr er sie an und stand auf. »Dort unten auf dem Balkan wird es für Sie hart werden, Dana. Falls Sie sich's anders überlegen sollten, wenn Sie dort unten angekommen sind, und wieder heimkommen möchten, dann geben Sie mir Bescheid, und ich werd's regeln.«

»Ich werde es mir aber nicht anders überlegen«, erwiderte Dana im Brustton der Überzeugung.

Da irrte sie allerdings, wie sich noch herausstellen sollte.

Bis Paris verlief der Flug nach Plan. Als sie nach der Landung auf dem Flughafen Charles de Gaulle im Minibus zur Croatia Airlines gefahren wurden, erfuhren sie, daß der Anschlußflug drei Stunden Verspätung hatte.

Auf dem Butmir-Flughafen von Sarajevo kamen sie um zehn Uhr abends an. Die Passagiere wurden in einem Sicherheitstrakt zusammengepfercht, wo man sie nach der Paßkontrolle durch uniformierte Wachen weiterwinkte. Dana steuerte auf den Ausgang zu, als ihr ein auffällig unangenehmer Mann in Zivil in den Weg trat. »Ihren Paß.«

»Aber ich habe meinen Paß doch schon ...«

»Ich bin Oberst Gordan Divjak. Ihren Paß.«

Dana überreichte ihm ihren Paß mitsamt der Presseausweise.

Er blätterte den Paß durch. »Journalistin?« Er musterte sie mit einem stechenden Blick. »Auf wessen Seite stehen Sie?«

»Ich stehe auf niemandes Seite«, erwiderte Dana ruhig und kühl.

»Passen Sie auf, was Sie berichten«, warnte Oberst Divjak. »Spionage wird bei uns nicht als Kavaliersdelikt behandelt.«

Willkommen in Sarajevo.

Sie wurde von einem dunkelhäutigen Fahrer Anfang Zwanzig mit einem kugelsicheren Landrover am Flughafen abgeholt. »Ich bin Jovan Toli. Zu Ihrer Verfügung. Ich werde in Sarajevo Ihr Chauffeur sein.«

Jovan fuhr schnell. Er schnitt die Kurven und raste durch die verlassenen, menschenleeren Straßen, als ob ihnen Verfolger im Nacken säßen.

»Entschuldigung«, sagte Dana nervös, »aber gibt es einen Grund für diese Eile?«

»Ja, wenn Ihnen daran liegt, lebend anzukommen.«

»Aber ...«

Aus der Ferne vernahm Dana ein Donnergrollen, das offensichtlich näher rückte. Was sie da hörte, war jedoch nicht Donner.

Dana machte in der Dunkelheit zerstörte Häuserfronten aus, Wohnblöcke ohne Dach, Geschäfte, die keine Schaufenster mehr besaßen. Ein Stück weiter vorn erspähte sie das Holiday Inn – das Hotel, in dem sie untergebracht war. Die Fassade des Hotels war übersät mit Einschüssen und in der Auffahrt gähnte ein tiefes Loch. Der Landrover ließ die Auffahrt rechts liegen und sauste weiter.

»Warten Sie! Das ist doch unser Hotel!« rief Dana. »Wo wollen Sie denn hin?«

»Die Benutzung des Haupteingangs ist viel zu gefährlich«, erklärte Jovan und jagte seitlich am Hotel vorbei, um dann in einen schmalen Nebenweg abzubiegen. »Hier benutzen alle nur den hinteren Eingang.«

»Ach so.« Dana bekam plötzlich einen trockenen Mund.

In der Hotellobby, wo die Menschen verloren herumlungerten oder in kleinen Gruppen beisammenstanden, kam ein junger Franzose auf Dana zu. »Ah – wir haben schon auf Sie gewartet. Sie sind doch Dana Evans, nicht wahr?«

»Ja.«

»Jean Paul Hubert, M6, Métropole Télévision.«

»Sehr erfreut, Sie kennenzulernen. Darf ich Sie mit meinen Kollegen Benn Albertson und Wally Newman bekanntmachen.« Man gab einander die Hand.

»Willkommen in der Stadt, von der täglich weniger übrigbleibt.«

Andere gesellten sich zu ihnen und stellten sich reihum vor.

»Stefan Mueller, Kabel Network.«

»Roderick Munn, BBC 2.«

»Marco Benelli, Italia I.«

»Juan Santos, Programm 6, Guadalajara.«

»Chun Qian, Shanghai Television.«

Dana hatte den Eindruck, daß alle Länder der Welt einen Journalisten nach Sarajevo entsandt hatten – das Vorstellen nahm kein Ende. Als letzter stellte sich ein stämmiger Russe mit blitzenden Goldzähnen vor. »Nikolai Petrowitsch Gorizont.«

»Wie viele Kriegsberichterstatter sind hier eigentlich tätig?« wollte Dana von Jean Paul wissen.

»Über zweihundertfünfzig. Es gibt schließlich nicht viele so farbenreiche Kriege wie in Bosnien-Herzegowina. Ist es Ihr erster Kriegseinsatz?«

Es klang fast so, als ob er von einem Tennisturnier spräche.

»Ja.«

»Lassen Sie es mich bitte wissen, falls ich Ihnen irgendwie behilflich sein kann«, erklärte Jean Paul.

»Danke.« Sie zögerte, bevor sie die Frage aussprach. »Wer ist dieser Oberst Gordon Divak?«

»Mit dem machen Sie besser gar nicht erst Bekanntschaft. Keiner weiß Genaues über ihn, wir sind jedoch einstimmig der Überzeugung, daß er dem serbischen Äquivalent der Gestapo angehört. Ich kann Ihnen nur den guten Rat geben, diesem Mann aus dem Weg zu gehen.«

»Ich werd's mir merken.«

Dana wollte sich gerade schlafen legen, als auf der gegenüberliegenden Straßenseite plötzlich eine heftige Detonation erfolgte, an die sich unmittelbar eine zweite Explosion anschloß. Das ganze Zimmer erbebte. Es war erschreckend und erhebend zugleich; es schien völlig irreal, wie eine Szene aus einem Film. Dana lag die ganze Nacht über wach und beobachtete die Zuckungen des Lichtscheins der Explosionen auf den schmutzigen Scheiben der Hotelfenster.

Dana kam sich eigenartig vor, als sie am Morgen Jeans, Stiefel und eine kugelsichere Weste anzog; dann fiel ihr jedoch Matts Ratschlag wieder ein: »*Gehen Sie auf Nummer Sicher... Keine Nachricht, kein Bericht ist es wert, daß Sie Ihr Leben aufs Spiel setzen.*«

Beim Frühstück im vorderen Hotelrestaurant unterhielt sie sich mit Benn und Wally über Familie und Verwandtschaft.

»Ich hatte ganz vergessen, euch die schöne Neuigkeit zu erzählen«, sagte Wally. »Ich werde in einem Monat zum erstenmal Großvater.«

»Das ist ja phantastisch!« rief Dana und überlegte: *Ob ich wohl selbst je einmal Kinder und Enkelkinder haben werde? Que será será?*

»Ich hab eine Idee«, meinte Benn. »Wir sollten zuallererst einen allgemeinen Überblick zur hiesigen Lage und über die Auswirkungen auf das Leben der Menschen liefern. Ich mache mich mit Wally auf die Suche nach geeigneten Drehorten. Warum besorgen Sie uns inzwischen nicht Sendezeit beim Satelliten, Dana?«

»Okay.«

Jovan Toli wartete im Landrover auf der Zufahrt zum hinteren Hoteleingang. »*Dobro jutro.* Guten Morgen.«

»Guten Morgen, Jovan. Fahren Sie mich bitte zu der Behörde, wo ich Satellitenzeit buchen kann.«

Auf dieser Fahrt konnte Dana sich erstmals ein Bild vom Zustand Sarajevos machen. Sie gewann den Eindruck, als ob kein einziges Gebäude unbeschädigt geblieben wäre, und der Lärm von Geschützfeuer hielt ununterbrochen an.

»Hören sie denn nie auf?« fragte Dana.

»Sie werden aufhören, wenn ihnen die Munition ausgeht«, antwortete Jovan verbittert, »und die Munition wird denen nie ausgehen.«

Bis auf einige wenige Fußgänger waren die Straßen verlassen. Sämtliche Cafés waren geschlossen. Die Bürgersteige waren übersät mit Einschußnarben.

»Das ist unsere Zeitung«, erklärte Jovan voller Stolz, als sie am Gebäude der *Oslobodjenje* vorbeifuhren. »Die Serben haben immer wieder versucht, sie zu zerstören, aber sie schaffen es nicht.«

Sie hatten die Büros der Satellitenbehörde wenige Minuten später erreicht. »Ich warte hier unten auf Sie«, erklärte Jovan.

Hinter dem Schreibtisch in der Eingangshalle saß ein Herr am Empfang, der offenbar weit über achtzig Jahre alt war.

»Sprechen Sie Englisch?« fragte Dana.

Er schaute sie teilnahmslos-gelangweilt an. »Ich spreche neun Sprachen, Madame. Was wünschen Sie?«

»Ich gehöre zur WTE. Ich möchte Satellitenzeit buchen und zu einer Verabredung kommen wegen …«

»Dritter Stock.«

JUGOSLAWIEN SATELLITENABTEILUNG lautete die Aufschrift des Türschilds. Der Warteraum war voll. Auf den Bänken, die sich an den Wänden entlangzogen, saßen Männer dichtgedrängt.

Dana stellte sich der jungen Frau an der Rezeption vor. »Ich bin Dana Evans von WTE. Ich würde gerne Satellitenzeit buchen.«

»Setzen Sie sich bitte. Warten Sie, bis Sie an der Reihe sind.«

Dana blickte sich im Raum um. »Sind all diese Menschen etwa hergekommen, um Satellitenzeit zu buchen?«

Die Frau schaute sie erstaunt an und sagte: »Selbstverständlich.«

Fast zwei Stunden lang mußte Dana warten, bis sie in das Büro des Leiters eingelassen wurde – ein kleiner, rundlicher Mann mit einer Zigarre zwischen den Lippen, der sie an das alte Klischee eines Filmmoguls aus Hollywood erinnerte.

»Was kann ich für Sie tun?« Er sprach Englisch mit einem starken Akzent.

»Ich bin Dana Evans von WTE. Ich würde bei Ihnen gern einen Sendewagen mieten und den Satelliten für eine halbe Stunde buchen. Ideal wäre achtzehn Uhr Washingtoner Zeit – ich würde die gleiche Übertragungsperiode Tag um Tag auf unbegrenzte Zeit benötigen.« Sie registrierte den Ausdruck auf seinem Gesicht. »Probleme?«

»Nur ein einziges. Es steht keine Satellitenbuchungszeit zur freien Verfügung. Der Satellit ist voll ausgebucht. Ich werde Sie verständigen, wenn jemand anders seine Reservierung storniert.«

Sie schaute ihn bestürzt an. »Keine …? Aber ich brauche Satellitenzeit für meine Arbeit«, wandte sie ein. »Ich bin …«

»Ihre Kollegen sind ebenso auf Satellitenzeit angewiesen

wie Sie, Madame. Natürlich diejenigen ausgenommen, die über einen eigenen Sendewagen verfügen.«

Der Warteraum war voll, als Dana hinausging. *Dann muß ich eine andere Lösung finden,* dachte sie.

»Fahren Sie mich bitte durch die Stadt«, sagte Dana zu Jovan.

Er drehte sich um, als ob er etwas erwidern wollte, zuckte dann aber nur die Achseln. »Wie Sie wünschen.« Er ließ den Motor an und begann, in einem irren Tempo durch die Straßen zu jagen.

»Etwas langsamer, bitte, ich muß doch ein Gefühl von der Stadt bekommen.«

Sarajevo war eine Stadt im Belagerungszustand. Es gab hier weder Strom noch fließendes Wasser; und mit jeder Stunde gerieten weitere Häuser unter Beschuß. Der Luftalarm setzte so oft ein, daß die Menschen ihn schon gar nicht mehr beachteten. Die ganze Stadt schien wie unter einer Dunstglocke des Fatalismus zu liegen: Wenn die Kugel für dich bestimmt ist, gibt es kein Verstecken.

An fast jeder Straßenecke verkauften Männer, Frauen und Kinder das wenige, was sie noch an Habseligkeiten besaßen.

»Flüchtlinge aus Bosnien und Kroatien«, erklärte Jovan. »Sie versuchen, genug Geld zusammenzukriegen, damit sie sich etwas zum Essen kaufen können.«

Überall wüteten Brände. Und nirgends waren Feuerwehrmänner in Sicht.

»Gibt es hier denn keine Feuerwehr?« fragte Dana.

Jovan zuckte die Achseln. »Doch, aber sie trauen sich nicht herauskommen. Sie würden den serbischen Heckenschützen eine viel zu gute Zielscheibe bieten.«

In den ersten Tagen hatte Dana dem Krieg ziemlich verständnislos gegenübergestanden; sie hatte nicht begriffen, welche Ziele die Kämpfenden verfolgten, was der Krieg für einen Sinn hatte. Nach einer Woche Aufenthalt in Sarajevo war ihr klar, daß dieser Krieg völlig unsinnig war. Für diesen Krieg wußte niemand einen Grund anzugeben. Irgend jemand gab ihr dann den Namen und die Adresse eines Universitätsprofessors, eines bekannten Historikers, der nach einer Verwundung ans Haus gefesselt war. Dana beschloß, ihn für ein klärendes Gespräch aufzusuchen.

Jovan führte sie in das alte Stadtviertel, wo Professor Mladic Staka wohnte – ein alter Herr mit grauen Haaren, der fast schon ätherisch wirkte. Eine Kugel hatte ihm das Rückgrat zerschmettert. Er war gelähmt.

»Schön, daß Sie gekommen sind«, sagte er. »Ich bekomme nicht mehr viel Besuch. Sie wollten mich etwas fragen, haben Sie gesagt.«

»Ja. Ich soll über diesen Krieg berichten«, entgegnete Dana. »Ich habe aber – um die Wahrheit zu sagen – große Schwierigkeiten, ihn zu verstehen.«

»Das hat einen schlichten Grund, meine Liebe. Der Krieg in Bosnien und Herzegowina übersteigt den menschlichen Verstand. Serben, Kroaten, Bosnier und Muslime haben unter Tito jahrzehntelang in Frieden zusammengelebt, waren Freunde, Nachbarn, wuchsen zusammen auf, waren Kollegen, sind in die gleichen Schulen gegangen und haben untereinander geheiratet.«

»Und nun?«

»Es sind diese Freunde, Nachbarn und Verwandten, die gleichen, die einander jetzt foltern und ermorden und sich in ihrem Haß zu solch widerlichen Handlungen hinreißen lassen, daß ich es nicht in Worte zu fassen vermag.«

»Ein paar solcher Geschichten habe ich gehört«, sagte

Dana. Es waren in der Tat unglaubliche Geschichten: von einem Brunnen, der mit menschlichen Hoden aufgefüllt worden war; von vergewaltigten und anschließend abgeschlachteten Babys; von unschuldigen Dorfbewohnern, die in Kirchen eingesperrt worden waren, die dann in Brand gesteckt wurden.

»Und wer hat mit alldem angefangen?«

Er schüttelte den Kopf. »Das kommt ganz drauf an, wen sie fragen. Im Zweiten Weltkrieg wurden die Serben, die an der Seite der Alliierten kämpften, zu Hundertausenden von den Kroaten umgebracht, die auf der Seite der Nazis standen. Jetzt nehmen die Serben mit der Geiselnahme des ganzen Landes und einem erbarmungslosen Vorgehen dafür blutige Rache. Allein Sarajevo ist mit über zweihunderttausend Granaten beschossen worden. Es gibt mindestens zehntausend Tote und über sechzigtausend Verwundete. Die Bosnier und die Muslime tragen selbst ein Gutteil der Verantwortung für das Foltern und Morden. Doch den Menschen, die den Krieg nicht wollen, wird er aufgezwungen. Keiner kann dem andern mehr trauen, nur Haß ist geblieben. Was wir jetzt haben, ist ein Brand, der sich selber nährt, und die Leichen der Unschuldigen schüren das Feuer.«

Als Dana nachmittags zum Hotel zurückkehrte, wurde sie bereits von Benn Albertson erwartet, der darauf brannte, ihr eine Mitteilung weiterzugeben, die er inzwischen erhalten hatte: daß ihnen am nächsten Tag um achtzehn Uhr ein Sendewagen und eine halbe Stunde zur Benutzung des Satelliten zur Verfügung stehen würden.

»Und ich habe einen idealen Drehort für uns gefunden«, erklärte Wally Newman. »Es gibt hier in Sarajevo einen Platz, an dem eine katholische Kirche, eine Synagoge und eine protestantische Kirche stehen. Sie liegen nur eine Straßenlänge voneinander entfernt. Alle drei sind ausgebombt worden, Dana, Sie könnten einen Bericht über den Haß senden, der keine Unterschiede kennt und alles gleichermaßen zerstört. Daran könnten Sie veranschaulichen, was der Haß den Einwohnern getan hat, die nichts mit dem Krieg zu tun haben und doch von ihm getroffen werden.«

Dana nickte. »Großartig. Wir treffen uns beim Abendessen wieder. Jetzt muß ich mich an die Arbeit machen.« Und sie verschwand auf ihr Zimmer.

Am nächsten Tag trafen Dana, Wally und Benn sich um achtzehn Uhr an dem Platz mit den zwei Kirchen und der Synagoge. Wally hatte seine Kamera auf einem Stativ positioniert; Benn wartete auf Bestätigung aus Washington, daß das Signal für die Satellitenübertragung gekommen war. Aus unmittelbarer Nähe waren die Schüsse der Heckenschützen zu hören. *Es gibt keinen Grund zur Angst,* redete Dana sich ein. *Sie schießen ja nicht auf uns. Sie schießen nur aufeinander. Sie brauchen uns doch, damit die Welt ihre Geschichte erfährt.*

Dana sah Wally winken. Sie atmete einmal durch, schaute ins Kameraobjektiv und begann zu sprechen.

»Die völlig ausgebombten Kirchen, die Sie hinter mir sehen, symbolisieren, was in diesem Land vor sich geht. Hier gibt es keine Mauern mehr, hinter denen die Menschen sich verstecken können, keinen Ort, wo sie Schutz finden. In früheren Epochen haben die Menschen in ihren Kirchen Zuflucht gefunden. Hier aber sind Vergangenheit, Gegenwart und Zukunft ineinander übergegangen und...«

In eben diesem Moment hörte sie ein schrilles Pfeifen. Sie hob den Kopf und sah Wallys explodierenden Kopf – wie eine rote, aufplatzende Melone. *Das ist eine lichtbedingte Täuschung,* dachte Dana, mußte dann jedoch beobachten, wie Wallys Körper zusammensackte und auf den Bürgersteig fiel. Sie war entsetzt, versteinerte, verlor die Fassung. Ringsum erhob sich Geschrei.

Das Stakkato des Schnellfeuers eines Heckenschützen kam immer näher. Dana verlor die Beherrschung über ihren Körper; sie wurde von einem hemmungslosen Zittern ergriffen, von mehreren Händen gepackt und rasch ans Ende der Straße gebracht. Sie wehrte sich, wollte sich losreißen.

Nein! Wir müssen uns wieder an die Arbeit machen. Wir haben unsere zehn Minuten Sendezeit noch nicht ausgefüllt. Du darfst nicht verschwenden. Nicht Wally... es ist nicht recht, Zeit zu verschwenden. »Iß deine Suppe auf, Liebling. In China müssen die Kinder hungern.« Du glaubst wohl, daß du ein Gott bist, du da oben, der du auf einer weißen Wolke thronst? Da will ich dir mal was sagen: Ein Schwindler bist du. Ein wahrer Gott hätte es nie zugelassen, daß Wally der Kopf abgeschossen wurde. Wally hat darauf gewartet, zum erstenmal Großvater zu werden, ein Enkelkind zu bekommen. Hörst du mir zu? Hörst du? Hörst du?

Sie stand unter Schock. Ihr war überhaupt nicht bewußt, daß sie durch eine Seitenstraße zum Wagen abgeführt wurde.

Als Dana die Augen öffnete, lag sie in ihrem Bett im Hotelzimmer, und Benn Albertson und Jean Paul Huber beugten sich über sie.

Dana schaute in ihre Gesichter: »Es ist wahr, ja?« Und kniff die Augen ganz fest wieder zu.

»Es tut mir so leid«, sagte Jean Paul. »Es ist furchtbar, so etwas mitzuerleben. Sie haben wirklich Glück gehabt, daß Sie nicht auch tot sind.«

Die Stille im Raum wurde durch das Läuten des Telefons erschüttert. Benn nahm den Hörer ab. »Hallo.« Er lauschte kurz. »Jawohl, Holden.« Er wandte sich an Dana. »Es ist Matt Baker. Sind Sie in der Lage, mit ihm zu sprechen?«

»Ja.« Dana setzte sich im Bett auf, wartete einen Augenblick und ging dann zum Telefon hinüber. »Hallo.« Ihre Kehle war trocken. Das Reden fiel ihr schwer.

Matts Stimme dröhnte in ihr Ohr. »Ich möchte, daß Sie nach Hause kommen, Dana.«

Ihre Stimme war ein Flüstern. »Ja. Ich möchte heim.«

»Ich werde dafür sorgen, daß Sie in der ersten Maschine, die Sarajevo verläßt, einen Platz bekommen.«

»Danke.« Der Hörer fiel ihr aus der Hand.

Jean Paul und Benn halfen ihr wieder zurück ins Bett.

»Entschuldigung«, sagte Jean Paul erneut. »Mann ... da fehlen einem die Worte.«

Ihr liefen Tränen über die Wangen. »Warum haben sie Wally getötet? Er hat nie einem Menschen ein Leid getan. Was geht hier vor? Hier werden Menschen geschlachtet wie Tiere, und es kümmert keinen Es kümmert niemand!«

»Dana«, sagte Benn, »es gibt nichts, was wir dagegen unternehmen könnten ...«

»Aber es muß doch eine Möglichkeit geben, etwas dagegen zu tun!« Danas Stimme bebte vor Zorn. »Es ist unsere Aufgabe, dafür zu sorgen, daß die Menschen in der Welt Anteil nehmen. Es geht doch in diesem Krieg nicht um zerbombte Kirchen, Gebäude oder Straßen. Es geht um das Leben unschuldiger Menschen, darum, daß ihnen der Kopf vom Leib geschossen wird. Darüber müssen wir berichten. Es ist die einzige Möglichkeit, damit die Welt begreift, daß hier wirklich Krieg herrscht.« Sie drehte sich zu Benn um, holte tief Luft und erklärte: »Ich bleibe, Benn. Ich lasse mich nicht von hier verjagen.«

Benn musterte sie besorgt. »Dana, sind Sie sicher, daß...?«

»Absolut sicher. Ich weiß jetzt, was ich zu tun habe. Würden Sie bitte Matt anrufen und es ihm mitteilen?«

»Wenn das wirklich Ihr Wunsch ist«, sagte er widerstrebend. »Wenn Sie es unbedingt wollen.«

Dana nickte. »Genau das ist mein Wille.« Sie sah Benn hinterher, wie er aus dem Raum ging.

»Also«, meinte Jean Paul, »da sollte ich jetzt wohl gehen, damit Sie sich...«

»Nein.« Vor ihrem inneren Auge sah sie Wallys platzenden Kopf, seinen zu Boden stürzenden Körper. Sie schaute Jean Paul an. »Bitte, bleiben Sie. Ich brauche Sie.«

Jean setzte sich zu ihr aufs Bett. Und Dana nahm ihn in die Arme und hielt ihn fest.

Am nächsten Morgen bat Dana Benn Albertson: »Könnten Sie mir einen Kameramann besorgen? Jean Paul hat mir von einem Waisenhaus in Kosovo erzählt, das gerade bombardiert worden ist. Ich will hinfahren und darüber berichten.«

»Ich werde sicher jemanden auftreiben.«

»Danke, Benn. Ich fahre voraus. Wir treffen uns dort.«

»Seien Sie vorsichtig!«

»Keine Sorge.«

Jovan wartete in dem Seitenweg auf Dana.

»Wir fahren nach Kosovo«, sagte Dana.

Jovan schaute ihr in die Augen. »Das ist aber gefährlich, Madam. Die einzige Straße dorthin führt durch die Wälder und...«

»Wir haben unsere Portion Pech bereits abgekriegt, Jovan. Wir werden bestimmt keine Schwierigkeiten bekommen.«

»Wie Sie wünschen.«

Sie fuhren aus der Stadt hinaus, und eine Viertelstunde später kamen sie bereits in eine dicht bewaldete Gegend.

»Wie weit ist es noch?« wollte Dana wissen.

»Nicht sehr weit. Wir müßten in...«

In diesem Augenblick fuhr der Landrover auf eine Landmine.

11

Als der Tag der Präsidentschaftswahlen näher rückte, kam es zwischen den beiden Kandidaten zu einem Kopf-an-Kopf-Rennen.

»Wir müssen unbedingt in Ohio gewinnen«, meinte Peter Tager. »Ohio würde uns einundzwanzig Wahlstimmen bringen. In Alabama gibt es für uns keine Probleme – das bedeutet neun Stimmen –, und die fünfundzwanzig Stimmen von Florida sind uns sicher.« Er hielt eine Tabelle hoch. »Illinois zweiundzwanzig Stimmen ... New York einunddreißig und Kalifornien vierundzwanzig Stimmen. Verdammt. Es ist zu früh, um von einem Sieg ausgehen zu können.«

Da waren sie alle besorgt. Nur Senator Davis nicht.

»Ich hab's in der Nase«, sagte er. »Ich kann den Sieg riechen.«

In einem Krankenhaus in Frankfort lag Miriam Friedland immer noch im Koma.

Am Wahltag – es war der erste Dienstag im November – blieb Leslie zu Hause, um im Fernsehen die Bekanntgabe der Wahlergebnisse zu verfolgen. Oliver gewann mit über zwei Millionen Volksstimmen und einer großen Mehrheit von Wahlmännervoten. Nun war er also der Präsident der Vereinigten Staaten von Amerika geworden und hatte das höchste Ziel erreicht, das er sich auf der Erde vorstellen konnte.

Niemand hatte seine Wahlkampagne so aufmerksam und gründlich verfolgt wie Leslie Stewart Chambers. Sie hatte ihr Medienimperium eifrig erweitert und quer durch die Vereinigten Staaten sowie in Großbritannien, Australien und Brasilien eine Kette von Zeitungsverlagen, Fernseh- und Radioanstalten erworben.

»Wann werden Sie endlich genug haben?« wurde sie von ihrer Chefredakteurin Darin Solana gefragt.

»Bald«, antwortete Leslie. »Sehr bald.«

Einen einzigen Schritt gab es da noch, der getan werden mußte; und das letzte Steinchen, das ihr im Mosaik ihrer Expansionsabsichten noch fehlte, fiel während einer Dinnerparty in Scottsdale an seinen Platz.

»Ich habe – ganz vertraulich – gehört, daß Margaret Portman sich scheiden lassen will«, bemerkte ein Gast auf diesem Dinner. Margaret Portman war Eigentümerin der *Washington Tribune* mit Sitz in der Hauptstadt der Vereinigten Staaten.

An diesem Abend äußerte sich Leslie dazu mit keinem Wort. Am nächsten Morgen aber gab sie als erstes ihrem Anwalt Chad Morton telefonisch den Auftrag: »Sie müssen herausfinden, ob die *Washington Tribune* zum Verkauf steht.«

Die Antwort bekam sie einige Stunden später am gleichen Tag. »Es ist mir unerklärlich, wie Sie es erfahren haben, Mrs. Chambers, doch es sieht ganz so aus, als ob Sie recht haben könnten. Mrs. Portman läßt sich in aller Stille von ihrem Mann scheiden, und der gemeinsame Besitz wird zwischen beiden aufgeteilt. Meinen Informationen zufolge stehen die Washington Tribune Enterprises zum Verkauf.«

»Ich will das Unternehmen unbedingt erwerben.«

»Da handelt es sich allerdings um ein riesiges Paket. Zu den Washington Tribune Enterprises gehören eine Kette von Zeitungen, ein Journal, eine Fernsehanstalt und...«

»Ich will das Unternehmen kaufen.«

Am gleichen Nachmittag flog Leslie mit Chad Morton zusammen nach Washington, D. C.

Leslie rief Margaret Portman an, die sie einige Jahre zuvor flüchtig kennengelernt hatte.

»Ich bin in Washington«, begann Leslie, »und ich...«

»Ich weiß.«

Die Nachricht macht aber wirklich schnell die Runde, dachte Leslie und fuhr fort: »Ich habe gehört, daß Sie eventuell am Verkauf Ihrer Tribune Enterprises interessiert wären.«

»Vielleicht.«

»Könnten Sie mir eine Besichtigung des Zeitungsunternehmens ermöglichen?«

»Sind Sie an einem Kauf der Zeitung interessiert, Leslie?«

»Vielleicht.«

Margaret Portman ließ Matt Baker zu sich rufen. »Sie wissen, wer Leslie Chambers ist?«

»Die Eisprinzessin. Natürlich.«

»Sie wird in wenigen Minuten hier eintreffen. Ich möchte Sie bitten, Leslie Chambers auf einer Führung durch die Anlagen zu begleiten.«

Bei der *Tribune* war man sich des bevorstehenden Verkaufs bewußt.

»Es wäre ein Fehler, die *Tribune* an Leslie Chambers zu verkaufen«, sagte Matt Baker rundheraus.

»Und was veranlaßt Sie zu dieser Meinung?«

»Erstens bezweifle ich, daß sie überhaupt etwas vom Zeitungsgeschäft versteht. Haben Sie verfolgt, was aus den Zeitungen geworden ist, die sie gekauft hat? Sie hat angesehene Zeitungen zu billigen Boulevardblättern gemacht. Sie wird die *Tribune* zerstören. Sie ist ...« Er hob den Kopf: Leslie Chambers stand im Türrahmen und hörte zu.

Margaret Portman rettete die Situation, indem sie fröhlich ausrief: »Leslie! Wie schön, Sie wiederzusehen. Der Herr neben mir ist Matt Baker, der Chefredakteur von Tribune Enterprises.«

Die beiden begrüßten einander kühl.

»Matt wird Sie durch unseren Betrieb führen.«

»Sehr angenehm.«

Matt Baker holte tief Luft. »Also, lassen Sie uns anfangen.«

Matt Baker begann die Führung in einem unüberhörbar herablassenden Ton mit der Bemerkung: »Die Zeitung hat folgende Struktur: An der Spitze steht der Chefredakteur ...«

»Also Sie, Mr. Baker.«

»Richtig. Mir untergeordnet ist der geschäftsführende Redakteur und dann die Redaktion, die sich in folgende Ressorts gliedert: Hauptstadt, USA, Ausland, Sport, Wirtschaft, Modernes Leben und Lebensstil, Leute, Kalendertermine, Buchbesprechungen, Immobilien, Tourismus, Essen und Trinken ... Wahrscheinlich habe ich jetzt noch ein paar vergessen.«

»Erstaunlich! Und wie viele Mitarbeiter sind bei den Washington Tribune Enterprises beschäftigt, Mr. Baker?«

»Über fünftausend.«

Sie kamen an einem Redaktionstisch vorbei. »Hier entwirft der Nachrichtenredakteur das Layout der Seiten. Er entscheidet die Plazierung der Fotos und die Seitenzuordnung der Textbeiträge. Auf dem Redaktionstisch werden die Schlagzeilen gemacht und die Artikel redigiert, die anschließend dann in der Setzerei zusammengestellt werden.«

»Faszinierend.«

»Würde es Sie interessieren, die Druckerei zu besichtigen?«

»O ja. Ich möchte alles sehen.«

Er murmelte etwas.

»Wie bitte?«

»Ich habe gesagt: ›In Ordnung...‹«

Sie fuhren mit dem Lift nach unten ins Erdgeschoß und gingen ins Nebengebäude hinüber.

Die Druckerei hatte die Höhe von vier Stockwerken und die Größe von vier Fußballfeldern. In diesem Riesenraum war alles vollautomatisiert. Es gab in dem Gebäude dreißig Robotwagen, die enorme Papierrollen transportierten und an unterschiedlichen Stationen abluden.

»Jede Rolle«, erläuterte Baker, »hat ein Gewicht von ungefähr elfhundert Kilogramm. Würde man das Papier ausrollen, so ergäbe sich ein rund dreizehn Kilometer langes Band. Das Papier durchläuft die Druckerpressen mit einer Stundengeschwindigkeit von vierunddreißig Kilometern. Von den größeren Robotwagen können manche sechzehn Rollen auf einmal transportieren.«

Es gab sechs Druckmaschinen, an jeder Längsseite des Raumes drei. Leslie und Matt Baker waren stehengeblieben und schauten zu, wie dic Zeitungen automatisch zusammengelegt, geschnitten, gefaltet, zu Ballen verpackt und auf wartende LKW geladen wurden.

»In der guten alten Zeit waren für diesen Vorgang, der

heute von einem Menschen besorgt wird, ungefähr dreißig Männer notwendig«, kommentierte Matt Baker. »Die Segnungen der Technologie.«

Leslie schaute ihn einen Augenblick lang prüfend an. »Die Segnungen der Rationalisierung.«

»Ich weiß nicht – interessieren Sie sich für die wirtschaftliche Seite des Betriebs?« fragte Matt Baker kühl. »Vielleicht wäre es Ihnen ja lieber, wenn Ihr Anwalt oder Ihr Wirtschaftsprüfer ...«

»Ich interessiere mich sehr für die wirtschaftliche Seite des Betriebs, Mr. Baker«, konterte Leslie. »Ihr Redaktionsetat beträgt fünfzehn Millionen Dollar. Ihre Verkaufsauflage an Wochentagen liegt bei 816 474 Exemplaren, an Sonntagen bei 1 140 498 Exemplaren. Ihr Werbebudget beläuft sich auf 68,2 Millionen.«

Matt schaute sie erstaunt an.

»Mit den übrigen, dazugehörigen Zeitungen kommen Sie auf eine Verkaufsauflage von insgesamt rund zwei Millionen Exemplaren an Wochentagen und sonntags auf zweieinhalb Millionen. Und damit haben Sie natürlich keineswegs die auflagenstärkste Zeitung der Welt, nicht wahr, Mr. Baker? Zwei der größten Zeitungen werden in London gedruckt, die größte ist die *Sun* mit einer Auflage von vier Millionen Exemplaren täglich – und der *Daily Mirror* verkauft täglich über drei Millionen Zeitungen.«

Matt Baker atmete tief durch. »Es tut mir leid, ich hatte gar nicht gewußt, daß Sie ...«

»In Japan existieren mehr als zweihundert Tageszeitungen, darunter *Asahi Shimbun, Mainchi Shimbun* und *Yomiri Shimbun*. Sie verstehen, was ich meine?«

»Ja. Ich bitte um Entschuldigung, falls ich Ihnen gegenüber einen herablassenden Eindruck erweckt haben sollte.«

»Ich nehme Ihre Entschuldigung an, Mr. Baker. Gehen wir zu Mrs. Portmans Büro zurück.«

Am nächsten Morgen saß Leslie im Konferenzraum der *Washington Tribune* Mrs. Portman und einer Handvoll Anwälten gegenüber.

»Lassen Sie uns auf den Preis zu sprechen kommen«, sagte Leslie, und nach einer vierstündigen Diskussion war Leslie Stewart Chambers Eigentümerin der *Washington Tribune Enterprises.*

Die Übernahme hatte mehr gekostet, als Leslie vorausgesehen hatte, aber das spielte keine Rolle.

Es gab etwas, das ihr wichtiger war als Geld.

An dem Tag, als der Kauf rechtsgültig abgeschlossen wurde, ließ Leslie Matt Baker zu sich rufen.

»Was haben Sie persönlich für Pläne?« fragte Leslie.

»Ich werde kündigen.«

Sie schaute ihn neugierig an. »Warum?«

»Sie genießen einen gewissen Ruf. Niemand arbeitet gern für Sie. Das Eigenschaftswort, mit dem Sie am häufigsten gekennzeichnet werden, lautet ›rücksichtslos‹. Dafür habe ich nichts übrig. Die *Washington Tribune* ist eine gute Zeitung, die ich ungern und mit Bedauern verlasse. Ich habe jedoch mehr Stellenangebote, als ich annehmen kann.«

»Wie lange haben Sie hier gearbeitet?«

»Fünfzehn Jahre.«

»Und Sie sind bereit, die Leistung von fünfzehn Jahren wegzuwerfen?«

»Ich werfe überhaupt nichts weg. Ich bin...«

Sie schaute ihm fest in die Augen. »Hören Sie. Ich finde auch, daß die *Tribune* eine gute Zeitung ist. Mein Wunsch geht dahin, daß sie eine große Zeitung wird. Ich möchte Sie bitten, daß Sie mir dabei helfen.«

»Nein. Ich …«

»Ein halbes Jahr. Probieren Sie es sechs Monate lang mit mir. Zum doppelten Gehalt, für den Anfang.«

Er musterte sie einen Augenblick: jung, schön und intelligent. Und doch … Er hatte ein ungutes Gefühl, was sie betraf.

»Und wer wird hier das Sagen haben?«

Sie lächelte. »Sie sind der Chefredakteur der Washington Tribune Enterprises. Und genau das werden Sie auch bleiben.«

Und er glaubte ihr.

12

Es war sechs Monate her, daß Danas Landrover in die Luft gesprengt worden war. Sie selbst war glimpflich davongekommen mit einer Gehirnerschütterung, einer angebrochenen Rippe, einem zerschnittenen Handgelenk und schmerzhaften Prellungen. Abends hatte Matt Baker angerufen und sie angewiesen, nach Washington zurückzukehren; Dana war jedoch nach diesem Ereignis nur noch gefestigter in ihrem Entschluß, in Bosnien-Herzegowina zu bleiben.

»Die Menschen hier sind verzweifelt«, erklärte sie. »Da kann ich mich doch nicht einfach aus dem Staub machen. Wenn Sie mir die Rückkehr nach Washington befehlen, werde ich kündigen.«

»Wollen Sie mich vielleicht erpressen?«

»Ja.«

»Das hab ich mir doch gedacht!« schimpfte er. »Ich lasse mich aber nicht erpressen. Von niemand. Verstehen sie mich?«

Dana schwieg und wartete.

»Und was würden Sie von einer Beurlaubung halten?« wollte er wissen.

»Ich brauche keine Beurlaubung.«

Sie konnte sein Seufzen in der Leitung hören.

»Also gut. Dann bleiben Sie eben dort. Nur eines, Dana...«

»Ja?«

»Versprechen Sie mir, vorsichtig zu sein.«

Dana hörte vor dem Hotel draußen die Salven eines Maschinengewehrs. »In Ordnung.«

Die Stadt hatte die ganze Nacht über unter starkem Beschuß gelegen, so daß Dana nicht schlafen konnte. Jede Explosion einer Granate bedeutete die Zerstörung eines Gebäudes oder einer Familie.

Dana war sofort am frühen Morgen mit ihrer Crew hinausgegangen, um zu drehen. Benn Albertson wartete, bis der Donner eines Granatwerfers verhallte, dann nickte er Dana zu. »In zehn Sekunden.«

»Ich bin bereit«, sagte Dana.

Benn gab ein Zeichen mit dem Finger. Dana wandte ihren Blick von den hinter ihr liegenden Ruinen ab und schaute in die Fernsehkamera.

»Diese Stadt verschwindet langsam vom Erdboden. Ohne Elektrizität sind ihre Augen erloschen... Und weil ihre Fernseh- und Rundfunkstationen geschlossen sind, ist sie auch ohne Ohren... Sämtliche öffentliche Verkehrsmittel sind zum Erliegen gekommen, und das bedeutet: Sie hat ihre Beine verloren...«

Die Kamera schwenkte über einen leeren, ausgebombten Spielplatz, wo noch Rostskelette von Schaukeln und Rutschbahnen zu sehen waren.

»In einem anderen Leben haben hier Kinder gespielt, die Luft war erfüllt von ihrem Lachen.«

In der näheren Umgebung war erneut Geschützfeuer zu hören, und plötzlich ertönten Sirenen. Die Menschen, die hinter Dana über die Straße gingen, setzten ihren Weg fort, als ob sie nichts gehört hätten.

»Das Geräusch, das Sie jetzt vernehmen, ist ein neuerlicher Fliegeralarm, ein Signal, daß die Menschen laufen und

Schutz suchen müssen. Die Bewohner Sarajevos wissen aber, daß es hier keinen Platz gibt, wo sie Schutz finden könnten, und so gehen sie einfach schweigend weiter. Wer die Möglichkeit hat, verläßt das Land, obwohl das bedeutet, die Wohnung und den ganzen Besitz aufzugeben. Von den Menschen, die hierbleiben, sterben leider nur zu viele. Es ist eine grausame Alternative. Es gibt Gerüchte über einen bevorstehenden Frieden – es gibt zu viele Gerüchte, zu wenig Frieden. Wird der Friede kommen? Und wann? Werden die Kinder eines Tages aus den Kellern herauskommen und diesen Spielplatz wieder benützen können? Keiner weiß es. Alle können nur hoffen. Dies ist Dana Evans mit einem Bericht aus Sarajevo für WTE.«

Die rote Kontrollampe auf der Kamera erlosch. »Lassen Sie uns schnell von hier verschwinden«, sagte Benn.

Der neue Kameramann Andy Casarez begann, in Windeseile seine Geräte einzupacken.

Auf dem Bürgersteig stand ein kleiner Junge und schaute Dana an – ein Straßenkind in schmutziger, zerlumpter Kleidung und mit kaputten Schuhen. In dem verdreckten Gesicht leuchteten ernste braune Augen. Er hatte keinen rechten Arm mehr.

Dana sah, wie der Junge sie beobachtete. Sie lächelte ihm zu. »Hallo.«

Er gab keine Antwort. Dana zuckte die Schultern und drehte sich um zu Benn.

»Gehen wir.«

Wenige Minuten später waren sie unterwegs zum Holiday Inn.

Das Hotel Holiday Inn war mit Zeitungs-, Rundfunk- und Fernsehberichterstattern belegt, die eine merkwürdige Art von Familiengemeinschaft bildeten. Im Grunde waren sie Konkurrenten und Rivalen; doch wegen der lebensgefährlichen Umstände, in denen sie hier zu arbeiten hatten, waren sie stets bereit, einander zu helfen und aktuelle Nachrichten auszutauschen.

In Montenegro hat es einen Aufstand gegeben...

Vukovar ist bombardiert worden...

In Petrovo Selo wurde ein Krankenhaus beschossen...

John Paul Hubert war nicht mehr da. Er hatte eine andere Aufgabe bekommen. Dana vermißte ihn sehr.

Eines Morgens stand der kleine Junge, den Dana während der Dreharbeiten auf der Straße bemerkt hatte, in der Zufahrt des Hinterausgangs, als sie das Hotel verließ.

Jovan öffnete Dana die Tür des neuen Landrover. »Guten Morgen, Madam.«

»Guten Morgen.« Der Junge starrte Dana unentwegt an. Sie ging zu ihm hinüber. »Guten Morgen.«

Keine Antwort. »Wie sagt man ›guten Morgen‹ auf slowenisch?« wollte Dana von Jovan wissen.

Es war der kleine Junge, der antwortete: »*Dobro jutro.*«

Dana drehte sich ihm überrascht zu. »Du verstehst Englisch?«

»Kann sein.«

»Wie heißt du.«

»Kemal.«

»Wie alt bist du, Kemal?«

Er drehte sich um und ging davon.

»Er fürchtet sich vor Fremden«, sagte Jovan.

Dana sah dem Jungen nach. »Das kann ich verstehen. Mir geht's nicht anders.«

Als der Landrover vier Stunden später in die hintere Zufahrt des Holiday Inn zurückkam, sah Dana Kemal in der Nähe des Eingangs warten.

»Zwölf«, sagte er, als sie aus dem Wagen stieg.

»Wie bitte?« Aber dann erinnerte sie sich. »Ach so.« Er war klein für sein Alter. Sie blickte auf seinen leeren rechten Hemdsärmel und wollte ihm schon eine Frage stellen, überlegte es sich dann jedoch anders. »Wo wohnst du, Kemal? Können wir dich nach Hause fahren?« Er machte auf dem Absatz kehrt und ging weg.

»Er hat keine Manieren«, bemerkte Jovan.

»Vielleicht hat er sie verloren, als er den Arm verlor«, meinte Dana leise.

Am Abend dieses Tages unterhielten sich die Auslandskorrespondenten im Speisesaal des Hotels über die neuen Friedensgerüchte. »Die UNO hat sich endlich eingeschaltet«, erklärte Gabriella Orsi.

»Höchste Zeit.«

»Wenn Sie mich fragen, ist es dafür schon zu spät.«

»Es ist nie zu spät«, widersprach Dana ruhig.

Am nächsten Morgen kamen zwei Meldungen herein. Die erste Nachricht betraf ein Friedensabkommen, das von den Vereinigten Staaten und den Vereinten Nationen vermittelt worden war. Die zweite Nachricht lautete, daß die Zeitung von Sarajevo, *Oslobodjenje,* nicht mehr existierte – das Redaktionsgebäude war total zerbombt worden.

»Über das Friedensabkommen werden unsere Kollegen in Washington berichten«, sagte Dana zu Benn. »Kommen Sie – wir liefern einen Bericht über *Oslobodjenje.*«

Dana stand vor dem zerstörten Gebäude, das zuvor der Sitz von *Oslobodjenje* gewesen war. Die rote Kontrollampe der Kamera leuchtete auf.

»Hier sterben täglich Menschen«, sagte Dana mit Blick ins Objektiv, »und werden täglich Gebäude vernichtet. Doch in diesem Fall hier, bei diesem Gebäude, handelt es sich um

Mord. Es beherbergte *Oslobodjenje,* die einzige unabhängige Zeitung Sarajevos. Es war eine Zeitung, die den Mut besaß, die Wahrheit zu sagen. Als sie aus ihren Büroräumen gebombt wurde, ist sie in die Kellerräume gezogen, um weiterarbeiten zu können. Als es keine Zeitungskioske mehr gab, wo Zeitungen hätten verkauft werden können, sind die Redakteure auf die Straßen gegangen, um ihre Zeitung selbst an den Mann zu bringen. Sie haben etwas verkauft, was mehr war als eine Zeitung. Sie haben den Menschen Freiheit verkauft. Mit dem Tod von *Oslobodjenje* ist hier ein weiteres Stück Freiheit gestorben.«

Matt Baker sah die Nachrichtensendung in seinem Büro. »Verdammt, sie ist wirklich gut!« Er wandte sich an seinen Assistenten. »Sie muß einen eigenen Satellitenwagen haben. Sorgen Sie dafür.«

»Jawohl, Sir.«

Als Dana auf ihr Zimmer zurückkehrte, wurde sie dort erwartet. Oberst Gordan Divjak lümmelte in einem Sessel.

Sie blieb unangenehm überrascht stehen. »Man hat mir nicht mitgeteilt, daß ich Besuch habe.«

»Es handelt sich nicht um einen Privatbesuch.« Er fixierte sie mit seinen kleinen schwarzen Augen. »Ich habe Ihre Sendung über *Oslobodjenje* gesehen.«

Dana musterte ihn mißtrauisch. »Ach ja?«

»Sie hatten die Einreiseerlaubnis bekommen, um über unser Land zu berichten, nicht aber, um moralische Werturteile zu fällen.«

»Ich habe aber keine ...«

»Unterbrechen Sie mich nicht. Ihre Vorstellung von Freiheit muß nicht unbedingt unserer Vorstellung von Freiheit entsprechen. Verstehen Sie mich?«

»Nein. Ich fürchte, ich …«

»Dann gestatten Sie, daß ich es Ihnen erkläre, Miss Evans. Sie sind Gast in meinem Land. Vielleicht arbeiten Sie aber als Spionin Ihrer Regierung.«

»Ich bin keine Spi-«

»Sie sollen mich nicht unterbrechen. Ich habe Sie bei Ihrer Ankunft auf dem Flughafen gewarnt. Wir spielen hier keine Kinderspiele. Wir befinden uns hier mitten im Krieg. Jede Person, die in Spionagetätigkeit verwickelt ist, wird hingerichtet.« Seine Drohung hatte eine ganz besondere Wirkung, da sie ruhig und leise ausgesprochen wurde.

Er stand auf. »Ich warne Sie hiermit zum letzten Mal.«

Dana schaute ihm nach, als er das Zimmer verließ. *Ich werde mich von ihm nicht einschüchtern lassen, ich lasse mir keine Angst einjagen,* redete sie sich trotzig ein.

Aber sie hatte Angst.

Für Dana traf ein Carepaket ein, von Matt Baker: ein Karton mit Süßigkeiten, Granola-Riegeln, Dosennahrung und einem Dutzend anderer, unverderblicher Waren. Dana trug ihn hinunter zur Hotellobby, um mit den Kolleginnen und Kollegen zu teilen. Sie waren entzückt.

»Also, das nenn ich mir einen Chef«, meinte Satomi Asaka.

»Wie kann ich eine Anstellung bei der *Washington Tribune* bekommen?« scherzte Juan Santos.

Kemal wartete wieder in der hinteren Zufahrt. Die ausgefranste dünne Jacke, die er trug, sah ganz so aus, als ob sie im nächsten Moment auseinanderfallen würde.

»Guten Morgen, Kemal.«

Er schaute sie durch halbgeschlossene Lider schweigend an.

»Ich gehe einkaufen. Kommst du mit?«

Keine Antwort.

»Dann wollen wir's mal mit der anderen Tour versuchen«, sagte sie verärgert und riß die hintere Tür des Wagens auf. »Rein mit dir ins Auto! Los!«

Einen Augenblick lang stand der Junge völlig regungslos da. Er wirkte verschreckt. Dann setzte er sich langsam in Bewegung.

Dana und Jovan schauten zu, wie er auf den Rücksitz kletterte.

»Könnten Sie für uns ein Kaufhaus oder ein Kleidergeschäft finden, das geöffnet hat?«

»Ich weiß eines.«

»Fahren wir hin.«

Während der ersten Fahrtminuten herrschte Schweigen im Wagen.

»Hast du eine Mutter oder einen Vater, Kemal?«

Er schüttelte den Kopf.

»Wo wohnst du?«

Er zuckte die Achseln.

Dana spürte, wie er näher an sie heranrückte, so als ob er ihre Körperwärme in sich aufnehmen wollte.

Das Bekleidungshaus befand sich in der Bascarsija, dem alten Markt von Sarajevo. Die Fassade war durch Bomben zerstört, das Geschäft aber geöffnet. Dana nahm Kemal an der linken Hand und führte ihn hinein.

Ein Verkäufer trat auf sie zu. »Kann ich Ihnen behilflich sein?«

»Ich brauche eine Jacke für einen Freund.« Sie sah Kemal an. »Er hat etwa die Größe dieses Jungen.«

»Folgen Sie mir bitte.«

In der Abteilung für Knabenkleidung gab es einen ganzen

Ständer mit Jacken. »Welche hättest du denn gern?« wollte Dana von Kemal wissen.

Kemal stand da und sagte kein Wort.

»Wir nehmen die braune«, sagte Dana zum Verkäufer und musterte Kemals Hose. »Und ich denke, daß wir auch noch eine Hose und ein Paar neue Schuhe brauchen.«

Als sie das Geschäft eine Stunde später verließen, war Kemal völlig neu eingekleidet. Er kroch wortlos auf den Rücksitz des Wagens.

»Kannst du nicht Dankeschön sagen?« fragte Jovan verärgert.

Kemal brach in Tränen aus. Dana nahm ihn in die Arme.

Was ist das für eine Welt, die Kinder auf solche Weise mißhandelt?

Nach der Ankunft im Hotel marschierte Kemal schweigend davon.

»Wo wohnen solche Jungen?« erkundigte Dana sich bei Jovan.

»Auf der Straße, Madam. Waisenkinder wie ihn gibt's in Sarajevo zu Hunderten. Sie haben kein Zuhause, keine Verwandten …«

»Und wie schaffen sie es, zu überleben?«

Er zuckte die Achseln. »Das weiß ich auch nicht.«

Die Gespräche am Mittagstisch drehten sich hauptsächlich um das neue Friedensabkommen und die Frage, ob es halten würde. Dana beschloß, erneut Professor Mladic Staka aufzusuchen und ihn nach seiner Meinung zu befragen.

Er schien noch gebrechlicher als beim ersten Besuch.

»Ich freue mich, Sie zu sehen, Miss Evans. Wie ich höre, sind Ihre Sendungen wunderbar, nur –« Er zuckte die Schultern. »Ich habe zwar einen Fernseher, doch leider keinen Strom. Was kann ich für Sie tun?«

»Ich würde gern Ihre Meinung über das neue Friedensabkommen erfahren, Professor.«

Er lehnte sich im Sessel zurück und sagte nachdenklich: »Ich finde es aufschlußreich, daß man sich im fernen Dayton, Ohio, zu einer Entscheidung über die Zukunft von Sarajevo zusammengefunden hat.«

»Man ist übereingekommen, daß die Präsidentschaft des Landes aus einer Troika – einem Muslim, einem Kroaten und einem Serben – bestehen soll. Halten Sie das für realistisch, Professor?«

»Nur, wenn man an Wunder glaubt.« Er runzelte die Stirn. »Da wird es achtzehn nationale gesetzgebende Organe und außerdem hundertneunzehn separate Ortsregierungen geben. Das Ganze ist ein politischer Turmbau zu Babel. Eine durch Waffendrohung erzwungene Ehe, um einen amerikanischen Ausdruck zu verwenden. Keine dieser Körperschaften und Regierungen ist bereit, die eigene Autonomie aufzugeben. Alle bestehen sie auf eigenen Flaggen, eigenen Kfz-Nummernschildern, einer eigenen Währung…« Er schüttelte ratlos den Kopf. »Das ist ein Morgenfriede. Hüte dich vor dem Abend.«

Inzwischen war Dana Evans viel mehr als eine gewöhnliche Auslandskorrespondentin; sie hatte sich zu einer internationalen Medienlegende entwickelt. Was in ihren Fernsehsendungen Ausdruck fand, war ein kluger, leidenschaftlich engagierter Mensch. Und weil Dana persönliche Anteilnahme zeigte, weckte sie auch bei ihren Zuschauern Anteilnahme; sie akzeptierten Danas Reaktionen und Empfindungen.

Matt Baker bekam Anrufe von anderen Nachrichtenprogrammen, die die Sendungen von Dana Evans übernehmen wollten, und er freute sich für sie. *Sie war ausgezogen, um dort Gutes zu tun,* dachte er, *und nun tut es ihr am Ende sogar selbst gut.*

Mit dem eigenen Sendewagen war Dana noch viel beschäftigter als zuvor. Sie war nicht länger auf Gedeih und Verderb der jugoslawischen Satellitengesellschaft ausgeliefert. Sie traf, zusammen mit Benn, die Entscheidungen, welche Ereignisse und Themen behandelt werden sollten; anschließend schrieb sie die Begleittexte und sendete sie. Manche Berichte wurden live gesendet, andere auf Band aufgenommen. Zum Drehen der benötigten Hintergrundszenen schwärmten Dana, Benn und Andy durch die Straßen der Stadt; die Kommentare sprach Dana hinterher in einem Schneideraum auf Band und schickte sie dann über die Leitung nach Washington.

Zur Mittagszeit wurden im Speisesaal des Hotels große Platten mit Sandwiches aufgetragen. Die Journalisten bedienten sich. Der BBC-Berichterstatter Roderick Munn kam mit einem Text der Nachrichtenagentur Associated Press in der Hand in den Raum.

»Alle mal herhören.« Er begann die AP-Meldung laut vorzulesen. »›Die WTE-Auslandskorrespondentin Dana Evans, deren Beiträge seit neuestem von einem Dutzend Nachrichtensender übernommen werden, ist soeben für den begehrtenPeabody Award nominiert worden …‹«

»Welch ein Glück für uns, mit einer so berühmten Kollegin zu verkehren!« bemerkte ein Korrespondent sarkastisch.

Und in eben diesem Moment betrat Dana den Speisesaal. »Hallo allerseits. Ich habe heute keine Zeit zum Mittagessen. Ich nehme ein paar Sandwiches für unterwegs mit.« Sie packte einige Brote in Papierservietten ein. »Bis später.« Die Blicke der sprachlosen Kollegen folgten ihr, als sie den Raum verließ.

Draußen vor dem Hotel wartete Kemal.

»Guten Tag, Kemal.«

Keine Antwort.

»Steig ein.«

Kemal rutschte auf den Rücksitz. Dana gab ihm ein Sandwich und schaute ihm schweigend zu, als er es hinunterschlang. Sie gab ihm ein zweites Sandwich, über das er sich ebenfalls sofort hermachte.

»Langsam essen«, ermahnte ihn Dana.

»Wohin?« fragte Jovan.

Dana gab die Frage an Kemal weiter: »Wohin?« Kemal schaute sie nur verständnislos an. »Wir fahren dich nach Hause. Wo wohnst du?«

Er schüttelte den Kopf.

»Ich muß es wissen. Wo lebst du?«

Zwanzig Minuten später hielt der Wagen vor einem großen, leerstehenden Grundstück nicht weit vom Ufer der Miljacka entfernt, wo eine Menge großer Kartons verstreut lagen – neben Abfällen jeder Art, die das Grundstück bedeckten.

Dana stieg aus und wandte sich zu Kemal um. »Hier wohnst du?«

Er nickte widerstrebend.

»Und hier wohnen außer dir noch andere Jungen?«

Er nickte erneut.

»Ich möchte darüber eine Sendung im Fernsehen machen, Kemal.«

Wieder Kopfschütteln. »Nein.«

»Und warum nicht?«

»Weil sonst die Polizei kommt und uns mitnimmt. Tun Sie es bitte nicht.«

Dana musterte ihn kurz. »In Ordnung. Ich gebe dir mein Wort, daß ich keine Sendung über euch mache.«

Am folgenden Morgen zog Dana aus ihrem Zimmer im Holiday Inn aus. Als sie nicht zum Frühstück erschien, erkundigte sich Gabriella Orsi vom italienischen Fernsehsender Altre Statione: »Wo ist Dana?«

»Sie ist fortgezogen«, erwiderte Roderick Munn. »Sie hat ein Bauernhaus gemietet. Weil sie für sich allein sein will, hat sie gesagt.«

»Wir würden alle gern für uns allein sein«, kommentierte Nikolai Petrowitsch, der Korrespondent des russischen Kanals Gorizont 22. »Soll das vielleicht heißen, daß wir ihr nicht mehr gut genug sind?«

Es machte sich eine allgemeine Mißbilligung breit.

Am folgenden Nachmittag traf schon wieder ein großes Carepaket für Dana im Hotel ein.

»Da sie nicht anwesend ist«, meinte Nikolai Petrowitsch, »sollten wir es uns schmecken lassen, oder?«

»Bedaure«, erklärte der Hotelangestellte, »aber das Paket für Miss Evans wird abgeholt.«

Wenige Minuten später kam Kemal ins Hotel, nahm das Paket an sich und verschwand. Die Reporter schauten ihm mit großen Augen nach.

»Sie will sogar nicht mehr mit uns teilen«, brummte Juan Santos. »Ich fürchte, die Berühmtheit ist ihr zu Kopf gestiegen.«

Während der folgenden Woche sendete Dana ihre Berichte, ohne wieder im Hotel zu erscheinen, und unter den Kollegen wuchsen die Ressentiments gegen sie.

Dana wurde zum Hauptgesprächsthema der Runde. Als ein paar Tage später wiederum ein Carepaket – ein riesiges Paket diesmal – im Hotel eintraf, ging Nikolai Petrowitsch, der den Eingang beobachtet hatte, zur Rezeption und erkundigte sich: »Läßt Miss Evans das Paket abholen?«

»Jawohl, Sir.«

Der Russe eilte in den Speisesaal. »Für Dana ist ein weiteres Paket angekommen«, rief er, »und es wird wieder abgeholt. Warum fahren wir nicht hinter dem Boten her, um Miss Evans unsere Meinung über Auslandskorrespondenten ins Gesicht zu sagen, die sich für besser als die Kollegen halten?«

Allgemeine Zustimmung.

Als Kemal erschien, um das Paket abzuholen, wollte Nikolai von ihm wissen: »Bringst du das zu Miss Evans?«

Kemal nickte.

»Sie hat darum gebeten, daß wir zu ihr kommen und mit ihr sprechen. Wir begleiten dich.«

Kemal musterte ihn kurz und zuckte dann die Achseln.

»Wir nehmen dich in einem von unseren Autos mit«, erklärte Nikolai Petrowitsch. »Du zeigst uns den Weg.«

Zehn Minuten später fuhr eine Autokarawane durch menschenleere Nebenstraßen. Am Stadtrand zeigte Kemal mit dem Finger auf ein altes, ausgebombtes Bauernhaus. Die Wagen hielten an.

»Geh voraus und bring ihr das Paket«, befahl Nikolai. »Wir wollen Dana überraschen.«

Sie schauten Kemal nach, bis er im Bauernhaus verschwand, warteten einen Augenblick, schlichen zum Eingang, stürmten durch die Tür – und blieben wie angewurzelt stehen. In dem Raum saßen Kinder aller Altersgruppen, Größen und Hautfarben. Die meisten waren Krüppel. An den Wänden reihte sich ein Dutzend Feldbetten. Als die Tür aufgestoßen wurde, war Dana gerade damit beschäftigt, den Inhalt des Carepakets an die Kinder zu verteilen. Sie hob erstaunt den Kopf, als die Gruppe hereinstürmte.

»Was ... was haben Sie hier zu suchen?«

Roderick Munn schaute sich betreten um. »Ich bitte um Entschuldigung, Dana. Wir haben einen ... wir haben einen Fehler gemacht. Wir dachten ...«

Dana wandte sich den Männern zu. »Ich verstehe. Die Kinder, die Sie hier vor sich sehen, sind Waisenkinder. Sie haben kein Zuhause und niemanden, der für sie sorgt. Die meisten von ihnen befanden sich in einem Krankenhaus, als es bombardiert wurde. Wenn die Polizei die Kinder findet, werden sie in sogenannte Waisenhäuser gesteckt – und sterben. Wenn sie hier bleiben, werden sie ebenfalls sterben. Ich habe verzweifelt darüber nachgedacht, ob es eine Möglichkeit gibt, sie außer Landes zu schaffen. Bisher hat sich jedoch leider noch kein Weg gefunden.« Sie schaute die Gruppe ihrer Kollegen flehentlich an. »Haben Sie vielleicht irgendeine Idee, was sich da machen ließe?«

»Ich glaube«, erwiderte Roderick Munn langsam, »daß ich einen Weg wüßte. In dieser Nacht fliegt eine Maschine des Roten Kreuzes nach Paris ab. Der Pilot ist ein Freund von mir.«

»Würden Sie mit ihm reden?« fragte Dana hoffnungsvoll.

Munn nickte. »Ja.«

»Moment mal!« rief Nikolai Petrowitsch. »Wir können uns unmöglich in solche Geschichten hineinziehen lassen. Man wird uns alle miteinander des Landes verweisen.«

»Sie müssen ja nicht mitmachen«, beruhigte ihn Munn. »Wir machen das schon.«

»Ich bin dagegen«, sagte Nikolai dickköpfig. »Die Sache wird uns alle in Gefahr bringen.«

»Und die Kinder?« fragte Dana. »Für sie geht es hier schließlich um Leben oder Tod.«

Am späten Nachmittag kam Roderick Munn zu Dana herausgefahren. »Ich habe mit meinem Freund gesprochen. Er hat mir erklärt, daß er gern bereit ist, die Kinder nach Paris zu bringen, damit sie in Sicherheit sind. Er hat daheim selber zwei Buben.«

Dana jubelte. »Das ist ja wunderbar. Ich danke Ihnen von Herzen.«

Munn schaute ihr in die Augen. »Es ist umgekehrt: Wir haben Ihnen zu danken.«

Um acht Uhr abends fuhr ein Lieferwagen mit den Insignien des Roten Kreuzes vor dem Bauernhof vor. Auf ein Blinkzeichen mit den Scheinwerfern eilte Dana mit den Kindern im Schutz der Dunkelheit in den Lieferwagen.

Eine Viertelstunde später rollte er dem Flughafen Butmir entgegen, der vorübergehend geschlossen worden war – außer für Maschinen des Roten Kreuzes, die Vorräte brachten und Schwerverletzte ausflogen. Dana schien es die längste Fahrt ihres Lebens zu sein. Als sie die Flughafenlichter vor sich sah, sagte sie den Kindern: »Jetzt sind wir fast angekommen.« Kemal drückte ihre Hand.

»Es wird dir gutgehen«, versicherte ihm Dana. »Man wird für euch alle sorgen«, und dachte im stillen: *Ich werde euch vermissen.*

Im Flughafen winkte ein Wachtposten den Lieferwagen durch, der dann zu einem Frachtflugzeug mit dem Emblem des Roten Kreuzes auf dem Rumpf weiterfuhr. Der Pilot wartete draußen neben der Maschine.

Er kam Dana entgegengelaufen. »Um Gottes willen, Sie haben sich verspätet. Bringen Sie die Kinder an Bord, aber schnell. Wir hätten bereits vor zwanzig Minuten starten müssen.«

Dana trieb die Kinder die Gangway hoch und ins Flugzeug hinein. Kemal kam ganz zuletzt.

Er drehte sich zu Dana um; ihm zitterten die Lippen. »Werde ich Sie wiedersehen?«

»Darauf kannst du wetten«, versprach Dana. Sie nahm ihn in den Arm und drückte ihn ganz fest an sich,während sie ein stilles Gebet sprach. »Und jetzt steig ein.«

Wenige Augenblicke später wurde die Tür verschlossen. Die Motoren heulten auf, und das Flugzeug begann über die Piste zu rollen.

Dana und Munn starrten der Maschine hinterher, bis sie sich am Ende der Laufbahn in die Luft erhob, in den östlichen Himmel aufstieg und dann in nördlicher Richtung nach Paris abdrehte.

»Was Sie da getan haben, verdient Bewunderung«, sagte der Fahrer des Roten Kreuzes leise. »Ich darf Ihnen versichern ...«

In dem Moment kam hinter ihnen ein Wagen mit quietschenden Reifen zum Stehen. Als der Fahrer, Munn und Dana sich umdrehten, sahen sie Oberst Gordan Divjak aus dem Wagen springen. Er sah zum Himmel, wo das Flugzeug gerade den Blicken entschwand. An der Seite des serbischen Oberst stand der russische Journalist Nikolai Petrowitsch.

Oberst Divjak trat auf Dana zu. »Sie sind verhaftet. Ich hatte Sie gewarnt: Auf Spionage steht bei uns die Todesstrafe.«

»Oberst«, sagte Dana, nachdem sie einmal tief Luft geholt hatte, »Falls Sie mir einen Prozeß wegen Spionage machen…«

Er sah Dana fest in die Augen und sagte leise: »Wer hat denn von einem Prozeß gesprochen?«

13

Die Festlichkeiten der Amtseinführung, die Paraden und die feierliche Vereidigung waren vorbei. Oliver brannte darauf, seine Amtstätigkeit als Präsident der Vereinigten Staaten aufzunehmen. Washington, D. C, war wahrscheinlich die einzige Stadt, die ausschließlich dem politischen Leben diente und von der Politik besessen war. Washington war das Machtzentrum der Welt und Oliver der Mittelpunkt dieses Machtzentrums. Es war ganz so, als ob hier auf die eine oder andere Weise jedermann mit der Bundesregierung in Beziehung stand. Im zentralen Bereich Washingtons waren fünfzehntausend Lobbyisten und über fünftausend Journalisten tätig, die sich allesamt von der Muttermilch der Regierung ernährten. Oliver kam das hinterhältige Diktum John F. Kennedys in Erinnerung: »Washington, D. C., ist eine Stadt mit der Effizienz der Südstaaten und dem Charme des Nordens.«

Am ersten Tag seiner Präsidentschaft schlenderte Oliver gemeinsam mit Jan durch das Weiße Haus, mit dessen statistischen Daten sie längst vertraut waren; es umfaßte 132 Räume, 32 Badezimmer, 29 Kamine, drei Fahrstühle, ein Schwimmbad, ein Putting Green fürs Golfspieltraining, Tennisplatz, Jogging-Laufbahn, Gymnastikraum, einen Spielplatz zum Hufeisenwerfen, Kegelbahn, Kino und eine etwa zwanzig Hektar große Fläche von hervorragend gepflegten Parkanlagen. Doch die Erfahrung, tatsächlich im Weißen Haus zu leben, Teil von ihm zu sein, war schier überwältigend.

»Es ist wie ein Traum, nicht wahr?« seufzte Jan.

Oliver nahm ihre Hand. »Ich bin glücklich, daß wir diese Erfahrung gemeinsam teilen.« Und das meinte er wirklich. Jan war ihm eine wunderbare Lebensgefährtin geworden, war immer für ihn da, stets hilfreich und treusorgend. Er stellte fest, daß ihm ihre Gesellschaft immer lieber wurde.

Oliver wurde von Peter Tager erwartet, als er zum Oval Office zurückkehrte. Die Ernennung Tagers zu seinem Stabschef war Olivers erste Amtstat gewesen.

»Ich kann es noch immer nicht glauben, Peter«, meinte Oliver.

Peter Tager quittierte es lächelnd. »Die Bevölkerung glaubt es aber. Die Bevölkerung hat Sie ins Amt gewählt, Mr. President.«

Oliver schaute vom Schreibtisch zu ihm hoch. »Für Sie bin ich nach wie vor Oliver.«

»In Ordnung, wenn wir unter uns sind. Sie müssen sich jedoch bewußt werden, daß von nun an jede Ihrer Handlungen Auswirkungen auf die gesamte Welt haben kann. Jede Aussage, die Sie machen, könnte die Wirtschaft erschüttern oder für hundert andere Länder rund um den Globus Folgen haben. So mächtig wie Sie ist kein anderer Mensch auf der Welt.«

Das Intercom rief. »Mr. President, Senator Davis ist da.«

»Er soll hereinkommen, Heather.«

Tager stöhnte. »Ich muß los. Mein Schreibtisch sieht aus wie ein Papierberg.«

Die Tür ging auf. Todd Davis trat ein. »Peter ...«

»Senator ...« Die zwei Männer gaben einander die Hand.

»Ich komme später wieder, Mr. President«, erklärte Tager.

Senator Davis kam zu Olivers Schreibtisch und nickte befriedigt. »Dieser Schreibtisch paßt zu dir, Oliver. Ich kann dir gar nicht sagen, welch ein erhebendes Erlebnis es für mich ist, dich dort sitzen zu sehen.«

»Danke, Todd. Ich habe noch etwas Mühe, mich an ihn zu gewöhnen. Ich meine... hier hat Adams gesessen... und Lincoln... und Roosevelt...«

Senator Davis lachte. »Davon solltest du dich aber nicht einschüchtern lassen. Das waren auch nur Männer wie du, bevor sie Legende wurden; sie haben auch nur dort gesessen und versucht, das Richtige zu tun. All deine Vorgänger haben am Anfang furchtbar Angst davor gehabt, ihren Arsch auf diesen Sessel zu setzen. Ich komme gerade von Jan. Sie ist im siebten Himmel, und sie wird eine großartige First Lady sein.«

»Das weiß ich.«

»Übrigens, ich habe hier eine kleine Liste, die ich gern mit dir besprechen würde, Mr. President.« Die Betonung lag auf »Mr. President«, und die Anrede klang sehr jovial.

»Selbstverständlich, Todd.«

Senator Davis schob ihm eine Namensliste über den Schreibtisch zu.

»Wozu das?«

»Nur ein paar Vorschläge, die ich dir für deine Kabinettsbildung machen möchte.«

»Ach so. Da habe ich mich allerdings bereits entschieden...«

»Ich hatte mir gedacht, daß du die Liste gerne durchsehen würdest.«

»Es hat aber gar keinen Sinn...«

»Schau dir die Namen an, Oliver.« Die Stimme des Senators klang merklich kühler.

Oliver kniff die Augen zusammen. »Todd…«

Senator Davis hob eine Hand. »Oliver, du darfst nicht eine Minute lang annehmen, daß ich dir meinen Willen oder meine Wunschvorstellungen aufzwingen möchte. Da würdest du dich irren. Ich habe diese Liste zusammengestellt, weil ich der Überzeugung bin, daß dies hier die Männer sind, die dir am besten dabei helfen könnten, deinem Lande zu dienen. Ich bin ein Patriot, Oliver, und ich schäme mich dessen nicht. Dieses Land bedeutet mir alles.« Er stockte. »Alles. Wenn du der Meinung sein solltest, daß ich dir nur deshalb zu diesem Amt verholfen habe, weil du mein Schwiegersohn bist, dann irrst du gewaltig. Ich habe alles getan, um sicherzustellen, daß du es bis hierher schaffst, weil ich der festen Überzeugung bin, daß du der beste Mann, der geeignetste für dieses Amt bist. Darauf kommt es für mich an.« Er klopfte mit einem Finger auf das Stück Papier. »Und diese Männer hier könnten dir bei der Erfüllung deiner Aufgabe behilflich sein.«

Oliver schwieg.

»Ich bin schon seit vielen, vielen Jahren in dieser Stadt tätig, Oliver. Und weißt du auch, was ich gelernt habe? Es gibt nichts Traurigeres als einen Präsidenten mit nur einer Amtszeit. Und weißt du, warum? Weil er in den ersten vier Jahren nur eine Grundidee davon zu formen vermag, was er unternehmen könnte, um dieses Land zu verbessern. Da entstehen all diese Träume, die er wahrmachen möchte. Und genau in dem Moment, da er bereit und soweit ist, ein Präsident zu werden, der tatsächlich Veränderungen bewirkt,« – er ließ seinen Blick durch das Büro wandern – «zieht ein anderer hier ein, und alle seine Träume sind dahin. Ganz schön traurig, nicht wahr? Alle diese Männer mit ihren großartigen Träumen, denen lediglich eine Amtszeit zur Verfügung stand. Hast du eigentlich gewußt, daß über die Hälfte der amerikanischen Präsidenten seit dem Amtsantritt McKinleys im Jahre 1897 lediglich für eine Amtsperiode hier gesessen haben? Doch was dich angeht, Oliver – ich werde dafür Sorge tragen, daß du ein Präsident mit zwei Amtszeiten wirst. Mir liegt daran, daß du imstande bist, all deine Träume zu verwirklichen. Ich werde dafür sorgen, daß du wiedergewählt wirst.«

Senator Davis warf einen Blick auf seine Armbanduhr und stand auf. »Ich muß jetzt gehen. Wir sind aufgerufen worden, im Senat eine beschlußfähige Sitzung zu ermöglichen. Wir sehen uns heute abend bei Tisch.« Er entschwand durch die Tür.

Oliver schaute ihm lange versonnen nach, und dann griff er nach der Namensliste, die Todd Davis ihm zurückgelassen hatte.

In seinem Traum erwachte Miriam Friedland aus ihrem Koma und setzte sich in ihrem Bett auf. Neben ihrem Bett stand ein Polizist. Der Polizist schaute auf sie herunter und sagte zu ihr: »Jetzt können Sie uns mitteilen, wer Ihnen das angetan hat.«

»Ja.«

Er wachte schweißgebadet auf.

Am frühen Morgen rief Oliver in dem Krankenhaus an, wo Miriam lag.

»Bedaure, doch leider ist keine Besserung eingetreten, Mr. President«, sagte der Chefarzt. »Um die Wahrheit zu sagen: Es sieht nicht gut aus.«

Oliver zögerte, bevor er es aussprach. »Ich stelle die

Frage, weil sie keine Verwandten und Angehörigen hat. Wäre es nicht humaner, sie von den lebenserhaltenden Apparaturen abzunehmen, wenn Sie nicht der Meinung sind, daß sie sich wieder erholen wird?«

»Ich denke, wir sollten noch ein wenig länger warten und sehen, was sich tut«, erwiderte der Arzt. »Manchmal geschieht doch ein Wunder.«

Jay Perkins, der Protokollchef des Weißen Hauses, unterrichtete den Präsidenten. »Es gibt in Washington hundertsiebenundvierzig diplomatische Missionen, Mr. President. Das Blaue Buch – die Diplomatische Liste – enthält die Namen aller Botschafter bzw. Missionschefs ausländischer Regierungen nebst ihren Gemahlinnen. Das Grüne Buch – die Gesellschaftsliste – führt die Namen der Spitzendiplomaten, der Vertretungen in Washington und der Kongreßabgeordneten auf.«

Er reichte Oliver mehrere Blätter Papier. »Hier ist die Aufstellung der potentiellen ausländischen Botschafter, die Sie empfangen werden.«

Oliver las die Liste durch und fand den italienischen Botschafter und seine Frau: Atilio Picone und Sylvia. *Sylvia.* Oliver erkundigte sich mit Unschuldsmiene. »Werden die Botschafter ihre Ehefrauen mitbringen?«

»Nein. Die Ehefrauen werden Ihnen zu einem späteren Zeitpunkt vorgestellt. Ich würde Ihnen vorschlagen, daß Sie so früh wie möglich mit dem Empfang der Kandidaten beginnen.«

»Einverstanden.«

»Ich werde versuchen, es so zu arrangieren«, sagte Perkins, »daß sämtliche ausländischen Botschafter bis zum nächsten Samstag akkreditiert sind. Sie möchten es vielleicht in Erwägung ziehen, ob Sie ihnen zu Ehren ein Dinner im Weißen Haus geben wollen.«

»Gute Idee.« Oliver warf erneut einen Blick auf die Liste auf seinem Schreibtisch. Atilio und Sylvia Picone.

Der State Dining Room war am Samstag abend mit den Flaggen der Länder geschmückt, die durch ihre Botschafter vertreten waren. Zwei Tage zuvor hatte Oliver anläßlich der Entgegennahme seines Beglaubigungsschreibens mit Atilio Picone gesprochen.

»Und wie geht es Mrs. Picone?« hatte Oliver gefragt.

Kurze Pause. »Meiner Gemahlin geht es gut. Vielen Dank der Nachfrage, Mr. President.«

Das Dinner verlief angenehm. Oliver ging von Tisch zu Tisch, plauderte mit seinen Gästen und bezauberte sie. Er war sich der Tatsache bewußt, daß in diesem Raum einige der wichtigsten Persönlichkeiten der Welt versammelt waren. Oliver Russell näherte sich drei prominenten Damen der Gesellschaft, die mit wichtigen Männern verheiratet waren, doch aus eigenem Antrieb eine führende Rolle im öffentlichen Leben spielten. »Leonore ... Delores ... Carol ...«

Als Oliver sich quer durch den Raum bewegte, kam Sylvia Picone auf ihn zu und streckte ihm die Hand entgegen. »Auf diesen Augenblick habe ich schon lange gewartet.« Ihre Augen funkelten.

»Ich auch«, erwiderte Oliver leise.

»Ich habe gewußt, daß Sie zum Präsidenten gewählt würden.« Es war fast ein Flüstern.

»Können wir uns später sprechen?«

»Selbstverständlich.«

Auf das Souper folgte ein Ball im Großen Ballsaal, wo die Marine Band aufspielte. Oliver beobachtete Jan beim Tanzen und dachte: *Was für eine wunderschöne Frau. Welch ein herrlicher Körper.*

Der Abend wurde ein großer Erfolg.

In der folgenden Woche prangte auf der ersten Seite der *Washington Tribune* die Schlagzeile: PRÄSIDENT DES WAHLKAMPFBETRUGS BESCHULDIGT.

Oliver starrte ungläubig auf die Schlagzeile. Das war für ihn der denkbar ungünstigste Zeitpunkt überhaupt. Wie hatte es nur dazu kommen können? Dann begriff er plötzlich, wie es dazu hatte kommen können. Er sah die Antwort auf seine Frage vor sich im Impressum. »Herausgeberin: Leslie Stewart.«

In der folgenden Woche lautete die Überschrift eines weiteren Artikels auf der Titelseite der *Tribune*: FRÜHERE MITARBEITERIN VON PRÄSIDENT RUSSELL PLANT KLAGE WEGEN SEXUELLER BELÄSTIGUNG.

Die Tür des Oval Office flog auf. Jan stürmte herein. »Hast du die Morgenzeitung gelesen?«

»Ja, ich ...«

»Wie konntest du uns das antun, Oliver? Du ...«

»Einen Augenblick, bitte! Verstehst du denn nicht, was da vorgeht, Jan? Hinter dieser Geschichte steckt Leslie Stewart. Ich bin sicher, daß sie diese Frau durch Bestechung zu solch einem Vorgehen veranlaßt hat. Sie will sich rächen, weil ich sie deinetwegen sitzenlassen habe. In Ordnung. Sie hat ihre Rache gehabt. Nun ist es ausgestanden.«

Senator Davis war in der Leitung. »Ich möchte dich gern in einer Stunde sprechen.«

»Ich werde hier sein, Todd.«

Oliver saß in der kleinen Bibliothek, als Todd Davis eintraf. Oliver erhob sich, um ihn zu begrüßen, »Guten Morgen.«

»Ich will verdammt sein, wenn das heute ein guter Morgen ist.« Die Stimme des Senators war zornerfüllt. »Diese Frau will uns vernichten.«

»Nein, das will sie nicht. Sie versucht nur ...«

»Dieses verflixte Klatschblatt wird von allen gelesen, und die Leute glauben, was sie schwarz auf weiß lesen.«

»Todd, die Sache beruhigt sich von selbst und ...«

»Sie beruhigt sich nicht von selbst. Hast du heute morgen den Nachrichtenkommentar auf dem Kanal WTE gehört? Er handelte davon, wer unser nächster Präsident sein wird. Du warst ganz unten auf der Liste. Leslie Stewart hat es auf dich abgesehen. Du mußt sie stoppen. Wie heißt doch noch der Vers – ›die Hölle kennt kein Wüten‹...?«

»Es gibt auch noch eine andere Spruchweisheit, Todd, die die Pressefreiheit betrifft. Dagegen können wir nichts unternehmen.«

Senator Davis schaute Oliver nachdenklich an. »Es gibt aber einen Weg.«

»Was redest du da?«

»Setz dich.« Die beiden Männer nahmen Platz. »Diese Frau ist offensichtlich noch immer in dich verliebt, Oliver. Die Attacke gegen dich ist einfach ihre Art, dich für dein damaliges Verhalten zu bestrafen. Man sollte nie Streit haben mit einer Person, die massenhaft Druckerschwärze versprüht. Ich würde dir den guten Rat geben, Frieden mit ihr zu schließen.«

»Wie soll ich das bewerkstelligen?«

Senator Davis ließ seinen Blick zu Olivers Leisten wandern. »Gebrauch deinen Kopf.«

»Moment mal, Todd! Willst du mir damit etwa sagen, ich sollte ...?«

»Ich will damit lediglich sagen, daß du sie beruhigen

mußt. Gib ihr zu verstehen, daß es dir leid tut. Ich versichere dir: Sie liebt dich noch. Sonst hätte sie dich nie und nimmer auf diese Art angegriffen.«

»Und was erwartest du ganz konkret von mir?«

»Setz deinen Charme ein, Junge, bezaubere sie. Du hast es schon einmal geschafft, da wird es dir auch ein zweites Mal gelingen. Du mußt sie für dich gewinnen. Du gibst doch am Freitag abend ein Galadiner für das State Department. Lade sie ein. Du mußt etwas tun, um sie davon zu überzeugen, mit solchen Aktionen aufzuhören.«

»Ich weiß nicht. Wie könnte ich denn ...«

»Wie du das anstellst, ist mir völlig egal. Du könntest ja eventuell mit ihr irgendwohin fahren, wo ihr zwei euch einmal ungestört und in aller Ruhe aussprecht. Ich habe in Virginia ein Landhaus, ein sehr abgeschiedenes, diskretes Plätzchen. Ich selber fliege fürs Wochenende nach Florida und habe es so eingerichtet, daß Jan mich begleitet.« Er holte einen Zettel und einen Schlüsselbund aus der Tasche, die er Oliver überreichte. »Hier hast du die Anweisung, wie man hinkommt, und die Schlüssel fürs Haus.«

Oliver machte große Augen. »Mein Gott! Du hattest längst alles vorausgeplant? Und was ist, wenn Leslie nun nicht will ... was ist, wenn sie kein Interesse hat, wenn sie es ablehnt, mitzukommen?«

Senator Davis erhob sich. »Sie hat Interesse. Sie wird mitkommen. Wir sprechen uns am Montag wieder, Oliver. Viel Glück.«

Oliver blieb noch lange Zeit nachdenklich sitzen. *Nein,* sagte er sich, *das kann ich ihr nicht antun, nicht schon wieder. Darauf lasse ich mich nicht ein.*

Als sie sich abends zum Essen umzogen, sagte Jan: »Oliver, Vater hat mich gebeten, ihn an diesem Wochenende nach Florida zu begleiten. Er erhält da irgendeinen Preis, und ich vermute, daß er sich dort gern als Vater der Präsidentengattin ins rechte Licht rücken möchte. Wäre es ein sehr großes Opfer für dich, wenn ich ihm den Gefallen tun würde? Ich weiß, am Freitag abend findet ein Galadiner des State Department statt, und falls du es aus diesem Grunde lieber hättest, daß ich hierbleibe...«

»Nein, nein. Fahr nur mit ihm. Obwohl ich dich natürlich vermissen werde.« *Und ich werde sie tatsächlich vermissen,* dachte er. *Sobald ich das Problem mit Leslie gelöst habe, werde ich mir mehr Zeit für Jan nehmen.*

Leslie Stewart war gerade am Telefon, als ihre Sekretärin hereinstürzte. »Miss Stewart...«

»Sehen Sie denn nicht, daß ich...«

»Präsident Russell! Auf Leitung drei.«

Leslie überlegte kurz, dann zog ein Lächeln über ihr Gesicht. »Gut«, sagte sie zur Sekretärin, und in den Hörer: »Ich rufe später wieder an.«

Sie drückte den Knopf der Leitung drei. »Hallo.«

»Leslie?«

»Hallo, Oliver. Oder muß ich dich jetzt mit ›Mr. President‹ anreden?«

»Du kannst mich nennen, wie du willst.« Und er fügte in leichtem Ton hinzu: »Was du ja auch schon getan hast.« Schweigen. »Leslie, ich möchte dich gerne sehen.«

»Bist du auch sicher, daß das eine gute Idee ist?«

»Sehr sicher.«

»Du bist der Präsident. Da darf ich dir ja wohl keine Bitte abschlagen, nicht wahr?«

»Jedenfalls nicht, wenn du eine patriotisch denkende Amerikanerin bist. Am Freitag abend findet im Weißen

Haus ein Galadiner des State Department statt. Bitte, komm.«

»Um welche Uhrzeit?«

»Um acht.«

»Einverstanden. Ich komme.«

Sie sah hinreißend aus in ihrem schwarzen, enganliegenden Jerseykleid von St.John, mit Mandarinkragen und einer Knopfreihe mit Goldüberzug. Links hatte das Kleid einen fünfunddreißig Zentimeter langen Schlitz.

Als Oliver sie sah, wurde er von Erinnerungen überwältigt. »Leslie …«

»Mr. President.«

Er nahm ihre Hand. Sie war feucht. *Das ist ein Zeichen,* dachte Oliver. *Doch ein Zeichen wovon? Nervosität? Zorn? Von alten Erinnerungen, die wachgeblieben sind?*

»Ich bin ja so froh, daß du da bist, Leslie.«

»Ich auch.«

»Wir sprechen uns später.«

Ihr Lächeln erwärmte sein Herz. »Ja.«

Zwei Tische weiter saß eine Gruppe arabischer Diplomaten, darunter ein dunkler Mann mit scharf konturierten Gesichtszügen und schwarzen Augen, der Oliver mit auffälligem Interesse beobachtete.

Oliver beugte sich zu Peter Tager hinüber und machte eine Kopfbewegung in Richtung des Arabers. »Wer ist der Herr dort?«

Tager vergewisserte sich mit einem raschen Blick. »Ali al-Fulani. Legationsrat der Vereinigten Arabischen Emirate. Warum fragen Sie?«

»Nur so.« Oliver schaute noch einmal hinüber. Die Augen des Mannes waren unverändert auf ihn gerichtet.

Oliver war den ganzen Abend über damit beschäftigt, von

Tisch zu Tisch zu gehen, einen Gast nach dem andern anzusprechen, damit sich alle willkommen und wohl fühlten. Sylvia saß nicht bei Leslie am Tisch. Es gelang ihm erst, für einen Augenblick mit Leslie allein zu sein, als der Abend fast zu Ende war.

»Ich muß mit dir reden, ich habe dir eine Menge zu erzählen. Können wir uns irgendwo treffen?«

Ihre Stimme verriet ein kaum merkliches Zögern. »Oliver – vielleicht wäre es doch besser, wenn wir uns nicht...«

»Ich habe da ein Haus in Manassas, Virginia, ungefähr eine Stunde von Washington entfernt. Würdest du mich dort besuchen?«

Sie schaute ihm in die Augen, und diesmal war keinerlei Zurückhaltung zu spüren. »Wenn du mich darum bittest.«

Oliver erklärte ihr den Weg zum Haus. »Morgen abend um acht?«

Leslies Stimme klang rauh. »Ich werde dasein.«

Auf der Sitzung des Nationalen Sicherheitsrats ließ James Frisch, der Direktor des Geheimdienstes CIA, am Morgen darauf eine Bombe platzen.

»Mr. President, wir haben heute morgen Nachricht bekommen, daß Libyen vom Iran und von China verschiedene Arten von Nuklearwaffen kauft. Es gibt ein Gerücht, demzufolge sie für einen Angriff auf Israel gedacht sind. Wir werden allerdings ein bis zwei Tage benötigen, um eine Bestätigung zu erhalten.«

»Ich bin der Auffassung«, erklärte Außenminister Lou Werner, »daß wir die Bestätigung nicht abwarten sollten. Wir sollten sofort in der schärfstmöglichen Form protestieren.«

»Beschaffen Sie uns so viele zusätzliche Informationen wie eben möglich«, wies ihn Oliver an.

Die Sitzung nahm den ganzen Morgen in Anspruch, und Oliver ertappte sich immer wieder dabei, daß er in Gedanken bei seinem Rendezvous mit Leslie weilte. *Bezaubere sie, mein Junge... Du mußt sie für dich gewinnen.*

Am Samstag abend war Oliver mit einem Wagen des Personals vom Weißen Haus auf dem Weg nach Manassas, Virginia; am Steuer saß ein zuverlässiger, vertrauenswürdiger Geheimdienstagent. Oliver hätte das Rendezvous am liebsten abgesagt, doch dafür war es zu spät. *Ich mache mir grundlos Sorgen. Sie wird wahrscheinlich überhaupt nicht auftauchen.*

Als Oliver abends um acht aus dem Fenster schaute, sah er Leslies Wagen bei der Villa des Senators vorfahren. Er beobachtete, wie Leslie aus dem Auto ausstieg und auf den Eingang zuging. Oliver öffnete. Und dann standen die beiden einander wortlos gegenüber, und die Zeit stand still, und irgendwie war ihnen, als ob sie nie voneinander getrennt gewesen wären.

Es war Oliver, der die Sprache zuerst wiederfand. »O mein Gott! Als ich dich gestern abend vor mir sah... Ich hatte beinahe vergessen, wie schön du bist.« Oliver nahm Leslies Hand, und sie gingen ins Wohnzimmer. »Was würdest du gern trinken?«

»Ich brauche nichts zu trinken. Danke.«

Oliver nahm neben ihr auf der Couch Platz. »Ich muß dich etwas fragen, Leslie. Haßt du mich?«

Sie schüttelte ganz langsam den Kopf. »Nein. Obwohl – ich glaubte, dich zu hassen.« Sie lächelte ironisch. »In gewissem Sinn lag darin sogar der Grund für meinen persönlichen Erfolg.«

»Das verstehe ich nicht.«

»Ich hatte den Wunsch, mich an dir zu rächen, Oliver. Ich

habe Zeitungsverlage und Fernsehanstalten nur mit dem Ziel erworben, damit ich dich angreifen konnte. Du bist der einzige Mann, den ich je geliebt habe. Und als du… als du mich verließest, da habe ich… da habe ich geglaubt, ich würde es einfach nicht aushalten.« Sie kämpfte gegen die Tränen an.

Oliver legte einen Arm um sie. »Leslie…« Und dann lagen seine Lippen auf ihrem Mund, es wurde ein leidenschaftlicher Kuß.

»O mein Gott«, rief sie. »Darauf war ich wirklich nicht vorbereitet.« Sie hielten einander umschlungen. Er nahm sie an der Hand und führte sie ins Schlafzimmer, und sie zogen sich gegenseitig aus.

»Schnell, Darling«, sagte Leslie. »Schnell…«

Und dann waren sie im Bett, in enger Umarmung lagen sie da, ihre Körper berührten sich, fanden wieder zueinander, und sie liebten sich so, wie es damals gewesen war, am Anfang, zärtlich und mit leidenschaftlicher Wildheit; es war ein Neubeginn. Glücklich und völlig erschöpft lagen sie Seite an Seite.

»Es ist wirklich komisch«, sagte Leslie.

»Was ist komisch?«

»All dieses schreckliche Zeug, das ich über dich veröffentlicht habe. Ich habe es eigentlich nur getan, um deine Aufmerksamkeit zu gewinnen.« Sie kuschelte sich enger an ihn. »Und ich habe sie damit tatsächlich gewonnen, nicht wahr?«

Er grinste. »In der Tat.«

Leslie setzte sich im Bett auf und schaute ihn an. »Ich bin ja so stolz auf dich. Auf den Präsidenten der Vereinigten Staaten.«

»Ich gebe mir Mühe, ein guter Präsident zu sein. Das ist

für mich das Allerwichtigste im Leben. Ich möchte in diesem Land etwas zum Guten ändern.« Oliver warf einen Blick auf seine Armbanduhr. »Es tut mir leid, aber ich muß zurück nach Washington.«

»Gewiß. Ich lasse dich vorausfahren.«

»Wann werde ich dich wiedersehen, Leslie?«

»Wann immer du willst.«

»Wir müssen aber vorsichtig sein.«

»Ich weiß. Wir werden aufpassen.«

Leslie blieb im Bett liegen und schaute Oliver verträumt beim Ankleiden zu.

Als Oliver aufbruchbereit war, beugte er sich über sie und sagte: »Du bist das Wunder meines Lebens.«

»Und du meines. Das bist du immer gewesen.«

Er gab ihr einen Kuß. »Ich ruf dich morgen an.«

Oliver eilte zum Wagen und wurde wieder nach Washington gefahren. *Je stärker sich die Dinge ändern, um so mehr bleibt sich alles gleich,* überlegte Oliver. *Ich muß nur aufpassen, daß ich ihr nicht wieder weh tue.* Er nahm das Autotelefon und wählte die Nummer in Florida, die ihm Senator Davis gegeben hatte.

Der Senator war selbst am Apparat. »Hallo.«

»Hier Oliver.«

»Wo bist du?«

»Auf dem Rückweg nach Washington. Ich rufe nur rasch an, um dir eine gute Nachricht mitzuteilen. Wegen des besagten Problems brauchen wir uns keine Sorgen mehr zu machen. Es ist alles unter Kontrolle.«

»Ich kann dir gar nicht sagen, wie froh ich bin, das zu erfahren.« Die Stimme des Senators verriet, wie groß seine Erleichterung war.

»Ich habe gewußt, daß es dich freuen würde, Todd.«

Als Oliver am nächsten Morgen beim Anziehen nach der neuesten Ausgabe der *Washington Tribune* griff, sprang ihm auf der Titelseite ein Foto vom Landhaus des Senators Davis in Manassas in die Augen, das die Bildunterschrift trug: DAS GEHEIME LIEBESNEST VON PRÄSIDENT RUSSELL.

14

Oliver betrachtete die Zeitung mit einem Gefühl totaler Fassungslosigkeit. Wie hatte sie das nur tun können? Er dachte daran, wie leidenschaftlich sie im Bett gewesen war, doch er hatte ihre Leidenschaft falsch interpretiert. Das war die Leidenschaft des Hasses, nicht die der Liebe. *Ich bin außerstande, sie von ihrem Tun abzubringen,* dachte Oliver verzweifelt.

Senator Davis sah den Bericht auf der Titelseite und war entsetzt. Er wußte um die Macht der Presse und begriff, wie teuer ihn diese Vendetta zu stehen kommen konnte. Ich werde selbst aktiv werden müssen, um dem ein Ende zu bereiten, beschloß Senator Davis.

Er rief Leslie an, sobald er sein Senatsbüro erreicht hatte. »Es ist lange her«, hob Senator Davis warmherzig und freundlich an. »Viel zu lang. Aber ich denke oft an Sie, Miss Stewart.«

»Da geht es mir nicht anders, Senator Davis. In gewisser Hinsicht stehe ich schließlich in Ihrer Schuld. Ihnen verdanke ich sozusagen alles, was ich habe.«

Er lachte leise in sich hinein. »Nicht im mindesten. Ich war froh, Ihnen nützlich sein zu können, als Sie damals ein kleines Problem hatten.«

»Gibt es etwas, das ich für Sie tun könnte, Senator?«

»Nein, Miss Stewart. Doch es gibt etwas, das ich gern für Sie tun würde. Ich bin ein treuer Leser Ihrer Zeitung, wissen Sie. Meiner Meinung nach ist die *Tribune* eine wirklich gute Zeitung, und da ist mir aufgefallen, daß wir in der *Tribune* noch nie Anzeigen geschaltet haben – ein Punkt, den ich gern korrigieren würde. Ich bin an mehreren bedeutenden Unternehmen mit großen Werbebudgets beteiligt. Damit meine ich *immens* große Werbebudgets. Und ich bin der Auffassung, daß davon doch eigentlich ein anständiger Brocken einer guten Zeitung wie der *Tribune* zugute kommen sollte.«

»So etwas höre ich gern, Senator. Höhere Einnahmen aus dem Annoncengeschäft können wir immer gut gebrauchen. Welchen Namen darf ich meinem Anzeigenleiter zur Kontaktaufnahme nennen?«

»Na ja, bevor er mit jemandem Kontakt aufnimmt, sollten wir beide, Sie und ich, ein kleines Problem aus dem Weg schaffen, das zwischen uns steht.«

»Und das wäre?« fragte Leslie.

»Es betrifft Präsident Russell.«

»Ja?«

»Es handelt sich um eine ziemlich heikle Angelegenheit, Miss Stewart. Sie haben vorhin erwähnt, daß Sie in meiner Schuld stehen. Daß Sie alles, was Sie jetzt haben, eigentlich mir verdanken. Und nun möchte ich umgekehrt Sie um eine kleine Gefälligkeit bitten.«

»Nur zu gern, soweit es in meiner Macht steht.«

»Im Rahmen meiner geringen Möglichkeiten habe ich zur Wahl unseres Präsidenten beigetragen.«

»Ich weiß.«

»Und er leistet gute Arbeit. Die ihm selbstverständlich sehr schwergemacht wird, wenn er bei jeder kleinen Gelegenheit von einer so mächtigen Zeitung wie der *Tribune* angegriffen wird.«

»Und was erhoffen Sie sich von mir, Senator?«

»Nun ja, ich wäre Ihnen sehr verbunden, wenn diese Angriffe aufhören würden.«

»Und dafür könnte ich im Gegenzug mit Werbeeinnahmen aus einigen ihrer Unternehmen rechnen.«

»Mit bedeutenden Werbeeinnahmen, Miss Stewart.«

»Vielen Dank, Senator. Warum rufen Sie nicht wieder an, wenn Sie etwas mehr anzubieten haben?«

Und schon war die Leitung tot.

Matt Baker las den Bericht der *Washington Tribune* über das geheime Liebesnest des Präsidenten Russell.

»Wer, zum Teufel, hat den Druck dieses Artikels eigentlich autorisiert?« fuhr er seinen Assistenten an.

»Der Text kam direkt vom Weißen Turm.«

»Verdammt noch mal. Bei dieser Zeitung bin schließlich ich der Chefredakteur, und nicht sie.« *Warum lasse ich mir das überhaupt bieten?* Es war eine Frage, die er sich nicht zum ersten Mal stellte. *Wegen eines Jahresgehalts von dreihundertfünfzigtausend Dollar plus Prämien und Bezugsrecht auf neue Aktien,* gab er sich selbst sarkastisch zur Antwort. Wenn er wieder einmal soweit gewesen war, den Job hinzuschmeißen, hatte sie ihn jedesmal mit noch mehr Geld und weiterem Machtzuwachs verführt. Im übrigen mußte er sich eingestehen, daß es durchaus faszinierend war, für eine der mächtigsten Frauen der Welt zu arbeiten; sie hatte etwas an sich, das er nie verstehen würde.

Sie hatte Matt unmittelbar nach dem Kauf der *Tribune* angewiesen: »Es gibt einen Astrologen, den Sie anheuern sollten. Sein Name lautet Zoltaire.«

»Er steht mit seiner Kolumne bei unserer Konkurrenz unter Vertrag.«

»Es ist mir völlig egal. Engagieren sie ihn.«

Zu einer späteren Tageszeit teilte Matt Leslie mit: »Ich habe mich wegen Zoltaire sachkundig gemacht. Es würde uns viel zu teuer kommen, ihn aus seinem Vertrag bei der Konkurrenz herauszukaufen.«

»Kaufen Sie ihn heraus.«

Und eine Woche später begann Zoltaire, dessen wahrer Name David Hayworth war, bei der *Washington Tribune* zu arbeiten. Er war in seinen Fünfzigern – ein kleingewachsener, dunkelhaariger, gefühlsbetonter Mensch.

Für Matt war es ein Rätsel, denn Leslie schien ihm nicht die Art Frau zu sein, die sich für Astrologie interessierte; und nach allem, was er in Erfahrung bringen konnte, bestand zwischen David Hayworth und Leslie keinerlei persönlicher Kontakt.

Was Matt allerdings nicht wußte: Wann immer Leslie eine wichtige Entscheidung zu treffen hatte, lud sie Hayworth privat ein.

An jenem ersten Tag der neuen Ära hatte Matt Leslies Namen ins Zeitungsimpressum gesetzt, mit dem Vermerk »Herausgeberin: Leslie Chambers«.

Sie hatte nur einen Blick auf die Zeile geworfen und ihm die Anweisung erteilt: »Ändern. Es muß heißen ›Herausgeberin: Leslie Stewart‹.«

Die Lady befindet sich auf einem Egotrip, hatte Matt gedacht. Doch da hatte er sich geirrt. Leslie hatte beschlossen, wieder ihren Mädchennamen zu führen, weil es ihr darauf ankam, daß Oliver ganz genau wußte, wer für das, was ihm widerfahren sollte, verantwortlich war.

Am Tag nach der Übernahme der Zeitung hatte Leslie ihre Entscheidung bekanntgegeben: »Und jetzt werden wir ein Gesundheitsmagazin kaufen.«

Matt musterte sie mit einem neugierigen Blick. »Wieso?«

»Weil der gesamte Gesundheitsbereich eine unglaubliche Entwicklung nehmen wird.«

Ihre Annahme hatte sich als richtig erwiesen; das Magazin wurde sofort ein Erfolg.

»Jetzt wollen wir weiter expandieren«, teilte sie Baker mit. »Engagieren Sie ein paar Leute, die für uns nach Publikationen in Europa Ausschau halten.«

»In Ordnung.«

»Und hier in Washington tragen wir zuviel Ballast herum. Entlassen Sie alle Reporter, die sich nicht rückhaltlos einsetzen.«

»Leslie ...«

»Ich will Reporter im Haus haben, die hungrig auf Erfolg sind.«

Wenn die Position eines leitenden Angestellten vakant wurde, bestand Leslie darauf, beim Vorstellungsgespräch persönlich anwesend zu sein. Sie pflegte den Bewerber zuzuhören und ihm schließlich nur eine einzige Frage zu stellen: »Welchen Score haben Sie beim Golfspiel?« Und von der Antwort auf diese Frage hing oft genug die Einstellung ab.

»Was zum Teufel, soll diese Frage?« monierte Matt Baker, als er sie zum erstenmal hörte. »Welche Bedeutung hat ein Golfscore für die Arbeit bei der Zeitung?«

»Ich will keine Leute im Haus haben, deren Herz am Golfspiel hängt. Wer bei uns tätig ist, soll sich gänzlich der *Washington Tribune* widmen.«

Leslie Stewarts Privatleben war ein Thema, das in der Belegschaft der Tribune endlose Diskussionen auslöste. Sie war eine ausgesprochen schöne, alleinstehende Frau, die nach allem, was man wußte, keine feste Beziehung mit einem Mann unterhielt und eigentlich überhaupt keine persönlichen Interessen hatte. Sie zählte zu den herausragenden Gastgeberinnen der Hauptstadt, und um eine Einladung zu ihren Dinnergesellschaften rissen sich selbst wichtige Persönlichkeiten. Aber was machte sie, wenn die Gäste gegangen waren und sie allein zurückblieb, fragten sich die Leute. Es gab Gerüchte, daß sie unter Schlaflosigkeit litt und die Nächte mit Arbeiten verbrachte, mit dem Planen neuer Projekte zur Vergrößerung des Stewart-Imperiums.

Leslie nahm persönlich an allen Vorgängen im Verlag teil, mischte sich in alles ein; in die Leitartikel, die Nachrichtengestaltung, das Anzeigengeschäft. Eines Tages wollte sie vom Leiter ihrer Annoncenabteilung wissen: »Warum bekommen Sie eigentlich keine Anzeigen von Gleasons's« – einem Kaufhaus der oberen Klasse in Georgetown.

»Ich habe es versucht, aber...«

»Ich kenne den Besitzer persönlich. Ich werde ihn selbst anrufen.«

Sie rief ihn tatsächlich an. »Allan«, sagte sie, »warum macht Ihr Kaufhaus keine Werbung in der *Tribune?*«

Da hatte er lachend gemeint: »Aber Leslie, Ihre Leser und Leserinnen sind unsere Ladendiebe.«

Leslie informierte sich vor jeder Geschäftssitzung genauestens über alle Teilnehmer, so daß sie bei jedem über seine Schwächen und Stärken Bescheid wußte; und im Verhandeln war sie dann erbarmungslos.

»Sie können manchmal wirklich sehr hart sein«, warnte Matt Baker. »Sie dürfen den Leuten nicht alles nehmen, Leslie, man muß auch mal klein beigeben können.«

»Vergessen Sie es. Ich glaube an die Strategie der verbrannten Erde.«

Im Laufe des folgenden Jahres übernahmen die Washington Tribune Enterprises einen Zeitungsverlag und einen Rundfunksender in Australien, eine Fernsehanstalt in Denver und eine Zeitung in Hammond, Indiana. Und bei jeder neuen Transaktion fürchteten die alten Angestellten sich vor dem, was mit der Übernahme auf sie zukam, denn Leslie war wegen ihrer Rücksichtslosigkeit berüchtigt.

Auf Katherine Graham, die Verlegerin der *Washington Post*, war Leslie Stewart extrem eifersüchtig.

»Sie hat einfach Glück gehabt«, behauptete Leslie. »Im übrigen hat sie den Ruf, ein richtiges Miststück zu sein.«

Matt Baker war versucht, die Frage an Leslie zu richten, wie sie denn ihren eigenen Ruf einschätzte, ließ es dann jedoch wohlweislich bleiben.

Als Leslie eines Morgens ihr Büro betrat, fand sie – offenbar die heimliche Tat eines Mitarbeiters –, auf ihrem Schreibtisch einen kleinen Holzblock mit zwei aufgesetzten Messingeiern vor.

Matt Baker war schockiert. »Entschuldigen Sie bitte«, sagte er. »Ich werde ihn gleich fort …«

»Nein. Lassen Sie ihn dort stehen.«

»Aber …«

»Lassen Sie ihn stehen.«

Matt Baker hatte in seinem Büro eine Mitarbeiterkonferenz anberaumt, als über die interne Sprechanlage plötzlich Leslies Stimme erscholl. »Matt – kommen Sie zu mir hoch.«

Kein »Bitte«; kein »Guten Morgen«. Das wird ein schlechter Tag, sagte sich Matt. Die Eisprinzessin hat wieder einmal ihre notorisch schlechte Laune.

»Das wär's dann wohl fürs erste«, sagte Matt.

Er verließ sein Zimmer und eilte durch die Gänge des Großraumbüros, wo Hunderte von Angestellten emsig ihrer

Arbeit nachgingen. Er fuhr mit dem Lift zum Weißen Turm hinauf und betrat das luxuriös eingerichtete Büro der Verlegerin, wo bereits eine Handvoll Redakteure versammelt waren.

Leslie Stewart saß hinter ihrem gigantischen Schreibtisch. Beim Eintreten Matt Bakers hob sie den Kopf. »Fangen wir an.«

Sie hatte eine Redaktionskonferenz einberufen, und Matt Baker konnte sich an ihre Worte erinnern: »Für die Führung der Zeitung sind Sie verantwortlich. Da werde ich mich heraushalten.« Er hätte es wissen müssen. Es stand ihr nicht zu, solche Konferenzen anzuberaumen; dergleichen gehörte zu seinem Aufgabenbereich. Andererseits war sie die Herausgeberin, Verlegerin und Inhaberin der *Washington Tribune*; insofern konnte sie ohne weiteres tun und lassen, was sie wollte.

»Ich möchte Sie auf den Bericht über das Liebesnest Präsident Russells in Virginia ansprechen«, sagte Matt Baker.

»Darüber bedarf es keiner Diskussion«, wies ihn Leslie zurecht und hielt die neueste Ausgabe der *Washington Post* hoch – das Konkurrenzblatt. »Haben Sie das hier gesehen?«

Matt hatte es gesehen. »Durchaus, aber das ist doch bloß...«

»Früher hat man so etwas als einen ›Knüller‹ bezeichnet, Matt. Wo waren Sie und Ihre Reporter, als die *Post* an diese Information kam?«

Die Schlagzeile der Washington Post lautete: ZWEITER LOBBYIST WEGEN ILLEGALER GESCHENKE AN VERTEIDIGUNGSMINISTER ÜBERFÜHRT.

»Wieso haben wir diese Geschichte nicht in unserem Blatt?«

Weil sie noch nicht amtlich ist. Ich habe die Sache überprüft. Es ist bloß...«

»Ich mag es nicht, daß uns andere Zeitungen zuvorkommen.«

Matt Baker seufzte und lehnte sich auf seinem Stuhl zurück. Es würde mit Sicherheit eine stürmische Sitzung werden.

»Wir sind die Nummer Eins oder gar nichts«, verkündete Leslie Stewart den Anwesenden. »Und wenn wir nichts sind, wird es hier auch für niemand Arbeit geben, nicht wahr?«

Leslie wandte sich an Arnie Cohn, den verantwortlichen Redakteur für das Sonntagsmagazin. »Wenn die Menschen am Sonntag morgen aufwachen, müssen Sie unser Magazin lesen wollen. Uns kann nichts daran liegen, daß sie beim Lesen wieder einschlafen. Die Geschichten, die wir am vergangenen Wochenende brachten, waren stinklangweilig.«

Wenn Sie ein Mann wären, würde ich Sie jetzt... dachte Arnie Cohn. »Tut mir leid«, sagte er laut. »Ich werde mich anstrengen, es nächstes Mal besser zu machen.«

Leslie sprach Jeff Connors an, den leitenden Sportredakteur. Connors war ein ansehnlicher, sportlich gebauter Mann Mitte Dreißig, mit blondem Haar und klugen grauen Augen. Er hatte die lockere Art eines Menschen, der genau wußte, daß er gute Arbeit leistete. Matt hatte gehört, daß Leslie sich um ihn bemüht und einen Korb bekommen hatte.

»Sie haben geschrieben, daß Fielding an die Pirates verkauft werden soll.«

»So wurde ich unterrichtet...«

»Dann hat man Sie falsch unterrichtet, und die *Tribune* hat sich schuldig gemacht, eine Nachricht zu drucken, die eine Ente ist.«

»Ich habe die Information von seinem Manager bekommen«, erwiderte Jeff Connors gelassen. »Er hat mir ausdrücklich erklärt, daß…«

»Das nächste Mal checken Sie Ihre Geschichten doppelt und dreifach!«

Leslie drehte sich um und deutete auf einen vergilbten, gerahmten Zeitungsartikel an der Wand. Es war die erste Seite der *Chicago Tribune* vom 3. November 1948. Die Balkenüberschrift lautete: DEWEY SCHLÄGT TRUMAN.

»Es gibt für eine Zeitung nichts Schlimmeres«, dozierte Leslie, »als die Meldung falscher Fakten. Wir arbeiten in einer Branche, wo man stets richtigliegen muß.«

Sie warf einen Blick auf die Uhr. »Das wär's fürs erste. Ich erwarte von Ihnen allen eine wesentlich bessere Arbeit.« Als die anwesenden Redakteure sich erhoben, befahl Leslie Matt Baker. »Sie bleiben hier.«

»Okay.« Er ließ sich auf seinen Stuhl zurückfallen und schaute den anderen nach, als sie den Raum verließen.

»War ich den Herren gegenüber zu barsch?« wollte sie von ihm wissen.

»Sie haben erreicht, was Sie wollten. Die Kerle sind alle selbstmordgefährdet.«

»Wir sind hier nicht dazu da, Freundschaften zu schließen. Wir haben vielmehr die Aufgabe, eine Zeitung zu machen.« Sie hob den Kopf, um noch einmal die gerahmte erste Zeitungsseite an der Wand zu betrachten. »Können Sie sich vorstellen, was der Verleger dieser Zeitung empfunden hat, als dieser Bericht heraus war und sich herausstellte, daß der neue Präsident Truman hieß? So etwas möchte ich jedenfalls nicht erleben. Niemals.«

»Wenn wir schon dabei sind, von Fehlern zu sprechen«, sagte Matt, »so gestatten Sie mir den Hinweis, daß diese Geschichte über Präsident Russell auf unserer Seite Eins eher einem miesen Boulevardblatt entsprochen hat. Warum prügeln Sie immer wieder auf ihn ein? Geben Sie dem Mann eine Chance!«

»Er hat seine Chance gehabt«, bemerkte Leslie sibyllinisch und stand auf, um in dem Zimmer auf und ab zu marschieren. »Ich habe einen Hinweis erhalten, daß Russell gegen das neue Kommunikationsgesetz sein Veto einlegen wird, was bedeutet, daß wir die vereinbarte Übernahme des Senders in San Diego und in Oklahoma abblasen müssen.«

»Dagegen sind wir machtlos.«

»O nein, wir können etwas dagegen unternehmen. Ich werde dafür sorgen, daß er nicht im Amt bleibt, Matt. Wir werden alles tun, damit ein anderer Mann ins Weiße Haus kommt. Jemand, der auch weiß, was er tut.«

Matt hatte nicht die Absicht, sich mit Leslie Stewart auf eine weitere Auseinandersetzung über den amerikanischen Präsidenten einzulassen. Es war ein Thema, bei dem sie zur Fanatikerin wurde.

»Er ist für dieses hohe Amt ungeeignet, und ich werde alles daran setzen, damit er bei den nächsten Wahlen verliert.«

Matt Baker wollte gerade nach Hause, als Philip Cole, der Chef der Auslandskorrespondeten beim WTE-Fernsehen, ins Büro stürmte. Seine Miene verriet Sorge. »Wir haben ein Problem, Matt.«

»Kann das nicht bis morgen warten? Ich bin schon spät dran, ich ...«

»Es betrifft Dana Evans.«

Matt war sofort hellwach. »Was ist mit ihr?«

»Man hat sie verhaftet.«

»Verhaftet?« fragte Matt ungläubig. »Und weswegen?«

»Spionage, soll ich …«

»Nein. Das nehme ich selbst in die Hand.«

Matt Baker rannte wieder zu seinem Schreibtisch und wählte die Nummer des Außenministers.

15

Sie wurde nackt aus ihrer Zelle auf einen kalten, finsteren Hof geschleppt. Sie wehrte sich wie wild gegen die zwei Männer, die sie festhielten, war ihnen jedoch nicht gewachsen. Im Hof warteten sechs Soldaten, die mit den Gewehren bei Fuß standen, als sie – schreiend – zu einem in den Boden eingeschlagenen Holzpfosten gezerrt und dort festgebunden wurde. Oberst Gordan Divjak schaute seinen Männern bei dieser Arbeit zu.

»Das können Sie nicht mit mir machen! Ich bin keine Spionin!« Sie schrie es heraus, doch gegen das Krachen des Gewehrfeuers kam ihre Stimme nicht an.

Oberst Divjak trat von ihr weg und gab dem Exekutionskommando ein Zeichen mit dem Kopf. »Fertig. Zielen ...«

»Lassen Sie das Schreien!«

Sie wurde von groben Händen geschüttelt. Ihr Herz schlug wie wild. Sie öffnete die Augen: Sie lag in ihrer kleinen dunklen Gefängniszelle auf dem Feldbett; vor ihr stand Oberst Divjak.

Angsterfüllt schoß Dana auf ihrem Feldbett hoch. Sie blinzelte, versuchte einen klaren Blick zu bekommen, den Alptraum loszuwerden. »Was ... was wollen Sie mir tun?«

»Wenn es auf Erden Gerechtigkeit gäbe«, erwiderte Oberst Divjak mit eiskalter Stimme, »würden Sie erschossen werden. Leider habe ich Anweisung erhalten, Sie freizulassen.«

Danas Herzschlag setzte eine Sekunde lang aus.

»Wir werden Sie in die erste abfliegende Maschine setzen.« Oberst Divjak fixierte sie scharf. »Und«, fuhr er fort, »kommen Sie nie wieder in unser Land.«

Es hatte des ganzen politischen Druckes bedurft, den das amerikanische Außenministerium und der Präsident persönlich aufzubringen vermochten, um Dana Evans zu befreien. Als Peter Tager von der Festnahme in Sarajevo erfuhr, hatte er sofort den Präsidenten angesprochen.

»Ich habe eben einen Anruf von unserem Außenministerium erhalten. Dana Evans ist wegen des Vorwurfs der Spionage verhaftet worden. Ihr droht die Hinrichtung.«

»Großer Gott! Das ist ja furchtbar. Das können wir nicht zulassen.«

»Genau. Ich hätte von Ihnen gern die Genehmigung, in diesem Sinne in Ihrem Namen tätig zu werden.«

»Genehmigt. Tun Sie alles, was nötig ist, um das zu verhindern.«

»Ich werde mit dem Außenministerium zusammenarbeiten. Und wenn es uns gelingt, wird die *Tribune* vielleicht ein bißchen sanfter mit Ihnen umgehen.«

Oliver schüttelte den Kopf. »Darauf würde ich lieber nicht bauen. Es sollte uns genügen, Miss Evans aus dieser Hölle herauszuholen.«

Nach Dutzenden von hektisch geführten Telefonaten, unter dem Druck des Weißen Hauses, des amerikanischen Außenministers sowie des Generalsekretärs der Vereinten Nationen erklärten Danas Kerkermeister sich endlich, wenn auch nur zögernd, dazu bereit, sie freizugeben.

Als die Nachricht von ihrer Befreiung eintraf, stürmte Peter Tager zu Oliver. »Sie ist frei. Sie ist zu uns unterwegs.«

»Großartig.«

Auf dem Weg zu einer Sitzung mußte er an diesem Morgen immer wieder an Dana Evans denken. *Ich bin ja so froh, daß wir sie retten konnten.*

Er konnte nicht ahnen, daß ausgerechnet diese Tat ihm das Leben kosten würde.

Auf dem Dulles International Airport warteten außer Matt Baker zwei Dutzend Zeitungs-, Fernseh- und Rundfunkreporter, als die Maschine mit Dana an Bord landete.

Dana wollte es nicht glauben, als sie die wartende Menge sah, die sich zu ihrer Begrüßung versammelt hatte. »Was ist denn ...?«

»Hierher schauen, Dana, und bitte lächeln!«

»Wie sind Sie behandelt worden? Ist es zu irgendwelchen brutalen Handlungen Ihnen gegenüber gekommen?«

»Was ist das für ein Gefühl, wieder zu Hause zu sein?«

»Gestatten Sie bitte ein Foto!«

»Haben Sie vor, wieder dorthin zurückzukehren?«

Alle sprachen gleichzeitig. Dana war so überwältigt, daß sie wie angewurzelt stehenblieb, bis Matt Baker die Initiative ergriff und sie in eine wartende Limousine drängte, die sofort davonbrauste.

»Was ... was geht hier vor?« fragte Dana.

»Sie sind berühmt geworden.«

Sie schüttelte den Kopf. »Damit kann ich überhaupt nichts anfangen, Matt.« Sie schloß die Augen. »Danke, daß Sie mich da herausgeholt haben.«

»Dafür müssen Sie sich bei dem Präsidenten und bei Peter Tager bedanken. Die beiden haben alles in Bewegung gesetzt. Und Leslie Stewart schulden Sie ebenfalls Dank.«

Als Leslie durch Matt von Danas Festnahme erfuhr, hatte sie erklärt: »Diese Mistkerle! Das nimmt die *Tribune* nicht so einfach hin. Das lassen wir uns nicht bieten. Sorgen Sie dafür, daß die Typen sie freigeben. Ziehen Sie alle Drähte, über die Sie verfügen. Holen Sie mir Dana dort heraus.«

Dana schaute aus dem Fenster der Limousine. Draußen liefen plaudernde, lachende Menschen über die Straße. Es waren weder Gewehrschüsse noch Artillerieeinschläge zu hören. Die Stille war ihr unheimlich.

»Der Redakteur unseres Immobilienressorts hat für Sie eine Wohnung gefunden. Dort bringe ich Sie jetzt hin. Ich möchte Sie bitten, sich erst einmal auszuruhen – Pause zu machen. Mit dem Arbeiten fangen wir dann an, wenn Sie wieder soweit sind.« Er musterte sie prüfend. »Wie fühlen Sie sich? Wenn Sie einen Arzt konsultieren möchten, werde ich …«

»Ich bin völlig gesund. Unser Pariser Büro hat mich bereits zu einem Arzt geschickt.«

Die Wohnung lag an der Calvert Street – es war eine sehr hübsch möblierte Wohnung mit Schlafzimmer, Wohnzimmer, Küche, Bad und einem kleinen Arbeitszimmer.

»Entspricht das Ihren Vorstellungen?«

»Genau richtig, danke, Matt.«

»Ich habe den Kühlschrank für Sie auffüllen lassen. Wenn Sie sich ausgeruht haben, werden Sie morgen wahrscheinlich Kleider kaufen wollen. Stellen Sie alles der Zeitung in Rechnung.«

»Danke, Matt, danke für alles.«

»Sie werden uns dann später Bericht erstatten. Ich werde den entsprechenden Termin für Sie arrangieren.«

Sie stand auf einer Brücke, hörte Schüsse, sah unten im Fluß aufgedunsene Leichen vorbeitreiben und wachte schluchzend auf. Es war ein Traum, gewiß, aber diese Ereignisse fanden in der Realität statt. In diesem Augenblick wurden unschuldige Männer, Frauen und Kinder sinnlos und brutal abgeschlachtet. Ihr kamen wieder die Worte von Professor Stakas ins Bewußtsein. *»Dieser Krieg in Bosnien-Herzegowina übersteigt den menschlichen Verstand.«* Und völlig unbegreiflich war ihr das Desinteresse, mit dem die restliche Welt auf diese Geschehnisse reagierte. Dana fürchtete sich davor, wieder einzuschlafen, sie fürchtete sich vor den Alpträumen, die ihr Bewußtsein erfüllten. Sie stand auf, ging zum Fenster hinüber und blickte auf die Stadt hinunter. Es war alles so still – nirgends Gewehrschüsse, nirgends Menschen, die schreiend über die Straßen rannten. Es schien alles so unnatürlich. Sie fragte sich, wie es wohl Kemal ging und ob sie ihn einmal wiedersehen würde. *Er hat mich wahrscheinlich inzwischen längst vergessen.*

Einen Teil des Vormittags verbrachte Dana mit Einkäufen. Wo immer sie auftauchte, blieben die Leute stehen, um sie anzustarren. Sie hörte Flüstern: »Das ist Dana Evans!« In den Geschäften wurde sie sofort von den Verkäuferinnen erkannt: Sie war berühmt. Das jedoch war ihr aus tiefster Seele zuwider.

Dana hatte nichts zum Frühstück und auch zu Mittag nichts gegessen. Sie war hungrig, doch außerstande, etwas zu sich zu nehmen. Sie war viel zu nervös. Es war so, als ob sie nur auf das Eintreten irgendeiner Katastrophe wartete. Auf der Straße mied sie den Blick der fremden Menschen. Sie war allen gegenüber mißtrauisch und horchte ständig nach dem Lärm von Gewehrschüssen und Geschützfeuer. *So kann das nicht weitergehen,* dachte Dana.

Um zwölf Uhr mittags marschierte sie ins Büro von Matt Baker.

»Was machen Sie denn hier? Sie sollten doch auf Urlaub sein.«

»Ich muß wieder arbeiten.«

Er schaute sie an und dachte an die junge Frau, die vor einigen Jahren zu ihm gekommen war. *»Ich bin wegen einer Anstellung hier. Das heißt, ich bin hier natürlich bereits angestellt. Da würde man wohl eher von einer Versetzung sprechen, nicht wahr?... Ich könnte sofort anfangen...«* Und sie hatte ihr Versprechen mehr als erfüllt: *Wenn ich je eine Tochter haben würde...*

»Die Chefin möchte Sie sehen«, sagte Matt zu Dana.

Sie begaben sich gemeinsam in das Büro von Leslie Stewart.

Die zwei Frauen standen sich abschätzend gegenüber. »Willkommen zu Hause, Dana.«

»Ich danke Ihnen.«

»Bitte setzen Sie sich.« Dana und Matt nahmen auf Stühlen vor Leslies Schreibtisch Platz.

»Ich möchte Ihnen dafür danken, daß Sie mich dort herausgeholt haben«, sagte Dana.

»Es muß die reine Hölle gewesen sein. Es tut mir leid, daß Sie so viel durchmachen mußten.« Leslie wandte sich Matt zu. »Und was machen wir nun mit ihr, Matt?«

Er musterte Dana. »Bei uns steht gerade die Neubesetzung der Position des Korrespondenten für das Weiße Haus an. Würde die Aufgabe Sie interessieren?« Es war einer der prestigeträchtigsten Fernsehjobs in den USA.

Danas Miene hellte auf. »Ja, sehr sogar.«

Leslie nickte. »Die Stelle gehört Ihnen.«

Dana erhob sich. »Also... da bin ich Ihnen schon wieder Dank schuldig.«

»Viel Glück.«

»Dann wollen wir mal dafür sorgen, daß Sie hier ein richtiges Büro bekommen«, meinte Matt, als sie Leslie Stewart verlassen hatten. Er begleitete sie zum Fernsehgebäude, wo Dana bereits vom versammelten Personal erwartet wurde. Es dauerte eine geschlagene Viertelstunde, bis sie sich einen Weg durch die Menge der Menschen gebahnt hatte, die sie begrüßen und ihr alles Gute wünschen wollten.

»Darf ich Sie mit unserer neuen Berichterstatterin vom Weißen Haus bekanntmachen«, sagte Matt zu Philip Cole.

»Das ist ja eine hervorragende Neuigkeit. Ich werde Ihnen nachher Ihr Büro zeigen.«

»Haben Sie schon zu Mittag gegessen?« fragte Matt Dana.

»Nein. Ich –«

»Warum gehen wir dann nicht gemeinsam einen Happen essen?«

Das Speisezimmer der Geschäftsführung befand sich im vierten Stock; es war ein geräumiger, heller Raum mit zwei Dutzend Tischen. Matt führte Dana zu einem Ecktisch, und sie setzten sich.

»Miss Stewart scheint ja sehr nett zu sein«, sagte Dana.

Matt wollte eine Bemerkung machen, sagte aber nur: »Ja. Aber jetzt wollen wir mal bestellen.«

»Ich habe keinen Hunger.«

»Sie haben aber doch noch nicht zu Mittag gegessen, oder?«

»Nein.«

»Haben Sie denn gefrühstückt?«

»Nein.«

»Dana, wann haben Sie zum letzten Mal gegessen?«

Sie schüttelte den Kopf. »Ich kann mich nicht erinnern. Das ist doch nicht wichtig.«

»Irrtum. Ich kann es nicht dulden, daß sich unsere Korrespondentin für das Weiße Haus zu Tode hungert.«

Der Kellner kam zu ihrem Tisch. »Wünschen Sie zu bestellen, Mr. Baker?«

»Ja.« Er überflog die Speisekarte. »Sie sollten mit etwas Leichtem anfangen. Für Miss Evans ein Sandwich mit Bacon, Kopfsalat und Tomaten.« Er wandte sich an Dana. »Kuchen oder Eis?«

»Gar ni...«

»Tortelett à la Mode. Und für mich ein Roastbeefsandwich.«

»Jawohl, Sir.«

Dana schaute sich in dem Raum um. »Mir kommt hier alles so irreal vor. Leben und Wirklichkeit sind für mich das, was dort unten in Bosnien geschieht, Matt. Es ist furchtbar. Aber hier kümmert's niemand.«

»Sagen Sie das nicht. Natürlich kümmert's uns. Wir sind aber nicht in der Lage, dafür zu sorgen, daß die ganze Welt auf dem richtigen Weg bleibt. Wir haben sie nicht unter Kontrolle, aber wir tun, was wir können.«

»Das ist aber nicht genug«, rief Dana verbittert.

»Dana...« Er brach ab. Sie war ganz weit weg und horchte auf Geräusche, die er nicht hörte, sah Bilder, die er nicht sehen konnte. Sie saßen schweigend da, bis der Kellner mit den Bestellungen kam.

»Auf geht's.«

»Matt, wirklich, ich habe keinen Hung...«

»Sie werden jetzt essen«, befahl Matt.

Jeff Connors kam zu ihrem Tisch herüber. »Hallo, Matt.«

»Jeff.«

Jeff Connors sah Dana an. »Hallo.«

»Darf ich Sie mit Jeff Connors bekanntmachen, Dana?«

sagte Matt. »Jeff ist der Ressortleiter für Sport bei der *Tribune.*«

Dana nahm es mit einem Kopfnicken zur Kenntnis.

»Ich bin ein großer Bewunderer von Ihnen, Miss Evans. Ich bin sehr froh, daß Sie heil zu uns zurückgekommen sind.«

Dana reagierte mit neuerlichem Kopfnicken.

»Warum setzen Sie sich nicht zu uns an den Tisch, Jeff?« meinte Matt.

»Mach ich gern.« Er nahm einen Stuhl. »Ich habe immer versucht«, sagte er zu Dana, »keine von Ihren Sendungen zu verpassen. Ich fand Ihre Berichte brillant.«

»Danke«, murmelte Dana.

»Jeff zählt zu unseren großen Sportathleten. Er war ein berühmter Baseball-Star.«

Wieder ein Kopfnicken, sehr knapp diesmal.

»Am Freitag spielen die Orioles in Baltimore gegen die Yankees«, sagte Jeff. »Wenn Sie nichts Besseres vorhaben – es ist...«

Daraufhin sah ihn Dana zum erstenmal an. »Wie aufregend!« sagte sie. »Und der Zweck des Spiels besteht darin, den Ball zu treffen und dann einmal ums Feld zu laufen, während die andere Seite versuchen muß, Sie daran zu hindern?«

Er musterte sie mißtrauisch. »Na ja...«

Dana erhob sich. Ihre Stimme zitterte. »Ich habe auch Menschen über ein Feld rennen sehen – nur daß sie um ihr Leben rannten, weil irgendwo jemand war, der auf sie schoß und sie umbrachte!« Sie war beinahe hysterisch. »Das war kein Spiel, da... ging es nicht um so einen blöden Baseball!«

Die übrigen Gäste drehten sich nach ihr um.

»Scheren Sie sich zum Teufel!« Dana brach in Schluchzen aus und flüchtete nach draußen.

Jeff wandte sich an Matt. »Es tut mir schrecklich leid. Ich wollte sie doch nicht…«

»Es war nicht Ihre Schuld. Sie hat noch nicht wieder heimgefunden. Und sie hat, weiß Gott, Grund genug, mit den Nerven fertig zu sein.«

Dana hastete in ihr Büro und schlug die Tür hinter sich zu. Sie ging hinter ihren Schreibtisch, setzte sich und kämpfte gegen die Hysterie an. *O Gott, ich habe mich total lächerlich gemacht. Man wird mir kündigen, und sie hätten recht, ich habe es verdient. Warum habe ich den Mann angegriffen? Wie konnte ich mich nur so idiotisch verhalten? Ich gehöre nicht mehr hierher. Ich bin nirgendwo mehr zu Hause.* Sie legte die Arme auf den Schreibtisch und schluchzte.

Einige Minuten später ging die Tür auf, und jemand kam herein. Dana blickte auf. Es war Jeff Connors, der ein Tablett in der Hand trug – auf dem Tablett befanden sich ein Schinken-Salat-Tomatensandwich und ein Stück Tortelett à la mode.

»Sie haben Ihr Mittagessen vergessen mitzunehmen«, sagte er sanft.

Dana wischte sich beschämt die Tränen aus dem Gesicht. »Ich… ich muß mich bei Ihnen entschuldigen. Es tut mir so leid. Ich hatte kein Recht, Sie…«

»Sie hatten völlig recht«, korrigierte er mit ruhiger Stimme. »Und im übrigen – wer will sich denn schon so ein albernes altes Baseballspiel anschauen?« Jeff stellte das Tablett auf dem Schreibtisch ab. »Darf ich Ihnen beim Essen Gesellschaft leisten?« Er setzte sich.

»Ich habe keinen Hunger. Danke.«

Er seufzte. »Da bringen Sie mich aber wirklich in große Schwierigkeiten, Miss Evans. Matt hat mich dafür verantwortlich gemacht, daß Sie essen. Sie müssen etwas essen. Sie wollen doch nicht, daß ich meine Stellung verliere, oder?«

Dana rang sich ein Lächeln ab. »Nein.« Sie nahm die eine Hälfte des Sandwichs und aß einen kleinen Bissen.

»Mehr.«

Sie schaute ihn an. »Sie werden wirklich nicht eher Ruhe geben, bis ich das aufgegessen habe, nicht wahr?«

»Darauf können Sie wetten!« Er schaute zu, als sie ein größeres Stück abbiß. »So ist's schon besser. Übrigens – ich weiß nicht, ob ich es schon erwähnt habe, aber am Freitagabend findet ein Match statt zwischen den Orioles und den Yankees, und wenn Sie sonst nichts vorhaben – würden Sie mich vielleicht gern begleiten?«

Sie schaute ihn an und nickte. »Ja.«

Als Dana am Nachmittag um drei Uhr zu ihrem Antrittsbesuch ins Weiße Haus ging, bedeutete ihr der Pförtner am Eingang: »Mr. Tager würde Sie gern sprechen, Miss Evans. Ich werde jemanden rufen, der Sie zu ihm begleitet.«

Wenige Minuten später wurde Dana von einem Angestellten des Weißen Hauses ins Büro von Peter Tager geführt, der sie bereits erwartete.

»Mr. Tager …«

»Ich hatte nicht damit gerechnet, daß Sie Ihre neue Position so bald antreten, Miss Evans. Will Ihr Sender Ihnen denn überhaupt keinen Urlaub und keine Erholung gönnen?«

»Ich habe keinen Urlaub machen wollen«, antwortete Dana. »Ich … ich brauche die Arbeit.«

»Nehmen Sie doch bitte Platz.« Sie setzte sich ihm gegenüber hin. »Kann ich Ihnen etwas anbieten?«

»Nein, danke. Ich habe gerade zu Mittag gegessen.« Beim

Gedanken an Jeff Connors mußte sie innerlich lächeln. »Mr. Tager, ich möchte Ihnen und Präsident Russell herzlich dafür danken, daß Sie mir das Leben gerettet haben.« Sie zögerte, sprach es dann aber doch aus: »Ich weiß, die *Tribune* hat sich dem Präsidenten gegenüber nicht gerade besonders zuvorkommend verhalten, und ich ...«

Peter Tager hob eine Hand. »Diese Angelegenheit hat nichts mit Politik zu tun. Unter keinen Umständen kann es der Präsident zulassen, daß diese Herrschaften da unten ganz nach Belieben verhaften können. Sie sind mit der Geschichte der Helena von Troja vertraut?«

»Ja.«

Er lächelte. »Also, für Sie hätten wir sogar einen Krieg angefangen. Sie sind eine VIP.«

»Ich empfinde mich selbst nicht als sehr bedeutend.«

»Ich darf Ihnen versichern, daß sowohl der Präsident wie auch ich sehr glücklich darüber sind, daß Sie mit der Berichterstattung über das Weiße Haus betraut worden sind.«

»Ich danke Ihnen. Ich weiß das Kompliment zu schätzen.«

Er blieb einen Moment lang still. »Es ist bedauerlich, daß die *Tribune* Präsident Russell nicht mag, und daran werden Sie nichts ändern können. Trotzdem – Sie sollten wissen, und ich spreche hier von einer sehr persönlichen Ebene, falls der Präsident oder ich etwas für Sie tun können ... wir haben beide eine sehr hohe Meinung von Ihnen.«

»Ich danke Ihnen.«

Die Tür ging auf, und Oliver kam herein. Dana und Peter Tager erhoben sich von ihren Stühlen.

»Nehmen Sie doch bitte wieder Platz«, sagte Oliver und ging zu Dana. »Willkommen zu Hause.«

»Danke, Mr. President«, sagte Dana. »Und, ich meine es wirklich – ich danke Ihnen.«

Oliver lächelte. »Was hätte es für einen Sinn, Präsident der Vereinigten Staaten zu sein, wenn man nicht einmal in der Lage wäre, das Leben eines Menschen zu retten? Ich will Ihnen gegenüber offen und ehrlich sein, Miss Evans. Keiner von uns hier ist ein Fan Ihrer Zeitung. Doch wir sind alle miteinander *Ihre* Fans.«

»Ich danke Ihnen.«

»Peter wird mit Ihnen einen Rundgang durch das Weiße Haus machen. Und falls Sie Probleme haben sollten, stehen wir zu Ihrer Verfügung.«

»Das ist sehr freundlich von Ihnen.«

»Wenn Sie einverstanden sind, möchte ich Sie gern mit meinem Außenminister Mr. Werner bekannt machen. Ich wäre froh, wenn er von Ihnen einen Augenzeugenbericht über die Lage in Herzegowina bekommen könnte.«

»Dazu bin ich gern bereit«, erwiderte Dana.

Im Sitzungszimmer des amerikanischen Außenministers lauschten ein Dutzend Herren Danas Bericht über ihre Beobachtungen und Erfahrungen in Bosnien.

»Die meisten Gebäude in Sarajevo sind beschädigt oder zerstört ... Es gibt keinen elektrischen Strom. Wer noch ein Auto besitzt, nimmt abends die Batterien heraus, um damit den Fernseher betreiben zu können ... Der Verkehr in der Stadt ist durch die Wracks zerschossener Autos, Karren und Fahrräder auf den Straßen behindert. Das hauptsächliche Fortbewegungsmittel ist das Laufen ... Bei Regengüssen sammeln die Menschen mit Eimern das Wasser aus den Abflußrinnen ... Das Rote Kreuz und die Journalisten werden dort nicht respektiert und genießen keinen Schutz. Während des Krieges in Bosnien sind über vierzig Korrespondenten getötet und Dutzende verwundet worden ... Es herrscht der generelle Eindruck, daß – ganz gleich, ob die gegenwärtige Revolte gegen Milosevic von Erfolg gekrönt sein wird oder nicht – seine Machtposition durch den Aufstand im Volk in Frage gestellt worden ist…«

Die Unterredung zog sich über zwei Stunden hin. Für Dana war sie zugleich traumatisch und kathartisch; denn einerseits durchlebte sie während ihrer Schilderung die furchtbaren Ereignisse noch einmal; andererseits empfand sie es jedoch als eine Erleichterung, darüber sprechen zu können. Zum Schluß war sie allerdings total erschöpft.

»Ich habe Ihnen sehr zu danken, Miss Evans«, sagte der Außenminister. »Ihre Ausführungen waren sehr informativ.« Er lächelte ihr zu. »Ich bin froh, daß Sie heil und wohlauf zurückgekehrt sind.«

»Das bin ich auch, Mr. Werner.«

Am Freitag abend saß Dana an der Seite von Jeff Connors auf der Pressetribüne von Camden Yards, um dem Baseballspiel zuzuschauen, und es war seit ihrer Heimkehr aus Bosnien das erste Mal, daß sie imstande war, an etwas anderes als an den Krieg zu denken. Während sie die Spieler auf dem Feld beobachtete, hörte sie dem Ansager zu, der den Spielverlauf bekanntgab.

Beim siebten Inning stand Jeff auf und schaute Dana an. »Macht es Ihnen Spaß?«

Dana schaute zu ihm hoch und nickte. »Ja.«

Als sie nach dem Match nach Washington zurückgekehrt waren, dinierten sie im Bistro Twenty Fifteen.

»Ich möchte mich noch einmal für mein Verhalten vorgestern entschuldigen«, sagte Dana. »Es ist eben so, daß ich in einer Welt gelebt habe, wo…« Sie hielt inne, weil sie nicht recht wußte, wie sie sich ausdrücken sollte. »Wo alles eine Frage von Leben oder Tod ist. Absolut alles. Es ist furchtbar. Und wenn niemand etwas tut und dem Krieg ein Ende macht, besteht für die Menschen dort keinerlei Hoffnung.«

»Dana«, sagte Jeff leise, »Sie dürfen wegen den Geschehnissen dort nicht Ihr eigenes Leben aufgeben. Sie müssen anfangen, wieder zu leben. Hier und jetzt.«

»Ich weiß. Es ist nur... das ist gar nicht so leicht.«

»Natürlich ist es das nicht. Ich würde Ihnen gern dabei helfen. Darf ich?«

Dana schaute ihn lange an. »Ja, bitte.«

Am nächsten Tag war Dana mit Jeff zum Mittagessen verabredet.

»Könnten Sie mich abholen?« bat er und gab ihr seine Adresse.

»In Ordnung.« Dana fragte sich, wieso Jeff ausgerechnet dort, in einem äußerst unruhigen Teil der Innenstadt wohnen mußte. Als sie ankam, fand sie die Antwort auf ihre Frage.

Jeff war umringt von zwei Baseballmannschaften; die Spieler mochten zwischen neun und dreizehn Jahren alt sein und trugen eine bunte Vielfalt von Mannschaftsuniformen. Dana stellte ihren Wagen am Straßenrand ab und schaute ihnen beim Spiel zu.

»Und vergeßt eines nicht«, rief Jeff, »keine Eile. Wenn der Pitcher den Ball wirft, dann stellt euch vor, daß der Ball ganz langsam auf euch zukommt. Ihr habt also viel Zeit, um den Ball zu treffen. Stellt euch vor, fühlt es, wie euer Schlagholz auf den Ball knallt. Setzt euren Verstand ein, laßt ihn eure Hände führen...«

Jeff schaute herüber und bemerkte Dana. Er winkte. »Gut, Jungs. Das war's für heute.«

Ein Junge fragte: »Ist das deine Freundin, Jeff?«

»Wenn ich großes Glück habe.« Jeff lächelte. »Bis später.« Und er ging zu Danas Wagen.

»Das ist aber ein toller Baseballclub«, meinte sie anerkennend.

»Es sind nette Jungs. Ich trainiere sie einmal wöchentlich.«

Sie lächelte. »Das gefällt mir.« Und ihr kam die Frage in den Sinn, wie es wohl Kemal ging und womit er beschäftigt war.

Die Tage gingen dahin. Dana stellte fest, daß sie Jeff Connors immer lieber gewann, je länger sie ihn kannte. Er war einfühlsam, intelligent und lustig. Sie war gern mit ihm zusammen. Langsam begannen die schrecklichen Erinnerungen an Sarajevo zu verblassen. Und endlich kam der Morgen, als sie aufwachte und in der Nacht keine Alpträume gehabt hatte.

Als sie es Jeff erzählte, nahm er ihre Hand und sagte nur: »So hab ich mein Mädchen gern!«

Und Dana überlegte, ob eine tiefere Bedeutung in seinen Worten lag.

Auf Dana wartete im Büro ein in großen Druckbuchstaben geschriebener Brief. Sie las: »Miss evans, machen Sie sich keine Sorgen meinetwegen. ich bin hier glücklich. ich bin nicht einsam, ich vermisse niemand, und ich werde ihnen die kleidersachen zurückschicken, die sie mir gekauft haben, ich brauche sie nicht mehr. ich habe jetzt meine eigenen Sachen. Adieu.« Der Brief trug die Unterschrift »Kemal«.

Der Brief war in Paris abgestempelt worden; der Briefkopf lautete: »Xaviers Heim für Jungen.« Dana las den Brief noch einmal, und dann nahm sie den Hörer ab. Sie brauchte vier Stunden, um zu Kemal durchzukommen.

»Kemal, hier spricht Dana Evans. Ich bin's.« Keine Antwort. »Ich habe deinen Brief erhalten.« Schweigen. »Ich wollte dir nur mitteilen, wie sehr ich mich darüber freue, daß du glücklich bist und daß du es dort gut hast.« Sie wartete einen Augenblick, bevor sie weitersprach. »Ich würde auch gern so glücklich sein, wie du es bist.Weißt du auch, warum ich nicht so glücklich bin? Weil du mir fehlst. Ich denke oft an dich.«

»Nein, das tun Sie nicht«, widersprach Kemal. »Ich bedeute Ihnen gar nichts.«

»Da irrst du aber. Würdest du gerne nach Washington kommen und bei mir wohnen?«

Daraufhin folgte ein langes Schweigen. »Meinen Sie das... ist das Ihr Ernst?«

»Und ob. Würdest du gerne kommen?«

»Ich...« Er fing an zu weinen.

»Würdest du gern zu mir kommen, Kemal?«

»Ja... ja, Ma'am.«

»Ich werde die nötigen Vorkehrungen treffen.«

»Miss Evans?«

»Ja?«

»Ich liebe Sie.«

Dana und Jeff Connors gingen im West Potomac Park spazieren. »Ich denke, ich werde bald einen Wohngenossen bekommen«, sagte Dana. »Er müßte in den nächsten Wochen eintreffen.«

Jeff schaute sie überrascht an. »*Er?*«

Dana war zur eigenen Überraschung von seiner Reaktion erfreut. »Ja. Er heißt Kemal und ist zwölf Jahre alt.« Und sie erzählte ihm die Geschichte von Kemal.

»Das scheint ja ein großartiger Bursche zu sein.«

»Ist er auch. Er ist durch die Hölle gegangen, Jeff. Ich will ihm helfen zu vergessen.«

Er schaute Dana an und sagte. »Da würde ich gern mithelfen.«

An diesem Abend liebten sie einander zum ersten Mal.

16

Es gibt zwei Städte namens Washington, D. C. Da ist zum einen das Washington von maßloser Schönheit mit seiner stattlichen Architektur, seinen Museen von Weltklasse, Statuen, Denkmälern für die Giganten der Vergangenheit: Lincoln, Jefferson, Washington... eine Stadt voll grüner Parkanlagen, Kirschblüten und samtweicher Luft.

Das andere Washington, D. C., ist eine Zitadelle der Obdachlosen, eine Großstadt, deren Kriminalitätsrate zu den höchsten im ganzen Land zählt, ein Labyrinth der Straßenräuber und Mörder.

Das »Monroe Arms« ist ein schickes, diskretes kleines Hotel, das in einem stillen Winkel nicht weit von der Kreuzung zwischen der 27th Street und K-Street versteckt liegt. Es macht keine Werbung, denn es lebt hauptsächlich von Stammkunden.

Das Hotel wurde vor etlichen Jahren von einer unternehmungslustigen jungen Immobilienhändlerin namens Lara Cameron erbaut.

Der Geschäftsführer des Hotels, Jeremy Robinson, war gerade zur Abendschicht eingetroffen. Beim Überprüfen der Gästeliste legte sich ein Ausdruck von Ratlosigkeit auf seine Züge. Er las die für die elitären Terrace-Suiten eingetragenen Namen noch ein weiteres Mal durch, um absolut sicherzugehen, daß da wirklich niemand einen Fehler gemacht hatte.

In Suite 325 probte eine Schauspielerin, derenRuhm verblaßt war, für eine Premierenaufführung im National Theater. Einem Bericht der *Washington Post* zufolge erhoffte sie sich ein Comeback.

In der genau darüberliegenden Suite 425 logierte ein bekannter Waffenhändler, der Washington regelmäßig Besuche abstattete. Der Name im Gästebuch lautete auf J. L. Smith; dem Aussehen nach handelte es sich jedoch eher um einen Gast aus dem Nahen Osten. Mr. Smith war mit Trinkgeldern ungemein großzügig.

Suite 525 war für William Quint gebucht, einen Kongreßabgeordneten, der dem mächtigen Ausschuß für Drogenaufsicht vorstand.

Die Suite 625 – ein Stockwerk höher – war von einem Computersoftwarehändler belegt, der einmal monatlich nach Washington kam.

Die Suite 725 beherbergte den internationalen Lobbyisten Pat Murphy.

So weit, so gut, sagte sich Jeremy Robinson. Diese Gäste waren ihm wohlbekannt. Es war Suite 825, die Imperial Suite im obersten Stock, die ihm ein Rätsel aufgab. Es war die vornehmste Suite des Hotels, die nur ganz besonderen VIPs vorbehalten blieb. Sie erstreckte sich über die gesamte Etage und war mit wertvollen Gemälden und Antiquitäten eingerichtet, und sie hatte einen eigenen Fahrstuhl, der direkt zur Garage im Kellergeschoß führte, damit Gäste, die anonym zu bleiben wünschten, hier völlig unbeobachtet kommen und gehen konnten.

Was Jeremy Robinson stutzig machte, war der Name, der für diese Suite im Gästebuch des Hotels eingetragen war: Eugene Gant. Gab es tatsächlich eine Person dieses Namens? Oder hatte ein Bewunderer des Schriftstellers Thomas Wolfe sich den Namen seines Romanhelden als Pseudonym zugelegt?

Carl Gorman, der tagsüber diensthabende Empfangschef, der diesen rätselhaften Mr. Gant ins Fremdenbuch eingetragen hatte, war vor wenigen Stunden in die Ferien gegangen und unerreichbar. Jerry Robinson haßte Unklarheiten. Wer war dieser Eugene Gant? Und weshalb war ihm die Imperial Suite überlassen worden?

In der Suite 325, im dritten Stock, probte Gisella Barrett ihren Bühnentext. Sie war eine Dame von vornehmer Erscheinung, Ende Sechzig, eine Schauspielerin, die einstmals vom Londoner West End bis zum Broadway in Manhattan Publikum und Kritiker verzaubert hatte. Spuren ihrer einstigen Schönheit waren in ihrem Gesicht noch zu erkennen, doch sie waren von Verbitterung überlagert.

Sie hatte den Bericht in der *Washington Post* gelesen, der meldete, daß sie nach Washington zurückgekehrt sei, um ein Comeback zu versuchen. *Wie können sie es nur wagen!* dachte Gisella Barret empört. *Ein Comeback! Ich bin nie in der Versenkung verschwunden gewesen!*

Gewiß, es waren mehr als zwanzig Jahre vergangen, seit sie zum letztenmal auf der Bühne gestanden hatte; dazu war es jedoch nur gekommen, weil eine große Schauspielerin eben eine große Rolle, einen brillanten Regisseur und einen verständigen Theatermanager braucht. Die Regisseure von heute waren zu jung, um mit der Erhabenheit des wahren Theaters zurechtzukommen; und die großen englischen Bühnenmanager – H. M. Tenant, Binkie Beaumont, C. B. Cochran – waren allesamt tot. Selbst die noch einigermaßen kompetenten amerikanischen Bühnenproduzenten – Helbrun, Belasco und Golden – waren nicht mehr aktiv. Nein, es stand völlig außer Frage: der gegenwärtige Theaterbetrieb lag in der Hand von Unwissenden, von Parvenus ohne Verankerung in der Tradition. Wie waren die alten Zeiten doch großartig gewesen. Früher existierten Dramatiker, deren Feder in leuchtende Blitze getaucht waren. Gisella Barrett hatte die Rolle von Ellie Dunn in *Heartbreak House* gespielt.

Wie haben die Kritiker doch von mir geschwärmt. Der arme George. Er haßte es, wenn man ihn mit George anredete. Er wollte lieber Bernard genannt werden. Man hatte ihn für einen harten, bitteren Mann gehalten, doch unter dieser Schale war ein wahrhaft romantischer Ire. Er hat mir immer rote Rosen schicken lassen. Ich glaube, er war einfach zu scheu, um noch weiterzugehen. Möglicherweise hatte er Angst, daß ich ihn abweisen würde.

Sie war im Begriff, ihr Comeback in einer der stärksten Bühnenrollen aller Zeiten zu feiern – als Lady Macbeth.

Gisella Barrett rückte den Stuhl vom Fenster weg, so daß er einer nackten Wand gegenüberstand, denn sie wollte nicht durch die Aussicht abgelenkt werden. Sie setzte sich, atmete einmal tief durch und begann, sich in die von Shakespeare geschaffene Charakterrolle zu versenken.

Kommt, Geister, die ihr lauscht
Auf Mordgedanken, und entweibt mich hier;
Füllt mich vom Wirbel bis zur Zeh, randvoll,
Mit wilder Grausamkeit! verdickt mein Blut,
Sperrt jeden Weg und Eingang dem Erbarmen,
Daß kein anklopfend Mahnen der Natur
Den grimmen Vorsatz lähmt, noch friedlich hemmt
Vom Mord die Hand!

»Himmel noch einmal, wie können sie so blöd sein? Man würde doch meinen, daß sie nach all den Jahren, in denen ich in diesem Hotel abgestiegen bin ...«

Die Stimme tönte durchs offene Fenster von der Suite im darüberliegenden Stock.

In der Suite 425 schimpfte der Waffenhändler J. L. Smith lauthals auf einen Zimmerkellner ein: »... eigentlich wissen müßten, daß ich nur Beluga-Kaviar bestelle!« Er zeigte mit dem Finger auf einen Teller Kaviar, der auf dem Tisch des Zimmerservice stand. »Das da ist ein Bauernfraß!«

»Entschuldigen Sie bitte vielmals, Mr. Smith. Ich werde sofort nach unten in die Küche gehen und ...«

»Lassen Sie's gut sein.« J. L. Smith schaute auf seine mit Diamanten besetzte Rolex. »Ich habe jetzt keine Zeit. Ich habe eine wichtige Verabredung.« Er stand auf und ging zur Tür. Er wurde in der Kanzlei seines Anwalts erwartet. Einen Tag zuvor hatte ihn die Anklagejury eines Bundesgerichts wegen illegaler Geschenke an den amerikanischen Verteidigungsminister beschuldigt. Falls er schuldig gesprochen würde, mußte er mit drei Jahren Gefängnis und einer Geldstrafe von einer Million Dollar rechnen.

In der Suite 525 beriet sich der Kongreßabgeordnete William Quint, Sproß einer Familie, die seit Generationen zur Prominenz in Washington gehörte, mit drei Angehörigen seines Ermittlungsstabes.

»Die Drogenszene gerät in dieser Stadt zur Zeit total außer Kontrolle«, erklärte Quint. »Wir müssen sie unbedingt wieder in den Griff bekommen.« Er wandte sich an Dalton Isaak. »Was haben Sie herausgefunden?«

»Die Verbrechen sind auf Auseinandersetzungen zwischen Straßengangs zurückzuführen. Die Brentwood Gang verkauft den Stoff zu niedrigeren Preisen als die Forteenth

Street Gang und die Simple City Gang. Der Konflikt hat im vergangenen Monat zu vier Morden geführt.«

»So darf das nicht weitergehen, wir müssen etwas unternehmen«, betonte Quint. »Solche Entwicklungen schaden der Wirtschaft. Ich habe etliche Anrufe von der DEA und vom Polizeipräsidenten erhalten. Man wollte wissen, welche Gegenmaßnahmen wir planen.«

»Und was haben Sie darauf geantwortet?«

»Das übliche: Daß wir den Dingen nachgehen werden.« Er wandte sich an seinen Assistenten: »Arrangieren Sie ein Treffen mit der Brentwood Gang. Machen Sie den Kerlen klar, daß sie ihre Preise mit den anderen abstimmen müssen, wenn sie auf unsere schützende Hand Wert legen.« Er richtete sich an den dritten Mitarbeiter. »Wieviel haben wir im vergangenen Monat eingenommen?«

»Zehn Millionen hier, zehn Millionen außerhalb der Stadt.«

»Sehen Sie zu, daß Sie unsere Einnahmen in die Höhe treiben. Das Leben in dieser Stadt wird allmählich verdammt teuer.«

Ein Stockwerk höher lag Norman Hoff – ein blaßhäutiger Mann mit enormem Bierbauch – in Suite 625 im Dunkeln nackt auf dem Bett und sah sich auf dem internen Hotel-TV-Kanal einen Pornofilm an. Er streckte den Arm aus und streichelte die Brust seiner Bettgefährtin.

»Schau mal, was die da machen, Irma.« Seine Stimme war ein ersticktes Flüstern. »Hättest du's gern, daß ich das mit dir mache?« Er massierte ihr mit den Fingern den Bauch, während sein Blick am Bildschirm klebte, auf dem sich eine Frau leidenschaftlich mit einem Mann paarte. »Erregt dich das, Baby? Mich macht es echt geil.«

Er schob Irma zwei Finger zwischen die Beine. »Ich bin

soweit«, stöhnte er. Er packte die aufgepumpte Puppe, rollte sich auf sie und schob sich in sie hinein. Die Vagina der batteriebetriebenen Puppe öffnete und schloß sich um seinen Penis, wobei sie ihn immer fester preßte.

»O mein Gott!« stieß er hervor. Er stöhnte befriedigt auf. »Ja! Ja!«

Er blieb keuchend liegen, nachdem er die Batterie abgeschaltet hatte, und fühlte sich wundervoll. Am nächsten Morgen würde er Irma ein weiteres Mal benützen, bevor er die Luft herausließ und sie in einen Koffer packte.

Norman war Handelsvertreter und so gut wie immer in Städten unterwegs, wo ihm Gesellschaft gefehlt hatte. Bis er vor Jahren Irma entdeckte, die ihm alles bot, was er an weiblicher Gesellschaft brauchte. Die dummen Kollegen gabelten sich bei ihren Reisen Schlampen und Nutten auf; Norman war aber sicher, einen besseren Weg gefunden zu haben. Irma würde ihn nie mit einer Geschlechtskrankheit anstecken.

Noch ein Stockwerk höher war Pat Murphy mit seiner Familie gerade vom Abendessen in einem Restaurant wieder in Suite 725 zurückgekehrt. Der zwölfjährige Tim stand auf dem Balkon mit Ausblick auf den Park. »Können wir morgen zusammen auf das Denkmal klettern, Daddy«, bettelte er. »Bitte?«

»Nein«, widersprach sein jüngerer Bruder. »Ich will ins Smithsonian Institute.«

»In die Smithsonian Institution«, verbesserte der Vater.

»Ist doch egal. Ich will aber hin.«

Es war das erstemal, daß die Kinder in der Hauptstadt der Vereinigten Staaten von Amerika weilten, obwohl ihr Vater dort die Hälfte eines jeden Jahres verbrachte. Pat Murphy war – ein erfolgreicher – Lobbyist, der in Washington Kontakt zu einigen der wichtigsten Persönlichkeiten hatte.

Sein Vater war Bürgermeister einer kleinen Stadt in Ohio gewesen; Pat war mit der Politik großgeworden, und sie hatte ihn von jeher fasziniert. Sein bester Freund war damals ein Junge namens Joey. Die beiden waren zur gleichen Schule gegangen, hatten während des Sommers in Jugendlagern gemeinsam Ferien gemacht und alles miteinander geteilt. Sie waren, im wahrsten Sinne des Wortes, einer des andern bester Freund. Dann war mit einem Mal alles vorbei, als Joeys Eltern in einem Jahr während der Ferien verreisten, so daß er bei den Murphys wohnte. Da war Joey mitten in der Nacht in Pats Zimmer gekommen und zu ihm ins Bett gestiegen. »Pat«, flüsterte er. »Wach auf.«

Pat riß die Augen auf. »Was? Was ist los?«

»Ich bin so einsam«, flüsterte Joey. »Ich brauche dich.«

Pat Murphy war völlig verwirrt. »Aber wozu?«

»Verstehst du denn nicht? Ich liebe dich. Ich will dich.« Und dann hatte er Pat auf den Mund geküßt.

Und Pat dämmerte die furchtbare Erkenntnis, daß Joey homosexuell war. Es war Pat schlecht geworden, und er weigerte sich, je wieder mit Joey zu sprechen.

Pat Murphy haßte Homosexuelle. Sie waren für ihn Ausgeflippte, Schwule, gottverdammte Tunten, die es darauf abgesehen hatten, unschuldige Kinder zu verführen. Er steckte seinen Haß und Ekel in eine Kampagne gegen Homosexualität, bei Wahlen gab er seine Stimme grundsätzlich nur Kandidaten mit antihomosexuellem Engagement, und er hielt Vorträge über die Übel und Gefahren der Homosexualität.

In der Vergangenheit war er immer allein nach Washington gereist; doch diesmal hatte seine Frau keine Ruhe gegeben und hartnäckig darauf bestanden, daß sie und die Kinder mitkamen.

»Wir möchten einmal sehen, wie dein Leben dort aussieht«, bat sie. Und Pat hatte sich schließlich in sein Schicksal ergeben.

Es ist ja sowieso fast das letzte Mal; dann werde ich sie nie mehr wiedersehen. Er betrachtete seine Frau und seine Kinder und dachte: *Wie habe ich bloß einen so dummen Fehler machen können? Na schön, ich hab's ja fast hinter mir.* Frau und Kinder hatten für den morgigen Tag großartige Pläne geschmiedet. Doch es würde für sie kein Morgen mit ihm mehr geben. Wenn sie aufwachten, würde er längst im Flugzeug nach Brasilien sitzen.

Dort wartete Alan auf ihn.

In Suite 825, der Imperial Suite, herrschte totale Stille. *Nun atme doch,* befahl er sich. *Du mußt jetzt ganz tief atmen... langsamer, noch langsamer...* Er befand sich in Panikstimmung. Er betrachtete den schlanken, nackten Körper des Mädchens, das auf dem Boden lag, und redete sich ein: *Es war doch nicht meine Schuld. Sie ist ausgerutscht.*

Sie hatte sich beim Sturz gegen die scharfe Kante des schmiedeeisernen Tisches den Kopf angeschlagen, und von ihrer Stirn tropfte Blut. Er hatte ihren Puls gefühlt, doch sie hatte keinen Puls. Er konnte es nicht fassen. Einen Augenblick war sie noch so lebendig gewesen, und eine Sekunde später...

Ich muß sie von hier wegschaffen. Unverzüglich! Er drehte sich um, von der Leiche weg, und kleidete sich mit Windeseile an. Dieser Vorfall würde nicht einfach bloß einen weiteren Skandal bedeuten. Es würde ein Skandal, der die Welt erschütterte. *Ich muß auf jeden Fall verhindern, daß man mich mit dieser Suite in Verbindung bringt, ich darf keinerlei Spuren hinterlassen.* Nach dem Ankleiden ging er ins Badezimmer, feuchtete ein Handtuch an und rieb sämtliche Flächen ab, die er möglicherweise berührt hatte.

Als er endlich überzeugt war, keine Fingerabdrücke hinterlassen zu haben, die seine Anwesenheit in der Suite hätten beweisen können, ließ er seinen Blick ein letztes Mal durch den Raum gleiten. Ihre Handtasche! Er nahm die Handtasche auf der Couch an sich und lief zum gegenüberliegenden Ende des Apartments, wo der Privatlift wartete.

Er trat hinein und versuchte, seinen Atem unter Kontrolle zu bringen. Er drückte die Taste G. Als sich wenige Sekunden später die Tür des Fahrstuhls öffnete, befand er sich in der Garage, die völlig verlassen dalag. Er machte sich auf den Weg zu seinem Wagen. Da fiel ihm plötzlich etwas ein, und er rannte wieder zum Lift und wischte seine Fingerabdrücke von den Knöpfen im Fahrstuhlinnern. Er hielt sich im Schatten, vergewisserte sich, daß er noch immer allein in der Garage war, ehe er endlich wieder zu seinem Wagen lief, sich ans Steuer setzte, nach kurzem Warten den Motor anließ und aus der Garage hinausfuhr.

Es war ein philippinisches Zimmermädchen, das die ausgestreckte Leiche des Mädchens auf dem Boden entdeckte.

»*O Dios ko, kawawa naman iyong babae!*« Sie bekreuzigte sich und rannte, laut um Hilfe rufend, aus dem Zimmer.

Drei Minuten später stand Jeremy Robinson mit Thom Peters, dem Sicherheitschef des Hotels, in der Imperial Suite fassungslos vor der nackten Mädchenleiche.

»Herrgott«, stieß Thom entsetzt hervor. »Sie ist ja höchstens sechzehn oder siebzehn Jahre alt.« Er wandte sich dem Hoteldirektor zu. »Da müssen wir wohl die Polizei benachrichtigen.«

»Warten Sie!« *Polizei. Die Presse. Öffentlichkeit.* Einen

Moment lang dachte Robinson tatsächlich über eine Möglichkeit nach, die Leiche des Mädchens unbemerkt aus dem Hotel hinauszuschaffen. »Es geht wohl nicht anders«, räumte er schließlich widerstrebend ein.

Thom Peter zog sein Taschentuch heraus, bevor er den Hörer abnahm.

»Was soll das?« fragte Robinson unwirsch. »Wir befinden uns doch nicht am Tatort eines Verbrechens. Es handelt sich um einen Unfall.«

»Das steht keineswegs fest, oder?« warnte Peters.

Er wählte die Nummer und wartete. »Das Morddezernat bitte.«

Detective Nick Reese schien völlig dem Klischee eines Kriminalbeamten zu entsprechen, der genau weiß, wo's langgeht: ein großgewachsener, muskulöser Mann mit einer gebrochenen Nase – das Souvenir einer frühen Laufbahn als Boxer –, der in Washington als Streifenpolizist bei der Metropolitan Police angefangen und sich von der Pike auf langsam bis zum Lieutenant emporgearbeitet hatte, um schließlich vom Rang eines Detective D1 zum Detective D2 befördert zu werden. Er hatte im Laufe des letzten Jahrzehnts mehr Fälle gelöst als jeder andere Kollege in seinem Dezernat.

Detective Reese stand regungslos da, während er den Tatort in Augenschein nahm. Außer ihm befand sich noch eine Handvoll Männer in der Suite. »Hat jemand die Leiche angefaßt?«

Robinson erschauerte. »Nein.«

»Wer ist sie?«

»Ich weiß es nicht.«

Reese nahm den Hoteldirektor ins Visier. »Da wird ausgerechnet in der Imperial Suite Ihres Hotels ein junges

Mädchen tot aufgefunden, und Sie haben keine Ahnung, wer sie ist? Hat dieses Hotel etwa kein Gästebuch?«

»Selbstverständlich führen wir ein Gästebuch, Detective. Doch in diesem Fall…« Er hielt inne.

»In diesem Fall…?«

»Die Suite ist auf den Namen eines Eugene Gant gebucht worden.«

»Wer ist Eugene Gant?«

»Ich habe keine Ahnung.«

Detective Reese verlor allmählich die Geduld. »Nun hören Sie mir mal gut zu. Wenn diese Suite gebucht worden ist, muß ja auch für sie gezahlt worden sein… mit Bargeld, Kreditkarte – meinetwegen auch mit Schafen –, egal, was. Und derjenige Hotelangestellte, der diesen Gant im Gästebuch registriert hat, muß doch wohl einen Blick auf ihn erhascht haben. Wer hat ihn ins Gästebuch eingetragen?«

»Unser Tagesempfangschef. Gorman.«

»Ich möchte ihn sprechen.«

»Das ist leider nicht möglich.«

»Ach ja? Und wieso nicht?«

»Er ist heute in die Ferien gefahren.«

»Dann rufen Sie ihn an.«

Robinson seufzte. »Er hat uns nicht mitgeteilt, wo er Urlaub macht.«

»Und wann kehrt er wieder zurück?«

»In zwei Wochen.«

»Da will ich Ihnen mal ein kleines Geheimnis verraten. Ich habe keineswegs die Absicht, zwei Wochen zu warten. Ich benötige hier und jetzt dringend ein paar Informationen. Es muß doch in diesem Hotel eine Person geben, die beobachtet hat, wie jemand diese Suite betreten oder verlassen hat.«

»Nicht unbedingt«, widersprach Robinson in einem entschuldigenden Ton. »Diese Suite besitzt nämlich neben dem gewöhnlichen Ausgang auch einen eigenen Fahrstuhl, der direkt zur Garage im Kellergeschoß fährt... Im übrigen kann ich die ganze Aufregung nicht verstehen. Hier... es handelt sich hier um einen Unfall. Wahrscheinlich war das Mädchen drogenabhängig. Es hat eine Überdosis genommen, ist gestolpert und hingefallen.«

Ein Kriminalbeamter trat auf Detective Reese zu. »Ich habe mir die Schränke angeschaut. Das Kleid des Mädchens kommt von Gap, die Schuhe sind von Wild Pair. Sonst keinerlei Hinweise.«

»Es gibt also gar keine Anhaltspunkte für eine Identifizierung?«

»Nein. Falls Sie eine Handtasche bei sich gehabt hat, so ist sie verschwunden.«

Detective Reese unterzog die Leiche einer neuerlichen Musterung. »Bringen Sie mir ein Stück Seife«, wies er den neben ihm stehenden Polizisten an. »Und feuchten Sie die Seife an.«

Der Polizist machte eine verdutzte Miene. »Entschuldigung?«

»Ein Stück nasse Seife.«

»Jawohl, Sir.« Er verließ eilends den Raum.

Detective Reese kniete neben der Leiche des Mädchens und betrachtete den Ring an ihrem Finger. »Sieht ganz nach einem Schulring aus.«

Eine Minute später kehrte der Polizist zurück und überreichte Reese ein Stück Seife.

Reese rieb den Finger des Mädchens behutsam mit der Seife ein und zog anschließend vorsichtig den Ring ab. Er drehte ihn nach allen Seiten. »Es handelt sich um einen

Klassenring von der Denver High School«, erklärte er, nachdem er ihn untersucht hatte. »Und er trägt die Initialen P. Y.« Er schaute zu seinem Begleiter hoch. »Überprüfen Sie dies. Rufen Sie bei der Schule an. Finden Sie heraus, wer das Mädchen ist. Wir müssen sie so rasch wie möglich identifizieren.«

Detective Ed Nelson – ein Experte der Abteilung für Fingerabdrücke – trat auf Detective Reese zu. »Eine verdammt komische Sache, Nick. Wir finden hier überall Fingerabdrücke, und doch hat sich jemand die Mühe gemacht, von den Türgriffen sämtliche Fingerabdrücke zu entfernen.«

»Das heißt, daß sich zum Zeitpunkt des Todes noch eine weitere Person in dieser Suite aufgehalten hat. Warum hat er keinen Arzt geholt? Warum hat er es für nötig befunden, Fingerabdrücke zu beseitigen? Und was, Teufel noch mal, hat ein Mädchen überhaupt in so einer teueren Suite verloren?«

»In welcher Form ist die Bezahlung für die Suite entrichtet worden?« fragte er Robinson.

»Laut unseren Unterlagen ist bar bezahlt worden, durch einen Boten, der ein Kuvert brachte. Die Buchung der Suite erfolgte übrigens per Telefon.«

»Nick«, meldete sich der Coroner zu Wort, »können wir die Leiche jetzt bewegen?«

»Noch eine Minute, bitte. Habt ihr irgendwelche Anzeichen von Gewaltanwendung entdeckt?«

»Nur die Verletzung auf der Stirn. Wir werden selbstverständlich eine Obduktion durchführen.«

»Irgendwelche Schleifspuren am Körper?«

»Nein. Die Arme und Beine sind sauber.«

»Ist sie eventuell vergewaltigt worden?«

»Das werden wir überprüfen.«

Detective Reese seufzte. »Da hätten wir also folgenden Tatbestand: Ein Schulmädchen aus Denver kommt nach Washington und wird in einem der teuersten Hotels der Stadt ermordet. Ein Unbekannter beseitigt seine Fingerabdrücke und verduftet. Die Geschichte ist faul. Ich will wissen, wer diese Suite gemietet hat.«

Er wandte sich an den Coroner. »Sie können die Leiche jetzt mitnehmen.« Er fixierte Detective Nelson. »Haben Sie den Privatlift nach Fingerabdrücken untersucht?«

»Jawohl. Der Lift fährt direkt ins Kellergeschoß hinunter, und er hat lediglich zwei Bedienungsknöpfe. Beide Knöpfe sind abgewischt worden.«

»Sie haben in der Garage nachgeschaut?«

»Ja. Dort unten hat sich nichts Ungewöhnliches ergeben.«

»Wer immer der Täter sein mag – er hat sich verdammt viel Mühe gemacht, um seine Spuren zu verwischen. Da muß es sich entweder um eine Person mit Vorstrafenregister handeln oder um eine VIP, die sich damit amüsiert, über die Stränge zu schlagen.« Er musterte Robinson. »Welche Leute buchen diese Suite üblicherweise?«

»Sie ist –«, Robinson mußte sich sichtlich überwinden, »– höchstbedeutenden Gästen vorbehalten: Königen, Premierministern ...« Er zögerte erneut. »... Staatspräsidenten.«

»Sind während der vergangenen vierundzwanzig Stunden von diesem Telefon Anrufe getätigt worden?«

»Das weiß ich nicht.«

Detective Reese zeigte sich zunehmend irritiert. »Falls ein Anruf stattgefunden hätte, wäre er aber dokumentiert worden?«

»Selbstverständlich.«

Detective Reese nahm den Hörer ab. »Hier Detective

Nick Reese. Ich muß wissen, ob im Laufe der vergangenen vierundzwanzig Stunden von der Imperial Suite aus telefoniert worden ist. Ich werde warten.«

Er sah den Mitarbeitern des Coroner zu, als sie die nackte Mädchenleiche mit einem Laken zudeckten und auf eine Bahre hoben. *Mein Gott,* dachte Reese, *sie hatte ja kaum angefangen zu leben.*

Er hörte die Stimme des Telefonisten. »Detective Reese?«

»Am Apparat.«

»Es hat gestern einen Anruf von der Imperial Suite aus gegeben. Es war ein Ortsgespräch.«

Reese zückte Bleistift und Notizblock. »Wie lautete die Nummer?... Vier-fünf-sechs-sieben-null-vier-eins...« Reese begann mit dem Notieren der Nummer, brach dann aber abrupt ab und schaute entgeistert auf sein Notizbuch. »Scheiße!«

»Was ist los?« fragte Detective Nelson.

Reese hob den Kopf. »Es ist die Telefonnummer des Weißen Hauses.«

17

»Wo bist du in der vergangenen Nacht gewesen, Oliver?« fragte Jan am folgenden Morgen während des Frühstücks.

Olivers Herzschlag setzte für eine Sekunde aus. Aber sie konnte unmöglich wissen, was geschehen war, niemand konnte es wissen. Wirklich niemand. »Ich hatte eine Zusammenkunft mit...«

Jan fiel ihm ins Wort. »Die Sitzung ist abgesagt worden. Trotzdem bist du erst um drei Uhr nachts heimgekommen. Ich hatte versucht, dich zu erreichen. Wo bist du gewesen?«

»Na ja, da hat sich etwas ergeben. Aber warum? Bestand denn ein dringender Anlaß...? War etwas nicht in Ordnung?«

»Das ist mittlerweile bedeutungslos«, antwortete Jan in einem müden Ton. »Du tust nicht einfach nur mir weh, Oliver, du schadest dir auch selbst. Du hast soviel erreicht. Ich will nicht mitansehen müssen, daß du das alles wieder verlierst, nur weil... weil du nicht fähig bist...« Ihr traten Tränen in die Augen.

Oliver erhob sich und ging zu ihr. Er legte ihr den Arm um die Schultern. »Es ist alles in Ordnung, Jan. Alles ist gut. Ich liebe dich sehr.«

Und ich liebe dich wirklich, dachte Oliver, *jedenfalls auf meine Art. Was gestern nacht geschah, ist nicht meine Schuld. Sie hat die Initiative ergriffen, sie hat angerufen. Ich hätte mich nicht mit ihr treffen dürfen. Er hatte alle nur möglichen Vorsichtsmaßnahmen getroffen, um nicht gesehen zu werden. Ich bin nicht in Gefahr,* sagte sich Oliver.

Peter Tager machte sich wegen Oliver Sorgen. Er hatte begriffen, daß es unmöglich war, Olivers Libido unter Kontrolle zu halten, und schließlich mit ihm eine Vereinbarung getroffen. An bestimmten Abenden setzte Peter Tager fiktive Sitzungen fest, an denen der Präsident teilzunehmen hatte; Sitzungen, die außerhalb des Weißen Hauses anberaumt wurden; und außerdem verstand Tager es dann so einzurichten, daß seine Geheimdiensteskorte für ein paar Stunden verschwand.

Als Peter Tager Senator Davis aufgesucht hatte, um sich wegen der Entwicklung zu beklagen, hatte ihm der Senator in aller Ruhe bedeutet: »Oliver ist nun mal ein heißblütiger Mensch, Peter, und es ist manchmal unmöglich, solche Leidenschaft zu beherrschen. Ich empfinde große Bewunderung für Ihre Moralvorstellungen, Peter. Ich weiß, wieviel Ihnen Ihre Familie bedeutet und wie sehr Ihnen das Verhalten des Präsidenten zuwider sein muß. Doch wir sollten da nicht allzusehr den Richter spielen wollen. Sorgen Sie einfach weiterhin dafür, daß in dieser Hinsicht alles so diskret wie möglich verläuft.«

Die Besuche in dem weißgekachelten Autopsieraum waren Detective Nick Reese verhaßt. Dort roch es nach Formaldehyd und Tod. Als er durch die Tür trat, sah er, daß er bereits vom Coroner erwartet wurde – von der zierlichen, attraktiven Helen Chuan.

»Morgen«, sagte Reese. »Haben Sie die Obduktion beendet?«

»Ich habe für Sie ein vorläufiges Gutachten erstellt, Nick. Die arme Jane Doe ist nicht an Ihrer Kopfverletzung gestorben. Ihr Herz hat schon zu schlagen aufgehört, bevor sie mit dem Kopf gegen den Tisch schlug. Sie ist an einer Überdosis Methylenedioxymethanphetamine gestorben.«

Er seufzte. »Müssen Sie mich denn immer mit solch unverständlichen Ausdrücken verschrecken, Helen?«

»Verzeihung. In der Umgangssprache heißt das Zeug Ecstasy.« Sie reichte ihm ein Gutachten. »Das wäre der bisherige Stand unserer Ergebnisse.«

OBDUKTIONSPROTOKOLL

NAME DER VERSTORBENEN: JANE DOE, AKTENNR: C-L961

ANATOMISCHE ZUSAMMENFASSUNG

I. ERWEITERTE UND HYPERTROPHISCHE KARDIOMYOPATHIE
   A. HERZVERGRÖSSERUNG (750 GM)
   B. LINKE VENTRIKELHYPERTHROPHIE, HERZ (2,3 CM)
   C. KONGESTIVE LEBERVERGRÖSSERUNG (2750 GM)
   D. BANTI-SYNDROM (350 MG)
II. AKUTE OPIATVERGIFTUNG
   A. AKUTE VENÖSE BLUTSTÖRUNG, SÄMTLICHE EINGEWEIDE.
III. TOXIKOLOGIE (CFR. SEPARATES GUTACHTEN)
IV. HIRNBLUTUNG (CFR. SEPARATES GUTACHTEN)
   SCHLUSSFOLGERUNG: (TODESURSACHE)
   ERWEITERTE UND HYPERTROPHISCHE KARDIOMYOPATHIE
   AKUTE OPIATINTOXIKATION

Nick Reese hob den Kopf. »In schlichtes Englisch übersetzt heißt das also, daß sie an einer Überdosis Ecstasy gestorben ist?«

»Ja.«

»Ist sie vergewaltigt worden?«

Helen Chuan zögerte. »Ihr Jungfernhäutchen war gebrochen, und es gab Spuren von Sperma und ein bißchen Blut auf ihren Oberschenkeln.«

»Also ist sie vergewaltigt worden.«

»Das glaube ich eigentlich nicht.«

»Was soll das heißen – Sie glauben es eigentlich nicht?« Reese runzelte die Stirn.

»Es gab keinerlei Anzeichen von Gewaltanwendung.«

Detective Reese schaute sie ratlos an. »Und das heißt?«

»Ich glaube, daß Jane Doe eine Jungfrau gewesen ist. Es war ihr erstes sexuelles Erlebnis.«

Detective Reese versuchte die Information zu verarbeiten. Da war es einem Mann gelungen, eine Jungfrau zu überreden, mit ihm in die Imperial Suite hochzugehen und mit ihm zu schlafen. Das konnte nur jemand sein, den sie kannte. Oder ein berühmter, beziehungsweise mächtiger Mann.

Das Telefon läutete. Helen Chuan nahm ab. »Hier das Amt des Coroner.« Sie lauschte einen Augenblick, dann gab sie dem Detective den Hörer. »Es ist für Sie.«

Nick Reese nahm den Hörer. »Hier Reese.« Sein Gesicht hellte sich auf. »O ja, Mrs. Holbrook. Vielen Dank für den Rückruf. Es handelt sich um einen Klassenring von Ihrer Schule mit den Initialen P. Y. Gibt es bei Ihnen eine Schülerin mit diesen Initialen?... Ich wäre Ihnen sehr verbunden. Danke. Ja, ich bleibe am Apparat.«

Er fixierte die Pathologin. »Sie sind überzeugt, daß sie nicht vergewaltigt wurde?«

»Ich habe keine Hinweise auf Gewaltanwendung gefunden. Nicht das mindeste.«

»Wäre es möglich, daß sie nach dem Tod penetriert wurde?«

»Das würde ich verneinen.« Nach einer kurzen Pause

meldete sich Mrs. Holbrook wieder in der Leitung. »Detective Reese.«

»Ja.«

»Laut unserem Computer haben wir eine Schülerin mit den Initialen P. Y. Sie heißt Pauline Young.«

»Könnten Sie mir bitte eine Beschreibung von ihr geben, Mrs. Holbrook?«

»Aber gewiß. Pauline ist achtzehn Jahre alt. Sie ist ziemlich klein und stämmig und hat dunkles Haar...«

»Verstehe.« *Das falsche Mädchen.* »Und sie ist die einzige Schülerin mit diesen Initialen?«

»Der einzige weibliche Schüler. Ja.«

Er begriff. »Sie meinen, daß es in Ihrer Schule noch einen Jungen mit diesen Initialen gibt?«

»Ja. Paul Yerby. Er besucht die Abschlußklasse. Übrigens – er hält sich zur Zeit gerade in Washington auf.«

Das Herz von Detective Reese begann schneller zu schlagen. »Er hält sich hier in Washington auf?«

»Ja. Eine Gruppe von Schülerinnen und Schülern der Denver High School befindet sich momentan in Washington, um das Weiße Haus und den Kongreß zu besichtigen und...«

»Und alle Schülerinnen und Schüler dieser Gruppe sind in diesem Augenblick in der Hauptstadt?«

»So ist es.«

»Ist Ihnen zufällig auch bekannt, wo sie wohnen?«

»Im Hotel Lombardy. Das Hotel hat uns einen Gruppenrabatt eingeräumt. Die anderen Hotels, mit denen ich verhandelt habe, waren leider nicht...«

»Ich danke Ihnen von Herzen, Mrs. Holbrook. Ich bin Ihnen sehr verpflichtet.«

Nick Reese legte auf und wandte sich an die Pathologin.

»Geben Sie bitte Bescheid, Helen, wenn der Obduktionsbefund abgeschlossen ist, ja?«

»Selbstverständlich. Viel Glück, Nick.«

Er nickte mit dem Kopf. »Ich denke, daß ich gerade Glück gehabt habe.«

Das Hotel Lombardy befand sich in der Pennsylvania Avenue, zwei Straßen vom Washington Circle entfernt; von dort waren das Weiße Haus, einige Denkmäler und eine U-Bahnstation zu Fuß erreichbar. Detective Reese betrat die altmodische Eingangshalle und ging auf die Rezeption zu. »Wohnt ein gewisser Paul Yerby bei Ihnen?«

»Bedaure, aber wir geben grundsätzlich keine ...«

Reese zeigte seine Dienstmarke. »Ich bin sehr in Eile, Freundchen.«

»Jawohl, Sir.« Der Empfangschef sah im Gästebuch nach. »Da gibt es einen Mr. Yerby auf Zimmer 315. Soll ich ...?«

»Nein. Ich werde ihn überraschen. Und geben Sie ihm jetzt nicht telefonisch Bescheid.«

Reese nahm den Lift, stieg im dritten Stock aus und ging zu Zimmer 315, in dem er Stimmen hören konnte. Er öffnete einen Knopf seiner Jacke und klopfte an die Tür.

»Hallo.«

»Paul Yerby?«

»Nein.« Der Junge drehte sich nach einem anderen im Raum um. »Paul, Besuch für dich.«

Nick Reese schob sich an ihm vorbei. Aus dem Badezimmer kam ein schlanker Junge mit zerzaustem Haar in Jeans und Pulli.

»Paul Yerby?«

»Ja. Wer sind Sie?«

Reese zeigte seine Dienstmarke. »Detective Nick Reese. Morddezernat.«

Der Junge erbleichte. »Ich... was kann ich für Sie tun?«

Nick Reese konnte die Angst des Jungen förmlich riechen. Er nahm den Ring des Mädchens aus der Tasche und hielt ihn dem Jungen hin.

»Haben Sie diesen Ring schon einmal gesehen, Paul?«

»Nein«, erwiderte der Junge prompt. »Ich...«

»Er trägt aber Ihre Initialen.«

»Tut er das? O ja.« Er zögerte. »Es könnte mein Ring sein. Ich muß ihn verloren haben.«

»Oder haben Sie ihn einem anderen Menschen geschenkt?«

Der Junge leckte sich die Lippen. »Äh, na ja. Könnte sein.«

»Dann begleiten Sie mich mal ins Stadtzentrum, Paul.«

Der Junge schaute ihn nervös an. »Bin ich verhaftet?«

»Weswegen denn?« fragte Detective Reese. »Haben Sie ein Verbrechen begangen?«

»Natürlich nicht. Ich...« Die Worte verklangen.

»Warum sollte ich Sie dann verhaften?«

»Ich – ich weiß nicht. Ich wüßte nicht, warum ich Sie ins Stadtzentrum begleiten sollte.«

Er fixierte die offenstehende Tür. Detective Reese streckte die Hand aus und hielt Paul am Arm fest. »Machen wir keine Umstände.«

»Soll ich deine Mutter oder sonst jemand anrufen?« fragte der Zimmergenosse.

Paul Yerby schüttelte unglücklich den Kopf. »Nein. Ruf niemanden an.« Seine Stimme war nur mehr ein Flüstern.

Das Henry I. Daly Building an der Indiana Avenue, NW, im Zentrum von Washington ist ein unansehnliches, sechsstöckiges graues Backsteingebäude, das als Bezirkshauptquartier der Polizei dient. Die Räume des Morddezernats liegen im dritten Stock. Während von Paul Yerby Fotos gemacht und die Fingerabdrücke genommen wurden, suchte Detective Nick Reese das Büro von Captain Otto Miller auf.

»Ich glaube, daß wir in dem Monroe-Arms-Fall einen Durchbruch haben.

Miller lehnte sich auf seinem Stuhl zurück. »Erzählen Sie.«

»Ich habe den Freund des toten Mädchens gefunden. Der Junge hat wahnsinnige Angst. Wir werden ihn jetzt vernehmen. Wollen Sie beim Verhör anwesend sein?«

Captain Miller machte eine Bewegung mit dem Kopf, um auf die Berge von Papier auf seinem Schreibtisch hinzuweisen. »Ich bin für die nächsten paar Monate beschäftigt. Geben Sie mir einen Bericht.«

»Okay.« Detective Reese machte sich auf den Weg zur Tür.

»Nick – vergessen Sie nicht, ihn über seine Rechte aufzuklären.«

Paul Yerby wurde in einen Vernehmungsraum geführt. Es war ein kleines Zimmer, zwei Meter siebzig lang und drei Meter sechzig breit, die Einrichtung bestand aus einem abgenutzten Schreibtisch, vier Stühlen und einer Videokamera. Außerdem war er mit einem Einwegspiegel versehen, so daß Kriminalbeamte das Verhör vom Nebenzimmer aus beobachten konnten.

Paul Yerby saß Nick Reese und den beiden Detectives Doug Hogan und Edgar Bernstein gegenüber.

»Ihnen ist bewußt, daß wir diese Unterredung auf Videoband aufzeichnen?« fragte Detective Reese.

»Jawohl, Sir.«

»Sie haben das Recht auf einen Anwalt. Falls Sie sich keinen Anwalt leisten können,wird Ihnen ein Anwalt zugewiesen, der Sie vertritt.«

»Wünschen Sie, daß bei diesem Gespräch ein Anwalt zugegen ist?« fragte Detective Bernstein.

»Ich brauche keinen Anwalt.«

»In Ordnung. Sie haben das Recht zu schweigen. Wenn Sie auf dieses Recht verzichten, kann und wird alles, was Sie aussagen, beim Gericht gegen Sie verwendet werden. Ist das klar?«

»Jawohl, Sir.«

»Wie lautet Ihr rechtmäßiger Name, bitte?«

»Paul Yerby.«

»Ihre Adresse?«

»23 Marian Street, Denver, Colorado. Hören Sie, ich habe nichts Unrechtmäßiges getan. Ich ...«

»Das hat auch niemand behauptet. Wir sind nur darum bemüht, ein paar Auskünfte zu erhalten, Paul. Dabei würden Sie uns doch gern weiterhelfen, nicht wahr?«

»Gewiß, aber ich ... Ich weiß gar nicht, worum es geht.«

»Sie haben keine Ahnung?«

»Nein, Sir.«

»Haben Sie Freundinnen, Paul?«

»Na ja, wissen Sie ...«

»Nein, wir wissen es nicht. Warum erzählen Sie uns nicht etwas darüber?«

»Na schön, sicher. Ich treffe mich mit Mädchen ...«

»Sie meinen, daß Sie sich mit Mädchen verabreden? Gehen Sie mit Mädchen aus?«

»Ja.«

»Gehen Sie mit einem ganz bestimmten Mädchen aus?«

Schweigen.

»Haben Sie eine Freundin, Paul?«

»Ja.«

»Und wie heißt sie?« fragte Detective Bernstein.

»Chloe.«

»Und weiter?«

»Chloe Hanks.«

Reese machte eine Notiz. »Wie lautet ihre Adresse?«

»62 Oak Street, Denver.«

»Und wie heißen ihre Eltern?«

»Sie lebt mit ihrer Mutter zusammen.«

»Und wie heißt die Mutter?«

»Jackie Houston. Sie ist Gouverneur von Colorado.«

Die Kriminalbeamten warfen sich einen vielsagenden Blick zu. *Mist! Das hat uns gerade noch gefehlt!*

Reese hielt einen Ring hoch. »Gehört dieser Ring Ihnen, Paul?«

Er schaute kurz hin und bejahte dann widerstrebend.

»Haben Sie diesen Ring Chloe geschenkt?«

Er schluckte nervös. »Ich… ich glaube schon.«

»Sie sind sich nicht sicher?«

»Nun erinnere ich mich. Ja, ich habe ihn ihr geschenkt.«

»Sie sind mit einigen Klassenkameraden nach Washington gekommen, stimmt's? Mit einer Schulgruppe?» fragte Detective Hogan.

»Ja, das stimmt.«

»Hat Chloe zu dieser Gruppe gehört?«

»Jawohl, Sir.«

»Wo befindet Chloe sich zur Zeit, Paul?« fragte Detective Bernstein.

»Ich – ich weiß es nicht.«

»Wann haben Sie sie zuletzt gesehen?« fragte Detective Hogan.

»Vor ein paar Tagen.«

»Vor zwei Tagen?« hakte Detective Reese nach.

»Ja.«

»Und wo?« wollte Detective Bernstein wissen.

»Im Weißen Haus.«

Die Detectives wechselten erstaunte Blicke. »Sie ist im Weißen Haus gewesen?« fragte Reese.

»Jawohl, Sir. Wir waren zusammen auf einer Privatbesichtigung, die Chloes Mutter für uns organisiert hat.«

»Und Chloe hat daran teilgenommen?« erkundigte sich Detective Hogan.

»Ja.«

»Ist während der Besichtigung des Weißen Hauses etwas Ungewöhnliches vorgefallen?« fragte Detective Bernstein.

»Wie meinen Sie das?«

»Haben Sie während der Besichtigung irgend jemanden getroffen oder gesprochen?« erläuterte Detective Bernstein.

»Na klar, den Führer.«

»Und das ist alles?« fragte Reese.

»So ist es.«

»War Chloe die ganze Zeit über bei Ihrer Gruppe?« fragte Detective Hogan.

»Ja...« Yerby zögerte. »Nein. Sie schlich sich davon, auf die Damentoilette. Sie war ungefähr eine Viertelstunde lang weg. Als sie wieder zurückkam, war sie...« Er brach ab.

»War sie was?« insistierte Reese.

»Nichts. Sie kam einfach zurück.«

Es war offensichtlich, daß der Junge log.

»Mein Junge«, sagte Detective Reese, »wissen Sie, daß Chloe Houston tot ist?«

Sie beobachteten ihn genau. »Nein! Mein Gott! Wieso?« Seine erstaunte Miene war möglicherweise auch simuliert.

»Haben Sie das denn nicht gewußt?« fragte Detective Bernstein.

»Nein! Ich … das kann ich nicht glauben.«

»Sie hatten nichts mit ihrem Tod zu tun?« fragte Detective Hogan.

»Natürlich nicht. Ich liebe … Ich hatte Chloe lieb.«

»Haben Sie je mit ihr geschlafen?« wollte Detective Bernstein wissen.

»Nein. Wir … wir wollten warten. Wir wollten nämlich heiraten.«

»Aber Sie haben manchmal gemeinsam Drogen genommen?« sagte Detective Reese.

»Nein! Wir haben nie Drogen genommen.«

Die Tür ging auf. Ein untersetzter Detective namens Harry Carter trat herein, ging zu Reese hinüber und flüsterte ihm etwas ins Ohr. Reese nickte. Er fixierte Yerby.

»Wann haben Sie Chloe Houston zum letztenmal gesehen?«

»Das habe ich Ihnen doch schon gesagt, bei der Besichtigung im Weißen Haus.« Er rutschte unruhig auf seinem Stuhl herum.

Detective Reese beugte sich vor. »Sie befinden sich in großen Schwierigkeiten, Paul. Die Imperial Suite des Hotels Monroe Arms ist mit Fingerabdrücken von Ihnen übersät. Wie sind Sie dorthin gekommen?«

Paul Yerby war blaß geworden.

»Sie können sich die Lügen jetzt schenken. Wir haben Sie festgenagelt.«

»Ich … Ich habe nichts getan.«

»Waren Sie die Person, die die Suite im Hotel Monroe Arms gebucht hat?« fragte Detective Bernstein.

»Nein. Das war ich nicht.« Die Betonung lag auf »ich«.

Reese setzte sofort nach. »Aber Sie wissen, wer es war?«

»Nein.« Die Antwort kam zu schnell.

»Sie geben aber zu, daß Sie in der Suite gewesen sind?« fragte Detective Hogan.

»Ja, aber ... aber als ich fortging, war Chloe am Leben.«

»Warum sind Sie fortgegangen?« fragte Detective Hogan.

»Sie hat mich darum gebeten. Sie ... hat jemanden erwartet.«

»Kommen Sie, Paul. Wir wissen doch, daß Sie Chloe umgebracht haben«, sagte Detective Bernstein.

»Nein!« Er zitterte am ganzen Körper. »Ich schwöre, daß ich damit nichts zu tun habe. Ich habe Sie bloß nach oben in die Suite begleitet. Und ich bin nur ganz kurz dageblieben.«

»Weil sie jemanden erwartet hat?« fragte Detective Reese.

»Ja. Sie ... sie war igendwie sehr aufgeregt.«

»Hat Sie Ihnen gesagt, wen sie dort treffen würde?« fragte Detective Hogan.

Er leckte sich die Lippen. »Nein.«

»Sie lügen. Sie hat es Ihnen gesagt.«

»Sie haben gesagt, daß Chloe aufgeregt war. Weshalb?« wollte Detective Reese wissen.

Paul leckte sich erneut die Lippe. »Wegen dem Mann, den sie zum Abendessen treffen würde.«

»Wer war dieser Mann?«

»Das darf ich nicht sagen.«

»Warum nicht?« fragte Detective Hogan.

»Ich habe es Chloe versprochen, daß ich es niemandem verraten würde.«

»Chloe ist tot.«

Paul Yerbys Augen füllten sich mit Tränen. »Ich kann es einfach nicht glauben.«

»Nennen Sie uns den Namen des Mannes«, verlangte Detective Reese.

»Das kann ich nicht. Ich habe ihr ein Versprechen gegeben.«

»Ich will Ihnen sagen, was geschehen wird. Sie werden die Nacht im Gefängnis verbringen. Falls Sie uns morgen früh den Namen des Mannes nennen, mit dem Chloe verabredet war, werden wir Sie freilassen. Ansonsten werden wir Sie wegen Mordes ersten Grades unter Anklage stellen.«

Sie warteten, daß er etwas sagte.

Schweigen.

Nick Reese gab Bernstein ein Zeichen mit dem Kopf. »Führen Sie ihn ab.«

Detective Reese kam ins Büro von Captain Miller zurück.

»Ich habe eine schlechte Nachricht, und ich habe eine noch schlechtere Nachricht.«

»Für solche Spielchen habe ich wirklich nichts übrig, Nick.«

»Die schlechte Nachricht ist die, daß ich mir nicht sicher bin, daß der Junge ihr das Rauschgift gegeben hat. Die schlimmere Nachricht ist die, daß die Mutter des toten Mädchens Gouverneur von Colorado ist.«

»O Gott! Da wird die Presse jubilieren.« Captain Miller rang nach Luft. »Warum glauben Sie nicht daran, daß der Junge schuldig ist?«

»Er gibt zu, daß er mit dem Mädchen zusammen in der Suite war, behauptet jedoch, daß sie ihn weggeschickt hat, weil sie jemanden erwartete. Ich halte den Jungen einfach für zu intelligent, um eine solch dumme Geschichte zu erfinden. Was ich jedoch glaube, ist folgendes: Der Junge weiß, wen Chloe Houston erwartet hat. Er will aber nicht sagen, wer es war.«

»Haben Sie da irgendeine Vermutung?«

»Das Mädchen war zum erstenmal in Washington und nahm mit einer Gruppe ihrer Schule an einer Besichtigung des Weißen Hauses teil. Sie hat hier in Washington keine Menschenseele gekannt. Sie hat ihren Mitschülern erklärt, daß sie zur Damentoilette ginge. Es gibt aber im Weißen Haus keine öffentlichen Toiletten. Da hätte sie nach draußen zum Besucherpavillon an der Ellipse bei der 15th Street und E Street oder ins Besucherzentrum des Weißen Hauses laufen müssen. Sie war ungefähr eine Viertelstunde lang weg. Ich stelle mir die Sache so vor, daß sie auf der Suche nach einer Damentoilette jemandem über den Weg gelaufen ist – jemandem, den sie vielleicht wiedererkannt hat, eventuell jemand, den sie im Fernsehen gesehen hat. Es muß auf jeden Fall ein bedeutender Mensch gewesen sein, und der hat sie zu einer privaten Toilette im Weißen Haus begleitet und auf sie einen hinreichend großen Eindruck gemacht, daß sie zustimmte, sich mit ihm in Monroe Arms zu treffen.

Captain Miller war nachdenklich geworden. »Da sollte ich besser das Weiße Haus anrufen. Man hat mich gebeten, sie in dieser Angelegenheit auf dem laufenden zu halten. Aber lassen Sie bei dem Jungen nicht locker. Ich muß diesen Namen wissen.«

»In Ordnung.«

Als Detective Reese durch die Tür verschwunden war, griff Captain Miller nach dem Telefon und wählte eine Nummer. Wenige Minuten später erklärte er: Jawohl, Sir. Wir haben einen wichtigen Zeugen in Gewahrsam genommen. Er befindet sich in der Polizeistation an der Indian Avenue in Gewahrsam... Bestimmt nicht, Sir. Ich nehme an, daß der Junge uns morgen den Namen des Mannes nennen wird... Ja, Sir, ich verstehe.« Die Verbindung wurde unterbrochen.

Captain Miller seufzte und widmete sich wieder den Papierbergen auf seinem Schreibtisch.

Als Detective Nick Reese am nächsten Morgen darauf um acht Uhr Paul Yerbys Zelle betrat, hing Yerby tot an einem der obersten Gitterstäbe.

18

TOTE SECHZEHNJÄHRIGE IDENTIFIZIERT ALS TOCHTER DER GOUVERNEURIN VON COLORADO.
FREUND ERHÄNGT SICH IN POLIZEIHAFT.
POLIZEI JAGT NACH MYSTERIÖSEM ZEUGEN.

Sein Blick fiel auf die Schlagzeilen, und ihm wurde auf einmal ganz schwach. Eine Sechzehnjährige! Sie war ihm viel älter vorgekommen. Wessen hatte er sich schuldig gemacht? Eines Mordes? Eines Totschlags? Und obendrein einer Vergewaltigung.

Er hatte sie beobachtet, als sie aus dem Badezimmer der Suite kam, mit nichts am Leib als einem scheuen Lächeln. *»Ich habe es noch nie gemacht.«*

Er hatte sie in die Arme genommen und gestreichelt. *»Ich bin ja so glücklich, daß du es das erste Mal mit mir erlebst, Honey.* Er hatte zuvor ein Glas Ecstasy mit ihr geteilt. *»Trink das mal. Da wirst du dich wohl fühlen.«* Sie hatten sich geliebt, und anschließend hatte sie über Unwohlsein geklagt. Sie war dann aus dem Bett gestiegen, gestolpert und mit dem Kopf gegen den Tisch geschlagen. Ein Unfall. Nur daß die Polizei es selbstverständlich mit anderen Augen betrachten würde. *Aber sie wird nichts finden, um mich mit ihr in Verbindung bringen zu können. Gar nichts.*

Die ganze Episode hatte eine Aura des Unwirklichen gehabt, wie ein Alptraum, der einen anderen Menschen heimgesucht hatte, bis es jetzt schwarz auf weiß in der Zeitung stand. Durch das Lesen der Schlagzeilen gewann der Vorfall irgendwie an Realität.

Er konnte plötzlich das Rauschen des Verkehrs draußen vor dem Weißen Haus auf der Pennsylvania Avenue durch seine Bürowände hören. In wenigen Minuten sollte eine Kabinettssitzung stattfinden. Er holte tief Luft. *Reiß dich zusammen.*

Vizepräsident Malvin Wicks, Sime Lombardo und Peter Tager warteten im Oval Office.

Oliver trat ein und nahm hinter seinem Scheibtisch Platz.

»Einen guten Morgen den Herren.«

Allgemeine Begrüßung.

»Haben Sie heute morgen schon die *Tribune* gelesen, Mr. President?« fragte Peter Tager.

»Nein.«

»Man hat das Mädchen identifiziert, das im Hotel Monroe Arms gestorben ist – leider eine unangenehme Nachricht.«

Oliver wurde, ohne es selber zu merken, plötzlich ganz starr. »Ja?«

»Der Name des Mädchens lautet Chloe Houston. Sie ist die Tochter von Jackie Houston.«

»O mein Gott!« Der Präsident brachte die Worte kaum über die Lippen.

Sie schauten ihn an, weil seine Reaktion sie überrascht hatte. Er hatte sich jedoch schnell wieder im Griff. »Ich ... ich war einmal mit Jackie Houston befreundet ... vor langer Zeit. Das ... eine fürchterliche Nachricht. Furchtbar.«

»Selbst wenn wir nicht für die Kriminalität in Washington, D. C., verantwortlich sind«, meinte Sime Lombardo,

»wird die *Tribune* die Sache uns anhängen und auf uns einschlagen.«

»Gibt es denn gar keine Möglichkeit«, schaltete sich Melvin Wicks ein, »um Leslie Stewart das Maul zu stopfen?«

Oliver fiel ihre Leidenschaft ein, die sie ihm an dem gemeinsamen Abend entgegengebracht hatte. »Nein«, erwiderte Oliver. »Die Freiheit der Presse, meine Herren.«

Peter Tager wandte sich an den Präsidenten. »Und was ist mit der Gouverneurin?«

»Das übernehme ich.« Er drückte eine Intercomtaste. »Verbinden Sie mich bitte mit Gouverneurin Houston in Denver.«

»Wir müssen daran denken, auf Schadensbegrenzung hinzuarbeiten«, riet Peter Tager. »Ich werde Statistiken über die sinkende Kriminalität in unserem Staat zusammentragen. Und Sie haben den Kongreß aufgefordert, mehr Mittel für unsere Polizeidienste zu bewilligen, und so weiter, und so fort.« Es klang selbst in seinen eigenen Ohren hohl.

»Das ist jetzt wirklich nicht der richtige Moment«, warnte Melvin Wicks.

Das Intercom summte. Oliver nahm ab. »Ja?« Er hörte kurz zu und legte auf. »Die Gouverneurin befindet sich im Flugzeug nach Washington.« Er drehte sich zu Peter Tager um. »Finden Sie heraus, welche Maschine Sie genommen hat, Peter. Holen Sie sie vom Flughafen ab und bringen Sie sie hierher.«

»In Ordnung. Die *Tribune* hat übrigens auch noch einen unangenehm scharfen Leitartikel gebracht.« Peter Tager reichte Oliver die Seite der Zeitung mit dem Leitartikel.

»Leslie Stewart ist ein Miststück.« Sime Lombardo sagte es ganz leise. »Mit der sollte einer von uns mal ein Wörtchen reden.«

Matt Baker saß in seinem Büro bei der *Washington Tribune* und las den Leitartikel noch einmal durch, der den Präsidenten wegen einer zu weichen Haltung in punkto Kriminalität angriff, als Frank Lonergan hereinkam. Lonergan, ein cleverer Journalist in den Vierzigern mit Welterfahrung, der früher einmal bei der Polizei gearbeitet hatte, wußte, wo's langging. Er zählte zu den besten Enthüllungsjournalisten der Branche.

»Haben Sie diesen Leitartikel geschrieben, Frank?«

»Ja«, antwortete er.

»Mir macht da nur dieser Absatz über einen fünfundzwanzigprozentigen Rückgang der Kriminalitätsrate in Minnesota Probleme. Gibt es einen Grund, warum Sie hier ausschließlich auf Minnesota zu sprechen kommen?«

»Es war ein Vorschlag der Prinzessin«, sagte Lonergan.

»Einfach lächerlich«, schimpfte Matt Baker. »Ich werde sie zur Rede stellen.«

Leslie Stewart telefonierte, als Matt Baker in ihr Büro trat.

»Die Ausarbeitung der Einzelheiten überlasse ich ganz Ihnen. Mir ist nur wichtig, daß wir soviel Geld wie möglich für ihn zusammenbringen. Wie es der Zufall will, ist Senator Embry von Minnesota heute mittag bei mir zu Gast, und er wird mir eine Liste mit Namen übergeben. Vielen Dank.« Sie legte den Hörer auf. »Matt.«

Matt Baker näherte sich ihrem Schreibtisch. »Ich würde gern über diesen Leitartikel mit Ihnen sprechen.«

»Er ist ausgezeichnet, finden Sie nicht?«

»Er stinkt, Leslie. Das ist reine Propaganda. Für die Bekämpfung der Kriminalität in Washington, D. C., ist nicht der Präsident zuständig. Hier gibt es einen Bürgermeister, der sich wirklich mal darum kümmern könnte. Und die Polizei. Und was soll dieser Quatsch über die angebliche fünfundzwanzigprozentige Senkung der Kriminalitätsrate in Minnesota? Woher haben Sie diese statistischen Werte?«

Leslie Stewart lehnte sich zurück. »Das ist hier meine Zeitung, Matt«, erwiderte sie ruhig. »Und in dieser Zeitung schreibe ich, was ich will. Oliver Russell ist ein lausiger Präsident. Und Gregory Emby würde ein hervorragender amerikanischer Präsident werden. Weshalb wir ihn auch auf seinem Weg ins Weiße Haus unterstützen werden.«

Sie bemerkte den Ausdruck auf Matts Gesicht und wurde weicher. »Nun kommen Sie schon, Matt. Im nächsten Präsidentschaftswahlkampf wird die *Tribune* auf der Seite des siegreichen Kandidaten sein. Embry wird uns nützlich werden. Er ist übrigens gerade auf dem Weg zu uns. Würden Sie uns beim Mittagessen Gesellschaft leisten?«

»Nein. Ich mag keine Leute, die beim Essen die Hand aufhalten.« Er machte kehrt und verschwand.

Im Korridor wäre Matt Baker fast mit Senator Embry zusammengestoßen. Der Senator war ein aufgeblasener, wichtigtuerischer Politiker in den Fünfzigern.

»Oha! Der Senator! Meine Glückwünsche.«

Senator Embry sah ihn verständnislos an. »Vielen Dank. Äh... wofür denn?«

»Weil Sie die Kriminalitätsrate in Ihrem Staat um fünfundzwanzig Prozent gedrückt haben.« Matt Baker ließ den Senator stehen, der ihm mit verdutzter Miene nachschaute.

Das Essen fand in Leslie Stewarts persönlichem, mit Antiquitäten eingerichtetem Eßzimmer statt. Als Leslie in Begleitung von Gouverneur Embry erschien, war der Chef in der Küche gerade mit den Vorbereitungen fertig. Der Oberkellner eilte herbei, sie willkommen zu heißen.

»Die Speisen können gereicht werden, wann immer es

Ihnen genehm ist, Miss Stewart. Hätten Sie gern einen Drink?«

»Nicht für mich«, sagte Leslie. »Und Sie, Senator?«

»Also, normalerweise trinke ich ja tagsüber nicht, aber jetzt hätte ich nichts gegen einen Martini einzuwenden.

Leslie Stewart wußte, daß Senator Embry kräftig dem Alkohol zusprach, denn sie besaß ein umfassendes Dossier über ihn: Er war verheiratet, hatte fünf Kinder und hielt sich eine japanische Mätresse. Sein persönliches Hobby bestand darin, in seinem Heimatstaat heimlich eine paramilitärische Gruppierung zu finanzieren. All das war jedoch für Leslie ohne Bedeutung. Für sie fiel nur eines ins Gewicht – daß Gregory Embry der Auffassung war, die Politik solle die Konzerne und Großunternehmen in Ruhe schalten und walten lassen. Die Washington Tribune Enterprises waren ein Großunternehmen, das Leslie noch größer zu machen plante, und in diesem Zusammenhang rechnete sie mit der Unterstützung eines US-Präsidenten Embry.

Sie hatten sich am Eßtisch niedergelassen. Senator Embry gönnte sich einen Schluck von seinem zweiten Glas Martini.

»Ich möchte mich bei Ihnen für die großartige Spende für meinen Wahlkampf bedanken, Leslie. Das war eine wirklich schöne Geste.«

Sie schenkte ihm ein strahlendes Lächeln. »Es war mir ein Vergnügen. Ich werde alles tun, um Ihnen zu helfen, Oliver Russell zu schlagen.«

»Also, da stehen unsere Chancen gar nicht schlecht, will ich meinen.«

»Das glaube ich auch. Die Leute haben ihn und seine Skandale langsam satt. Falls er sich zwischen dem heutigen Datum und den Präsidentschaftswahlen noch eine weitere

Affäre leistet, wird ihm die Bevölkerung bestimmt den Laufpaß geben.«

Senator Embry musterte sie mit einem forschenden Blick. »Glauben Sie denn, daß es noch einen Skandal geben wird?«

Leslie nickte und antwortete leise: »Es würde mich nicht überraschen.«

Das Essen war köstlich.

Der Anruf kam von Antonio Valdez, einem Mitarbeiter im Amt des Coroner. »Miss Stewart, Sie hatten mir doch gesagt, daß ich Sie im Fall Houston auf dem laufenden halten soll?«

»Ja ...«

»Die Polizei hat uns angewiesen, in diesem Fall alles unterm Deckel zu halten, aber Sie sind immer fair zu uns gewesen, da habe ich mir gedacht ...«

»Seien Sie ganz unbesorgt. Wir werden uns schon um Sie kümmern. Nun berichten Sie mir mal von dem Obduktionsbefund.«

»Ja, Ma'am. Todesursache war eine Droge namens Ecstasy.«

»Was?«

»Ecstasy. Und das Mädchen hat es in flüssiger Form eingenommen.«

»Ich habe dir eine kleine Überraschung mitgebracht, ich hätte gern, daß du's probierst. Es ist flüssiges Ecstasy. Ich habe es von einem Freund bekommen.«

Und die Frau, die im Kentucky River gefunden wurde, war an einer Überdosis von flüssigem Ecstasy gestorben.

Leslie war wie gelähmt, und ihr Herz schlug ihr bis zum Hals.

Es gibt doch einen Gott.

Leslie ließ Frank Lonergan zu sich rufen. »Ziehen Sie bitte Erkundigungen über den Tod von Chloe Houston ein. Ich glaube, daß der amerikanische Präsident in den Fall verwickelt ist.«

Frank Lonergan fand dies unglaublich. »Der Präsident?«

»Man versucht, es zu vertuschen, davon bin ich fest überzeugt. Dieser Junge, den sie verhaftet haben, der Selbstmord begangen hat... graben Sie da mal nach. Und eruieren Sie die Bewegungen des Präsidenten am Nachmittag und Abend des Todestags des Mädchens. Diese Nachforschungen müssen aber geheim bleiben. Streng vertraulich. Sie geben nur mir persönlich Bericht.«

Frank Lonergan verschlug es schier den Atem. »Sie sind sich der möglichen Konsequenzen bewußt?«

»Legen Sie los. Und, Frank...«

»Ja?«

»Suchen Sie im Internet nach einer Droge namens Ecstasy. Und nach einer Verbindung dieser Droge zu Oliver Russell.«

Auf einer medizinischen Internet-Seite, die den Risiken und Gefahren dieser Droge gewidmet war, fand Lonergan die Geschichte von Oliver Russells früherer Sekretärin Miriam Friedland, die in einem Krankenhaus in Frankfort, Kentucky, lag. Lonergan rief dort an, um sich nach ihr zu erkundigen. »Miss Friedland ist vor zwei Tagen entschlafen«, wurde ihm von einem Arzt mitgeteilt. »Sie ist nicht mehr aus dem Koma erwacht.«

Frank Lonergan rief im Büro von Gouverneurin Houston an.

»Bedaure«, teilte die Sekretärin ihm mit. »Die Gouverneurin ist nach Washington gereist.«

Zehn Minuten später war Frank Lonergan unterwegs zum National Airport. Er kam zu spät.

Als die Passagiere das Flugzeug verließen, sah Lonergan Peter Tager auf eine blonde Frau um die Vierzig zugehen und sie begrüßen. Nach einem kurzen Gespräch begleitete Tager die Frau zu einem wartenden Wagen.

Ich muß unbedingt mit dieser Frau reden, sagte sich Lonergan, der sie von weitem beobachtete. Auf der Rückfahrt zur Stadt begann er von seinem Autotelefon aus verschiedene Leute anzurufen. Beim dritten Anruf erfuhr er, daß die Gouverneurin Houston im Hotel Four Seasons logierte.

Jackie Houston wurde schon von Oliver Russell erwartet, als sie in sein persönliches Arbeitszimmer neben dem Oval Office geführt wurde.

Er nahm ihre Hände in seine Hände. »Mein herzliches Beileid, Jackie. Mir fehlen die Worte.«

Seit ihrer letzten Begegnung waren siebzehn Jahre vergangen. Sie hatten sich auf einem Anwaltskongreß in Chicago kennengelernt. Die junge, schöne, lebhafte Jackie hatte gerade ihr Jurastudium abgeschlossen. Es war zwischen ihnen zu einer kurzen, aber leidenschaftlichen Affäre gekommen.

Vor siebzehn Jahren.

Und Chloe war sechzehn Jahre alt gewesen.

Er wagte nicht, die Frage laut auszusprechen, die ihm auf der Seele lag. *Ich will es gar nicht wissen.* Sie sahen sich schweigend an; Oliver hatte kurz den Verdacht, daß sie von der Vergangenheit sprechen würde. Er wandte den Blick ab.

»Die Polizei ist der Auffassung«, sagte Jackie Houston, »daß Paul Yerby etwas mit dem Tod von Chloe zu tun hat.«

»Das stimmt.«

»Nein.«

»Nein?«

»Paul war in Chloe verliebt. Er würde ihr nie ein Leid zufügen.« Ihr versagte die Stimme. »Sie... die beiden wollten heiraten.«

»Nach meinen Informationen wurden Fingerabdrücke des Jungen in dem Hotelzimmer entdeckt, wo sie starb, Jackie.«

Jackie erwiderte: »Die Presse hat geschrieben, daß es... daß es in der Imperial Suite des Hotels Monroe Arms passiert ist.«

»Ja.«

»Chloe bekam nur wenig Taschengeld, Oliver. Und Pauls Vater ist ein pensionierter Angestellter. Woher sollte Chloe das Geld für die Imperial Suite haben?«

»Ich... ich weiß es nicht.«

»Das muß doch herauszubekommen sein. Ich werde nicht eher abreisen, bis ich erfahren habe, wer für den Tod meiner Tochter verantwortlich ist.« Sie dachte nach. »Chloe hatte an dem Nachmittag einen Termin bei dir. Hast du sie gesehen?«

Ein kurzes Zögern seinerseits. »Nein. Ich wünschte, ich hätte sie gesehen. Bedauerlicherweise kam eine Sitzung dazwischen, so daß ich unsere Verabredung absagen mußte.«

In einer Wohnung am anderen Ende der Stadt lagen zwei nackte Leiber eng umschlungen im Bett. Er konnte spüren, wie sie sich verspannte.

»Bist du okay, JoAnn?«

»Ja, ja, Alex.«

»Du scheinst aber ganz weit weg zu sein, Baby. Woran denkst du?«

»Ach, nichts«, erwiderte JoAnn McGrath.

»Wirklich?«

»Also, um die Wahrheit zu sagen, mir fiel das arme Mädchen ein, das im Hotel ermordet wurde.«

»Ja, ich habe darüber gelesen. Sie war die Tochter einer Gouverneurin.«

»Ja.«

»Weiß die Polizei, mit wem sie zusammengewesen war?«

»Nein. Die Polizisten haben alle Hotelangestellten verhört.«

»Dich auch?«

»Ja. Ich konnte ihnen aber auch nichts sagen. Außer die Sache mit dem Telefongespräch.«

»Was für ein Telefongespräch?«

»Da war ein Anruf aus der Suite ins Weiße Haus.«

Er war plötzlich ganz still. »Ach«, meinte er beiläufig, »das muß gar nichts bedeuten. Im Weißen Haus würde doch jeder mal gern anrufen. Mach das noch einmal, Baby. Hast du noch etwas Ahornsirup?«

Frank Lonergan war vom Flughafen gerade in sein Büro zurückgekehrt, als das Telefon läutete. »Lonergan.«

»Hallo, Mr. Lonergan. Hier spricht Shallow Throat.« Es war Alex Cooper, ein kleiner Schmarotzer, der sich gern wie ein Informant der Watergateklasse vorkam. Sich so zu nennen entsprach seiner Vorstellung von Komik. »Zahlen Sie immer noch für heiße Tips?«

»Kommt darauf an, wie heiß die Tips sind.«

»Was ich diesmal weiß, ist so heiß, daß es Ihnen den Arsch verbrennen wird. Dafür will ich fünftausend Dollar haben.«

»Adieu.«

»Moment mal. Legen Sie nicht auf. Es betrifft ein Mädchen, das im Monroe Arms ermordet wurde.«

Frank Lonergan war hellwach. »Was ist mir ihr?«

»Können wir beide uns irgendwo treffen?«

»In einer halben Stunde bei Ricco's.«

Um vierzehn Uhr saß Frank Lonergan neben Alex Cooper bei Ricco's. Alex Cooper war ein hagerer Typ, und Lonergan hatte ungern mit ihm zu tun. Es war Lonergan schleierhaft, wie Cooper an seine Informationen kam; andererseits hatte er sich in der Vergangenheit als äußerst nützlich erwiesen.

»Hoffentlich ist das hier keine Zeitverschwendung«, sagte Lonergan.

»Oh, ich kann mir nicht vorstellen, daß es Zeitverschwendung ist. Was würden Sie sagen, wenn ich Ihnen verriete, daß zwischen der Ermordung dieses Mädchens und dem Weißen Haus ein Zusammenhang besteht?« Er zeigte ein selbstzufriedenes Lächeln.

Es gelang Frank Lonergan, seine Aufregung zu verbergen. »Fahren Sie fort.«

»Fünftausend Dollar?«

»Eintausend.«

»Zwei.«

»Abgemacht. Erzählen Sie.«

»Meine Freundin arbeitet beim Monroe Arms als Telefonistin.«

»Wie heißt sie?«

»JoAnn McGrath.«

Lonergan machte sich eine Notiz. »Und?«

»In der Zeit, als das Mädchen dort war, hat jemand aus der Imperial Suite im Weißen Haus angerufen.«

»Ich glaube, daß der Präsident in die Sache verwickelt ist«, hatte Leslie Stewart erklärt. »Sind Sie sicher?«

»Information aus erster Hand.«

»Ich werde sie überprüfen. Wenn sie stimmt, kriegen Sie Ihr Geld. Haben sie es irgendeiner anderen Person gegenüber erwähnt?«

»Nein.«

»Gut. Das sollten Sie auch nicht.« Lonergan erhob sich. »Wir bleiben in Kontakt.«

»Da wäre noch ein Punkt«, sagte Cooper.

Lonergan blieb stehen. »Ja?«

»Mich müssen Sie völlig aus der Sache heraushalten. Ich möchte nicht, daß JoAnn erfährt, daß ich darüber mit jemand gesprochen habe.«

»Kein Problem.«

Alex Cooper blieb allein zurück und überlegte, wie er die zweitausend Dollar ausgeben würde, ohne JoAnn davon zu erzählen.

Die Telefonzentrale des Hotels Monroe Arms befand sich in der Eingangshalle in einer Kabine hinter der Rezeption. JoAnn McGrath hatte Dienst, als Lonergan mit einem Klemmbrett in der Hand hereinschaute. Sie sprach gerade die Worte »Ich verbinde Sie« in die Muschel.

Sie stellte die Verbindung her, und dann drehte sie sich zu Lonergan um. »Was kann ich für Sie tun?«

»Ich bin von der Telefongesellschaft«, erklärte Lonergan und schwenkte irgendeinen Ausweis. »Wir haben einer Beschwerde nachzugehen.«

JoAnn McGrath war überrascht. »Was für eine Beschwerde?«

»Uns hat jemand gemeldet, daß ihm Telefongespräche berechnet worden sind, die er nicht geführt hat.« Er tat so, als ob er auf seinem Klemmbrett nachsah. »Am fünfzehnten Oktober. An dem Tag ist diesen Leuten ein Anruf nach Deutschland berechnet worden, und dabei kennen sie überhaupt niemanden in Deutschland. Sie sind ziemlich genervt.«

»Also, von der Sache ist mir nichts bekannt«, entrüstete sich JoAnn. »Ich kann mich nicht einmal daran erinnern, daß ich im vergangenen Monat auch nur eine einzige Verbindung mit Deutschland hergestellt habe.«

»Haben Sie für den Fünfzehnten die Unterlagen da?«

»Selbstverständlich.«

»Darf ich mal rasch einen Blick drauf werfen?«

»Wenn's sein muß.« Sie fand unter einem Stapel von Papieren eine Mappe, die sie ihm reichte. Die Zentrale summte unentwegt. Während sie mit den Anrufen beschäftigt war, schaute Lonergan rasch die Blätter in der Mappe durch. Der 12. Oktober... 13. Oktober... 14. Oktober... 16. Oktober.

Das Blatt für den 15. Oktober fehlte.

Frank Lonergan wartete in der Lobby des Hotels Four Seasons, als Jackie Houston vom Weißen Haus zurückkam.

»Gouverneurin Houston?«

»Sie drehte sich um. »Ja?«

»Frank Lonergan. Ich bin von der Washington Tribune. Ich möchte Ihnen nur mitteilen, wie sehr wir alle mit Ihnen fühlen, Gouverneurin.

»Ich danke Ihnen.«

»Wäre es wohl möglich, daß ich Sie für eine Minute spreche?«

»Ich bin jetzt wirklich nicht in der...«

»Ich könnte Ihnen möglicherweise behilflich sein.« Er machte eine Kopfbewegung zur Lounge abseits der Hauptlobby. »Könnten wir für einen Moment dorthin gehen?«

Sie gab sich einen Ruck. »Also gut.«

Sie schritten zur Lounge hinüber und setzten sich.

»Soweit ich weiß, war Ihre Tochter zu einer Besichtigung im Weißen Haus an dem Tag, als sie …« Er konnte es nicht über sich bringen, den Satz zu Ende zu sprechen.

»Ja. Sie … sie nahm mit Schulkameraden und -freundinnen an einer Besichtigung teil. Sie war sehr aufgeregt, weil sie eine Verabredung mit dem Präsidenten hatte.«

Lonergan hatte Mühe, ruhig zu bleiben. »Sie hatte einen Termin bei Präsident Russell persönlich?«

»Ja. Das habe ich selbst organisiert. Präsident Russell und ich sind von früher befreundet.«

»Und hat sie sich auch mit ihm getroffen, Gouverneurin?«

»Nein. Er war plötzlich verhindert«, erwiderte sie mit erstickter Stimme. »In einem Punkt bin ich mir jedoch absolut sicher.«

»Ja, Ma'am?«

»Paul Yerby ist nicht ihr Mörder. Die beiden waren ineinander verliebt.«

»Die Polizei hat aber doch behauptet …«

»Was die Polizei behauptet hat, ist mir völlig egal. Sie hat einen unschuldigen Jungen verhaftet, und er … er war dann so verstört, daß er sich erhängt hat. Es ist schrecklich.«

Frank Lonergan musterte sie einen Augenblick. »Wenn Paul Yerby Ihre Tochter nicht ermordet hat – haben Sie eine Ahnung, wer es getan haben könnte? Ich meine, hat sie davon gesprochen, daß sie sich in Washington mit jemandem treffen wollte?«

»Nein. Sie kannte hier keine einzige Menschenseele. Und sie hatte sich so darauf gefreut … darauf … « Ihre Augen schwammen in Tränen. »Es tut mir leid. Sie müssen mich jetzt entschuldigen.

»Selbstverständlich. Vielen Dank, daß Sie Zeit für mich gefunden haben, Mrs. Houston.«

Lonergans nächstes Ziel war das Leichenschauhaus, wo Helen Chuan soeben aus dem Obduktionsraum kam.

»Schau mal, wer da kommt.«

»Hallo Doc.«

»Was führt Sie denn hierher?«

»Ich wollte mit Ihnen über Paul Yerby sprechen.«

Helen Chuan seufzte. »Es ist eine verdammte Schande. Die beiden Kids waren noch so jung.«

»Warum würde so ein Junge wie er Selbstmord begehen?«

Helen Chuan zuckte die Achseln. »Wer weiß?«

»Ich meine … sind Sie sicher, daß er Selbstmord begangen hat?«

»Wenn es kein Selbstmord war, hat er's jedenfalls sehr überzeugend gemacht. Der Gürtel war ihm so eng um den Hals gewickelt, daß sie ihn durchschneiden mußten, um den Jungen herunterzuholen.«

»Und ansonsten wies sein Körper keinerlei Zeichen auf, die auf ein Verbrechen hindeuten könnten?«

Sie schaute ihn neugierig an. »Nein.«

Lonergan nickte. »Okay, danke. Sie wollen Ihre Patienten doch bestimmt nicht zu lange warten lassen.«

»Sehr witzig.«

Draußen im Flur befand sich eine Telefonzelle. Lonergan erkundigte sich bei der Auskunft in Denver nach der Nummer von Paul Yerbys Eltern. »Hallo.«

»Mrs. Yerby?«

»Am Apparat.«

»Entschuldigen Sie, daß ich störe. Ich bin Frank Lonergan von der *Washington Tribune*. Ich würde gerne …«

»Ich kann nicht …«

Einen Augenblick später war Mr. Yerby am Telefon. »Es tut mir leid. Aber meine Frau ist … Die Zeitungen haben uns schon den ganzen Morgen belästigt. Wir sind nicht bereit …«

»Ich brauche Sie nur für eine Minute, Mr. Yerby. Es gibt in Washington ein paar Personen, die nicht glauben, daß Ihr Sohn Chloe Houston ermordet hat.«

»Aber natürlich hat er das nicht getan!« Seine Stimme klang plötzlich fester. »So etwas hätte Paul nie und nimmer über sich gebracht.«

»Hatte Paul irgendwelche Freunde in Washington, Mr. Yerby?«

»Nein. Er kannte niemanden dort.«

»Verstehe. Also, wenn es da irgend etwas gibt, was ich für Sie tun könnte …«

»Ja, Sie könnten etwas für uns tun, Mr. Lonergan. Wir haben bereits alles Notwendige veranlaßt, damit Pauls Leiche nach Denver überführt wird, aber ich weiß nicht so recht, wie ich an seine Sachen herankommen kann. Wir hätten doch gern alles, was er … Wenn sie mir freundlicherweise mitteilen könnten, mit wem ich da Kontakt aufnehmen …«

»Ich werde es für Sie übernehmen.«

»Da wären wir Ihnen sehr dankbar. Vielen Dank.«

Im Morddezernat öffnete der diensthabende Sergeant eine Schachtel, die Paul Yerbys Habseligkeiten enthielt. »Viel ist es ja nicht«, meinte er. »Nur die Kleider des Jungen und eine Kamera.«

Lonergan griff in die Schachtel und nahm einen schwarzen Ledergürtel heraus.

Er war nicht durchgeschnitten.

Präsident Russells Sekretärin Deborah Kanner machte sich gerade für die Mittagspause fertig, als Frank Lonergan in ihr Büro trat.

»Was kann ich für Sie tun, Frank?«

»Ich habe da ein Problem, Deborah.«

»Haben Sie sonst keine Neuigkeiten?«

Frank Lonergan tat so, als ob er in Notizen nachschaute. »Ich habe eine Information bekommen, daß der Präsident am fünfzehnten Oktober ein Geheimtreffen mit einem Emissär aus China hatte. Es ging um Tibet.«

»Von solch einem Treffen ist mir nichts bekannt.«

»Könnten Sie es für mich überprüfen?«

»Welches Datum haben Sie gesagt?«

»Den fünfzehnten Oktober.« Lonergan beobachtete Deborah, die aus einer Schublade einen Terminkalender zog und durchblätterte.

»Der fünfzehnte Oktober? Und um welche Uhrzeit soll dieses Treffen stattgefunden haben?«

»Um zehn Uhr abends. Hier im Oval Office.«

Sie schüttelte den Kopf. »Nein. An diesem Abend war der Präsident für zweiundzwanzig Uhr zu einer Unterredung mit General Whitman verabredet.«

Lonergan runzelte die Stirn. »Da habe ich aber etwas anderes gehört. Könnte ich mal einen Blick in dieses Buch werfen?«

»Bedaure. Das ist vertraulich, Frank.«

»Vielleicht habe ich ja auch eine Fehlinformation bekommen. Vielen Dank, Deborah.« Er verließ den Raum.

Eine halbe Stunde später saß Frank Lonergan General Steve Whitman gegenüber.

»General, die *Tribune* würde gerne etwas über die Unterredung bringen, die Sie am fünfzehnten Oktober mit dem

Präsidenten hatten und bei der meines Wissens einige wichtige Themen besprochen wurden.«

Der General schüttelte den Kopf. »Ich weiß nicht, woher Sie Ihre Informationen haben, Mr. Lonergan. Diese Unterredung ist abgesagt worden,weil der Präsident einen anderen Termin wahrnehmen mußte.«

»Sind Sie sicher?«

»Ja. Wir werden unsere Sitzung neu verabreden müssen.«

»Ich danke Ihnen, General.«

Frank Lonergan kehrte noch einmal zum Weißen Haus und ins Büro von Deborah Kanner zurück.

»Was ist es nun schon wieder, Frank?«

»Das gleiche«, erwiderte Lonergan zerknirscht. »Mein Informant schwört, daß der Präsident hier am Abend des fünfzehnten Oktober mit einem chinesischen Emissär ein Gespräch über Tibet geführt hat.«

Sie schaute ihn mit einem Ausdruck der Verärgerung an. »Wie viele Male muß ich Ihnen noch versichern, daß es keine derartige Sitzung gegeben hat?«

Lonergan seufzte. »Ehrlich, ich weiß nicht, was ich machen soll. Mein Chef will unbedingt etwas über diese Sache bringen, es ist wichtig. Da werden wir sie eben einfach so publizieren müssen.« Er ging zur Tür.

»Warten Sie!«

Er drehte sich zu ihr um. »Ja?«

»Das dürfen Sie nicht berichten. Es ist nicht wahr. Der Präsident wird außer sich sein vor Zorn.«

»Die Entscheidung liegt nicht bei mir.«

Deborah zögerte. »Werden Sie diese Geschichte vergessen, wenn ich Ihnen beweisen kann, daß er zu dem Zeitpunkt mit General Whitman zusammengetroffen ist?«

»Klar. Ich möchte doch schließlich keine Schwierigkeiten verursachen.« Lonergan sah zu, als Deborah noch einmal den Terminkalender hervorholte und durchblätterte. »Hier haben Sie eine Aufstellung mit den Terminen des Präsidenten für diesen Tag. Schauen Sie – der fünfzehnte Oktober.« Da gab es zwei Spalten. Deborah zeigte auf einen Eintrag für zweiundzwanzig Uhr. »Da haben Sie's schwarz auf weiß.«

»Sie haben recht«, sagte Lonergan, und beeilte sich, die ganze Seite zu überfliegen. Es gab einen Eintrag für fünfzehn Uhr:

Chloe Houston.

19

Die eilig einberufene Sitzung im Oval Office war erst seit wenigen Minuten im Gange, und schon war die Atmosphäre wegen der heftigen Meinungsverschiedenheiten wie elektrisch geladen.

»Wenn wir weiterhin zögern«, erklärte der Außenminister, wird die Situation völlig außer Kontrolle geraten. Dann wird es zu spät sein, um dieser Geschichte ein Ende zu machen.«

»Wir dürfen uns aber nicht zu unüberlegten Handlungen hinreißen lassen.« General Stephen Gossard wandte sich an den CIA-Direktor. »Wie zuverlässig sind Ihre Informationen?«

»Schwer zu sagen. Wir sind jedoch ziemlich sicher, daß Libyen im Iran und in China verschiedene Waffensysteme einkauft.«

Oliver richtete das Wort an den Außenminister: »Libyen dementiert?«

»Selbstverständlich. China und der Iran ebenso.«

»Und was ist mit den übrigen arabischen Staaten?« wollte Oliver wissen.

Die Frage wurde vom Direktor der CIA beantwortet. »Mr. President, nach den mir vorliegenden Informationen würde ein ernsthafter Angriff auf Israel den arabischen Ländern genau den Vorwand liefern, auf den alle nur gewartet haben. Dann würden sich alle engagieren, um Israel auszulöschen.«

Die Blicke richteten sich auf Oliver. »Verfügen Sie in Libyen über sichere Quellen?« hakte er nach.

»Ja.«

»Ich brauche einen aktuellen Lagebericht. Halten Sie mich auf dem laufenden. Falls es Anzeichen für einen Angriff gibt, bleibt uns keine andere Wahl, als aktiv zu werden.«

Die Sitzung wurde vertagt.

Durch die Gegensprechanlage tönte die Stimme von Olivers Sekretärin: »Mr. Tager würde Sie gern sprechen, Mr. President.«

»Schicken Sie ihn herein.«

»Wie ist die Sitzung gelaufen?« erkundigte sich Peter Tager.

»Ach, so wie diese Sitzungen über das Thema, ob ich einen Krieg jetzt anfangen will oder erst später, eben immer laufen«, erwiderte Oliver verbittert.

»Das gehört nun mal zu Ihrem Job«, meinte Tager mitfühlend.

»Genau.«

»Es gibt eine interessante neue Entwicklung.«

»Setzen Sie sich doch.«

Peter Tager zog einen Stuhl heran. »Was wissen Sie über die Vereinigten Arabischen Emirate?«

»Nicht sehr viel«, gestand Oliver. »Nur, daß sich vor ungefähr zwanzig Jahren fünf oder sechs arabische Staaten zusammengetan und eine Allianz gebildet haben.«

»Es waren sieben Staaten, die sich 1971 vereinigt haben. Abu Dhabi, Fujaira, Dubai, Scharjah, Ras al-Kahimah, Umm al-Qaiwan und Ajman. Anfangs waren sie nicht besonders mächtig. Die Emirate sind jedoch hervorragend geführt worden, und der Lebensstandard dort ist inzwischen einer der höchsten der Welt. Ihr Bruttoinlandsprodukt betrug im vergangenen Jahr neununddreißig Milliarden Dollar.«

Oliver wurde ungeduldig. »Ich nehme doch an, daß Sie auf etwas Bestimmtes hinauswollen, Peter?«

»Ja, Sir. Der Vorsitzende des Rates der Vereinigten Arabischen Emirate bittet um eine Zusammenkunft mit Ihnen.«

»In Ordnung. Dann werde ich den Außenminister ...«

»Heute. Geheim.«

»Ist das Ihr Ernst? Ich kann unmöglich ...«

»Oliver, der Mailis – ihr Rat – ist eines der bedeutendsten arabischen Machtzentren in der Welt. Er genießt die Achtung aller übrigen arabischen Staaten. Die Zusammenkunft könnte sich als ein großer Durchbruch erweisen. Ich bin mir durchaus bewußt, daß ein solches Vorgehen von den üblichen Regeln abweicht, glaube jedoch, daß Sie den Vorschlag der Emire annehmen sollten.

»Der Außenminister würde ausrasten, falls ich ...«

»Ich werde die notwendigen Vorkehrungen treffen.«

Es folgte ein längeres Schweigen. »Und welchen Ort schlagen Sie für die Begegnung vor?«

»Sie befinden sich auf einer Jacht, die in der Chesapeake Bay, in der Nähe von Annapolis, vor Anker liegt. Ich kann es einrichten, daß Sie unbemerkt hingelangen.«

Oliver hatte den Blick an die Decke gerichtet. Schließlich beugte er sich vor, um die Taste der Sprechanlage zu drükken. »Sagen Sie meine sämtlichen Termine für den heutigen Nachmittag ab.«

Die Jacht war am Pier festgemacht, und Oliver Russell wurde erwartet. Die Besatzung bestand ausschließlich aus Arabern.

»Willkommen, Mr. President.« Es war Ali al-Fulani, Legationssekretär aus einem der Vereinigten Arabischen Emirate. »Kommen Sie bitte an Bord.«

Oliver ging an Bord. Ali al-Fulani gab einem der Männer ein Zeichen, und gleich darauf setzte sich die Jacht in Bewegung. »Gehen wir nach unten?«

Genau. Damit ich umgebracht oder entführt werden kann. Etwas so Dummes habe ich mein ganzes Leben noch nicht getan, dachte Oliver. *Vielleicht haben sie mich nur hergelockt, um ihren Angriff auf Israel anzufangen, während ich außerstande bin, den Befehl für einen Vergeltungsschlag zu geben. Warum habe ich mich bloß von Tager dazu überreden lassen?*

Oliver folgte Ali al-Fulani nach unten in einen luxuriösen Salon. Als Oliver eintrat, erhob sich eine eindrucksvolle Gestalt von der Couch.

»Mr. President«, sagte Ali al-Fulani, »darf ich Sie mit Seiner Majestät König Hamad von Ajman bekanntmachen.«

Die zwei Männer reichten einander die Hand. »Eure Majestät.«

»Ich danke Ihnen für Ihr Kommen, Mr. President. Wäre Ihnen eine Tasse Tee genehm?«

»Nein, danke.«

»Sie werden erkennen, daß Ihr Besuch sich lohnt, wie ich meine.« König Hamad begann, im Salon auf und ab zu schreiten. »Mr. President, es ist seit Jahrhunderten schwierig, wenn nicht gar unmöglich gewesen, das uns Trennende – sei es philosophischer, sprachlicher, religiöser oder kultureller Natur – zu überbrücken. Aus diesem Grund haben in unserem Teil der Welt so viele Kriege stattgefunden. Wenn die Juden das Land der Palästinenser konfiszieren, tut das in Omaha oder in Kansas keinem weh. Das Leben geht weiter wie zuvor. Wenn in Jerusalem ein Bombenanschlag auf eine Synagoge verübt wird, schenken die Italiener in Rom und Venedig dem Vorfall keine Beachtung.«

Oliver fragte sich, worauf sein Gastgeber wohl hinaus wollte. Sollte das etwa eine Warnung vor einem bevorstehenden Krieg sein?

»Es gibt nur einen Teil der Welt, der unter all den Kriegen und dem Blutvergießen im Nahen und Mittleren Osten leidet: nämlich der Nahe und Mittlere Osten.«

Er nahm gegenüber Oliver Platz. »Es wird Zeit, daß wir diesem Wahnsinn ein Ende machen.«

Jetzt kommt's, dachte Oliver.

»Die Führer der Arabischen Staaten und der Majlis haben mich ermächtigt, Ihnen ein Angebot zu unterbreiten.«

»Was für ein Angebot?«

»Ein Friedensangebot.«

Oliver machte große Augen. »Ein Friedensangebot?«

»Wir möchten mit Ihrem Verbündeten, mit Israel, Frieden schließen. Ihre Wirtschaftssanktionen haben uns unzählige Milliarden von Dollar gekostet. Wir wollen Schluß damit machen. Die Arabischen Staaten – einschließlich Iran, Libyen und Syrien – sind übereingekommen, sich für den Fall, daß die USA die Schirmherrschaft übernimmt, mit Israel an einen Tisch zu setzen und einen dauerhaften Friedensvertrag auszuhandeln.«

Oliver war fassungslos. Als er die Stimme wiederfand, erklärte er: »Der Grund für Ihr Angebot besteht darin – «

»Ich versichere Ihnen, daß wir es nicht aus Liebe für die Israelis oder für die Amerikaner tun. Es liegt in unserem eigenen Interesse. Dieser Wahnsinn hat schon zu viele unserer Söhne getötet. Er muß ein Ende finden. Es reicht. Wir möchten wieder die Freiheit haben, der Welt unser Öl zu verkaufen. Wir sind bereit, Krieg zu führen, falls es erforderlich ist; aber wir ziehen einen Frieden vor.«

Oliver holte tief Luft. »Ich hätte doch gern eine Tasse Tee –«

»Ich wünschte, Sie wären dabeigewesen«, sagte Oliver zu Peter Tager. »Es war unglaublich. Sie sind bereit, Krieg zu führen, aber sie wollen nicht Krieg führen. Sie denken pragmatisch und wollen der Welt ihr Öl verkaufen, und dazu brauchen sie Frieden.«

»Das ist ja großartig«, rief Tager begeistert. »Wenn das bekannt wird, sind Sie ein Held.«

»Und diese politische Tat kann ich ganz allein vollbringen«, meinte Oliver. »Sie bedarf nicht der Billigung des Kongresses. Ich werde Gespräche mit dem israelischen Ministerpräsidenten führen. Wir werden ihm dabei helfen, eine Vereinbarung mit den arabischen Ländern zu finden.« Er warf Tager einen Blick zu und sagte traurig: »Und ich war überzeugt, daß ich entführt werden sollte.«

»Ausgeschlossen«, beruhigte ihn Peter Tager. »Ich hatte dafür gesorgt, daß Ihnen ein Schiff und ein Helikopter folgten.«

»Bei mir steht Senator Davis und möchte Sie sprechen, Mr. President. Er hat keinen Termin. Er sagt aber, es sei dringend.«

»Bitten Sie den nächsten Besucher zu warten, und schikken Sie den Senator herein.«

Die Tür ging auf, und Todd Davis betrat das Oval Office.

»Das ist aber eine schöne Überraschung, Todd. Alles in Ordnung?«

Senator Davis setzte sich hin. »Gewiß, Oliver. Ich hielt es nur für richtig, daß wir beide uns mal unterhalten.«

Oliver lächelte. »Ich habe heute zwar einen vollen Terminkalender, aber für dich ...«

»Es wird auch nur wenige Minuten dauern. Ich bin zufällig Peter Tager begegnet. Er hat mir von deiner Zusammenkunft mit den Arabern berichtet.«

Oliver strahlte. »Ist das nicht wunderbar? Es sieht ganz so aus, als ob es im Mittleren Osten endlich zum Frieden kommt, nach jahrzehntelangen Auseinandersetzungen und Krisen. Dafür wird meine Präsidentschaft in die Geschichte eingehen, Todd.«

»Hast du das auch gründlich durchdacht, Oliver?« fragte Senator Davis mit leiser Stimme.

Oliver legte die Stirn in Falten. »Wie bitte? Was soll das heißen?«

»Frieden ist so ein schönes, einfaches Wort, das jedoch viele Konsequenzen hat. Der Frieden bringt keine finanziellen Vorteile. Wenn es Krieg gibt, kaufen die kriegführenden Parteien für Milliarden von Dollar Rüstungsmaterial, das hier in den Vereinigten Staaten hergestellt wird. In Friedenszeiten wird dagegen kein Rüstungsmaterial benötigt. Und weil der Iran sein Öl nicht verkaufen kann, ist der Ölpreis gestiegen, und davon profitieren die Vereinigten Staaten.«

Oliver hörte ihm ungläubig zu. »Todd ... das ist die Chance einer ganzen Generation!«

»Nun sei nicht so naiv, Oliver. Wenn es uns wirklich auf einen Frieden zwischen Israel und den Arabischen Ländern ankäme, hätten wir ihn längst herbeiführen können. Israel ist ein kleines Land, und vom letzten halben Dutzend amerikanischer Präsidenten hätte jeder einzelne Israel dazu zwingen können, sich mit den Arabern zu verständigen. Sie zogen es jedoch vor, die Dinge so zu belassen, wie sie waren. Du darfst mich nicht mißverstehen: Die Juden sind prima Leute, und ich arbeite im Senat mit einigen zusammen.«

»Ich kann es einfach nicht fassen, daß du fähig bist...«

»Glaub, was du willst, Oliver. Ein Friedensvertrag zum gegenwärtigen Zeitpunkt würde nicht im Interesse unseres Landes sein. Ich will nicht, daß du ihn weiterverfolgst.«

»Ich werde ihn aber weiterverfolgen müssen.«

»Nun erzähle mir bitte nicht, was du tun mußt, Oliver.« Senator Davis beugte sich vor. »Ich will dir mal etwas sagen: Vergiß bitte nicht, wer dich auf diesen Stuhl gesetzt hat.«

»Du mußt *mich* ja vielleicht nicht respektieren, Todd«, entgegnete Oliver ruhig, »aber diesem Amt mußt du Achtung erweisen. Und ich bin nun mal der Präsident – ganz unabhängig davon, wer mir den Weg geebnet hat.«

Senator Davis war aufgesprungen. »Du der Präsident? Ein gottverdammter aufgeblasener Spielball bist du! Du bist mein Strohmann, Oliver. Du nimmst Befehle entgegen – und mir gibst du keine.«

Oliver schaute ihn lange an. »Wie viele Ölfelder gehören dir und deinen Freunden eigentlich, Todd?«

»Das geht dich überhaupt nichts an. Wenn du diese Sache durchziehst, bist du erledigt. Hast du mich verstanden? Ich gebe dir vierundzwanzig Stunden, um zur Vernunft zu kommen.«

»Vater hat mich darum gebeten, mit dir zu sprechen, Oliver«, sagte Jan beim Abendessen. »Er ist sehr verärgert.«

Er musterte seine Frau, die ihm gegenübersaß, und dachte, *Und nun muß ich auch noch gegen dich ankämpfen.*

»Er hat mir alles erzählt.«

»Ach ja?«

»Ja.« Sie lehnte sich über den Tisch. »Ich finde deine Pläne einfach großartig.«

Oliver brauchte einen Moment, bis er begriff. »Aber dein Vater ist dagegen.«

»Ich weiß, und er hat Unrecht. Falls sie wirklich dazu bereit sind, Frieden zu schließen – dann mußt du helfen.«

Oliver nahm Jans Worte in sich auf, beobachtete sie. Er fand, daß sie sich als First Lady phantastisch bewährt hatte. Sie hatte sich bei wichtigen Wohltätigkeitsorganisationen engagiert und sich für eine Reihe von großen sozialen Anliegen stark gemacht. Sie war liebenswert, intelligent, und sie hatte ein Herz für Menschen … Oliver hatte das Gefühl, ihr zum erstenmal gegenüberzusitzen. *Warum habe ich mich eigentlich herumgetrieben?* fragte er sich. *Ich habe doch alles, was ich brauche.*

»Wird deine Sitzung heute abend lang dauern?«

»Nein«, sagte Oliver, und er sprach ganz langsam. »Ich werde sie absagen. Ich bleibe zu Hause.«

An diesem Abend schliefen die beiden seit vielen Wochen wieder einmal miteinander; und Oliver empfand es als wundervolles Erlebnis. *Ich werde Peter den Auftrag geben, das Apartment abzustoßen,* sagte er sich am folgenden Morgen.

Am nächsten Morgen fand er folgende Notiz auf seinem Schreibtisch vor.

Sie sollten wissen, daß ich ein richtiger Fan von Ihnen bin und nie etwas tun würde, das Ihnen schaden könnte. Am 15. Oktober war ich zufällig in der Garage vom Hotel Monroe Arms und sehr erstaunt, Sie dort zu sehen. Als ich am nächsten Tag in der Zeitung vom Mord an dem Mädchen las, wurde mir klar, warum Sie zum Lift zurückgegangen waren, um Ihre Fingerabdrücke von den Schaltern abzuwischen. Ich bin sicher, daß ich bei allen Zeitungen auf Interesse an meiner Geschichte stoßen würde und viel Geld bekommen könnte. Wie ich schon gesagt habe, bin ich aber ein Fan von Ihnen. Ich möchte bestimmt nichts tun, um Ihnen zu schaden. Ich könnte allerdings eine finanzielle Zuwendung gut gebrauchen, und falls Sie daran interessiert sind, würde die Sache unter uns bleiben. Ich werde mich in einigen Tagen wieder melden, während Sie darüber nachdenken.

Mit den besten Grüßen
ein Freund

»Mein Gott«, sagte Sime Lombardo leise. »Nicht zu fassen. Wie ist das hier angekommen?«

»Mit der Post«, erwiderte Peter Tager. »Es war an den Präsidenten addressiert – mit dem Vermerk ›persönlich‹.

»Es könnte irgend so ein Verrückter sein, der es einfach mal versucht ...«

»Wir dürfen kein Risiko eingehen, Sime. Ich glaube natürlich auch nicht, daß diese Geschichte wahr ist. Aber wenn davon auch nur der Hauch eines Gerüchts an die Öffentlichkeit käme, wäre der Präsident erledigt. Wir müssen ihn unbedingt schützen.«

»Und wie?«

»Als erstes müssen wir herausfinden, wer diese Nachricht geschickt hat.«

Peter Tager befand sich im Hauptquartier des FBI zwischen 10th Street und Pennsylvania Avenue, wo er sich mit Special Agent Clay Jacobs unterhielt.

»Sie sagten, es sei dringend, Peter?«

»Ja.« Peter Tager öffnete eine Aktentasche, holte ein Blatt Papier heraus und schob es über den Schreibtisch. Clay Jacobs nahm es in die Hand und las laut vor. »Sie sollten wissen, daß ich ein richtiger Fan von Ihnen bin. Ich werde mich in einigen Tagen wieder melden, während sie darüber nachdenken.«

Alle Sätze zwischen dem ersten und dem letzten Satz waren eliminiert worden.

Jacobs hob den Kopf. »Was ist das?«

»Eine Angelegenheit der höchsten Sicherheitsstufe«, betonte Peter Tager. »Der Präsident hat mich darum gebeten, den Absender herauszufinden. Er möchte Sie bitten, das Papier nach Fingerabdrücken zu untersuchen.«

Clay studierte das Blatt noch einmal und zog die Stirn in Falten. »Das ist aber eine ungewöhnliche Anfrage, Peter.«

»Wieso?«

»An dieser Geschichte ist irgend etwas faul.«

»Der Präsident bittet Sie lediglich, für ihn den Namen des Absenders herauszufinden.«

»Vorausgesetzt, daß seine Fingerabdrücke auf dem Blatt sind.«

»Warten Sie hier auf mich.« Jacobs stand auf und verließ das Büro.

Peter Tager schaute aus dem Fenster und dachte über den Brief und die möglichen, furchtbaren Konsequenzen nach.

Nach exakt sieben Minuten kehrte Clay Jacobs zurück.

»Sie haben Glück«, sagte er.

Tagers Herz begann schneller zu schlagen. »Sie haben etwas gefunden?«

»Ja.« Jacobs gab Tager ein Stück Papier. »Der Mann, den Sie suchen, war vor etwa einem Jahr an einem Verkehrsunfall beteiligt. Sein Name ist Carl Gorman. Er arbeitet an der Rezeption des Hotels Monroe Arms.« Er musterte Tager noch einmal mit einem prüfenden Blick. »Gibt es vielleicht noch etwas, das Sie mir in diesem Zusammenhang mitteilen könnten?«

»Nein«, antwortete Peter Tager, »gibt es nicht.«

»Frank Lonergan auf Leitung drei, Miss Stewart. Es eilt, sagt er.«

»Ich nehme das Gespräch an.« Leslie hob den Hörer ab und drückte eine Taste. »Frank?«

»Sind Sie allein?«

»Ja.«

Sie hörte, wie er einmal tief durchatmete. »Okay. Fangen wir an.« Er sprach volle zehn Minuten lang, ohne daß sie ihn auch nur ein einziges Mal unterbrochen hätte.

Leslie Stewart eilte zu Matt Baker. »Wir müssen etwas besprechen, Matt.« Sie setzte sich vor seinen Schreibtisch. »Wenn ich Ihnen nun sagen würde, daß Oliver Russell in den Mord an Chloe Houston verwickelt ist…?«

»Würde ich zunächst einmal vermuten, daß Sie paranoid sind oder den Verstand verloren haben.«

»Frank Lonergan hat gerade angerufen. Er hat mit Gouverneurin Houston gesprochen, die nicht daran glaubt, daß Paul Yerby ihre Tochter ermordet hat. Außerdem hat Frank auch mit Paul Yerbys Eltern gesprochen, und die können es sich auch nicht vorstellen.«

»Das hätte ich auch nicht von ihnen erwartet«, meinte Matt Baker. »Wenn das Ihr einziges Verdachtsmo…«

»Das ist bloß der Auftakt. Frank ist ins Leichenschauhaus gegangen und hat dort mit dem Coroner gesprochen. Helen Chuan hat ihm erklärt, der Gürtel des Jungen sei dermaßen festgezurrt gewesen, daß man ihn am Hals losschneiden mußte.«

Nun hörte Matt schon aufmerksamer zu. »Und...?«

»Frank hat Yerbys Sachen abgeholt, und darunter befand sich auch der Gürtel: Er war nicht zerschnitten.«

Matt Baker holte tief Luft. »Wollen Sie mir damit weismachen, daß der Junge ermordet worden ist und daß dieser Mord vertuscht wurde?«

»Ich will Ihnen überhaupt nichts weismachen. Ich berichte einfach nur Fakten. Oliver Russell hat mich einmal zu bewegen versucht, Ecstasy zu nehmen. Während seines Wahlkampfes fürs Amt des Gouverneurs starb eine Anwaltsgehilfin an Ecstasy, und als er Gouverneur war, wurde seine Sekretärin in einem Park im Ecstasy-Koma aufgefunden. Lonergan hat erfahren, daß Oliver dem Krankenhaus den Vorschlag gemacht hat, daß man sie von den lebenserhaltenden Apparaturen abnehmen sollte.« Leslie beugte sich vor. »In der Nacht des Mordes an Chloe Houston wurde aus der Imperial Suite im Weißen Haus angerufen. Frank hat die Telefonunterlagen des Hotels eingesehen, aber das Blatt für den fünfzehnten Oktober fehlte. Die Terminsekretärin des Präsidenten hat Lonergan mitgeteilt, am betreffenden Abend hätte der Präsident ein Treffen mit General Whitman gehabt, aber es gab kein derartiges Treffen. Frank hat mit Gouverneurin Houston gesprochen, die ihm erklärte, daß Chloe an einer Führung durchs Weiße Haus teilgenommen und einen Termin beim Präsidenten gehabt hatte.«

Langes Schweigen. »Wo befindet Frank Lonergan sich in diesem Moment?« fragte Matt Baker.

»Er spürt Carl Gorman auf, den Empfangschef, der die Buchung der Imperial Suite angenommen hat.«

»Bedaure«, sagte Jeremy Robinson, »aber wir geben keine Informationen über unsere Angestellten.«

Frank Lonergan ließ nicht locker. »Ich bitte doch nur um seine Privatadresse, damit ich ihn ...«

»Das würde Ihnen auch nicht weiterhelfen, denn Mr. Gorman ist in Urlaub gefahren.«

Lonergan seufzte. »Das ist wirklich ein Jammer. Ich hatte gehofft, daß er ein paar weiße Flecken füllen könnte.«

»Weiße Flecken?«

»Ja. Wir planen eine große Reportage über den Tod der Tochter von Gouverneurin Houston in Ihrem Hotel. Aber ohne Mr. Gorman muß ich mir die Geschichte zusammenreimen.« Er holte Notizblock und Kugelschreiber hervor. »Seit wann besteht dieses Hotel? Ich will alles über seinen Hintergrund, seine Kundschaft, seine ...«

Jeremy Robinson runzelte die Stirn. »Einen Augenblick mal! Das ist gar nicht nötig. Ich meine – sie hätte überall sterben können.«

Frank Lonergan sagte verständnisvoll. »Ich weiß, aber es ist dort passiert. Ihr Hotel wird berühmt werden wie Watergate.«

»Mr....?«

»Lonergan.«

»Mr. Lonergan, ich wäre Ihnen sehr dankbar, wenn Sie ... ich meine, diese Art von Publicity ist sehr schlecht. Könnte man nicht irgendwie ...«

Lonergan überlegte einen Augenblick. »Wenn ich mit Mr. Gorman reden würde, nehme ich an, daß ich eine andere Sicht bekommen würde.«

»Dafür wäre ich Ihnen sehr dankbar. Ich gebe Ihnen seine Adresse.«

Frank Lonergan wurde langsam nervös. Als die Grundzüge der Ereignisse Gestalt annahmen, wurde es allmählich klar, daß es eine Mordverschwörung und Vertuschungsbemühungen auf höchster Ebene gab. Bevor er zu dem Hotel ging, um mit dem Angestellten zu reden, entschloß er sich, kurz in seiner Wohnung vorbeizuschauen. Seine Frau Rita war in der Küche und bereitete das Abendessen vor. Sie war eine kleine Frau mit rotem Haar, funkelnden grünen Augen und einem hellen Teint. Sie drehte sich überrascht um, als ihr Mann hereinkam.

»Frank, was machst du mittags zu Hause?«

»Ich dachte, daß ich vorbeikommen könnte und hallo sagen.«

Sie studierte sein Gesicht. »Nein, etwas ist los. Was ist es?«

Er zögerte. »Wann hast du deine Mutter zum letzten Mal gesehen?«

»Ich habe sie letzte Woche besucht. Warum?«

»Warum besuchst du sie nicht wieder, Schatz.«

»Stimmt etwas nicht?«

»Ob etwas nicht stimmt?« Er ging zu dem Kaminsims. »Du solltest das hier abwischen. Wir werden hier bald einen Pulitzerpreis und dort einen Peabody Award hinstellen.«

»Von was redest du?«

»Ich habe etwas herausbekommen, das einigen den Kopf kosten wird – und ich meine Leute in hohen Positionen. Das ist die aufregendste Geschichte, die ich je recherchiert habe.«

»Warum willst du, daß ich meine Mutter besuche?«

Er zuckte die Achseln. »Es könnte möglich sein, daß die Sache gefährlich wird. Es gibt Leute, die nicht wollen, daß diese Geschichte an die Öffentlichkeit dringt. Ich würde mich wohler fühlen, wenn du einige Tage weg wärst, bis alles gelaufen ist.«

»Aber wenn du in Gefahr bist…«

»Ich bin nicht in Gefahr.«

»Bist du sicher, daß dir nichts passieren wird?«

»Absolut. Pack deine Sachen ein, und ich rufe dich heute abend an.«

»Einverstanden«, sagte Rita widerwillig.

Lonergan schaute auf seine Uhr. »Ich fahre dich zum Bahnhof.«

Eine Stunde später hielt Lonergan vor einem bescheidenen Backsteinhaus im Stadtteil Wheaton. Er stieg aus, ging zur Haustür und klingelte. Keine Antwort. Er klingelte noch einmal und wartete wieder. Plötzlich ging die Haustür auf, und vor ihm stand eine dicke Frau mittleren Alters, die ihn mißtrauisch beäugte.

»Ja?«

»Ich komme vom Finanzamt«, sagte Lonergan und hielt ihr kurz einen Ausweis vor die Nase. »Ich möchte Carl Gorman sprechen.«

»Mein Bruder ist nicht da.«

»Wissen Sie, wo er sich aufhält?«

»Nein.« Das kam zu schnell.

Lonergan nickte. »Das ist aber schade. Na ja, Sie können damit anfangen, seine Sachen zu packen. Ich werde meine Dienststelle anweisen, den Möbelwagen herzuschicken.« Lonergan machte sich wieder auf den Weg zu seinem Auto.

»He! Moment mal! Was denn für einen Möbelwagen? Wovon reden Sie überhaupt?«

Lonergan blieb stehen und drehte sich um. »Hat Ihr Bruder Ihnen nichts gesagt?«

»Was sollte er mir denn gesagt haben?«

Lonergan ging wieder ein paar Schritte aufs Haus zu. »Er befindet sich in Schwierigkeiten.«

Sie musterte ihn besorgt. »Was für Schwierigkeiten?«

»Bedaure, aber es steht mir nicht zu, darüber zu sprechen.« Er schüttelte den Kopf. »Und dabei scheint er doch ein ganz netter Kerl zu sein.«

»Das ist er auch«, betonte sie mit großem Nachdruck. »Carl ist ein wunderbarer Mensch.«

Lonergan nickte. »Das war auch mein Eindruck, als wir ihn im Finanzamt verhörten.«

Sie geriet in Panik. »Worüber haben Sie ihn verhört?«

»Er hat bei der Einkommensteuererklärung gemogelt. Wirklich schade. Ich wollte ihn nämlich auf eine Lücke im Gesetz hinweisen, die ihm herausgeholfen hätte, aber…« Er zuckte die Schultern. »Wenn er nicht zu Hause ist…« Er schickte sich an, zu gehen.

»Warten Sie! Er ist… Sie finden ihn beim Fischen. Das sollte ich eigentlich keinem verraten.«

Lonergan zuckte die Schultern. »Warum denn nicht?«

»Weil er sich nicht an irgendeiner gewöhnlichen Angelstelle aufhält. Nein, diesmal ist's was Besonderes. Die Sunshine Fishing Lodge am See in Richmond, Virgina.«

»Okay. Ich werde ihn dort aufsuchen.«

Das wäre wunderbar Sind Sic sicher, daß für ihn alles gut ausgehen wird?«

»Absolut sicher«, erklärte Lonergan. »Ich werde dafür sorgen, daß man sich um ihn kümmert.«

Lonergan nahm die I-95 Richtung Süden. Richmond lag über hundertsiebzig Kilometer weit entfernt. Vor vielen Jahren hatte Lonergan in dem See dort einmal geangelt und Glück gehabt.

Er hoffte inständig, daß er auch diesmal genausoviel Glück haben würde.

Es nieselte, aber das störte Carl Gorman nicht. Bei solch einem Wetter sollten die Fische gut beißen. Er angelte gestreiften Barsch, mit weit ausgelegten Ruten. Die Wellen plätscherten gegen das kleine Ruderboot auf der Mitte des Sees, und der Köder trieb hinter ihm her. Die Fische hatten es nicht eilig, aber das machte nichts. Kein Problem. Er war in seinem ganzen Leben noch nie so glücklich gewesen. Er würde reich sein, reicher als er es sich in seinen kühnsten Träumen erhofft hatte. Es war einfach nur Glück gewesen. *Du hast dich genau im richtigen Moment an genau der richtigen Stelle befunden.* Er war noch einmal zum Monroe Arms zurückgekehrt, weil er dort eine Jacke vergessen hatte, und gerade im Begriff, die Garage zu verlassen, als die Tür des Privatfahrstuhls aufging. Als er sah, wer da aus dem Lift trat, war er fassungslos in seinem Wagen sitzen geblieben. Er hatte beobachtet, wie der Mann wieder zum Lift ging, die Fingerabdrücke abwischte und anschließend davonfuhr.

Einen Reim auf die Sache hatte er sich allerdings erst machen können, als er am nächsten Tag in der Zeitung von dem Mord las. Irgendwie tat ihm der Mann leid. *Ich bin wirklich ein Fan von ihm. Aber wenn man so berühmt ist, hat man eben ein Problem; da kann man sich nie verstecken. Wo man auch hingeht, man wird erkannt. Er wird mir Geld geben, damit ich den Mund halte. Er hat gar keine andere Wahl. Ich werde mit hunderttausend anfangen. Wenn er mir das erst mal gezahlt hat, wird er weiterzahlen müssen. Vielleicht kauf ich mir ein Château in Frankreich oder ein Chalet in der Schweiz.*

Er spürte, daß ein Fisch angebissen hatte, und holte die Angelrute ein. Er konnte die Befreiungsversuche des Fisches spüren. *Du wirst mir nicht entkommen. Ich habe dich am Haken.*

Er hörte aus der Ferne ein großes Rennboot näher kommen. *Man müßte Rennboote auf dem See verbieten. Sie verscheuchen die Fische.* Das Rennboot hielt auf ihn zu.

»Kommt mir nicht zu nah«, schrie Carl.

Das Rennboot schien direkt auf ihn zuzusteuern.

»He da! Aufpassen! Fahrt doch nicht einfach wild drauflos. Um Gottes willen ...«

Das Rennboot pflügte in das Ruderboot und drückte es, samt Gorman, unter Wasser.

Du verdammter, betrunkener Idiot! Er rang nach Luft. Es gelang ihm, den Kopf über Wasser zu halten. Das Rennboot hatte gedreht und hielt erneut direkt Kurs auf ihn. Und das letzte, was Carl Gorman noch registrierte, bevor das Boot ihm den Schädel zertrümmerte, war das Zucken des Fisches an der Angel.

Als Frank Lonergan eintraf, sah er die Polizeiwagen, das Feuerwehrauto und eine Ambulanz, die gerade davonfuhr.

Frank Lonergan stieg aus und fragte einen Zuschauer: »Weshalb die Aufregung?«

»Da ist irgendein armer Teufel auf dem See verunglückt. Von ihm ist nicht viel übriggeblieben.«

Lonergan wußte sofort Bescheid.

Gegen Mitternacht arbeitete Frank Lonergan an seinem Computer. Er war allein in der Wohnung und schrieb den Bericht, der den Präsidenten der Vereinigten Staaten vernichten würde. Es war eine Reportage, die ihm einen Pulitzerpreis einbringen würde. Daran bestand für ihn kein Zweifel. Diese Geschichte würde ihn sogar noch berühmter machen als Woodward und Bernstein. Es war die Story des Jahrhunderts.

Er wurde vom Klingeln an der Haustür unterbrochen; er stand auf und ging zur Tür.

»Wer ist da?«

»Eine Bote mit einem Paket von Leslie Stewart.«

Sie hat neue Informationen erhalten. Er machte die Tür auf, sah ein Aufblitzen von Metall, und dann zerriß ihm ein unerträglicher Schmerz die Brust.

Danach kam nichts mehr.

20

In Frank Lonergans Wohnzimmr sah es aus, als ob ein kleiner Hurrikan hindurchgetobt wäre. Sämtliche Schubladen und Schränke waren aufgerissen und der Inhalt auf den Fußboden verstreut worden.

Nick Reese schaute zu, als Frank Lonergans Leiche abtransportiert wurde. Er wandte sich an Detective Steve Brown. »Irgendwelche Hinweise auf die Tatwaffe?«

»Nein.«

»Haben Sie schon mit den Nachbarn gesprochen?«

»Ja. Der Wohnblock ist ein Affenzoo. Keiner hat etwas Schlimmes bemerkt, keiner etwas Schlimmes gesehen, keiner sagt etwas Schlimmes. *Nada.* Mrs. Lonergan ist hierher unterwegs. Sie hatte die Nachricht im Rundfunk gehört. In der Gegend hier hat es während der letzten sechs Monate mehrere andere Raubeinbrüche gegeben und – «

»Ich wäre mir nicht so sicher, daß hier ein Einbruch vorliegt.«

»Was soll das heißen?«

»Lonergan war neulich bei uns im Hauptquartier, um sich Paul Yerbys Sachen anzusehen. Ich würde gern wissen, an was für einer Geschichte Lonergan arbeitete. Keine Papiere in den Schubladen?«

»Nein.«

»Keinerlei Notizen?«

»Nichts.«

»Dann war er entweder ein extrem ordentlicher Mensch, oder es hat sich jemand die Mühe gemacht, alles auszuräumen.« Reese ging zum Arbeitstisch, von dem ein loses Kabel herunterbaumelte, und hielt es hoch. »Was ist das hier?«

Detective Brown kam herüber. »Ein Computerkabel. Also muß hier ein Computer gestanden haben. Das heißt, daß sich hier irgendwo auch Ersatzgeräte befinden könnten.«

»Den Computer haben sie mitgenommen. Möglicherweise hat Lonergan seine Dateien auf Disketten kopiert. Wir sollten mal danach suchen.«

Sie fanden die Diskette in einem Koffer in Lonergans Wagen. Reese übergab sie Brown.

»Bringen Sie das hier bitte zum Hauptquartier. Es bedarf vermutlich eines Passworts, um hineinzukommen. Veranlassen Sie, daß Chris Colby einen Blick darauf wirft. Auf dem Gebiet ist Colby Fachmann.«

Die Wohnungstür öffnete sich, und Rita Lonergan kam herein. Sie sah blaß und verstört aus. Als sie die Männer sah, blieb sie stehen.

»Mrs. Lonergan?«

»Wer sind – «

»Detective Nick Reese, Morddezernat. Und das ist Detective Brown.«

Rita Lonergan schaute sich um. »Wo ist – «

»Die Leiche Ihres Mannes haben wir fortbringen lassen, Mrs. Lonergan. Es tut mir furchtbar leid, ich weiß, daß es für Sie eine schwere Zeit ist, aber ich möchte Ihnen doch gern ein paar Fragen stellen.«

Sie schaute ihn an. Plötzlich stand nackte Angst in ihren Augen. Es war eine Reaktion, mit der Reese ganz und gar nicht gerechnet hatte. Wovor hatte die Frau Angst?

»Ihr Mann hat an einer Reportage gearbeitet, nicht wahr?«

Ich bin an einer Geschichte dran... die aufregendste Sache, an der ich je drangewesen bin.

»Mrs. Lonergan?«

»Ich – ich weiß gar nichts.«

»Sie wissen nicht, mit welchem Auftrag er beschäftigt war?«

»Nein. Über seine Arbeit hat Frank nie mit mir gesprochen.«

Es war offenkundig, daß sie log.

»Sie haben keine Ahnung, wer ihn umgebracht haben könnte?«

Ihr Blick wanderte über die geöffneten Schubladen und Schränke. »Es – es muß eingebrochen worden sein.«

Detective Reese und Detective Brown wechselten Blicke.

»Wenn es Ihnen nichts ausmachen würde, dann ... ich wäre jetzt gern allein. Es ist für mich ein furchtbarer Schock gewesen.«

»Selbstverständlich. Gibt es irgend etwas, das wir für Sie tun können?«

»Nein. Nur ... nur, daß Sie jetzt bitte gehen.«

»Wir werden zurückkommen«, versprach Nick Reese.

Als Detective Reese zum Polizeipräsidium zurückkehrte, rief er Matt Baker an. »Ich ermittle im Fall des Mordes an Frank Lonergan«, erklärte Reese. »Können Sie mir sagen, woran er gerade arbeitete?«

»Gewiß. Er betrieb Nachforschungen im Mordfall Chloe Houston.«

»Ich verstehe. Hat er den Bericht bei Ihnen eingereicht?«

»Nein, wir hatten darauf gewartet, als ...«, er brach ab.

»In Ordnung. Ich danke Ihnen, Mr. Baker.«

»Werden Sie mir Bescheid geben, wenn Sie etwas in Erfahrung bringen?«

»Sie werden der erste sein«, versicherte ihm Reese.

Am nächsten Morgen suchte Dana Evans bei WTE Tom Hawkins auf. »Ich möchte einen Bericht über Franks Tod senden und würde gern mit seiner Witwe reden.«

»Gute Idee. Ich werde Ihnen ein Kamerateam besorgen.«

Am Spätnachmittag hielten Dana und ihr Team vor dem Gebäude, wo Frank Lonergan gewohnt hatte. Gefolgt von dem Team ging Dana zur Tür der Wohnung und klingelte. Es war genau diese Art von Interview, vor der Dana sich fürchtete. Es war schlimm genug, im Fernsehen die Opfer furchtbarer Verbrechen zu zeigen; aber es kam ihr noch viel schlimmer vor, die Trauer schmerzerfüllter Familien zu stören.

Die Tür öffnete sich, und vor ihr stand Rita Lonergan. »Was wollen Sie von ...«

»Ich bitte um Entschuldigung für die Störung, Mrs. Lonergan. Ich bin Dana Evans von WTE. Wir würden Sie gern um eine Stellungnahme zu ...«

Rita Lonergan erstarrte für einen Augenblick, dann schrie sie los: »Ihr Mörder!« Sie drehte sich um und rannte in die Wohnung zurück.

Dana erschrak. Sie warf dem Kameramann einen Blick zu. »Warten Sie hier auf mich.« Sie betrat die Wohnung und fand Rita Lonergan im Schlafzimmer. »Mrs. Lonergan ...«

»Raus mit Ihnen! Sie haben meinen Mann umgebracht.«

Dana war ratlos. »Was reden Sie da?«

»Ihre Leute haben ihm einen so gefährlichen Auftrag gegeben, daß er mich fortschickte, weil er ... er um mein Leben fürchtete.«

Dana schaute sie entsetzt an. »An ... an was für einer Geschichte hat er denn gearbeitet?«

»Das hat Frank mir nicht sagen wollen.« Sie kämpfte gegen die Tränen an. »Weil es zu ... zu gefährlich sei, hat er gesagt. Es war eine große Sache. Er hat davon geredet, daß er den Pulitzerpreis und ...« Sie fing an zu weinen.

Dana ging zu ihr und nahm sie in die Arme. »Es tut mir ja so leid. Hatte er sonst noch etwas gesagt?«

»Nein. Nur daß ich verreisen sollte, und dann hat er mich zum Bahnhof gefahren. Er war unterwegs zu irgendeinem Mann von der Hotelrezeption.«

»Von welchem Hotel?«

»Dem Monroe Arms.«

»Ich weiß nicht, warum Sie hergekommen sind, Miss Evans«, protestierte Jeremy Robinson. »Lonergan hat es mir versprochen, daß es im Fall meiner Kooperation für das Hotel keinerlei schlechte Presse geben würde.

»Mr. Lonergan ist tot, Mr. Robinson. Ich hätte einfach nur gern ein paar Informationen.«

Jeremy Robinson schüttelte den Kopf. »Ich weiß nichts.«

»Was haben Sie Mr. Lonergan erzählt?«

Robinson seufzte. »Er hat mich um die Adresse von Carl Gorman, meinem Empfangschef, gebeten.«

»Hat Mr. Lonergan ihn aufgesucht?«

»Ich habe keine Ahnung.«

»Ich hätte gerne diese Adresse.«

Jeremy schaute sie kurz an und seufzte erneut. »Also gut. Er wohnt bei seiner Schwester.«

Einige Minuten später hielt Dana die Adresse in den Händen. Robinson sah ihr nach, als sie das Hotel verließ, dann nahm er den Hörer ab und rief das Weiße Haus an.

Er fragte sich, warum man sich im Weißen Haus so sehr für den Fall interessierte.

Chris Colby, der Computerspezialist des Morddezernats, kam mit einer Diskette in der Hand zu Detective Reese. Er zitterte vor Erregung.

»Was haben Sie herausbekommen?« fragte Detective Reese.

Chris Colby holte tief Luft. »Sie werden ausflippen. Hier haben Sie einen Ausdruck vom Inhalt der Diskette.«

Als Detective Reese zu lesen begann, trat ein Ausdruck ungläubigen Staunens auf seine Züge. »Heilige Muttergottes«, sagte er, »das muß ich Captain Miller zeigen.«

Nach der Lektüre des Ausdrucks schaute Captain Otto Miller Detective Reese an. »Ich ... so etwas habe ich in meinem ganzen Leben noch nicht gelesen.«

»So etwas hat es überhaupt noch nie gegeben«, betonte Detective Reese. »Und was machen wir nun damit?«

»Ich denke«, sagte Captain Miller gedehnt, »daß wir diesen Text der Justizministerin übergeben sollten.«

Alle waren im Büro von Justizministerin Barbara Gatlin versammelt: der FBI-Direktor Scott Brandon, Dean Bergstrom als Polizeipräsident von Washington, der CIA-Direktor James Frisch und Edgar Graves in seiner Eigenschaft als Oberster Richter des Bundesgerichts.

»Ich habe Sie zu mir gebeten, Gentlemen«, begann Barbara Gatlin, »weil ich Ihren Rat brauche. Ganz offen gesagt, ich weiß nicht, wie ich in dieser Angelegenheit vorgehen soll. Wir sehen uns einer wirklich einzigartigen Situation gegenüber. Frank Lonergan war Reporter bei der *Washington Tribune*. Zum Zeitpunkt seiner Ermordung befand er sich in der Recherche über die Hintergründe des Mordes an

Chloe Houston. Ich werde Ihnen jetzt die Abschrift des Inhalts einer Diskette vorlesen, die die Polizei in Lonergans Wagen gefunden hat.« Sie blickte auf den Computerausdruck und begann laut zu lesen:

»Ich habe Grund zu der Annahme, daß der Präsident der Vereinigten Staaten mindestens einen Mord begangen hat und in vier weitere Morde verwickelt ist ...«

»Was?« stieß Scott Brandon hervor.

»Lassen Sie mich fortfahren.« Sie las weiter.

»Die folgenden Informationen habe ich von verschiedenen Quellen erhalten. Leslie Stewart, die Besitzerin und Verlegerin der *Washington Tribune*, ist bereit, unter Eid auszusagen, daß Oliver sie bei einer Gelegenheit zur Einnahme einer illegalen Droge, flüssiges Ecstasy, zu überreden versuchte.

Als Oliver Russell für das Amt des Gouverneurs von Kentucky kandidierte, drohte ihm die Rechtsgehilfin Lisa Burnette, die dort im Capitol tätig war, mit einer Klage wegen sexueller Belästigung. Russell hat gegenüber einem Anwaltskollegen erklärt, daß er mit ihr sprechen würde. Am nächsten Tag wurde Lisa Burnettes Leiche im Kentucky River aufgefunden. Sie war an einer Überdosis von flüssigem Ecstasy gestorben.

Die Sekretärin des damaligen Gouverneurs Russell, Miriam Friedland, wurde an einem Abend bewußtlos auf einer Parkbank gefunden. Sie lag im Koma, das durch flüssiges Ecstasy verursacht worden war. Die Polizei wartete darauf, daß sie wieder aus dem Koma aufwachen würde, um sie dann zu befragen, wer ihr die Droge gegeben hatte. Oliver Russell rief im Krankenhaus an und machte den Vorschlag, Miriam Friedlands Life-Support-Systems auszuschalten. Miriam Friedland starb, ohne je aus dem Koma zu erwachen.

Chloe Houston kam durch eine Überdosis von flüssigem Ecstasy ums Leben. Ich habe erfahren, daß am Abend ihres Todes von der Suite des Hotels aus im Weißen Haus angerufen wurde. Als ich zur Überprüfung meiner Information in den Telefonunterlagen des Hotels nachsuchte, fehlte das entsprechende Blatt für diesen Tag.

Mir wurde mitgeteilt, daß der Präsident an diesem Abend an einer Sitzung teilgenommen habe. Ich stellte jedoch fest, daß diese Sitzung abgesagt worden war. Niemand weiß, wo der Präsident sich an diesem Abend aufgehalten hatte.

Paul Yerby wurde des Mordes an Chloe Houston verdächtigt und in Haft genommen. Am folgenden Morgen wurde Yerby in seiner Zelle erhängt aufgefunden. Er hatte angeblich Selbstmord begangen und sich mit dem eigenen Gürtel erhängt. Als ich dann jedoch auf der Polizeistation seine persönlichen Sachen überprüfte, befand sich darunter auch der unversehrte Gürtel.

Durch einen Freund beim FBI habe ich erfahren, daß dem Weißen Haus ein Erpresserbrief zugegangen ist. Präsident Russell beauftragte das FBI, den Brief auf Fingerabdrücke zu untersuchen. Der größte Teil des Briefes war mit weißer Farbe unkenntlich gemacht worden; das FBI konnte den Text jedoch mit Hilfe eines Infraskops entziffern.

Die Fingerabdrücke auf dem Brief wurden als die von Carl Gorman identifiziert. Gorman arbeitete als Empfangschef im Hotel Monroe Arms und war vermutlich die einzige Person, der die Identität jenes Individuums bekannt war, das die Suite gebucht hatte, wo das Mädchen ermordet wurde. Er war zum Angeln verreist. Sein Name war jedoch dem Weißen Haus bekannt geworden. Als ich bei dem Angelplatz ankam, war er kurz zuvor ums Leben gekommen, angeblich bei einem Unfall.

Zwischen diesen Morden bestehen zu viele Verbindungen, um sie noch als Zufälle betrachten zu können. Ich setze meine Nachforschungen fort, aber, um die Wahrheit zu sagen, ich habe Angst. Für den Fall, daß mir etwas zustoßen sollte, habe ich dies hier zu Protokoll gegeben. Weitere Informationen später.«

»Großer Gott«, rief James Frisch aus. »Wie ... furchtbar.«

»Ich kann es nicht glauben.«

»Lonergan hat es geglaubt«, wandte Justizministerin Gatlin ein, »und ist wahrscheinlich ermordet worden, damit diese Informationen nicht an die Öffentlichkeit gelangen.«

»Und was unternehmen wir nun?« fragte Richter Graves. »Wie kann man den Präsidenten der Vereinigten Staaten befragen, ob er ein halbes Dutzend Menschen ermordet hat?«

»Eine gute Frage. Ihn unter Anklage stellen? Ihn verhaften? Ihn ins Gefängnis werfen?«

»Bevor wir irgend etwas unternehmen«, erklärte die Justizministerin, »sollten wir meiner Meinung nach dieses Protokoll dem Präsidenten persönlich vorlegen und ihm Gelegenheit zu einer Stellungnahme geben.«

Es ertönte ein beifälliges Murmeln.

»Inzwischen lasse ich einen Haftbefehl für ihn aufsetzen. Nur für den Fall, daß es sich als notwendig erweisen sollte.«

Ein im Raum anwesender Herr dachte: *Ich muß Peter Tager davon in Kenntnis setzen.*

Peter Tager legte den Hörer auf und dachte lange über das nach, was ihm soeben mitgeteilt worden war. Er stand auf und ging über den Korridor zum Büro von Deborah Kanner.

»Ich muß den Präsidenten sprechen.«

»Er befindet sich in einer Sitzung. Wenn Sie ...«

»Ich muß ihn jetzt sofort sprechen, Deborah. Es ist dringend.«

Sie bemerkte den Ausdruck auf seinem Gesicht. »Nur einen Augenblick, bitte.« Sie nahm das Telefon und drückte eine Taste. »Verzeihen Sie die Unterbrechung, Mr. President. Mr. Tager steht neben mir und erklärt, daß er sie unbedingt sprechen muß.« Sie hörte kurz zu. »Ich danke Ihnen.« Sie legte den Hörer zurück und drehte sich zu Tager um. »In fünf Minuten.«

Fünf Minuten später war Peter Tager im Oval Office allein mit Präsident Russell.

»Was ist denn so wichtig, Peter?«

Tager atmete tief durch. »Die Justizministerin und das FBI sind der Auffassung, daß Sie in sechs Mordfälle verwickelt sind.«

Oliver lächelte. »Das soll wohl so etwas wie ein Witz sein …?«

»Ach ja? Sie sind hierher unterwegs, und sie glauben, daß Sie Chloe Houston umgebracht haben und außerdem auch …«

Oliver war bleich geworden. »Wie bitte?«

»Ich weiß… es ist total verrückt. Nach allem, was ich gehört habe, sind die Vorwürfe nur auf Indizien begründet. Ich bin überzeugt, daß Sie erklären können, wo Sie an dem Abend gewesen sind, als das Mädchen starb.«

Oliver schwieg.

Peter Tager wartete.

»Oliver – Sie können es doch erklären, nicht wahr?«

Oliver schluckte. »Nein, das kann ich nicht.«

»Sie müssen aber!«

»Peter«, sagte Oliver mit schwerer Stimme, »ich muß jetzt allein sein.«

Peter Tager suchte Senator Davis im Capitol auf.

»Was kann denn nur so eilig sein, Peter?«

»Es geht... es betrifft den Präsidenten.«

»Ja?«

»Die Justizministerin und das FBI halten Oliver für einen Mörder.«

Senator Davis starrte Tager völlig verständnislos an. »Wovon reden Sie überhaupt?«

»Man ist davon überzeugt, daß Oliver mehrere Morde begangen hat. Ein Freund im FBI hat mir einen Hinweis zukommen lassen.«

Tager berichtete ihm von dem Beweismaterial.

Als Tager zu Ende gesprochen hatte, sagte Senator Davis langsam: »Dieser verdammte Trottel! Sie wissen, was das bedeutet?«

»Jawohl, Sir. Es bedeutet, daß Oliver...«

»Zum Teufel mit Oliver. Ich habe Jahre gebraucht, um ihn dahin zu bringen, wo ich ihn haben wollte. Was aus ihm wird, ist mir völlig egal. Nein, jetzt habe ich alles in der Hand, Peter, jetzt liegt alle Macht bei mir, und ich werde nicht dulden, daß ich sie nur wegen Olivers Dummheit verliere. Ich werde sie mir nicht nehmen lassen! Und zwar von niemandem!«

»Ich vermag nicht zu sehen, wie Sie...«

»Hatten Sie nicht gesagt, daß es nur Indizien als Beweise gibt?«

»Korrekt. Wie mir mitgeteilt wurde, liegen keine handfesten Beweise gegen ihn vor. Aber er hat kein Alibi.«

»Wo befindet sich der Präsident jetzt?«

»Im Oval Office.«

»Ich habe eine gute Nachricht für ihn«, versprach Senator Todd Davis.

Senator Davis saß Oliver im Oval Office gegenüber. »Mir sind da ein paar äußerst beunruhigende Dinge zu Ohren gekommen, Oliver. Alles Schwachsinn natürlich. Ich weiß wirklich nicht, wie jemand auch nur auf die Idee kommen könnte, daß du ...«

»Ich auch nicht. Ich habe nichts Unrechtes getan, Todd.«

»Dessen bin ich mir sicher. Aber wenn das Gerücht an die Öffentlichkeit dringt, daß du auch nur solch furchtbarer Verbrechen verdächtigt worden bist – nun, du bist dir doch bewußt, wie sich das auf dein Amt auswirken würde, nicht wahr?«

»Selbstverständlich, aber ...«

»Du bist viel zu wichtig, um solche Entwicklung zuzulassen. Dieses Amt beherrscht die Welt, Oliver. Das willst du bestimmt nicht aufgeben wollen.«

»Todd ... ich habe mich in keiner Weise schuldig gemacht.«

»Man hält dich aber für schuldig. Ist es wahr, daß du für den Abend des Mordes an Chloe kein Alibi hast?«

Kurzes Schweigen. »Nein, ich habe kein Alibi.«

Senator Davis lächelte. »Was ist bloß mit deinem Gedächtnis los, Sohn? An diesem Abend bist du mit mir zusammengewesen. Wir haben den ganzen Abend zusammen verbracht.«

Oliver schaute ihn verständnislos an. »Was?«

»Du hast richtig gehört. Ich bin dein Alibi. Es wird niemand wagen, mein Wort in Zweifel zu ziehen. Niemand. Ich werde dich retten, Oliver.«

Daraufhin setzte ein langes Schweigen ein, bis Oliver die Frage stellte: »Und was verlangst du im Gegenzug dafür, Todd?«

Senator Davis nickte zustimmend. »Fangen wir mit der

Friedenskonferenz für den Mittleren Osten an. Du wirst sie absagen. Anschließend werden wir weitersehen. Ich habe große Pläne für uns, und die lassen wir uns durch niemanden verderben.«

»Ich führe die Friedenskonferenz fort«, widersprach ihm Oliver.

Senator Davis kniff die Augen zusammen. »Was hast du da gesagt?«

»Ich habe mich entschlossen, die Friedenskonferenz zu Ende zu führen. Todd, wichtig ist doch nicht, wie lange ein Präsident im Amt bleibt, sondern was er während seiner Amtszeit leistet.«

Senator Davis lief rot an. »Weißt du auch, was du da tust?«

»Ja.«

Der Senator lehnte sich über den Schreibtisch. »Ich habe den Eindruck, daß du es keineswegs weißt. Die Justizministerin ist hierher unterwegs, um dich wegen Mordes anzuklagen, Oliver! Von wo aus willst du eigentlich deine gottverdammten Verhandlungen führen – von der Strafanstalt aus? Du hast gerade dein ganzes Leben vertan, du dummer…«

Eine Stimme ertönte über die Sprechanlage. »Mr. President – Sie werden gewünscht. Justizministerin Gatlin, Mr. Brandon vom FBI, Chief Justice Graves und…«

»Schicken Sie sie herein.«

»Es sieht wirklich so aus, als ob ich mich auf die Beurteilung von Pferdefleisch beschränken sollte«, meinte Senator Davis bissig. Ich habe mit dir einen großen Fehler gemacht, Oliver. Aber du hast soeben den größten Fehler deines Lebens gemacht. Ich werde dich zermalmen.«

Die Tür öffnete sich. Die Justizministerin kam herein, und ihr folgten Brandon, Graves und Bergstrom.

»Senator Davis...« mahnte Richter Graves.

Todd Davis nickte knapp und verließ den Raum. Barbara Gatlin machte die Tür hinter sich zu. Sie trat auf den Schreibtisch zu.

»Wir sehen uns einer äußerst peinlichen Situation gegenüber, Mr. President. Ich hoffe jedoch auf Ihr Verständnis. Wir haben Ihnen ein paar Fragen zu stellen.«

Oliver sah sie direkt an. »Ich habe erfahren, aus welchem Grund Sie gekommen sind. Ich habe selbstverständlich mit keinem dieser Todesfälle etwas zu tun.«

»Ich bin sicher, daß jeder von uns hier erleichtert ist, das zu hören, Mr. President«, erklärte Scott Brandon, »und ich darf Ihnen versichern, daß unter uns niemand tatsächlich angenommen hat, daß Sie darin verwickelt sein könnten. Es ist jedoch eine Beschuldigung erhoben worden, und wir haben keine andere Wahl, als ihr nachzugehen.«

»Ich verstehe.«

»Mr. President – haben Sie je die Droge Ecstasy genommen?«

»Nein.«

Die Gruppe wechselte vielsagende Blicke.

»Mr. President – wenn sie uns erklären könnten, wo Sie am Abend des fünfzehnten Oktober, am Abend des Todes von Chloe Houston, gewesen sind...«

Schweigen.

»Mr. President?«

»Ich kann im Augenblick nicht klar denken. Darf ich Sie bitten, später wiederzukommen?«

»Was meinen Sie mit später?« fragte Bergstrom.

»Um zwanzig Uhr.«

Oliver sah ihnen nach, als sie den Raum verließen. Er stand auf und ging in den kleinen Aufenthaltsraum, wo Jan an einem Schreibtisch arbeitete. Als Oliver eintrat, hob sie den Kopf.

Er atmete tief durch. »Jan«, sagte er, »ich... ich muß dir ein Geständnis machen.«

Senator Davis befand sich in einem Zustand eiskalten Zorns. *Wie habe ich nur so blöd sein können? Ich habe den falschen Mann gewählt. Er versucht, alles zunichte zu machen, wofür ich gearbeitet habe. Aber ich werde ihm zeigen, was aus Leuten wird, die ein falsches Spiel mit mir treiben.* Der Senator saß lange Zeit nachdenklich an seinem Schreibtisch. Schließlich nahm er den Hörer ab und wählte eine Nummer. »Miss Stewart – Sie haben mir einmal erklärt, daß ich mich wieder melden sollte, wenn ich Ihnen ein bißchen mehr anzubieten hätte.«

»Ja, Senator?«

»Lassen Sie mich vorab klarstellen, was ich von Ihnen verlange. Von jetzt an erwarte ich die volle Unterstützung der *Tribune* – Wahlkampfbeiträge, begeisterte Leitartikel, den ganzen Kram.«

»Und was bekomme ich dafür als Gegenleistung?« fragte Leslie.

»Ich liefere Ihnen den Präsidenten der Vereinigten Staaten auf dem Tablett. Die Justizministerin hat soeben wegen Mordes einen Haftbefehl gegen ihn beantragt.«

Ein heftiges Atmen am anderen Ende der Leitung. »Fahren Sie fort.«

Leslie Stewart redete so schnell, daß Matt Baker kein Wort verstehen konnte. »Um Gottes willen, nun beruhigen Sie sich doch«, sagte er. »Was wollen Sie mir denn erzählen?«

»Der Präsident! Wir haben ihn am Wickel, Matt! Ich habe gerade mit Senator Todd Davis gesprochen. Der Oberste Richter vom Bundesgericht, der Polizeipräsident, der Direktor des FBI und die amerikanische Justizministerin befinden sich gegenwärtig im Amtszimmer des Präsidenten – mit einem Haftbefehl gegen ihn wegen Verdachts auf Mordes. Es gibt einen Haufen Beweise gegen ihn, Matt, und er hat kein Alibi. Das ist die Sensationsgeschichte des Jahrhunderts!«

»Das können Sie aber nicht veröffentlichen.«

Sie schaute ihn erstaunt an. »Was wollen Sie damit sagen?«

»Leslie, solch eine Story ist zu groß, um sie so einfach ... ich meine, da müssen erst einmal die Fakten überprüft und nochmals überprüft werden ...«

»Und dann werden sie so lange überprüft, bis das Ganze bereits als Schlagzeile in der *Washington Post* steht? Nein, danke. So eine Chance werde ich mir nicht entgehen lassen.«

»Sie können den Präsidenten der Vereinigten Staaten nicht des Mordes beschuldigen, ohne ...«

Leslie grinste. »Das werde ich auch nicht, Matt. Wir müssen jetzt gar nichts weiter tun, als die Tatsache veröffentlichen, daß es einen Haftbefehl gegen ihn gibt. Das reicht, um ihn zu vernichten.«

»Senator Davis ...«

»... liefert seinen eigenen Schwiegersohn ans Messer. Er hält den Präsidenten für schuldig. Er hat es mir selbst gesagt.«

»Das ist nicht ausreichend. Wir werden die Sache zuerst einmal verifizieren ...«

»Bei wem denn – bei Katharine Graham? Haben Sie den

Verstand verloren! Wir bringen die Geschichte jetzt gleich, damit sie uns nicht entgeht.«

»Ich kann Ihnen das nicht durchgehen lassen, nicht ohne vorherige Verifizierung ...«

»Wissen Sie eigentlich, mit wem Sie reden? Das ist hier meine Zeitung, und ich mache damit, was ich will.«

Matt Baker stand auf. »Das ist unverantwortlich. Ich werde es nicht erlauben, daß einer von meinen Journalisten diese Story schreibt.«

»Ihre Journalisten brauchen sie auch gar nicht zu schreiben. Ich werde sie selbst verfassen.«

»Wenn Sie das tun, Leslie, kündige ich. Und zwar unwiderruflich.«

»Nein, Matt, Sie werden mich nicht verlassen. Wir beide, Sie und ich, werden uns den Pulitzerpreis teilen.« Sie beobachtete, wie er sich auf dem Absatz umdrehte und den Raum verließ. »Sie werden schon wieder zurückkommen.«

Leslie drückte die Taste der Gegensprechanlage. »Lassen Sie Zoltaire rufen.«

Sie schaute ihm in die Augen. »Ich brauche mein Horoskop für die nächsten vierundzwanzig Stunden«, erklärte sie ihm.

»Ja, Miss Stewart, sehr gern.« Er nahm eine kleine Ephemeride, die Bibel der Astrologen, aus seiner Tasche und schlug sie auf. Er studierte die Stellung der Sterne und Planeten. Seine Augen wurden groß.

»Was ist?«

Zoltaire blickte auf. »Ich ... da scheint sich gegenwärtig etwas sehr Wichtiges zu ereignen.« Er zeigte auf die Ephemeride. »Schauen Sie. Der transitive Mars bewegt sich drei Tage lang über Ihrem neunten Haus im Pluto, indem er ein Quadrat bildet zu Ihrem ...«

»Das ist uninteressant«, unterbrach ihn Leslie ungeduldig. »Lassen Sie uns gleich zum Wesentlichen übergehen.«

Er schien verwirrt. »Zum Wesentlichen? Ach so, ja.« Er schaute erneut in das Buch. »Da bereitet sich ein großes Ereignis vor, und Sie stehen mittendrin. Sie werden noch viel berühmter werden, als sie jetzt schon sind, Miss Stewart. Ihr Name wird aller Welt bekannt sein.«

Leslie empfand ein Gefühl von unbändiger Euphorie. Die ganze Welt würde ihren Namen feiern. Sie sah sich bei den Feiern zur Preisverleihung; der Redner verkündete: »Und jetzt die Empfängerin des diesjährigen Pulitzerpreises für die bedeutendste Reportage in der Geschichte des Journalismus. Ich präsentiere Ihnen Miss Leslie Stewart.« Es gab stehende Ovationen, der Beifall war ohrenbetäubend.

»Miss Stewart...«

Leslie schüttelte den Traum ab.

»Sonst noch etwas?«

»Nein«, sagte Leslie. »Ich danke Ihnen, Zoltaire. Das ist genug.«

An diesem Abend las Leslie eine Kopie des von ihr persönlich verfaßten Berichts. Die Schlagzeile lautete: HAFTBEFEHL WEGEN MORDVERDACHTS GEGEN PRÄSIDENT RUSSELL AUSGESTELLT. PRÄSIDENT MUSS SICH AUCH IN ERMITTLUNGEN VON FÜNF TODESFÄLLEN ZUM VERHÖR STELLEN.

Leslie paßte ihren Text in die Spalte und wandte sich an ihren geschäftsführenden Redakteur Lyle Banister. »Lassen Sie drucken«, sagte sie. »Bringen Sie's als Extraausgabe heraus. Es muß in einer Stunde im Straßenverkauf sein. WTE kann es gleichzeitig senden.«

Lyle Bannister zögerte. »Sind sie nicht doch der Meinung, daß Matt Baker noch einen Blick darauf werfen...«

»Das ist hier nicht seine Zeitung, sie gehört mir. Lassen Sie drucken. Sofort.«

»Jawohl, Ma'am.« Er griff nach dem Telefon auf Leslies Schreibtisch und wählte eine Nummer. »Wir bringen es.«

Um 19 Uhr 30 bereiteten Barbara Gatlin und die übrigen Mitglieder der Delegation sich auf die Rückkehr zum Weißen Haus vor. »Ich hoffe inständigst,«, meinte Barbara Gatlin, »daß es nicht notwendig wird, den Haftbefehl gegen den Präsidenten zu verwenden. Seien Sie jedoch darauf vorbereitet.«

Eine halbe Stunde später kündigte Olivers Sekretärin die Justizministerin und die übrigen Herren an.

»Schicken Sie sie zu mir herein.«

Oliver war blaß, als er sie ins Oval Office einmarschieren sah. Jan stand neben ihm und hielt seine Hand.

»Sind Sie jetzt bereit, Mr. President«, begann Barbara Gatlin, »uns auf unsere Fragen Antwort zu geben?«

Oliver nickte. »Ich bin bereit.«

»Mr. President – hatte Chloe Houston am fünfzehnten Oktober einen Termin bei Ihnen?«

»Sie hatte einen Termin.«

»Und haben Sie das Mädchen empfangen?«

»Nein. Ich mußte den Termin absagen.«

Der Anruf war kurz vor fünfzehn Uhr gekommen. *»Darling, ich bin's. Ich bin so einsam ohne dich. Ich befinde mich jetzt im Pförtnerhaus in Maryland. Ich sitze nackt am Rand des Swimmingpools.«*

»Da müssen wir gemeinsam etwas unternehmen.«

»Wann kannst du kommen?«

»Ich werde in einer Stunde bei dir sein.«

Oliver stellte sich vor die Gruppe. »Wenn das, was ich

Ihnen jetzt mitteilen werde, aus diesem Büro je an die Öffentlichkeit gelangte, so würde es dem amerikanischen Amt des Präsidenten und unseren Beziehungen mit einem anderen Land einen irreparablen Schaden zufügen. Ich handle nur mit größtem inneren Widerstreben. Doch Sie lassen mir ja keine andere Wahl.«

Oliver ging, gefolgt von den staunenden Blicken der Anwesenden, zu einer Nebentür, die zu einem gemütlichen kleinen Raum führte, und machte die Tür auf. Sylvia Picone betrat den Raum.

»Diese Dame ist Sylvia Picone, die Gemahlin des italienischen Botschafters. Am fünfzehnten Oktober sind Mrs. Picone und ich von vier Uhr nachmittags bis um zwei Uhr früh am nächsten Morgen in ihrem Pförtnerhaus in Maryland zusammengewesen. Ich weiß nicht das geringste von dem Mord an Chloe Houston noch von einem der übrigen Todesfälle.«

21

Dana betrat Tom Hawkins' Büro. »Tom. Ich bin einer interessanten Sache auf der Spur. Unmittelbar vor seiner Ermordung ist Frank Lonergan zur Wohnung von Carl Gorman hinausgefahren – Gorman hat an der Rezeption des Hotels Monroe Arms gearbeitet. Er kam bei einem mutmaßlichen Schiffsunglück ums Leben. Er hat bei seiner Schwester gewohnt. Ich würde gern mit einem Kamerateam hinausfahren und einen Bericht für die heutigen Zehn-Uhr-Nachrichten machen.«

»Sie glauben nicht, daß es ein Unfall war?«

»Nein, zu viele Ungereimtheiten.«

Tom dachte einen Moment nach. »Okay. Ich werde es organisieren.«

»Danke. Hier, die Adresse. Ich werde das Kamerateam dort treffen. Ich gehe noch rasch nach Hause, mich umziehen.«

Beim Betreten ihrer Wohnung hatte Dana plötzlich das dumpfe Gefühl, daß irgend etwas nicht stimmte. Es war ein sechster Sinn, den sie in Sarajevo entwickelt hatte, ein Warnsignal. In dieser Wohnung war ein Fremder gewesen. Sie ging langsam durch die ganze Wohnung, überprüfte sämtliche Schränke. Da fehlte nichts. Es ist nur meine Phantasie, sagte sich Dana. Aber sie glaubte es selber nicht.

Als Dana beim Haus von Carl Gormans Schwester eintraf, war der Übertragungswagen schon angekommen und war weiter unten an der Straße geparkt. Er war ein riesiger Lkw mit einer großen Antenne auf dem Dach und einer vollständigen elektronischen Ausrüstung drinnen. Der Toningenieur Andrew Wright und der Kameramann Vernon Mills hatten bereits auf Dana gewartet.

»Wo machen wir das Interview?« fragte Mills.

»Ich möchte es im Hausinnern machen. Ich gebe Bescheid, wenn wir soweit sind.«

»Einverstanden.«

Dana begab sich zur Haustür und klopfte. Marianne Gorman öffnete. »Ja?«

»Ich bin ...«

»Oh! Ich kenne Sie doch vom Fernsehen.«

»Richtig«, sagte Dana. »Könnten wir uns einen Augenblick unterhalten?«

Marianne Gorman zögerte. »Ja. Kommen Sie herein.« Dana folgte ihr ins Wohnzimmer.

Marianne Gorman bot ihr einen Stuhl an. »Sie sind wegen meines Bruders da, nicht wahr? Es war Mord. Ich weiß es.«

»Wer hat ihn getötet?«

Marianne Gormann schaute weg. »Das weiß ich nicht.«

»Haben Sie Besuch von Frank Lonergan bekommen? Hat er Sie sprechen wollen?«

Die Frau kniff die Augen zusammen. »Er hat mich reingelegt. Ich hatte ihm gesagt, wo er meinen Bruder finden könnte und ...« Ihre Augen füllten sich mit Tränen. »Und nun ist Carl tot.«

»Worüber hat Lonergan denn mit Ihrem Bruder sprechen wollen?«

»Er hat behauptet, daß er vom Finanzamt käme.«

Dana sah ihr in die Augen. »Hätten Sie etwas dagegen, wenn ich ein kurzes Fernsehinterview mit Ihnen mache?

Daß sie ein paar Worte zur Ermordung Ihres Bruders sagen und was Sie über die Kriminalität in dieser Stadt denken.«

Marianne Gorman nickte. »Ich denke, das geht in Ordnung.«

»Ich danke Ihnen.« Dana ging zur Haustür, öffnete und gab Vernon Mills ein Zeichen. Er nahm seine Kameraausrüstung und kam zum Haus herüber; Andrew Wright folgte.

»Ich habe so etwas aber noch nie gemacht«, sagte Marianne.

»Sie haben keinen Grund, nervös zu sein. Es wird nur wenige Minuten dauern.«

Vernon kam mit der Kamera ins Wohnzimmer. »Wo möchten Sie das Interview führen?«

»Hier im Wohnzimmer.« Dana deutete mit dem Kopf zu einer Ecke. »Sie können die Kamera dort aufbauen.«

Vernon brachte die Kamera in Position und kehrte wieder zu Dana zurück. Er heftete den beiden Frauen ein winziges Mikrofon an die Jacke. »Sie können es anschalten, wenn Sie soweit sind.«

»Nein!« Marianne Gorman wehrte plötzlich ab. »Moment mal! Es tut mir leid. Ich ... das kann ich nicht machen.«

»Warum nicht?« fragte Dana.

»Es ... weil es gefährlich ist. Könnte ... könnte ich Sie allein sprechen?«

»Ja.« Sie schaute zu Vernon und Wright hinüber. »Lassen Sie die Kamera hier. Ich werde Ihnen Bescheid geben.«

Vernon nickte. »Wir werden im großen Wagen sein.«

Dana konzentrierte sich auf Marianne Gorman. »Warum ist es für Sie gefährlich, im Fernsehen aufzutreten?«

»Ich will nicht, daß sie mich sehen«, sagte Marianne zögernd.

»Wer soll Sie nicht sehen?«

Marianne schluckte. »Carl hat etwas gemacht ... das er nicht hätte tun dürfen. Das ist der Grund, warum er ermordet wurde. Und die Männer, die ihn umgebracht haben, werden auch mich zu töten versuchen.« Sie zitterte am ganzen Körper.

»Was hat Carl denn getan?«

»O mein Gott«, murmelte Marianne. »Und ich hatte ihn angefleht, es nicht zu tun.«

»Was nicht zu tun?« Dana ließ nicht locker.

»Er ... er hat einen Erpresserbrief geschrieben.«

Dana schaute sie erstaunt an. »Einen Erpresserbrief?«

»Ja. Sie müssen mir glauben. Carl war ein anständiger Mensch. Nur daß er ... er hatte eine Schwäche für kostbare Sachen, und bei seinem Gehalt konnte er natürlich nicht so leben, wie er es gern getan hätte. Ich konnte ihn nicht davon abbringen. Wegen dieses Briefes ist er ermordet worden. Ich weiß es genau. Sie haben ihn gefunden, und jetzt wissen sie auch, wo ich bin. Sie werden mich umbringen.« Sie war in Schluchzen ausgebrochen. »Ich ... ich weiß gar nicht, was ich machen soll.«

»Erzählen Sie mir von dem Brief.«

Marianne Gorman holte tief Luft. »Mein Bruder wollte in Ferien fahren. Er hatte aber eine Jacke vergessen, die er in die Ferien mitnehmen wollte, und ging deswegen noch einmal ins Hotel zurück. Er hat seine Jacke geholt und saß bereits wieder in seinem Wagen in der Garage, als die Tür des Privatlifts zur Imperial Suite aufging. Carl hat mir erzählt, daß er einen Mann herauskommen sah und überrascht war, diesen Mann dort zu sehen. Er war aber noch viel erstaunter, als dieser Mann wieder in den Lift zurückkehrte und seine Fingerabdrücke an den Knöpfen abwischte. Carl konnte sich keinen Reim darauf machen, was da vorging. Und dann ... am nächsten Tag hat er in der Zeitung von dem Mord an diesem armen Mädchen gelesen und plötzlich gewußt, daß dieser Mann der Mörder des Mädchens war.« Sie zögerte. »Da hat er dann den Brief ans Weiße Haus geschickt.«

»Ans Weiße Haus?« fragte Dana ungläubig.

»Ja.«

»Wem hat er den Brief geschickt?«

»An den Mann, den er in der Garage gesehen hatte. Sie wissen schon ... der mit der schwarzen Augenklappe: Peter Tager.«

22

Er konnte den Verkehrslärm von der Pennsylvania Avenue vor dem Weißen Haus durch die Bürowände hören und wurde sich wieder seiner Umgebung bewußt. Er ließ noch einmal alle Entwicklungen Revue passieren, und er war zufrieden, daß er sich in Sicherheit befand. Oliver Russell würde wegen Morden verhaftet werden, die er nicht begangen hatte; dann würde der Vizepräsident Melvin Wicks der neue Präsident werden, und es würde Senator Davis nicht schwerfallen, Vizepräsident Wicks unter Kontrolle zu haben. Und es gibt absolut nichts, wodurch man mich mit einem der Todesfälle in Verbindung bringen könnte, dachte Tager.

An diesem Abend fand eine Gebetsstunde statt, auf die Peter Tager sich schon freute. Es war eine Gruppe, die ihm gern zuhörte, wenn er über das Thema Religion und Macht sprach.

Peter Tager hatte sich seit seinem vierzehnten Lebensjahr für Mädchen interessiert; Gott hatte ihm eine außergewöhnlich starke Libido geschenkt. Peter hatte befürchtet, daß der Verlust des einen Auges ihn für das andere Geschlecht unattraktiv gemacht hätte, statt dessen fanden die Mädchen seine Augenklappe interessant. Außerdem hatte Gott Peter die Gabe der Überzeugung verliehen; er verstand sich darauf, bescheidene junge Mädchen in Autofonds,

Scheunen und Betten zu locken. Zu seinem großen Bedauern hatte er jedoch eines dieser Mädchen geschwängert und sie notgedrungen heiraten müssen. Sie gebar ihm zwei Kinder. Die Familie hätte ihm zu einer großen Last werden können, aber sie erwies sich dann als wunderbare Fassade für seine außerehelichen Aktivitäten. Er hatte ernsthaft erwogen, Geistlicher zu werden; dann hatte er jedoch Senator Todd Davis kennengelernt, und sein Leben hatte sich völlig geändert. Er hatte ein neues und viel größeres Forum entdeckt: die Politik.

Anfangs hatten sich wegen seiner heimlichen Beziehungen keine Schwierigkeiten ergeben. Irgendwann hatte ihm ein Freund eine Droge namens Ecstasy geschenkt, die Peter mit Lisa Burnette zusammen geteilt hatte; sie hatte in Frankfort der gleichen Gemeinde angehört wie er. Mit der Droge hatte irgend etwas nicht gestimmt, und Lisa war daran gestorben. Ihre Leiche wurde im Kentucky River gefunden.

Der nächste unglückselige Vorfall hatte sich ergeben, als Oliver Russells Sekretärin Miriam Friedland die Droge nicht vertragen hatte und ins Koma gefallen war. Nicht meine Schuld, dachte Peter. Ihm hatte das Ecstasy nicht geschadet. Miriam hatte offensichtlich zu viele andere Drogen genommen.

Und dann, natürlich, die arme Chloe Houston, der er zufällig in einem Korridor des Weißen Hauses begegnet war, als sie nach einer Toilette suchte.

Sie hatte ihn sofort erkannt und war von ihm beeindruckt. »Sie sind Peter Tager! Ich sehe Sie ständig im Fernsehen.«

»Nun, ich bin entzückt. Kann ich etwas für Sie tun?«

»Ich hatte eine Damentoilette gesucht.« Sie war jung und ungewöhnlich hübsch.

»Es gibt keine öffentlichen Toiletten im Weißen Haus.«

»O je.«

»Ich glaube«, hatte er daraufhin in einem verschwörerischen Ton erklärt, »daß ich Ihnen aus der Klemme helfen kann. Kommen Sie mit.« Er begleitete sie die Treppe hoch zu einem privaten Badezimmer und wartete draußen. Als sie herauskam, hatte er sich erkundigt: »Sind Sie auf Besuch in Washington?«

»Ja.«

»Darf ich Ihnen das richtige Washington zeigen? Würde Ihnen das gefallen?« Er konnte spüren, daß sie sich zu ihm hingezogen fühlte.

»Ich... ganz bestimmt... wenn es Ihnen nicht zuviel Mühe macht.«

»Für ein so schönes Mädchen wie Sie? Es würde mir überhaupt keine Mühe machen. Treffen wir uns heute abend zum Abendessen.«

Sie lächelte. »Wie aufregend.«

»Das wird es wirklich werden, ich verspreche es Ihnen. Sie dürfen aber niemandem verraten, daß wir uns treffen. Das ist unser Geheimnis.«

»Ich werde es niemandem sagen. Versprochen.«

»Ich habe heute abend im Hotel Monroe Arms eine Sitzung mit der russischen Regierung. Auf höchster Ebene.« Er merkte, wie sie das beeindruckte. »Anschließend können wir in der Imperial Suite miteinander zu Abend essen. Warum kommen Sie nicht um sieben Uhr zu mir?«

Sie hatte ihn nur angeschaut und aufgeregt mit dem Kopf genickt. »In Ordnung.«

Er hatte ihr erklärt, wie sie in die Suite hereinkommen konnte. »Da wird es überhaupt kein Problem geben. Rufen Sie mich einfach an, wenn Sie eingetroffen sind.«

Und das hatte sie dann auch getan.

Anfangs war Chloe Houston zögerlich gewesen. Als Peter sie in die Arme nahm, hatte sie abgewehrt. »Nein … Ich … ich bin noch Jungfrau.«

Das hatte seine Erregung nur noch gesteigert. »Ich möchte nicht, daß du etwas tust, was du nicht selbst tun möchtest«, versicherte er ihr. »Wir werden einfach beisammensitzen und miteinander reden.«

»Sind Sie enttäuscht?«

Er drückte ihre Hand. »Überhaupt nicht, meine Liebe.«

Er nahm ein Fläschchen flüssiges Ecstasy aus der Tasche und schenkte ein wenig in zwei Gläser ein.

»Was ist das?« fragte Chloe.

»Ein Stärkungsmittel. Prost.« Er hob sein Glas, um auf sie anzustoßen, und schaute ihr zu, als sie ihr Glas leerte.

»Schmeckt gut«, sagte Chloe.

Die nächste halbe Stunde hatten sie sich unterhalten; Peter hatte gewartet, bis die Droge zu wirken begann, bevor er sich schließlich dicht neben Chloe setzte und den Arm um sie legte – und diesmal leistete sie keinen Widerstand.

»Zieh dich aus«, sagte er.

»Ja.«

Er sah ihr nach, als sie im Badezimmer verschwand, und begann sich selbst zu entkleiden. Chloe kam einige Minuten später völlig nackt zurück, und der Anblick ihres jungen Körpers hatte ihn erregt. Sie war schön. Chloe glitt neben ihn ins Bett, und sie liebten einander. Sie war unerfahren; und die Tatsache, daß sie noch Jungfrau war, versetzte Peter in genau die besondere Erregung, die er brauchte.

Doch plötzlich hatte Chloe sich im Bett aufgerichtet, weil ihr schwindlig wurde.

»Geht's dir nicht gut, meine Liebe?«

»Es... geht mir gut. Mir ist nur ein bißchen...« Sie hielt sich kurz an der Bettkante fest. »Ich bin gleich wieder da.«

Sie stand auf, und vor Peters Augen war sie dann gestolpert, gestürzt und mit dem Kopf gegen die scharfe Ecke des Eisentisches geschlagen.

»Chloe!« Er sprang aus dem Bett und eilte zu ihr.

»Chloe!«

Er konnte ihren Puls nicht spüren. *O Gott,* dachte er, *wie kannst du mir das antun? Es ist nicht meine Schuld. Sie ist hingefallen.*

Er blickte sich um. *Man darf mich auf keinen Fall mit dieser Suite in Verbindung bringen.* Er hatte sich rasch angezogen und im Badezimmer ein Handtuch angefeuchtet, mit dem er dann alle Oberflächen abwischte, die er möglicherweise berührt hatte. Er nahm Chloes Handtasche, ließ seine Blicke noch einmal durch den Raum wandern, um sich zu vergewissern, daß er kein Zeichen seiner Anwesenheit hinterließ, und fuhr mit dem Lift nach unten in die Garage. Als letztes hatte er seine Fingerabdrücke auf den Schaltknöpfen des Lifts beseitigt. Und als Paul Yerby zu einer möglichen Gefahr wurde, hatte Tager seine Beziehungen spielen lassen, um ihn aus dem Weg zu schaffen. Es gab wirklich keinerlei Möglichkeit, Chloes Tod mit Tager in Verbindung zu bringen.

Und dann war der Erpresserbrief eingetroffen. Carl Gorman, der Empfangschef des Hotels, hatte ihn gesehen. Daraufhin hatte Peter Sime losgeschickt, um Gorman zu beseitigen – mit dem Hinweis, das sei zum Schutze des Präsidenten notwendig.

Damit hätten eigentlich alle Probleme gelöst sein müssen.

Doch dann hatte Frank Lonergan angefangen, sich umzuhören und Fragen zu stellen, und es war nötig geworden, auch ihn loszuwerden. Und nun gab es da noch eine neugierige Reporterin, um die er sich kümmern mußte.

Es waren also nur noch zwei Gefahrenquellen übrig: Marianne Gorman und Dana Evans.

Und Sime war bereits unterwegs, um beide umzubringen.

23

Marianne Gorman wiederholte es. »Sie wissen doch … der mit der Augenklappe. Peter Tager.«

Dana war fassungslos. »Sie sind sicher?«

»Also, es ist ziemlich schwierig, einen, der so aussieht, nicht wiederzuerkennen. Finden Sie nicht?«

»Ich muß mal telefonieren.« Dana rannte zum Telefon und wählte die Nummer Matt Bakers. Die Sekretärin war am Apparat.

»Büro von Mr. Baker.«

»Hier Dana. Ich muß mit Matt reden. Es eilt.«

»Nur einen Moment bitte.«

Gleich darauf war Matt Baker in der Leitung. »Dana … ist Ihnen etwas zugestoßen?«

Sie atmete tief durch. »Matt, ich habe gerade herausgefunden, mit wem Chloe Houston zum Zeitpunkt ihres Todes zusammen war.«

»Wir wissen, wer's war. Es war …«

»Peter Tager.«

»Was?« Es war ein Schrei.

»Ich bin hier bei der Schwester von Carl Gorman, dem ermordeten Empfangschef des Hotels. Carl Gorman hatte Tager dabei beobachtet, als er am Abend von Chloe Houstons Tod vom Lift in der Hotelgarage seine Fingerabdrücke beseitigte. Gorman schickte Tager einen Erpresserbrief; ich glaube, daß Tager ihn daraufhin hat umbringen lassen. Ich habe ein Kamerateam bei mir. Soll ich die Geschichte senden?«

»Fürs erste tun Sie bitte gar nichts!« befahl Matt. »Ich kümmere mich um die Sache. Rufen Sie in zehn Minuten wieder an.«

Er knallte den Hörer auf die Gabel und stürmte zum White Tower. Leslie war in ihrem Büro.

»Leslie, Sie können es nicht drucken ...«

Sie drehte sich zu ihm herum und zeigte ihm das Layout der Schlagzeile: HAFTBEFEHL GEGEN PRÄSIDENT RUSSELL AUSGESTELLT.

»Schauen Sie sich das an, Matt!« Sie jubelte förmlich.

»Leslie ... ich habe Neuigkeiten für Sie. Es gibt ...«

»Das hier ist die einzige Nachricht, die ich brauche«, erklärte sie selbstgefällig. »Ich habe Ihnen ja gesagt, daß Sie wieder zu mir zurückkommen würden. Sie konnten nicht wegbleiben, nicht wahr, Matt? Sie brauchen mich. Sie werden mich immer brauchen.«

Er stand einfach nur da und konnte den Blick nicht von ihr lösen und fragte sich: Was ist ihr widerfahren, daß sie zu so einer Frau geworden ist? Es ist aber noch nicht zu spät, um sie zu retten. »Leslie ...«

»Sie müssen sich nicht schämen, weil Sie einen Fehler gemacht haben«, sagte Leslie gönnerhaft. »Was hatten Sie mir mitteilen wollen?«

Matt Baker betrachtete sie lange. »Ich wollte Adieu sagen, Leslie.«

Sie schaute ihm nach, als er sich umdrehte und das Zimmer verließ.

24

»Und was wird mit mir geschehen?« fragte Marianne Gorman.

»Machen Sie sich keine Sorgen«, sagte Dana. »Sie werden beschützt.« Sie traf rasch eine Entscheidung: »Marianne, wir werden jetzt ein Live-Interview machen, und dann werde ich das Tonband dem FBI übergeben. Sobald das Interview beendet ist, bringe ich Sie von hier weg.«

Sie hörten die kreischenden Bremsen eines Wagens.

Marianne rannte zum Fenster. »O mein Gott!«

Dana trat an ihre Seite. »Was ist denn?«

Sime Lombardo stieg aus, musterte das Haus und kam auf die Tür zu.

»Das ist der Mann, der sich bei mir nach Carl erkundigt hat. Es war an dem Tag, als Carl ermordet wurde. Ich bin sicher, daß er etwas mit seiner Ermordung zu tun hatte.«

Dana nahm den Hörer ab und wählte blitzschnell eine Nummer.

»Hier ist das Büro von Mr. Hawkins.«

»Nadine, ich muß ihn sofort sprechen.«

»Er ist aber nicht da. Er sollte etwa in einer ...«

»Verbinden sich mich mit Nate Erickson.«

Nate Erickson, Hawkins' Assistent, kam ans Telefon. »Dana?«

»Nate ... ich brauche ganz rasch Hilfe. Ich habe eine brandheiße Story. Schalten Sie mich sofort live auf Sendung!«

»Das darf ich nicht«,protestierte Erickson. »Das kann nur Tom autorisieren.«

»Dafür bleibt keine Zeit«, explodierte Dana.

Dana sah Sime Lombardo durchs Fenster auf die Haustür zukommen.

Im Fernsehwagen schaute Vernon Mills auf seine Armbanduhr. »Machen wir nun dieses Interview oder nicht? Ich habe ein Rendezvous.«

»Es ist eine Frage auf Leben und Tod, Nate«, rief Dana in den Hörer. »Sie müssen mich live auf Sendung schalten. Um Gottes willen! Sofort!« Sie knallte den Hörer hin, ging zum Fernseher und schaltete Kanal Sechs ein.

Eine Seifenoper flimmerte auf dem Bildschirm. Ein älterer Mann sprach mit einer jungen Frau. »Du hast mich nie wirklich verstanden, nicht wahr, Kristen?«

»Das Problem liegt darin, daß ich dich viel zu gut verstehe. Deshalb will ich die Scheidung, George.«

»Gibt es einen anderen Mann?«

Dana stürzte ins Schlafzimmer und schaltete den dortigen Fernseher an.

Sime Lombardo stand vor der Haustür. Er klopfte.

»Machen Sie ihm nicht auf«, warnte Dana Marianne. Dana vergewisserte sich, daß das Mikrofon funktionierte. Das Pochen an der Haustür wurde zunehmend lauter.

»Wir sollten sehen, daß wir hier wegkommen«, flüsterte Marianne. »Der Hinteraus ...«

In diesem Moment wurde die Tür eingeschlagen, und Sime stürzte ins Zimmer. »Meine Damen. Da habe ich Sie beide auf einmal erwischt.«

Dana warf einen verzweifelten Blick zum Fernseher.

»Wenn es einen anderen Mann gibt, ist es nur deine eigene Schuld, George.«

»Vielleicht bin ich tatsächlich schuld, Kristen.«

Sime Lombardo zog eine halbautomatische Pistole Kaliber .22 aus seiner Jackentasche und begann den Schalldämpfer auf den Lauf zu schrauben.

»Nein!« rief Dana. »Sie dürfen nicht …«

Sime hob die Waffe. »Halt's Maul. Ins Schlafzimmer mit euch beiden – und zwar schnell.«

»O mein Gott!« murmelte Marianne.

»Hören Sie …«, sagte Dana. »Wir können …«

»Halt's Maul, hab ich gesagt. Bewegt euch.«

Dana schaute den Fernseher an.

»Ich habe immer an eine zweite Chance geglaubt, Kristen. Ich möchte nicht verlieren, was wir gemeinsam aufgebaut hatten – was wir doch wiederhaben könnten.«

Vom Fernseher im Schlafzimmer klangen die gleichen Stimmen herüber.

»Ich hab euch beiden doch gesagt, ihr sollt euch bewegen. Bringen wir's hinter uns!«

Als die zwei in Panik geratenen Frauen gerade einen vorsichtigen ersten Schritt zum Schlafzimmer hin machten, leuchtete auf der Kamera in der Zimmerecke plötzlich die rote Kontrollampe auf. Die Bilder von Kristen und George verschwanden vom Bildschirm, dann meldete sich die Stimme eines Nachrichtensprechers: »Wir unterbrechen jetzt dieses Programm und bringen Ihnen live einen brandaktuellen Bericht aus dem Stadtteil Wheaton.«

Als die Seifenoper verblaßte, erschien auf dem Bildschirm plötzlich das Wohnzimmer der Gormans, mit Dana und Marianne im Vordergrund und Sime im Hintergrund. Als Sime sich selbst auf dem Bildschirm sah, geriet er in Verwirrung und unterbrach seine Tätigkeit.

»Was … was, zum Teufel, ist das?«

Im Fernsehwagen sahen die Techniker das neue Bild über den Schirm flimmern. »Mein Gott«, sagte Vernon Miller. »Wir sind ja live auf Sendung!«

Dana warf einen Blick auf den Bildschirm und stieß ein stilles Stoßgebet aus. Sie schaute in die Kamera. »Ich bin Dana Evans und spreche zu Ihnen live aus dem Haus von Carl Gorman, der vor wenigen Tagen ermordet wurde. Wir interviewen hier gerade einen Mann, der einige Informationen über den Mord mitzuteilen hat.« Sie drehte sich Sime zu. »Also, würden Sie uns bitte genau berichten, was vorgefallen ist?«

Lombardo stand wie gelähmt da, beobachtete sich selbst auf dem Bildschirm und leckte sich die Lippen. »He!«

Und er hörte die eigene Stimme im Fernseher sagen: »He!« Und sah die Bewegung des eigenen Bildes auf dem Schirm, als er sich zu Dana herumdrehte. »Was ... was, zum Teufel, machen Sie da? Was ist das für ein Trick?«

»Das ist kein Trick. Wir sind live auf Sendung. Jetzt schauen uns zwei Millionen Menschen zu.«

Lombardo beobachtete, wie sein Abbild auf dem Bildschirm die Waffe rasch wieder in die Tasche zurücksteckte.

Dana warf einen Blick zu Marianne Gorman hinüber, bevor sie Sime Lombardo in die Augen sah. »Hinter dem Mord an Carl Gorman steht Peter Tager, nicht wahr?«

Im Daly Building saß Nick Reese in seinem Büro, als ein Assistent hereinstürzte. »Schnell! Schauen Sie sich das an! Sie befinden sich im Haus von Gorman.« Er schaltete auf Kanal sechs um. Das Bild des Wohnzimmers flimmerte über den Bildschirm.

»Hat Peter Tager Ihnen befohlen, Carl Gorman zu töten?«

»Ich weiß nicht, wovon Sie reden. Schalten Sie diesen verdammten Fernseher ab, oder ich ...«

»Oder was? Wollen Sie uns vielleicht vor zwei Millionen Zuschauern umbringen?«

»Verdammt noch mal!« rief Nick Reese. »Schicken Sie ein paar Streifenwagen los. Aber schnell!«

Im Blauen Zimmer des Weißen Hauses sahen Oliver und Jan völlig überwältigt die WTE-Sendung an.

»*Peter?*« sagte Oliver leise. »Ich kann's nicht fassen!«

Peter Tagers Sekretärin rannte zu ihm ins Büro. »Mr. Tager, ich glaube, Sie sollten mal Kanal Sechs einschalten.« Sie warf ihm einen nervösen Blick zu und eilte gleich wieder davon. Peter Tager sah ihr verständnislos nach. Er nahm die Fernbedienung und drückte einen Knopf. Der Schirm füllte sich mit Leben.

Dana sprach gerade: »... und war Peter Tager auch für den Tod von Chloe Houston verantwortlich?«

»Darüber weiß ich nichts. Das werden Sie Tager selbst fragen müssen!«

Peter Tager wollte den eigenen Augen und Ohren nicht trauen. *Das kann doch nicht wahr sein! Das würde Gott mir doch nicht antun!* Er stand auf und stürzte zur Tür. *Sie werden mich nicht schnappen. Ich werde untertauchen!* Und er blieb wie angewurzelt stehen. *Wo kann ich mich denn verstecken?* Er ging langsam wieder zu seinem Schreibtisch zurück, ließ sich auf einen Stuhl sinken und wartete.

Leslie Stewart, die das Interview in ihrem Büro verfolgte, erlitt fast einen Schock.

Peter Tager? Nein! Nein! Nein! Nein! Sie schnappte sich das Telefon und drückte eine Nummer. »Lyle, stoppen Sie sofort die Maschinen. Die Story darf nicht herauskommen! Hören Sie mich? Es ...«

Sie hörte seine Stimme im Telefon, die sagte: »Aber Miss

Stewart, die Zeitungen sind bereits vor einer halben Stunde in den Straßenverkauf gekommen. Sie hatten mich doch angewiesen …«

Langsam legte Leslie den Hörer wieder auf die Gabel. Sie betrachtete die Schlagzeile der *Washington Tribune*: HAFTBEFEHL GEGEN PRÄSIDENT RUSSELL WEGEN MORDES.

Dann schaute sie auf die eingerahmte Titelseite an der Wand: DEWEY SCHLÄGT TRUMAN.

Sie werden sogar noch berühmter, als Sie schon sind, Miss Stewart. In der ganzen Welt wird man Ihren Namen kennen.

Morgen würde sie das Gespött der ganzen Welt sein.

Im Haus der Gormans warf Sime Lombardo einen letzten verzweifelten Blick auf sich selbst auf dem Bildschirm und sagte: »Ich haue ab.«

Er rannte zur Tür, und als er sie öffnete, kam vor dem Haus gerade ein halbes Dutzend Einsatzwagen der Polizei mit quietschenden Reifen zum Stehen.

25

Jeff Connors war mit Dana zum Dulles International Airport hinausgefahren, wo sie auf die Ankunft von Kemals Flugzeug warteten.

»Er ist durch die Hölle gegangen«, erklärte Dana nervös. »Er ... er ist nicht wie die anderen Jungen. Ich meine ... du darfst dich nicht wundern, wenn er keine Gefühle zeigt.« Sie hoffte inständig, daß Jeff Kemal gernhaben würde.

Jeff spürte ihre Sorge. »Keine Angst, Liebling. Ich bin sicher, daß er ein toller Junge ist.«

»Da kommt es!«

Sie schauten zum Himmel hoch und sahen einen kleinen Fleck, der größer und größer wurde, bis er zu einer blitzenden 747 wurde.

Dana drückte Jeffs Hand. »Er ist angekommen.«

Die Passagiere verließen das Flugzeug. Dana schaute sich ängstlich um, als einer nach dem anderen ausstieg. »Wo ist ...?«

Und dann war er da. Er trug die Sachen, die sie ihm in Sarajevo gekauft hatte, und sein Gesicht war frisch gewaschen. Er kam langsam die Gangway herunter, und als er Dana sah, blieb er stehen. Die beiden starrten einander regungslos an, und dann liefen sie aufeinander zu, und Dana hielt ihn in den Armen, und er drückte sie mit seinem gesunden Arm fest an sich, und beide brachen in Tränen aus.

»Willkommen in Amerika, Kemal«, sagte Dana, als sie ihre Stimme wiederfand.

Er nickte wortlos.

»Kemal, ich möchte dir gerne meinen Freund Jeff Connors vorstellen.«

Jeff beugte sich zu ihm hinab. »Hallo, Kemal. Ich habe viel von dir gehört.«

Kemal klammerte sich heftig an Dana.

»Du wirst bei mir wohnen«, sagte Dana. »Ist dir das recht?«

Kemal nickte. Er wollte sie nicht mehr loslassen.

Dana warf einen Blick auf ihre Uhr. »Wir müssen gehen. Ich berichte gleich über eine Rede im Weißen Haus.«

Der Tag war einfach vollkommen, der Himmel zeigte ein tiefes, klares Blau, und vom Potomac River wehte eine frische Brise herüber.

Sie standen mit drei Dutzend anderen Fernseh- und Zeitungsreportern zusammen im Rosengarten. Danas Kamera war auf den Präsidenten gerichtet, der mit Jan an seiner Seite auf einem Podium stand.

Präsident Oliver Russell hielt eine Ansprache. »Ich habe eine wichtige Erklärung abzugeben. In diesem Augenblick findet ein Treffen der Staatsoberhäupter aus den Vereinigten Arabischen Emiraten, Libyen, dem Iran und Syrien statt, um über einen dauerhaften Friedensvertrag mit Israel zu beraten. Ich habe heute morgen gehört, daß die Konferenz ausgesprochen gut verläuft und daß der Vertrag innerhalb von ein oder zwei Tagen unterschrieben werden wird. Es ist von allergrößter Bedeutung, daß der Kongreß der Vereinigten Staten uns bei diesen lebenswichtigen Bemühungen voll unterstützt.«

Dann erteilte Oliver dem Mann das Wort, der neben ihm stand: »Senator Todd Davis.«

Senator Davis trat in seinem charakteristischen weißen Anzug mit seinem breitkrempigen weißen Hut ans Mikrofon und strahlte die Menschenmenge an. »Dieser Tag ist ein wahrhaft historischer Moment in der Geschichte unseres großen Landes. Ich habe, wie Sie wissen, viele Jahre lang darum gerungen, einen Frieden zwischen Israel und den arabischen Ländern zustande zu bringen. Es ist eine lange, mühsame Aufgabe gewesen, doch freue ich mich, Ihnen sagen zu dürfen, daß mit der Hilfe und Führung unseres wunderbaren Präsidenten unsere Mühen nun endlich von Erfolg gekrönt worden sind.« Er wandte sich an Oliver. »Wir alle sollten unserem großartigen Präsidenten zu der Rolle, die er bei der Erreichung dieses Ziels gespielt hat, unsere herzlichen Glückwünsche aussprechen.

Ein Krieg geht zu Ende, dachte Dana. *Vielleicht ist das ein Neuanfang. Vielleicht werden wir eines Tages in einer Welt leben, in der Erwachsene gelernt haben, ihre Probleme statt mit Haß mit Liebe zu lösen, in einer Welt, in der Kinder aufwachsen, ohne den obszönen Krach der Bomben und der Maschinengewehre zu hören, ohne die Angst, daß sie von gesichtslosen Fremden getötet werden.* Sie schaute Kemal an, der Jeff aufgeregt etwas zuflüsterte. Dana lächelte. Jeff hatte ihr einen Heiratsantrag gemacht. Kemal würde einen Vater haben. Sie würden eine Familie sein. *Wie ist es nur gekommen, daß ich so glücklich bin?* fragte sich Dana. Die Reden klangen aus.

Der Kameramann schwenkte vom Podium weg zu einem Close-up von Dana. Sie blickte ins Objektiv.

»Hier spricht Dana Evans für WTE, Washington, D. C.«

BLANVALET

ELEKTRISIERENDE FRAUEN-THRILLER BEI BLANVALET

Spannung bis zum letzten Atemzug!

S. Brown. Blindes Vertrauen
35134

L. Howard. Vor Jahr und Tag
35152

G. Hunter. Die betrogene Frau
35127

R. Majer Krich. Bis zum letzten Atemzug
35110